여행 · 젠더 · 장소

한국여성 여행서사의 장소감수성

지식산업사

임정연

이화여자대학교 국어국문학과를 졸업하고 동대학원에서 석박사학위를 받았다. 이화여자대학교 국어어문화원 박사 후 연구원(Post-Doc)을 거쳐 현재 안양대학교 국어국문학과 교수로 재직 중이다. 한국문학평론가협회 총무이사 및 감사, 이병주기념사업회 출판편집위원 외 다수의 학회에서 임원을 맡고 있으며, 〈문학나무〉 평론 부문 신인상을 수상하고 평론가로도 활동하고 있다.

박사학위 논문 〈1920년대 연애담론 연구-지식인의 식민성을 중심으로〉를 비롯해 근대 지식담론 관련 논문으로 〈근대 젠더담론과 '아내'라는 표상〉, 〈1930년대 초 소설에 나타난 연애의 모럴과 감수성〉, 〈임노월 문학의 악마성과 탈근대성〉, 〈근대소설의 낭만적 감수성〉 등이 있고, 〈박경리 문학의 공간 상상력과 탈근대적 사유〉, 〈이봉구 문학에 나타난 '명동'의 로컬 정체성과 장소감〉 등 장소·공간 관련 연구를 진행하고 있다. 펴내고 쓴 책에는 《이광수 평론 선집》, 《임노월 작품집》, 《지하련 작품집》, 《방인근 작품집》, 《노자영 시선》, 《한국어문학여성주제어사전》(공저), 《김유정과의 향연》(공저), 《시대, 작가, 젠더》(공저) 등이 있다.

여행 · 젠더 · 장소
한국여성 여행서사의 장소감수성

제1판 1쇄 인쇄 2022. 5. 3.
제1판 1쇄 발행 2022. 5. 10.

지은이   임정연
펴낸이   김경희
펴낸곳   (주)지식산업사
          본사 • 10881, 경기도 파주시 광인사길 53
          전화 (031)955-4226~7 팩스 (031)955-4228
          서울사무소 • 03044, 서울특별시 종로구 자하문로6길 18-7
          전화 (02)734-1978 팩스 (02)720-7900
          한글문패   지식산업사
          영문문패   www.jisik.co.kr
          전자우편   jsp@jisik.co.kr
          등록번호   1-363
          등록날짜   1969. 5. 8.

책값은 뒤표지에 있습니다.

ISBN 89-423-9106-6 93810

이 책을 읽고 저자에게 문의하고자 하는 이는
지식산업사 전자우편으로 연락 바랍니다.

여행 · 젠더 · 장소

한국여성 여행서사의 장소감수성

임 정 연

지식산업사

책머리에

이 책은 20세기 초부터 약 100여 년 동안 국경을 횡단한 한국 여성들의 발자취와 마음의 궤적을 더듬어간 기록이다. 민족, 국가, 성, 계급의 경계를 가로지르는 존재론적 횡단을 감행한 그녀들의 이름을 나는 '여행자'라 부르기로 한다.

폴 모랑(Paul Morand)이 《여행》에서 진술했듯, 여행자란 굴복하기를 거부하는 자이고, 자신이 있는 곳에서 멀어지고자 하는 자이다. 같은 맥락에서 보자면 여행은 단지 지리상의 이동뿐만 아니라 공간적·시간적, 사회적 문화적 '이동성' 경험을 통해 삶의 다양성과 마주하는 자유로운 도약의 순간들을 표상하는 단어이다.

이방(異邦)의 땅을 여행하고 그곳에서 살며 공부하고 사랑했던 이 여성 여행자들의 흔적은 기행문과 에세이, 소설 등 다양한 형태의 글로 남았다. '여행 글쓰기'로 통칭할 수 있는 그 글들의 행간에서 찾고 싶었던 건 여행주체의 욕망과 결핍의 충돌 지점, 그 불협화음이 빚어낸 미세한 파열음 같은 것들, 말하자면 그녀들의 내면에 내재된 '여행자 감수성'이었다고 할 수 있겠다. 잠시나마, 모국과 모국어의 억압에서 벗어나 무소속의 정체성, 정신적 유목민으로 존재하고자 했던 순간 그 얼굴에 스쳤을 해방감, 내가 보고 싶은 여성 여행자의 표정이란 그런 것이었으리라. 그러나 한편으로 여행자 감수성을 읽어낸다는 건 그녀들이 '코리아'의 '여성'이라는 기표에 구속되어 감내해야 했던 불편부당한 시선의 정체를 추적하는 일과도 다르지 않았다.

오랜 바람대로 2019년과 2020년에 걸쳐 미국의 한 도시에 체류하며 떠남과 돌아옴을 반복하는 여행생활자로 살아 보았다. 그 사이 세계는 전지구적 펜데믹 국면을 맞이했고 2년이 넘어가는 현재까지도 여전히 진행 중이다. 초국가적인 과잉 이동의 시대라는 21세기에 이동이 멈추었고 국가 간, 도시 간, 장소 간, 사람 간의 거리는 멀어지고 경계가 생겨났다. 여행 결핍이 욕망을 키워가는 시간들을 포스트 코로나 시대의 새로운 여행법에 대한 사유와 상상으로 채워나갈 수밖에 없었다. 책의 주제와 성격이 현 시국과 맞지 않는 듯해 책의 출간 시기를 자꾸 늦췄지만, 그럼에도 불구하고 아직 여행은 끝나지 않았고 결국 계속될 것이란 희망이 끝내 이 책을 세상에 나오게 했다.

이 책을 나의 아버지께 바치고 싶다. 아버지의 서재를 감싸고돌던 묵은 책 냄새를 자양분 삼아 나는 자랐다. 내 유년의 기억을 구성하는 풍경에는 책상 위의 빛바랜 원고지와 만년필, 한 귀퉁이가 접힌 채 펼쳐진 누런 책 같은 것들이 놓여 있다. 그러니까, 아버지의 서재는 내가 책을 통해 세계와 관계 맺기를 시도했던 실존적 공간이면서 내 영혼과 정신이 거주하는 존재의 장소였던 셈이다.

벽면을 빼곡히 채운 책장 속 들쭉날쭉 들어찬 책더미들 속에서 내 사유의 원천이자 문학적 기원인 박경리 선생의 《토지》를 지식산업사의 세로줄 판본으로 처음 만났다. 지식산업사의 명저서들을 통해 접한 학문적 스승들이 나를 이 자리까지 이끌었으니, 첫 책을 지식산업사에서 내는 마음이 각별할 수밖에 없다.

내 어머니께 값없이 받은 사랑을 돌려드릴 새도 없이 여기 이르렀다. 아무래도 부족할 수밖에 없는 감사의 마음을, 이렇게 지면에나마 담아본다. 사춘기 소년의 고투로 제 몫의 시간을 감당해내는 이종린에게는 응원의 말을 전한다. 서른 살 이후 내 모든 장소를 의미로 채워준

친애하는 이화성, 그의 견결한 삶에 다함 없는 존경과 신뢰를 표하고 싶다.

　이 책이 지도 몇 장에 의존해 먼 길을 떠날 수 있었던 어떤 시절의 무모한 용기와, 여전히 익숙함과 낯섦 사이를 서성이며 정신적 유목민으로 살기를 꿈꾸는 내 낭만적 자아의 방랑벽에 대한 긍정의 응답이기를 바라는 마음이다.

　나는 돌아오기 위해 떠난다는 말을 좋아하지 않지만, 오늘은 길 위에서 만났던 다정하고 낯선 이들의 안녕을 비는 마음으로, 끝내 나를 다시 돌아오게 하는 그립고 낯익은 내 사람들의 안부를 묻고 싶어진다.

2022. 이른 봄.
저자

차 례

Ⅲ 장소를 전유하다

: 1990-2000년대 여행 내러티브의 장소 배치와 재배치 **229**

이끄는 글

　《여행 · 젠더 · 장소─한국여성 여행서사의 장소감수성》은 여행이라는 범주에서 젠더 정체성과 장소 정체성이 맺는 상호관련성을 규명해 감성의 지리학을 구현하는 윤리적 문화번역 텍스트로서 여성 여행서사를 계통적으로 독해한 연구서이다. 이 책은 〈여성 여행서사에 나타난 이국(異國) 체험과 장소적 감수성 연구〉란 주제로 2013년도 한국연구재단 신진연구자지원사업에 선정되어 2년간 진행한 연구의 성과들과 이후 대상과 범주를 넓혀가며 틈틈이 써온 관련 논문들을 다듬고 엮은 결과물이다. 그동안 한국 여성 여행서사를 대상으로 여성 여행의 특수성에 초점을 맞춘 연구가 본격적으로 진행된 적이 없었다는 점에서 이 책은 여성의 장소 경험 방식과 장소 감수성을 바탕으로 여행의 젠더적 성격을 규명한 첫 시도에 해당한다고 하겠다.

　이 책에 실린 모든 글에는 젠더와 장소가 상호 관계맺는 가운데 여행이란 근본적으로 유동적으로 구성되는 과정적 특성을 지닌다는 시각이 함축되어 있다. 물론 여기에는 모든 규범적 재현을 거부하고 불안정한 위치에 젠더를 놓고자 했던 미국의 철학자이자 젠더 이론가인 주디스 버틀러(Judith Butler)이 관점이 전제되어 있다. 말하자면 장소의 고정된 정체성 해체, 상호의존적 감수성, 이것이 바로 여성의 여행, '젠더 트래블(gender travel)'이 내포한 핵심 가치이며 여행의 원리인 것이다. 그렇기에 이 책은 '여성'의 여행과 글쓰기에 대한 진술이기도 하지만, 그보다는 '여성주의적' 여행의 의미와 가치를 발굴하고 나아가 이 같은 여성주의적 가치와 원리가 21세기에 요구되는 삶의 기본적 태도이자 감수성이란 사실을 강조하기 위해 쓰였다고 할 수 있다.

그러므로 책의 제목이기도 한 '여행', '젠더', '장소'는 전체 글을 관통하는 주제들의 묶음이기도 하지만, 그보다는 하나의 중심에서 출발해 서로 엮이고 섞이면서 문제의식을 확장해가는 세 개의 동심원들로 생각해볼 수 있다. 각각의 동심원이 내포하는 문제의식은 다음과 같다.

첫째, '여행'의 함의를 재사유하는 것이다.

여기서 여행은 자국의 언어적, 정치적, 문화적 국경을 넘어 타국으로 이주하거나 유학 이민 등의 단장기적인 거주를 포함한 모든 이동성 경험을 표상하는 광의의 개념으로 사용하고자 했다.

여행 대중화 시대 더 이상 고급한 여가나 취미로 치부되지는 않는다 해도 여행은 여전히 문화자본을 과시적으로 소비하고자 하는 욕망과 관련 있다. 이럴 때 여행 글쓰기는 장소와 사람을 대상화하고 그 대상을 장악하는 지식을 획득해 권력을 행사하는 행위로 인식되기도 한다. 이런 까닭에 그동안 여행담론에 접근하는 기본 독법은 글쓰기에 필연적으로 개입하는 여행주체의 우월주의적—대상을 식민화, 이상화, 토착화하는— 태도와 시선을 가려내 비판적으로 해석하는데 방점이 찍혀 있었다.

그러나 이 책이 여행에 접근하는 관점은 자신의 존재를 구성하는 다양한 요소들—이름, 가족, 관계, 언어, 민족, 국가 등—과의 거리두기를 통해 주체가 자발적으로 '이방인', '망명자' '유목민' 되기를 실천하는 행위라는 데 있다. 즉 여행이란 인종, 민족, 종족, 젠더, 계급, 세대 등 경계의 지리적 실정성(geo-positivity)이 무화되는 경험인 동시에 다른 세계에 참여해 다른 문화와 생활양식을 경험하면서 '차이'와 만나는 양식이다. 따라서 이방인, 망명자, 유목민이란 여행자 정체성을 이르는 또 다른 명명법이며, 이런 여행자 정체성은 기존의 정체성을 상실하는 경로를 거쳐 경계 바깥에서 경험하는 이질성, 즉 '타자성'을 경험하는 과정에서 획득되는 것이다.

이런 의미에서 여행은 로컬리티와 글로벌리즘, 디아스포라와 노마드, 탈국가와 다문화 등 21세기 핵심적인 문화담론들이 교차하고 중첩되는 중요한 문제 범주라 할 수 있다.

둘째, 여행의 '젠더'적 성격과 의미를 이해하는 것이다.

여행주체로서 여성 젠더의 차별화된 여행경험에 초점을 맞추는 이 책은 기본적으로 젠더 지리학의 관점에 입각해 있다. 젠더 지리학은 여성과 남성의 속성이 사회적으로 구성되며 여성과 남성은 장소와 공간의 의미를 다르게 경험한다는 점을 전제로 한다. 즉 누가 어떻게 장소에 접촉하느냐에 따라서 그 장소의 관계적인 속성, '장소감'이 부여된다는 것인데, 이에 따르면 여행 장소를 기억하고 의미화하는 방식 역시 젠더적으로 구성된다고 할 수 있다. 반복해서 강조하지만, 여기서 젠더성이란 생물학적, 본질적 외관으로 결정되는 고정적 성격이 아니라 해체 가능성을 내포한 담론적 구성물로 이해할 필요가 있다.

여행의 젠더성을 유표화하기 위해서는 우선 여행 주체가 여성인 글에서 그 여행이 담지한 가치의 보편성과 차이를 추출해내고 이 특징들을 수렴해가는 경로를 거칠 수밖에 없다. 이럴 때 여성에게 여행이란 자신을 속박하는 불평등한 질서와 제도적 불합리성에 대한 자각, 삶에 대한 강렬한 변화 욕구, 열린 세상을 향한 능동적 의지와 다름없는 행위임을 알게 된다. 특히 한국 여성의 여행은 가부장제로 상징되는 한국 사회 특유의 폐쇄성으로부터 탈출하고자 하는 욕망에서 추동해 젠더 질서와 체계의 모순을 인식하고 이를 역전시키는 변화와 전환의 계기로 작용한다는 점을 유심히 살필 필요가 있다.

이때 어디에도 속하지 않은 이방인-되기를 통해 존재의 좌표를 모색해가는 여성 젠더의 모습은 혼종적 주체, 복수의 정체성 등으로 환언되는 디아스포라 다문화 경계인의 보편적 존재방식을 표상한다고 할 수 있을 것이다.

셋째, 여행에서 젠더와 '장소'가 맺는 상호구성적인 관계를 파악하는 것이다.

인문지리학의 관점에서 한 장소의 정체성은 그 장소를 경험하는 주체와 장소의 고유성이 상호작용함으로써 형성된다. 이는 여행 장소를 균질하고 추상화된 배경으로 소비하지 않고 역동적이고 능동적으로 탐색해가고자 하는 여성 젠더의 여행에서 두드러지게 나타나는 특징이기도 하다.

장소의 안과 밖, 중심과 주변에 동시에 존재하는 여성 여행자들의 시선을 따라가다 보면 여행 장소가 지닌 배타적 고유성이 해체되면서 장소의 의미가 새롭게 창출되는 순간들을 만나게 된다. 그 과정에서 여성 여행자들이 환기하는 것은 자기 정체성에 가해진 억압과 폭력의 실체인 바, 이때 장소는 여성의 억압과 현실을 이해하고 남성중심성을 해체하는 매개물이 될 수 있다. 페미니즘 지리학이 공간과 장소를 주목하는 이유도 이 때문이다.

'장소 감수성(sensitivity of place)'은 바로 젠더와 장소의 이 같은 관계맺음 방식을 설명하기에 적합한 개념이라 할 수 있다. 다시 말해 장소 감수성이란 고유한 공간성과 주체의 내적인 감각이 교감하면서 형성되는 상호의존성에 바탕한 여성 젠더의 장소 경험 방식을 규명하기 위한 전략이자 방법론인 셈이다. 더불어 거론된 장소기억, 장소상실, 탈장소성, 비장소 등의 여타 이론 및 개념들 역시 여성 여행의 특성과 여행의 여성주의적 가치를 인식론적·방법론적으로 규명하는데 효과적인 도구로 사용되었다.

　이와 같은 입장에서 《여행 · 젠더 · 장소》의 내용은 다음과 같이 구성되었다.

　'제1부 장소를 발견하다: 1920−40년대 월경(越境)하는 여행자─이방인의 초상'에서는 근대 여성 지식인 나혜석, 주세죽, 최영숙의 여행, 이주, 유학 기록들을 통해 한국 최초의 여성 여행자─이방인의 모습을 복원해보고자 했다. 이름 앞에 각각 '한국 최초'의 여성 서양화가, 여성 사회주의자, 여성 경제학사라는 수식어가 따라붙는 이 예외적 존재들의 특별한 삶의 경험을 여행자─이방인의 정체성으로 재구한 것이라 할 수 있다. 구미여행기를 남긴 나혜석에 비해 주세죽과 최영숙의 경우에는 직접 쓴 글들이 많지 않아 언론 기사나 타인이 쓴 자료들을 교차 대비해가며 공백을 채워 넣는 경로를 거칠 수밖에 없었다. 이 과정에서 감지한 서사권력의 존재는 남성 필자가 재현한 여성 서사가 실재와 환상이 충돌하는 모순된 텍스트일 수밖에 없는 이유를 설명해준다.

　파리, 상해, 모스크바, 스톡홀름 등 이들이 머물렀던 장소들의 의미는 한국 지성사에 외국 지명 몇 개를 추가하는 데 그치지 않는다. 그동안 고정된 지식의 틀 안에서 선험적인 대상으로 존재하던 장소와 풍경의 의미를 여성의 차별화된 인식과 사유, 감각으로 다시 '발견'했다는 데 주목할 필요가 있다. 안타까운 것은 이 같은 발견의 순간을 포착하고 이를 의미화하는 작업이란 결국 여행자 정체성을 경험한 대가로 일상의 자리에서 밀려난 근대 신여성들의 상흔을 반추해보는 일이기도 하다는 점이다.

　'제2부 장소를 감각하다: 1950−1980년대 이국 체험과 여행 글쓰기'에서는 장소 감수성 개념을 통해 해방 이후 여성 지식인들의 여행담론에 나타난 이국체험 방식과 지리적 상상력의 형성 과정을 탐색했다. 여기에 이름을 올린 작가들은 모윤숙, 김말봉, 전혜린, 손소희, 손장순, 송원희, 정연희, 김지원 등 한국 지식사회에 영향력을 행사했던 당대의 엘리트 여성들이다. 따라서 이들의 기행문, 일기, 에세이, 소설 등은 공적인 목적의 여행과 개별적인 자유 여행 사이를 오가며 펼쳐지는 이질적인 사유와 감상을 살펴볼 수 있는 흥미로운 자료들이다.

물론 외국여행이나 유학, 해외 이주 및 거주가 지극히 제한적이고 특권적인 경험이던 시기인 만큼 이들의 글에도 서구지향의 취향과 오리엔탈리즘의 시선이 스며있음을 부인하기 힘들다. 이런 측면을 감안하고서라도 우선 관심을 기울인 것은 차별화된 젠더감각과 이것이 세계에 대한 선험적 지식과 부딪치는 순간 발생하는 내면의 '균열' 혹은 '틈새'의 감수성을 포착하는 일이었다. 그리하여 궁극적으로는 이 글들이 어떻게 이국체험을 내면화하여 '다시 쓰기'라는 젠더 글쓰기의 특징을 실천하고 있는지, 문화번역 텍스트로서의 역할을 어떻게 수행하고 있는지를 분석해보고자 했다.

'제3부 장소를 전유하다: 1990-2000년대 여행 내러티브의 장소 배치와 재배치'에서는 1989년 여행자유화 이후 한국문학에 새롭게 등재된 여행 장소들을 중심으로 한국문학의 문화지형학적 상상력이 재편되는 양상을 살펴보았다. 냉전체제 종식과 신자유주의 자본주의화가 진행되던 세계사적 전환기와 맞물려 한국문학사에는 여성작가들이 대거 등장했고, 이들의 다양한 해외체류 경험을 바탕으로 여행 장소의 확대·세분화, 유동성과 불투명성을 특징으로 하는 탈근대적 여행서사가 창작되었다. 다만, 장소의 유동성과 불투명성은 젠더의 문제가 아니라 디아스포라를 기본적인 삶의 양태로 하는 21세기의 탈근대적 존재방식이기도 하다는 점을 고려해 분석 대상을 여성 작가의 작품에 국한하기보다 여행서사

전반으로 확대, 여기서 여행의 여성주의적 가치와 원리를 찾아내는 방식을 취했다.

이를 위해 우선 90년대 이후 한국문학에 새롭게 등재된 장소가 배치·재배치되는 양상을 분석함으로써 장소 정체성의 의미가 어떻게 전유되는지를 탐색했다. '인도'는 포스트 식민주의와 포스트 오리엔탈리즘의 관점에서 장소 정체성의 의미와 맥락이 어떻게 변경되는지를 확인할 수 있는 유용한 사례라 할 것이다. 마지막 두 편의 글에서는 과잉유동성이 초래한 '비(非)장소성', 진정성을 상실한 채 인위적으로 획일화된 '무(無)장소성' 개념이 21세기 여행서사에 어떻게 반영되어 있는지, 나아가 후기 자본주의 상품화·상업화된 여행 산업에서 여행의 진정성 개념이 어떻게 왜곡되고 전유되고 있는지를 비판적으로 성찰하고자 했다.

이 같은 일련의 연구들은 결국 모든 경계의 '사이'에서 탈장소성과 무국적의 정체성이라는 역설적인 방식으로 자신의 실존을 증명하고자 했던 여성 젠더의 존재방식과 이를 증언하는 행위로서 여행 글쓰기의 의미를 확인하는 과정이었다고 할 수 있겠다.

I
장소를 발견하다

: 1920-40년대 월경越境하는 여행자 - 이방인의 초상

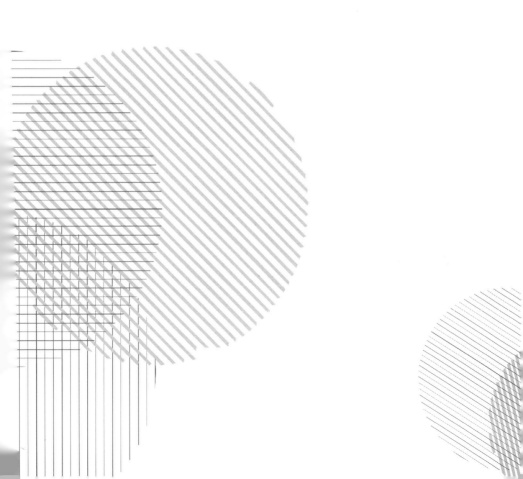

G　　N　　　D

E　　　　E

　　P　I　E

　　P　I　　R

T　　　A　　I

　R　C　　E　L

R

A　　V

'파리(paris)'의 장소기억과
여행자 정체성

1. 신여성 나혜석의 구미여행

이 글의 목적은 '여행자' 나혜석의 정체성을 조명함으로써 구미여행의 성격과 의미를 재고해 보는 데 있다. 나아가 유럽, 특히 파리에 대한 장소기억의 특수성과 여행자로서의 정체성이 어떻게 조응하는지를 통해 나혜석의 해외체험이 자아 정체성에 미친 영향을 사유해 보고자 한다.

나혜석은 1927년 6월 19일 부산진을 출발해 1929년 3월 12일 다시 부산항에 도착하기까지 1년 8개월 23일간 구미 각국을 두루 여행했다. 중국과 러시아를 거쳐 영국, 독일, 이탈리아, 프랑스, 스위스, 벨기에, 오스트리아, 네덜란드, 스페인 등 유럽에 머물다 미국과 일본을 거쳐 귀국하는 일정이었다.

당시 신문·대중매체가 나혜석의 여행을 대서특필했다는 사실만 봐도 이 여행이 얼마나 파격적이고 희귀한 사건으로 세간의 관심을 모았는지 알 수 있다. 이런 분위기에는 이 여행이 당시로서는 드문 '여성'의 해외여행이었다는 점 외에도 목적지가 '구미'였다는 점도 한몫했다. 중국과 일본 등 아시아에 한정되어 있었던 여행지역이 미국과 유럽 등으로 확대된 것은 1920년대 들어서일뿐더러 구미를 여행한 여성도 허정숙, 박인덕 정도만을 꼽을 수 있는 상황이었기 때문이다. 더군다나 허정숙과 박인덕의 여행이 미국 유학을 마치고 귀국 길에 유럽을 경유하는 형태였던 반면 외교관 남편 김우영의 해외시찰에 동행한 나혜석의 여행은 유럽을 목적지로 한 호사스러운 개인여행이었다는 점에서도 차별성과 예외성을 지닐 수밖에 없었다.

어찌 됐든 이 여행은 개인적인 삶에서나 작품세계에서나 가장 극적인 전환점으로 작용한다. 선행 연구들 역시 근대 최초의 서양화가이자 1세대 여성작가로 매김된 신여성 나혜석의 삶에 구미여행이 미친 영향이 간단치 않음을 강조하며 그 의미를 다양한 각도에서 규명해 왔다. 이를 연구대상별로 대별해 보면, 나혜석의 탈주 욕망과 이국 공간에 대한 연구,[1] 기행문의 성격과 글쓰기의 특성 연구,[2] 여행이 예술세계에 미친 영향 연구,[3] 신여성의 여행과 여행의 근대성 연구[4] 등으로

---

1) 유진월, 〈나혜석의 탈주 욕망과 헤테로토피아〉, 《인문과학연구》 35, 2012; 진설아, 〈떠도는 근대 여성, 그가 꿈꾸는 '거주'에의 욕망과 실패-나혜석의 소설과 수필을 중심으로〉, 《어문논집》 50집, 중앙어문논집, 2012; 조미숙, 〈나혜석 문학의 공간 의식 연구-나혜석의 소설과 희곡을 중심으로〉, 《인문과학연구》 39집, 강원대학교 인문과학연구소, 2013.

2) 김효중, 〈여행자 문학의 시각에서 본 나혜석 문학-그의 〈구미시찰기〉를 중심으로〉, 《세계문학비교연구》 16권16호, 세계문학비교학회, 2006; 한지은, 〈식민지 조선 여성의 해외여행과 글쓰기: 나혜석의 〈구미만유기(歐美漫遊記)〉를 사례로〉, 《한국지리학회지》 8권3호, 한국지리학회, 2019.

3) 신지영, 〈여행과 공간의 성의 정치학을 통해서 본 나혜석의 풍경화〉, 《여성과 역사》, 11권11호, 한국여성사학회, 2009; 김이순·이혜원, 〈여행, 여성화가의 새로운 길찾기: 나혜석, 박래현, 천경자의 세계여행과 작품세계〉, 《미술사학》 Vol.26, 한국미술사교육학회, 2012.

4) 우미영, 〈서양 체험을 통한 신여성의 자기 구성방식-나혜석, 박인덕, 허정숙의 서양 여행기를 중심으로〉, 《여성문학연구》 12호, 한국여성문학학회, 2004; 이미정, 〈근대를 향한 식민지인의 여정-정석태와 나혜석의 기행서사를 중심으로〉, 《시학과 언어학》 10권, 시학과 언어학회, 2005; 손유경, 〈나혜석의 구미 만유기

나눌 수 있다.

그런데 선행연구들은 대개 나혜석의 객관적 위치나 외부적 정체성에 초점을 맞춰 여행의 성격이나 의미를 규명하려는 쪽에 무게중심을 두어 왔다.5) 이들 연구에는 공통적으로 나혜석이 '근대' '식민지'의 '신여성'이란 조건이 선행적으로 작용하고 있다는 의미이다. 근대적 개인으로서의 자기 인식(김영경), 신여성의 자기 구성(우미영), 코스모폴리탄적 여성 산책자의 탄생(손유경), 신여성의 메트로폴리스 산책(서지영)과 같은 해석이 대표적이다. 이 연구들은 구미여행의 의미를 근대적 시각에서 선취함으로써 후속 논의의 방향을 선도하는 데 결정적인 역할을 했지만, 기본적으로 나혜석을 여행하는 개인으로 보기에 앞서 시대, 국가, 계급, 성별에 귀속된 존재로 보고 있다.

물론 한 사람의 정체성을 구성하는 데 여러 겹의 카테고리들이 복합적이고 중층적으로 작용한다는 사실을 모르지 않지만 나혜석 개인에게 구미여행이 어떤 의미작용을 했는지를 파악하기 위해서는 근대인, 식민지인, 여성 등의 범주에 포섭되지 않은 '여행자' 나혜석의 모습에 집중할 필요가 있다고 본다. 평소 나혜석이 "춘추로 一年에 두 번식 풍속 다르고 경치 다른 곳으로 여행"6)하고 싶고 "짐만 싸면 신이 난다"7)는 여행자의 욕망8)을 드러냈다는 점을 상기해 보더라도, 구미여

에 나타난 여성 산책자의 시선과 지리적 상상력〉,《민족문학사연구》36호, 민족문학사학회, 2008; 서지영, 〈산책, 응시, 젠더; 1920~30년대 '여성산책자'의 존재 방식〉,《한국근대문학연구》21호, 한국근대문학회, 2010; 김영경, 〈나혜석의 '구미여행기' 연구〉,《이화어문논집》33집, 이화어문학회, 2014.

5) 이 가운데 여행자로서 나혜석에 주목해 글쓰기를 분석한 한지은의 논의가 주목된다. 그러나 이 연구는 여행기를 "작가의 순수한 문학적 성취"로 보는 대신 "여행주체가 특수한 목적 하에 특정 청중을 대상으로 생산한 의식적 커뮤니케이션의 산물로 이해"하려는 태도에 입각, "당대의 공간적 실천의 산물이자 물질적 결과"로 접근하고 있어 본고의 방향과 결을 달리 한다.

6) 나혜석, 〈夫妻間의 問答〉,《신여성》, 1923.11, 68쪽.

7) 나혜석, 〈新生活에 들면서〉,《삼천리》, 1935.2, 71쪽.

8) 여기서 여행자의 욕망이란 이동에 대한 열망, 변화에 대한 열정, 움직임에 대한

행에서 이 여행자 욕망이 어떻게 발현되고 있는가를 탐색하는 일은 흥미롭고 유의미한 작업이 될 수 있으리라 생각한다.

여행자의 욕망을 해석해 낼 수 있는 첫 번째 근거는 나혜석의 여행이 지니는 예외적이고 복합적인 성격에서 찾을 수 있다. 상당한 비용을 지불해야 하는 서구여행에 나혜석은 당시 돈 2만여 원을 들인 것으로 알려져 있다.9) 배와 철도 같은 근대 교통수단을 이용하고 호텔에 투숙하는 고비용의 고급 여행이었다는 점에서 아무나 누릴 수 없는 특별한 기회가 아닐 수 없었다. 체류 기간이나 여정만 놓고 봐도 일본 당국의 허가와 재정적 · 정책적 지원이 없었다면 불가능했을 기회였음을 알 수 있다.

그러나 정책적인 측면이 강했던 일본 여행에 비해 유학과 이민과 같은 개인적 동기와 종교적 요인이 좀 더 강하게 작용10)했던 서구여행의 경우 일제의 영향권에서 벗어나 상대적으로 자유로운 양상을 보인다. 물론 박승철, 정석태, 허헌의 여행기가 보여주듯 당시 식민지 지식인의 서구여행의 목적은 서양에 대한 견문을 넓혀 이를 조국에 환원시키고자 하는 공적 책임과 별개가 될 수 없던 때였다. 그러나 나혜석의 경우 일본제국 고위 관료였던 남편 김우영의 구미 시찰과 포상 여행에 함께 한 동행인으로 이 같은 공적 책무에서 상대적으로 자유로울 수 있는 여지가 있었고 그 자신 안목과 식견을 가진 존재로서 자발적 여행

욕구, 공동체에 대한 고질적인 부적응력, 독립에 대한 격렬한 집착, 자유에 대한 숭배, 돌발적 상황이나 행동에 대한 욕망의 총체이다.(미셸 옹프레(Michel Onfray), 《철학자의 여행법》, 강현주 역, 세상의모든길들, 2013, 16쪽.)

9) 같은 시기 1년간 해외여행을 한 허헌은 땅을 판 돈 12,000원 정도를 여비로 사용했다.(국사편찬위원회, 《여행과 관광으로 본 근대》, 동아출판, 2008, 243쪽.) 1930년대 중산층 회사원의 월급은 2, 30원 수준이고 50원 정도의 급여를 받는 것조차 "그야말로 꿈같은 일"로 인식되고 있던 때(최병택 · 예지숙, 《경성리포트》, 시공사, 2009, 19쪽.)임을 감안하면 일반 월급쟁이들로서는 상상도 못하는 비용이 소요된 것이다.

10) 국사편찬위원회, 앞의 책, 245쪽.

주체가 될 능력과 자질 또한 갖추고 있었다. 이렇게 "朝鮮 女性으로서
는 누리지 못할 經濟上으로나 氣分上 아모 障碍되난 일이"¹¹⁾ 없는 물
질적·계급적 조건은 나혜석이 여행자의 욕망을 마음껏 표출할 수 있
는 뒷배경이 되었다.

두 번째 근거는 나혜석의 여행 내러티브 구성 방식이다. 나혜석은
1929년 귀국 후 1936년경까지 〈구미시찰기〉(《동아일보》, 1930.4.3.
-10.)와 〈구미유기〉(《삼천리》, 1932.12.-1934.9.)¹²⁾라는 이름으로
연재한 여행기를 비롯해 20편 이상의 인터뷰와 에세이¹³⁾를 통해 자신의
경험을 대중과 공유했다. 그런데 연재된 여행기만 봐도 일관된 목적이나
체계적인 질서에 의해 쓰인 것이 아님을 알 수 있다. 각 나라와 도시,
장소마다 내러티브를 구성하는 방식 역시 같지 않다. 여행기에 반영된
나혜석의 여행 경험은 한마디로 분절적, 이질적, 비동시적인 것이다.

본래 여행기는 기본적으로 사후적인 기록으로, 여행 내러티브는 대
상에 대한 기억과 그 기억의 틈새를 메우는 상상력으로 구성된다. 여
행기 자체가 인상적이었던 대상을 취사선택해 이를 중심으로 기록할
수밖에 없고 각 장소의 특성에 따라 서사구조가 달라질 수밖에 없다는
점, 그리고 나혜석의 글들이 서로 다른 시기, 다른 매체에 연재되어

---

11) 〈아아 自由의 巴里가 그리워-歐美漫遊하고 온 後의 나〉, 《삼천리》, 1932.1, 43쪽.
12) '구미유기' '구미순유기' '구미일주기' '세계일주' 등의 각기 다른 부제를 달
     고 있긴 하지만, 이들을 발표 순서대로 제시하면 다음과 같다. 〈쏘비엣 露西亞行-
     歐米遊記의 基一〉(1932.12), 〈CCCP-歐米遊記의 基二〉(1933.2), 〈伯林과 巴
     里〉(1933.3), 〈꽃의 巴里行-歐米巡遊記 續〉(1933.5), 〈伯林에서 倫敦까지-歐
     美遊記의 續〉(1933.9), 〈西洋藝術과 裸體美-歐米一週記 續〉(1933.12), 〈情熱
     의 西班牙行-世界一週記 續〉(1934.5), 〈巴里에서 紐育으로-世界一週記
     續〉(1934.7), 〈太平洋 건너서-歐米遊記 續〉(1934.9).
13) 〈파리에서 본 것 느낀 것〉(《대조》, 1930.6-7), 〈아아 자유의 파리가 그리
     워〉(1932.1), 〈베를린의 그 새벽〉(《신가정》, 1933.1), 〈밤거리의 축하식-외국의
     정월〉(《중앙》, 1934.2), 〈이탈리아 미술관〉(《삼천리》, 1934.11), 〈이탈리아 미
     술기행〉(《삼천리》, 1935.2) 등의 수필과 희곡 〈파리의 그 여자〉(《삼천리》,
     1935.11), 〈구미 만유하고 돌아온 여류화가 나혜석씨와 문답기〉(《별건곤》,
     1929.8)와 같은 인터뷰 기사가 있다.

하나의 내러티브로 통일되기 어렵다는 점을 감안하더라도 나혜석의 글쓰기에서 이 부분은 흥미롭게 짚어봐야 할 부분이다. 사회 저명인사로 대중 계몽의 목적이나 기록과 전달의 의무에서 자유로울 수 없었을 나혜석의 글에서 공적인 책임감 저변에 깔린 개별 여행자의 목소리를 포착해낼 수 있는 단서가 될 수 있기 때문이다.

여행에 대한 기억이란 결국 어떤 장소를 어떻게 경험했는가와 관련된다. 즉 사후적으로 여행은 장소기억을 통해 재구성된다는 의미이다. 나혜석은 프랑스 '파리'에 가장 오래 체류했고 파리에 관한 다수의 글을 통해 파리에 대한 애정을 드러낸 바 있다. 파리는 나혜석의 여행자로서의 정체성이 가장 두드러졌던 공간이라고도 할 수 있다. 그러므로 파리에 대한 장소기억은 이 여행의 성격을 규정하는 데 중요한 단서가 된다.

이에 따라 2장에서는 여행자로서 나혜석의 좌표를 파악해 그의 여행자 정체성을 규명하고, 3장에서는 '파리'의 장소기억을 통해 이 같은 여행자 정체성이 나혜석의 존재론적 문제에 어떻게 관여하는가를 살펴본다. 이렇게 나혜석의 여행자 욕망과 정체성, 파리라는 장소의 의미를 다시 짚어나가다 보면 나혜석의 삶에서 구미여행이 가지는 최종적인 의미 역시 재사유될 수 있는 여지가 생기리라 본다.

2. 여행자의 욕망과 정체성: '길 위'의 이동하는 시선

여행의 성격과 여행자로서 나혜석의 특징을 파악하기 위해서는 구미여행의 동기와 목적을 먼저 살펴볼 필요가 있다. 경성을 떠나기 전 《조선일보》에 실린 기사14)를 참조해 보면 남편 김우영의 해외 시찰에 동행하는 모양새를 갖춘 나혜석의 외유는 '시찰'과 '순회'라는 공적인 목적을 띠고 있음을 알 수 있다. 거기다 조선의 유명 작가, 화가로 세간의 주목을 받고 있던 나혜석에게는 외교관 아내로 남편을 내조하는 역할에 더해 외교사절로 "각국의 그림을 시찰"하는 임무 또한 부가되어 있었다.

녀류화가 羅蕙錫 三二씨는 예술의 왕국불란서를 중심으로 동서양각국의 그림을 시찰코저 오는 이십이일 밤 열시오십분 차로 경성역을 떠나 일년반 동안 세계를 일주할 예정..(중략).. 시베리아를 횡단하야 먼저 로농사회주의 공화국련합(勞農社會主義共和國聯合)인 적색露西亞를 거처 장차 英吉利 獨逸 伊太利 佛蘭西 白耳義 奧地利 和蘭 西班牙 瑞西 瑞典 丁抹 諾威 土耳其 波斯 暹羅 希臘 米國 등을 순회 할터

– 〈羅蕙錫 女士 世界漫遊〉,《조선일보》(1927.6.21.)[15]

그런데 한편으로 이 여행은 안동현 부영사 임무를 마친 김우영에 대한 일종의 포상 휴가 성격을 띠고 있었다. 〈나혜석 여사 세계만유羅蕙錫 女士 世界漫遊〉라는 위 기사의 제목이 보여주듯 '만유漫遊'의 성격을 표방하고 있는 것이다. 만유漫遊는 사전적으로 "한가로이 이곳저곳을 두루 다니며 구경하고 놂"[16]이라는 의미를 지니지만, 당시에는 이 용

---

14) 6월 21일 낮 조선호텔에서는 대대적으로 출국 전 나혜석의 기자회견이 열렸다. 이 기자회견은 〈羅蕙錫 女士 世界漫遊〉(《조선일보》, 1927.6.21.)라는 기사로 보도되었다.

15) 〈羅蕙錫 女士 世界漫遊〉《조선일보》, 1927.6.21.
조선일보 뉴스 라이브러리. https://newslibrary.chosun.com/view/article_view.html?id=243619270621e1037&set_date=19270621&page_no=3.
위 신문기사에서는 북유럽에서 남유럽까지 유럽대륙 전체를 돌아본다고 했지만 결과적으로는 덴마크, 노르웨이, 터키, 페르시아, 체코, 태국, 그리스를 제외하고 미국을 포함해 9개국을 다녀왔다.

16) 국립국어원 표준국어대사전의 정의를 따랐다.

어가 여행 경로를 따라 주로 해외 여러 지역을 돌아다니는 새로운 형식의 여행을 뜻하는 '여행'이나 '관광' 등과 혼용되어 사용되고 있었던 것 같다.[17]

　　처음에는 나혜석 역시 본격적인 공부보다는 "잠깐잠깐 각국의 예술품을 구경"하는 정도의 여유로운 여행을 기대했던 것으로 보인다. 어린 자식들을 시댁에 두고 가는 처지라 자신의 "뜻"대로 "공부"하는 것이 여의치 않음을 알고 있었던 것이다.

　　일년반이라는 짜른 세월에 무슨 공부가 되겟습니까마는 남편이 구미시찰을 떠나는 길인고로 이 조흔 긔회를 리용하야 잠간잠간 각국의 예술품을 구경만 하는 것이라도 적지안흔 소득이 잇슬 줄 밋고 가는 것이올시다 이왕 먼길을 가는 길에 여러해동안 잇서 착실한 공부를 하여 가지고 돌아오고 십지마는 어린아이를 셋식이나 두고 가는 터임으로 모든 것이 뜻과 가티 되지 못합니다[18]

　　그리하여 <u>伊太利나 佛蘭西 畫界를 同庚하고, 歐美女子의 活動이 보거십헛고 歐美人의 生活을 맛보고십헛다.</u>(이하 밑줄-연구자)
　　나는 實로 마련('미련'의 오기인 듯-연구자)이 만햇다. 그만치 憧憬하든 곳이라 가게 된거시 無限이 깃부렷마는 내 環境은 決코 簡單한거시 아니엿섯다. 내게는 젓먹이 어린의까지 세 아히가 잇섯고 오날이 엇덜지 내일이 엇덜지 모르난 七十老母가 게섯다. 그러나 나는 <u>心機一轉의 波動을 今</u>

---

https://stdict.korean.go.kr/search/searchView.do

17) 서구에서는 1841년 토마스 쿡의 단체관광 등장 이후 전통적인 여행개념과 다른 '관광의 시대'가 도래했으나, 서구의 전통적 여행과 새로운 대중관광(mass tourism)의 개념이 동시에 유입된 근대 아시아에서는 1900년대 이후 '여행 대 관광'의 이분법보다는 여행 관광이 혼용되어 사용되었다.(한지은, 앞의 글, 430-431쪽.)

18) 〈羅蕙錫 女士 世界漫遊〉, 앞의 글.

<u>할 수 업섯다.</u> 내 一家族을 爲하야 내 自身을 爲하야 내 子息을 위하야 드듸어 써나기를 決定하엿다.19)

아내와 엄마, 딸이라는 역할에 붙들려 있던 처지라 떠남을 망설였으나, 그를 떠나도록 한 동인 또한 이 같은 구속으로부터 탈피하고 싶다는 욕망, 즉 "심기일전의 파동"이었던 것이다. 나혜석의 이런 심정은 경성을 떠난 직후 하얼빈에서 '단발'을 했다는 사실로도 미루어 짐작할 수 있다.20)

유럽에 도착한 후에도 나혜석은 여전히 "한곳에 머물러 파리 살롱에 입선이라도 할까" 하는 개인적인 욕심과 "여러 나라의 인정 풍속을 구경"21)할까 하는 관광에 대한 기대 사이에서 망설이는 모습을 보이지만 결국 후자 쪽에 무게 중심을 두기로 한다. 출발 당시만 하더라도 여행 동기 면에서 드라마틱한 변화에 대한 기대보다는 유럽 지역과 파리라는 특정 도시에 대한 막연한 동경과 '기분전환'22)의 필요성이 앞서 있었음을 알 수 있다.

당시 나혜석은 이미 두 차례의 해외 체류를 경험한 상태였다. 5년간 두 번에 걸친 일본 동경 유학(1913-1914, 1916-1918)과 김우영이

19) 〈쏘비엣 露西亞行-歐米遊記의 基一〉,《삼천리》, 1932.12, 60쪽.
20) 나혜석은 귀국 후 인터뷰에서 자신이 하얼빈에서 단발을 했다고 밝힌 바 있다. (〈구미를 만유하고 온 여류화가 나혜석 씨와의 문답기〉,《별건곤》, 1929.9, 이상경 편,《나혜석 전집》, 태학사, 2002, 620쪽.)
21) 〈아아 自由의 巴里가 그리워-歐美漫遊하고 온 後의 나〉,《삼천리》, 1932.1, 45쪽.
22) 오늘날의 기준으로 이 같은 여행은 동기로만 보면 신체적, 정신적 재충전을 위한 여가형 관광(The recreational mode)이나 일상에서의 탈피, '구경'이나 '관광'에 무게를 두는 일종의 기분전환 여행(The diversionary mode)에 가깝다. 이는 코헨(Cohen)의 관광경험 분류에 따른 기준으로, 코헨은 관광객 경험을 여가형 관광, 기분전환 관광, 체험형 관광, 실험형 관광, 실존형 관광으로 분류하고 있다. 여기서 실존적 관광은 기존의 사회적 규범과 역할에 의문을 제기하고 자신의 고유한 존재를 찾고자 하는 동기에서 비롯되는 여행을 의미한다.(변찬복, 〈관광객 경험의 진정성과 일상성에 관한 연구〉,《인문학논총》29집, 경성대학교 인문과학연구소, 2012, 147-152쪽 참조.)

부영사로 있었던 중국 안동현에서의 거주 경험(1921-1927)이 그것
이다. 그래서인지 유럽으로 가는 중간 기착지인 중국과 러시아에서 나
혜석은 익숙함과 낯섦 사이의 '경계'와 '차이'에 대한 감각을 거의 드러
내지 않는다.

  신의주를 지나 중국 안동에 도착한 나혜석은 이전 김우영의 근무지
였던 안동현에 5일 간 머물면서 일본인의 환송을 받는 등 익숙한 경험
을 한다. 다음 기착지인 봉천에서도 농장을 경영하며 살고 있는 오빠
나경석의 집에서 유숙했기 때문에 낯설고 새로운 대상과 접촉할 기회
를 거의 갖지 못했다. 3일간의 모스크바 체류 기간 동안에도 나혜석은
거주권 제한으로 조선인 안내원만 따라다니며 유명 관광지를 둘러보
게 되는데, 관광객들이 몰려드는 크렘린 궁전과 레닌 묘 앞에서도 "보
게 되어 광영"이라는 짧은 소회를 밝히고 있을 뿐 특별한 감회를 드러
내지 않는다.23) 장소 간의 차이를 인식하는 것이 자신의 범주를 받아
들이는 하나의 방법24)이라고 한다면, 러시아를 포함해 동양 각국은
당시 나혜석에게 완전히 다른 삶의 범주로 인식되고 있지 않았음을
추정케 한다.

  이미 국외자의 위치에서 다른 삶의 장소를 경험한 적 있는 나혜석
이 "심기일전"하기 위해서는 단지 조선 밖의 어느 곳이 아니라 서양이
라는 완전히 낯선 공간이 필요했다고 볼 수 있다. "이국과 타향이라는
시공간을 통해 일상체계 밖의 감각을 자극하는 것"이 여행의 목적25)
이라고 한다면, 나혜석의 정체성을 '여행자'로 전환시켜줄 수 있는 곳
은 "구미 여자의 활동"을 체험하고, "구미인의 생활을 맛" 볼 수 있는
유럽일 수밖에 없었다.

---

23) 〈CCCP-歐米遊記의 基二〉, 《삼천리》, 1933.2, 44-47쪽.
24) 후칭팡(胡晴舫), 《여행자》, 이점숙 역, 북노마드, 2014, 82쪽.
25) 후칭팡, 위의 책, 90쪽.

나혜석은 처음으로 발 디딘 폴란드 바르샤바에서 "서양냄새"를 감지하고 "몸이 이제야 서양에 들어온 것 같"다고 서술하고 있다. 이때 "서양냄새"란 동양과는 다른 어떤 것이라기보다 완전히 새로운 장소가 만들어내는 낯선 감각을 일컬을 것이다. 이후 독일 베를린을 통과해 폴란드와 스위스를 거쳐 프랑스에 도착한 나혜석은 파리를 거점으로 그림 공부를 하면서 8개월가량을 머물고, 김우영은 법률 공부를 위해 베를린과 런던에 체류하다 중간중간 만나 유럽의 다른 도시들을 함께 여행한다.

그러니까 나혜석은 유럽 각 도시들을 단순 관광부터 구경과 주유, 체험, 시찰에 이르기까지 다양한 형태로 경험했던 것이다. 각 도시별로 체류 기간과 거주 형태, 이동 방식이 상이했던 만큼 그의 정체성 역시 외교관부터 관광객, 유학생에 이르기까지 매우 복합적이었다. 그래서인지 나혜석의 여행기에서 각각의 도시는 그 장소를 어떤 모습으로 어떻게 경험했는가에 따라 다른 태도로 기술되고 있다.

나혜석이 각각의 장소를 어떻게 기억하는가는 대부분 '걷기'의 경험과 결부되어 있고, 이에 따라 유럽의 각 도시들은 장소와 비장소[26]로 구별될 수 있다. 나혜석 부부가 함께 이동하는 경우 대부분의 도시에서는 안내자가 마중을 나와 호텔에 투숙하면서 자동차로 유명 관광지를 방문하는 양상을 보인다. 이렇게 러시아나 스위스, 독일처럼 부부가 함께 안내자의 도움을 받아 관광을 한 경우엔 "~는 게 좋겠다"는 식의 권고와 함께 자신의 시선을 거치지 않은 객관적인 정보만을 제공하는 등 비교적 건조한 서술 방식을 취한다.

이와 달리 중간 중간 직접 지도를 들고 혼자 도시를 돌아다녔던 경

---

26) 마르크 오제에 의하면, '장소'는 말을 걸고 기억을 상기시키며 감정을 풍부하게 해주고 예술적 영감을 제공하는 공간인 반면 '비장소(non-place)'는 필요와 요구를 충족시켜주는 생존과 일상의 공간으로 상투성과 단절감을 느끼게 한다.(마르크 오제(Marc Augé), 《비장소》, 이상길·이윤영 역, 아카넷, 2017 참조.)

험은 좀 더 인상적으로 서술되고 있다. 나혜석에게 스위스 베른은 "시내 교통지도를 들고" 길을 나서 미술관과 박물관, 국회의사당 등의 유적지뿐 아니라 시가지와 광장, 공원을 "소요하다" 돌아오곤 했던 흥미로운 경험으로 남아있다. 베를린에서 남편과 함께 다닌 관광지를 열거하며 "특별한 것은 없었다"고 건조하게 기록하고 마는 데 반해, 혼자 기차를 타고 베를린으로 가는 장면이나 독일의 섣달 그믐날 밤 풍습을 보러 밤에 따로 시가지 구경을 나갔던 순간을 특별한 경험으로 기억하고 있다.27)

이에 대해 나혜석은 "튼튼한 豫備知識이 업섯든 까닭"28)이라 했지만, 어느 장소에 대한 사전 지식을 가지고 와서 그 현물을 확인하는 여행에는 새로운 발견이 불러일으키는 감흥과 놀라움이 없다.29) 반면 나혜석은 편견과 선입견에 사로잡히지 않고 '판단 중지' 상태에서 장소에 따라 위치와 시선을 재조정해간 덕분에 "박제화된 풍경이 아니라 고유한 살아 있는 풍경을"30) 발견할 수 있었다. 물론 이는 나혜석이 문화적 소양을 갖춘 고급 여행자였기 때문에 가능한 일이었다. 유명 관광지나 유적지를 쫓아다니기보다 자신이 원하는 것을 따르는 이런 자유로운 여행은 여행자의 신분이 아니라 문화적 욕구와 교양에서 기인하기 때문이다.

한편 나혜석의 여행기에 귀속에 대한 감각이 거의 드러나지 않는다는 점 역시 주목할 만하다. 서양과 동양을 위계화하는 서구편향성 아니면 서양에 배타적인 수구적 태도가 깔려있는 동시대 조선 지식인의

---

27) 독일 베를린에서 경험한 섣달 그믐날의 풍경은 〈베를린의 그 새벽〉(《신가정》, 1933.1)과 〈밤거리의 축하식(祝賀式)〉(《중앙》, 1934.2)이라는 별도의 글을 통해 흥미롭게 묘사되고 있다.
28) 〈아아 自由의 巴里가 그리워-歐美漫遊하고 온 後의 나〉, 앞의 글, 45쪽.
29) 정수복, 《파리의 장소들》, 문학과지성사, 2010, 10쪽.
30) 정수복, 위의 책, 11쪽.

서구여행기들과 비교해볼 때 나혜석의 글에는 기본적으로 이런 시각을 찾아보기 어렵다. 멋진 풍경과 호사스런 생활을 즐기다 문득 "삶에 허덕이는 고국 동포"31)를 떠올리고 유럽인의 삶과 다른 "먼 고국의 풍경을 그려보"32)며 적막한 슬픔을 느낄 때도 있지만, 이는 "느낌"과 "감", "기분"과 "감정"에 의한 즉자적인 감상에 가깝지 비판적이고 인식론적인 사유라 보기는 어렵다. 물론 잘 알려진 대로 별도의 글33)을 통해 구미여성과 대비되는 조선여성의 현실을 개탄하기도 했지만, 대부분의 경우 눈앞에 펼쳐진 풍경을 놓고 굳이 조선을 열등한 비교대상으로 소환하지는 않는다는 의미이다.

여행기 전반에 걸쳐 외교관의 아내이자 외교사절로 수행하는 공식적인 일정과 행사를 상세히 기록한 경우를 거의 찾아보기 힘들다는 점도 이와 관련 있다. 외교관 부인으로 수행한 공적 임무에 대한 기록은 제네바에서 열린 사이토 조선 총독 연회와 영친왕의 연회에 참석했을 때가 유일하다고도 볼 수 있다. 물론 나혜석의 파리 생활 기록을 보면 그가 공식연회에도 참석하고 유명 인사와의 만남도 즐겼다는 사실을 알 수 있다. 그러나 이때도 나혜석은 단발을 하고 서양옷을 입고 새로운 언어를 배우고 화실을 다니면서 춤추고 연극도 보는 자유로운 생활을 동시에 향유하고 있었다.

> 斷髮을 하고 洋服을 입고, 쌩이나 茶를 먹고, 寢臺에서 자고 스켓치박스를 들고 硏究所를 다니고(아가데미) 冊床에서 佛蘭西말 單語를 외우고, 쌔로난 사랑의 쑴도 쉬여보고, 將次 그림 大家가 될 空想도 해보앗다. 興나면 춤도 추어보고 時間 잇스면 演劇場에도 갓다. 王 殿下와 各國大臣의

---

31) 〈伯林과 巴里〉, 《삼천리》, 1933.3, 39쪽.
32) 〈베를린의 그 새벽〉, 《신가정》, 1933.1, 이상경 편, 앞의 책, 350쪽.
33) 〈구미 여성을 보고 반도 여성에게〉, 《삼천리》, 1935.6; 〈불란서 가정은 얼마나 다를가〉, 《삼천리》, 1936.4 외.

宴會席上에도 參加해 보고, 革命家도 차자보고, 女子參政權論者도 만나보
앗다. 佛蘭西家庭의 家族도 되어보앗다.[34]

단발, 양복, 외국어 공부, 그림, 춤, 연극, 사랑, 꿈, 공상..이들은
민족, 젠더, 계급, 나이라는 틀에 갇히지 않은 나혜석의 자유로운 삶을
표상하는 기호들이라 할 수 있다. 이런 자유로운 삶과 같은 층위에서
공식 연회 참석 및 유명 인사와의 만남이 서술되고 있다는 것은 나혜석
이 하나의 고정된 정체성에 구속되지 않은 복수의 정체성으로 존재했
다는 사실을 의미한다.

이런 양상은 '거주' 형태에서도 드러난다. 나혜석은 파리에 머무는
동안 3개월가량을 파리 근교 르베지네에 있는 작가이자 철학교수인
샬레[35] 부부 집에서, 영국 캠브리지에서는 참정권 여성 운동가의 집에
서 유숙했다. 이 기간 동안 나혜석은 육아법, 탁아제도, 가정생활, 부
부관계, 남녀관계, 의식주의 개량문제 등 유럽 가정의 일상과 유럽 사
회 내부를 들여다 볼 수 있었다.[36] 물론 완전한 내부자로 살지는 못했
다 하더라도 이 경험은 단순히 관광객이나 국외자로 머물지 않고 다른
위치에서 시선을 이동해가며 단일한 관점이 아닌 복수의 시선을 소유
할 수 있는 기회가 되었다.

이처럼 나혜석은 '길 위'에 서 본 경험을 통해 자신만의 감각으로

---

34) 〈아아 自由의 巴里가 그리워-歐美漫遊하고 온 後의 나〉, 앞의 글, 43쪽.

35) 샬레(Felicien Challaye) 교수는 당시 파리 소재 소약국 민족을 위한 인권옹호회
　　부회장, 삼개소 고등중학교 철학교수, 저작가의 직함을 가진 파리의 저명 인사였
　　다.(김효중, 앞의 글, 12쪽.) 그는 대한민국 임시정부 파리위원부와 한국친우회
　　를 통해 한국의 독립운동을 지원했던 인물로, 당시 한국의 대표적인 여성지식인
　　이었던 나혜석과 파리에서 깊이 교류했으리란 사실은 충분히 짐작 가능하다.

36) 이 경험은 〈다정하고 실질적인 프랑스 부인-구미 부인의 가정생활〉(《중앙》,
　　1934.3), 〈구미 여성을 보고 반도 여성에게〉(《삼천리》, 1935.6), 〈영미 부인 참
　　정권 운동자 회견기〉(《삼천리》, 1936.1), 〈불란서 가정은 얼마나 다를가〉(《삼천
　　리》 1936.4) 등의 글에서 좀 더 구체화된 형태로 제시된다.

각 장소들과 교감하면서 그 도시의 장소성을 발견해 냈다. 예민한 감각과 미적 감수성의 소유자로서 나혜석의 자기다움은 자신의 관심사를 좇아 지도 한 장에 의지해 자유롭게 도시를 활보할 때 발휘되고 있는 것이다. 그의 여행을 견인하는 것은 귀속감이나 대표성보다 개별 여행자로서의 욕망이었다. 이렇게 구미여행 기간 동안 나혜석은 어떤 '입장'에 서는 대신 '길 위'에서, 조선에 귀속된 고정된 신분이 아닌 복수의 정체성과 '이동하는 시각'37)을 자발적으로 소유함으로써 진정한 여행자로 존재할 수 있었다.

3. 파리의 장소기억: 실존적 진정성 체험

나혜석이 남긴 유럽 관련 기록 가운데 '파리'를 소재로 한 글38)이 유독 많은 데서 알 수 있듯이 파리에 대한 나혜석의 장소애는 매우 특별하다. 다시 말해 나혜석의 구미여행에 대한 기억은 파리의 장소경험과 깊이 연결되어 있다고 할 수 있다.

그런데 여행 전 심경으로 미루어 보면 처음부터 파리가 특별한 장소로 인식되었던 것 같지는 않다. "本來 巴里는 무어슬 배우러 온 것 갓

---

37) 후칭팡, 앞의 책, 11쪽.
38) 파리를 표제로 한 글만 해도 〈파리에서 본 것 느낀 것〉(《대조》, 1930.6,7.), 〈아아 파리의 자유가 그리워〉(《삼천리》, 1932.1), 〈파리의 모델과 화가생활〉(《삼천리》, 1932.3-4), 〈백림과 파리〉(《삼천리》 1933.3), 〈꽃의 파리행〉(《삼천리》, 1933.5), 〈파리의 어머니 날〉(《신가정》, 1933.5), 〈파리에서 뉴욕으로〉(《삼천리》, 1934.7), 〈블란서 가정은 얼마나 다를가〉(《삼천리》 1936.4), 희곡 〈파리의 그 여자〉(《삼천리》, 1935.11), 인터뷰 〈나혜석씨에게 〈파리의 여성〉을 듣는다〉(《중앙》, 1935.1) 등이 있다.

흔 感이 잇서 別로 求景할 맛이 업고, 速히 住所를 定하고 不便한 佛語를 準備하랴고 하얏다."39)는 진술에서 보이듯 나혜석은 애초에 파리를 어학과 미술 공부를 위한 배경 정도로 여기고 있었다.

그러나 귀국을 몇 달 앞둔 시점 나혜석은 파리를 떠나야 하는 마음을 "애인 앞을 떠나는 것" 같다고 표현하고 있다. 여전히 미 대륙을 여행하는 일정이 남아 있던 때임에도 불구하고 미국에 대한 기대보다는 파리를 떠나기 싫은 심정을 더 강렬하게 피력하고 있는 것이다.

> 누구든지 巴里에 와 잇다가 가 巴里가 조흔 곳인줄 아난 날은 써나기 실혀한다. (중략) 巴里 自體난 아람다온 곳이나 外國人들이 버려놋난 것이다. 果然 巴里 人心은 自由 平等 博愛가 充分하여 누구든지 愉快히 살 수 있스며 <u>이곳을 써날 때는 마치 愛人 압흘 써나는 것 갓다.</u>
> <u>나는 巴里를 다 알지 못한다.</u> 그러나 써나기가 실헛다. 좀 더 잇서서 그림 硏究를 하랴다가 여러 事情으로 因하야 米州를 들녀 도라가기로 作定하엿다.
> 九月 十七日 吾前 九時 伍十分에 쌍라잘 停車場에서 數人의 知友 餞送으로 米國을 向하야 써낫다. 얼마나 만히 巴里 消息이 귀에 젓고 얼마나 만히 巴里를 憧憬하든 그것도 過去가 되고 마럿다.40)

그렇다면 파리에 대한 나혜석의 장소기억은 어떻게 형성된 것일까. 나혜석은 유럽 체류 기간 중 8개월을 파리에 머물렀고, 다른 나라를 다니는 중에도 파리를 거점으로 삼았다. 그리고 이 중 3개월가량은 나혜석의 자발적인 요청으로 프랑스 가정에 유숙하기도 했다. 이런 경험은 파리에 대한 첫인상이나 선입견을 수정할 수 있는 계기를 제공했

---

39) 〈伯林과 巴里〉, 앞의 글, 42쪽.
40) 〈巴里에서 紐育으로-世界─週記 續〉, 《삼천리》, 1934.7, 134~135쪽.

고 충분하지는 않더라도 파리 생활을 좀 더 깊숙이 들여다볼 수 있는
기회가 되었음을 부인할 수 없을 것이다.

> 巴里라면 누구든지 華麗한 곳으로 聯想하게 된다. 그러나 巴里에 처음
> 到着할 째는 누구든지 豫想 밧긴 것에 놀나지 안을 수 업슬 것이다. 爲先
> 日氣가 어둠침침한 것과 女子의 衣服이 黑色을 만히 使用한 것을 볼 째,
> 첫 印象은 華麗라는 것보다 陰沈한 巴里라고 안 할 수 업다. 其實은 오래오
> 래 두고 보아야 巴里의 華麗한 것을 조곰치 알아낼 수 잇는 것이다.[41]

> 平面과 立體가 合하야 한 物體가 된 것갓치 平面 즉 外面과 立體 즉 內部
> 가 合 하야 一社會가 成立된 것이니 어느 것을 싸로싸로 쩨여 볼 수가 업다.
> 잠간잠간 들리난 客에게는 內部를 알 餘暇가 없고 또 얼는 보이지도 아니
> 하고 限이 업난 것이엇다. 그럼으로 나는 그 <u>外面에 나타난 몃가지를
> 取해 가지고 왓슬 뿐이다.</u>[42]

그런데 8개월의 체류 기간과 파리 가정에서의 유숙 경험에도 불구
하고 파리에 대해 나혜석은 "외면에 나타난 몇 가지를 취해 가지고
왔을 뿐"이며, 여전히 "巴里를 다 알지 못한다"고 고백한다. 그러면서
파리가 "오래오래 두고 보아야" 그 진면목을 알 수 있는 곳이라고 강조
한다. "외면"뿐 아니라 "내부"를 경험해야만 비로소 파리를 입체적으
로 볼 수 있는 시각을 가질 수 있다는 것이다. 유럽의 어느 도시보다
'오래'도록 '내부'를 경험했던 파리를 "알지 못한다"는 나혜석의 고백은
파리에 대해 더 깊이 알고 싶은 열망과 애착을 반증한다.

물론 한 장소에 대한 장소애는 거주 기간과 항상 비례하지는 않는

---

41) 〈꼿의 巴里行 -歐米巡遊記 續〉, 1933.5, 80쪽.
42) 〈아아 自由의 巴里가 그리워-歐美漫遊하고 온 後의 나〉, 앞의 글, 45쪽.

다. 이것은 오히려 "관광객 순간(tourist moment)"을 얼마나 경험하는가에 달려 있다. 관광객 순간은 여행자의 생활양식 변화와 영성적 성장이 확연하게 드러나는 순간을 의미하며, 여행자는 우연히, 예상치 못하게 찾아오는 '세렌티피티'를 통해서 이를 경험한다.[43]

이를 나혜석과 파리의 관계에 대입해보면 나혜석의 장소애를 이해하는 데 도움이 된다. 나혜석의 세렌티피티는 일차적으로 파리라는 도시의 역사, 문화예술을 향유하는 데서 발생한다. 나혜석은 파리의 미술관과 박물관을 '순례'하며 "황홀했다"는 표현을 쓰고 있다.

> 巴里의 市街 設備, 公園施設 모든 것이 美術的인 것은 勿論이요 演劇, 活動寫眞 어느 하나 美術品 아닌 것이 업다. (중략) 演劇, 오페라, 活動寫眞을 가보면 어느 하나라도 美의 採掘者 아닌 것이 업서 모다 參考하게 된다. 畵家가 잇서야 할 巴里요, 巴里는 畵家를 불너온다.[44]

파리에서의 심미적 경험은 비단 미술관과 박물관에 한정되지 않는다. 나혜석에 의하면 파리는 그 자체로 "미술적"이며 파리의 모든 풍경과 문화가 "미술품"과 같다. 나혜석의 눈에는 콩코르드 광장부터 오벨리스크를 중심으로 한 루브르 궁전과 개선문의 좌우 배치, 자동차가 쉼없이 혼잡하게 왕래하는 샹젤리제 거리까지도 미의 극치에 도달한 것으로 비친다. 나혜석은 파리를 화가들에게 영감을 주는, 화가들이 본래 "있어야 할" 본향과 같은 곳으로 생각한다.[45]

---

43) 관광학자 그라번(Graburn)은 내적으로 고양된 심미주의적 순간을 '관광객 순간'으로 명명한 바 있고, 캐리(Cary)는 여행 중에 예기치 않게 발현되는 행복한 순간, 즉, 특정한 순간에 진실이라고 인식되는 가치의 예기치 않은 발견을 '세렌디피티(serendipity)'로 정의했다.(변찬복, 앞의 글, 153쪽.)
단, 여기서 관광객이란 표현은 'tourist'를 번역한 관광이론서의 표현을 인용한 결과이지 여행자와 구별하고자 하는 의도가 아니다.
44) 〈巴里畵家生活-巴里의 모델과 畵家生活〉,《삼천리》, 1932.4, 79쪽.

이것은 예술적 풍취로 가득 찬 1920년대 파리 특유의 분위기46)와 함께 파리라는 도시가 환기하는 고유의 장소성과도 관련이 있다.47) 발터 벤야민(Walter Benjamin)이 파리 걷기를 통해 발견한 바 있듯이 파리의 장소들에는 역사적 시간의 두께와 살아 움직이는 현재의 활기가 공존한다. 그리고 하나가 다른 요소들과 함께 어우러지면서 만들어내는 심미적 분위기, 예술적이고 시적인 분위기를 자아내는 풍부한 아우라가 스며 있다.48) 파리라는 도시 전체를 감싸고도는 예술적 아우라로 인해 나혜석은 파리의 거리를 걷는 것만으로 존재가 고양되는 경험을 할 수 있었던 것이다.

중요한 것은 같은 장소라도 자신을 변화시킬 새로운 감동을 경험하기 위해서는 여행자가 그 장소 고유의 정체성과 교감할 수 있는 감수성과 교양을 갖추어야 한다는 점이다. 그래야 "'세렌티피티'와 '장소'의 화학적 결합이 쉽게 일어남으로써 도시의 공적인 '장소'가 기억과 상상의 연금술을 통해 나만의 장소, 나의 삶에 의미있는 장소가"49) 될 수 있기 때문이다.

이렇게 보자면 무엇보다 파리에서 나혜석의 동선이 관광지도에 의존하는 대신 자신의 관심사와 시선을 따르고 있다는 점이 주효하게

---

45) 〈西洋藝術과 裸體美-歐米一週記 續〉,《삼천리》, 1933.12, 66쪽.
46) 나혜석이 머물던 1920년대 파리는 후세대 예술가들이 '광기의 나날들(Les Années Folles)'이라 부르던 황금기로 전세계의 유명 예술가들과 이방의 젊은 문화인들이 모여들던 꿈과 낭만의 공간이었다. 실제로 나혜석이 아틀리에를 드나들며 미술공부를 하던 동시기 파리 화단에는 피카소와 마티스 같은 화가들이 활동하기도 했다.
47) 정수복은 이 같은 파리의 장소성을 '파리진(parisine)'이라고 부른다. 그에 따르면 파리 진은 뇌의 어느 부분을 자극해 잃어버린 시간을 환기시키는 기능을 하며 대상의 미세한 변화가 만드는 차이, 뉘앙스에 민감하게 반응하도록 만들어주는 기능을 한다. 또한 파리 진은 파리의 풍경을 대상으로 그림을 그리거나 파리에 대해서 글을 쓰도록 유인하고 자극하는 힘이 있다.(정수복(2010), 앞의 책, 17쪽.)
48) 정수복,《파리를 생각한다》, 문학과지성사, 2013, 97-98쪽.
49) 위의 책, 11-12쪽.

작용했을 수 있다. 그는 파리에서 제일 큰 찻집의 장관을 보기 위해 일부러 밤늦게 라쿠르브 카페를 방문하는 등 시간의 제약도 받지 않고 댄싱홀과 카페, 백화점 등을 돌아다닌다. 그런 가운데 미술조각뿐 아니라 우표, 지폐, 금전에 새겨진 "나체미裸體美"와 파리의 공기 안에 충만한 자유, 평등, 박애의 기운과 "輕快 氣敏한 코즈모폴리턴"50)으로 서 파리인의 모습을 포착하는 우연한 '발견'의 즐거움을 만끽한다. 파리의 풍경과 교감하고 공명하는 나혜석의 이런 모습은 플라뇌즈 (flâneuse)51)로서 그의 미적 자질과 창조적 능력을 재확인시켜 준다.

이렇게 파리를 자유롭게 활보하는 기분에 대해 나혜석은 "그 氣分은 女性이오 學生이오 處女로써이였다."52)고 표현하고 있는데, 이때 여성, 학생, 처녀는 조선에서 부여된 아내, 엄마, 주부 이전 나혜석 개인의 모습이라 할 수 있다. 결혼 후 자신에게 부과된 고정된 정체성과 "남을 위한 생활"에서 얼마나 탈피하고 싶어 했던가를 확인시켜 주는 대목이다.

> 나의 생활은 그림을 그릴 때 외에는 전혀 남을 위한 생활이었다. 속에서 부글부글 끓는 마음을 참으며 형식에 얽매여 산 것이다. 그러므로 구미 만유의 기회는 내게 씌운 모든 탈을 벗고 펄펄 놀고 싶은 것이었다. 나는 어린애가 되고, 처녀가 되고, 사람이 되고, 예술가가 되고자 한 것이다. 마음뿐 아니라 환경이 그리 만들고 사실이 그리 만들었다.53)

---

50) 〈西洋藝術과 裸體美〉,《삼천리》, 1933.12, 67쪽.
51) 이런 맥락에서 서지영과 손유경은 나혜석을 보들레르의 '플라뇌르(flâneur)' 개념을 원용해 '여성 산책자'로 정의한 바 있다. 그런데 로런 엘킨은 프랑스어 플라네르의 여성명사인 '플라뇌즈(flâneuse)'라는 가상의 단어를 제안한다. 그에 의하면 플라뇌즈는 단순히 플라뇌르의 여성형이 아닌 그 자체로 도시의 창조적 잠재성과 걷기가 주는 해방 가능성에 긴밀하게 주파수가 맞추어진, 재능과 확신이 있는 여성이라 할 수 있다.(로런 엘킨(Lauren Elkin),《도시를 걷는 여자들》, 홍한별 역, 반비, 2020, 23~44쪽 참조.)
52) 〈아아 自由의 巴里가 그리워-歐美漫遊하고 온 後의 나〉, 앞의 글, 43쪽.
53) 〈화가로 어머니로-나의 10년간 생활〉,《신동아》, 1933.1, 이상경 편, 앞의 책,

이렇게 "내게 씌운 모든 탈을 벗고" 그녀가 "되고자 한" 것은 '어린 애' '처녀' '사람' '예술가'였다. 사실상 이들은 파리에서 새롭게 획득된 정체성이 아니라 어른, 아내이자 어머니, 사회지도층이라는 공적 존재의 '탈'이 덧씌워지기 전 자신의 모습에 다름없다. 이런 의미에서 나혜석에게 파리는 자신의 존재를 생생하게 감지하고 자신의 실존을 확인할 수 있는 시간이자 심미적 고양과 정신적 성장이 이루어지는 '실존적 진정성'[54]의 공간이었다고 할 수 있다. 파리에 관한 글들이 여행지에 대한 정보를 담은 기행문이기 이전에 존재론적 고민이 묻어나는 자기 글쓰기의 성격을 보여주는 데는 이런 영향이 있을 것이다.

　　何如間 처음 巴理에 와서 美術館이나 畵商에 가서 그림을 보고 나면, 너머 엄청나고 自己라는 것은 너머 各色이 업서서 一時는 落望이 된다. 마치 명태알 한 뭉텡이가 잇다면 大家의 그림은 그 뭉텡이만 하고 自己라 는 것은 그 中에 한 알만한 것을 늣기게 된다. 그리하야 花界의 形便과 要領을 取習해가지고 硏究方法에 進하랴면 如干한 彷徨하고 苦心을 要하지 안는다.[55]

이렇게 파리는 나혜석의 실존과 깊은 유대를 맺은 장소였다. 귀국 후 생의 나락에서 '신생활'을 다짐하던 나혜석이 궁극적으로 지향했던 시공간이 파리일 수밖에 없는 이유도 이 때문이다. "나를 죽인 곳"이었

346쪽.

54) 관광학 이론에서 실존적 진정성은 관광객이 관광활동을 통해서 실존적 상태를 경험하는 것을 의미한다. 물론 아직 실존적 진정성에 관한 일관성 있는 정의를 도출하지는 못하고 있지만, 근본적으로 실존적 진정성은 하이데거의 본래적 현존재 혹은 본래성으로부터 차용된 개념으로, 일상성에의 저항, 숭고와 영성, 자연미, 만들어진 진정성에 대한 회의 등을 내용으로 한다.(변찬복, 〈기행다큐멘터리 서사에 나타난 여행의 실존적 진정성〉, 《인문콘텐츠》 30호, 인문콘텐츠학회, 2013, 101-104쪽 참조.)

55) 〈巴里畵家生活-巴里의 모델과 畵家生活〉, 앞의 글, 78쪽.

던 파리에 다시 "죽으러 가"기를 바라는 나혜석에게 절실했던 것은 바로 실존의 감각이었다. 나혜석은 자신을 공존재에서 현존재로 전환시켜 실존적 순간을 경험하게 해 준 '고향'56)과 같은 파리를 이제 본래적 존재가 영구히 머물 '미래'의 시공간으로 재호출하고 있는 것이다.

　가자, 巴里로 살너 가지 말고 죽으러 가자. 나를 죽인 곳은 巴里다. 나를
　정말 女性으로 만드러 준 곳도 巴里다. 나는 巴里 가 죽으란다. 차질 것도
　맛날 것도 엇을 것도 업다. 도라올 것도 업다. 永久히 가자. 過去와 現在가
　空인 나는 未來로 나가자.57)

이처럼 나혜석의 파리 체험은 현존재의 본래성을 찾아가는 진정성 추구 여행으로서 '실존적 여행'의 특성을 뚜렷이 보여준다. 이것은 물론 나혜석이 낯선 장소의 풍경을 단순한 구경거리로 소비하지 않고 그 의미를 읽을 수 있고 여행체험을 "존재론적으로 번역할 수 있는 교양여행자"58)였기 때문에 가능한 일이었다.

---

56) 나혜석은 이탈리아 국제현대미술관에서 로댕의 작품들을 보다 반가워하며 "여러 나라를 돌아다난 中 중에 巴里는 마치 故鄕과 갓치 生角"된다며 파리에 대한 애정을 드러내기도 했다.(〈伊太利 美術紀行〉,《삼천리》, 1935.2, 183쪽). 그런데 이 글이 실린 같은 호 잡지에 〈신생활에 들면서〉라는 글이 동시에 실려 있다는 점에서 나혜석이 귀국 후에도 파리를 고향으로 그리워하고 있었음을 짐작할 수 있다.
57) 〈新生活에 들면서〉, 앞의 글, 80쪽.
58) 변찬복(2013), 앞의 글, 103쪽.

4. 진정성과 일상성의 충돌

여행동기와 목적, 여행방식을 종합적으로 고려할 때 나혜석의 구미여행은 기분과 생활의 전환의 필요성에서 출발해 진정성 경험의 추구라는 실존적 형태로 전환되는 양상을 보인다.

이제 남는 문제는 구미여행 특히 파리 체험이 귀국 후 나혜석의 삶에 어떻게 작용했는가다. 파리를 떠나 미국 대륙과 하와이, 일본 도쿄를 거쳐 나혜석 부부는 1929년 3월 12일 부산항에 도착한다. 곧바로 부산 동래 시집으로 복귀한 나혜석은 뒤이어 자녀를 해산하면서 며느리와 엄마의 자리에서 고군분투하는 한편 귀국전시회를 여는 등 예술가로서 활동을 이어가기 위해 애쓴다. 그러나 주지하다시피 머지않아 파리에서의 최린과의 스캔들이 빌미가 되어 김우영과 이혼소송을 벌이게 되면서 이혼과 자녀들과의 생이별, 미전에서의 낙선과 전람회 실패, 미술학사 운영 실패로 인한 생계곤란, 객사로 이어지는 추락의 과정을 겪게 된다.

이런 이유로 구미여행은 나혜석의 삶에서 "변신과 재생"[59] "일탈을 통한 저항"[60]의 기회였던 동시에 불행을 파생하고 "몰락의 단초"[61]를 제공한 계기로 해석되기도 했다. 여기에는 공통적으로 서구 체험이 조선의 현실과 대비되면서 비극적으로 작용했다는 판단이 전제되어 있음은 물론이다.

실제로도 다수의 글에서 나혜석은 "별천지에서 살았"다가 "다시 조선인의 생활로 들어서"기 위한 안간힘과 그 괴리에서 오는 괴로움을

---

59) 손유경, 앞의 글, 182쪽.
60) 유진월, 앞의 글, 44쪽.
61) 유진월, 위의 글, 36쪽.

토로한 바 있다.

> <u>生活精度를 나츠이난 것처럼 苦痛스러운 것이 업난것갓다.</u> 理想
> 을 품고 그것을 實現 못하난 것처럼 悲哀스러운 것이 업난 것 같다. 내
> 意思를 죽여 남의 意思를 쫓난 것처럼 無意味한 것이 업난 것 갓다.[62]

'고통' '비애' '무의미'라는 단어에는 그녀의 절망이 고스란히 담겨
있다. 같은 글에서 나혜석은 구미여행의 기억에 대해 "그것이 그것 같"
이 '뒤범벅' 되어 "마치 무엇을 잡으려고 허덕허덕 애를 쓰나 잡혀지지
아니하는 것 같"이 불투명하다고 괴로워한다. 현실의 고통이 여행의
기억을 압도하고 있는 셈이다. 여행 경험과 대비되는 현실을 살고 있
는 상황에서 과거 여행이 현재의 결핍과 동경에 기초해 기억될 수밖에
없다는 점에서 보면 충분히 짐작 가능한 상황이다.

구미여행을 마치고 조선으로 돌아오는 장면이 담긴 〈구미유기〉 마
지막 편은 "아아 憧憬하든 歐米漫遊도 지나간 過去가 되고 그리워하든
故鄕에도 도라왓다. 일노붙어 우리의 前道는 얻어케 展開하랴는고"[63]
라는 문장으로 끝나고 있다. 그런데 아이러니하게도 이 글이 실린 같
은 호 《삼천리》 잡지에는 고통스런 현실을 드러내는 〈이혼고백서〉
(1939.8-9)가 나란히 실려 있다. 그러니까 여행의 끝에서 일상에서
전개될 '앞날'을 기대하는 것처럼 보인 이 평범한 문장이 실은 대중들
의 편견과, 호기심에 맞서 처절한 고투를 벌이고 있는 일상의 한복판
에서 쓰였다는 사실이다. 이는 현재의 결핍 상황에서 과거 여행의 추
억을 붙잡고 있었다는 뜻이기도 하지만, 다른 한편에서 보자면 여행의
기억이 원하는 삶의 모양과 방향을 잡아주고 "인생관이 다소 정돈"[64]

---

62) 〈아아 自由의 巴里가 그리워-歐米漫遊하고 온 後의 나〉, 앞의 글, 43쪽.
63) 〈太平洋 건너서-歐米遊記 續〉, 《삼천리》, 1934.9, 169쪽.

되는 데 일정한 역할을 했다는 의미로 이해되기도 한다.

그렇기에 나혜석의 고통을 단지 이상과 현실의 괴리 혹은 서양과 동양의 격차에서 오는 절망감으로만 치부해 버릴 수는 없다. 피상적으로 보면 나혜석의 고통은 여행과 일상의 낙차에서 비롯되는 듯하지만, 나혜석이 그리워한 것은 단순히 파리에서의 '자유로운 생활'이 아니라 파리에서의 실존적 진정성 경험이라 할 수 있기 때문이다. 조선에서 "생활정도를 낮추는 것"이 고통스러웠던 이유는 이것이 생활수준의 문제가 아니라 실존의 조건이라는 생활양식의 문제였기 때문이다. 나혜석이 맞닥뜨린 것은 바로 "내 의사"와 "남의 의사", 자기다움과 자기답지 않음, 다시 말해 현존재와 공존재가 대립하는 상황이었던 것이다. 그러므로 구미여행 후 조선에서 겪은 나혜석의 심적 고통은 일상성과 비일상성의 차이가 아닌 일상성과 진정성의 충돌에서 유래한다고 볼 수 있다.

진정성 추구를 본질로 하는 실존적 여행은 일상에서 멀어지는 과정을 통해서 일상을 새로운 존재로 경험하게 함으로써 그 차이를 확인시킨다. 구미여행의 의의는 이렇게 나혜석으로 하여금 진정성 추구 여행자로서의 정체성을 획득하게 하는 결절점이 되었다는 데 있다. 만약 여행의 목적이 궁극적으로 자아와 대면하는 실존적 순간을 경험하고 다시 일상으로 '돌아오는데' 있다고 한다면 나혜석의 여행은 끝내 완성되지 못했다고도 볼 수 있다. 그러나 그렇기에 미완의 여행과도 같은 나혜석의 삶은 그 자체로 본래적 자아를 찾아나서는 진정성 추구 여행의 원의原義를 역설한다고 할 수 있을 것이다.

---

64) 〈離婚告白書-靑邱氏에게〉, 《삼천리》 1934.8, 88쪽.

망명도시의 장소상실과
좌초하는 코즈모폴리턴의 초상

1. 주세죽, 코레예바, 한베라

　이 글은 근대 조선의 여성 사회주의자 주세죽의 삶을 192, 30년대 상해와 모스크바라는 장소성 위에 복원함으로써 코즈모폴리턴과 이주 여성의 기원적 초상으로서 주세죽의 생의 의미를 재고하고자 한 시도에 해당한다.

　주세죽朱世竹(1901-1953)은 1920년대 초 마르크스를 내면화한 첫 세대 사회주의자로, 한국 사회주의 역사와 독립운동사 그리고 여성사에 두루 족적을 남긴 인물이다. 심훈이 "대리석으로 깎은 얼굴"로 표현했을 만큼 당대 '조선 최고의 미인'으로 세간의 관심을 모았던 그였지만, 그보다는 주세죽이 3.1운동에 앞장서고 6.10만세운동을 주동한 항일독립투사이자 조선여성동우회朝鮮女性同友會를 발족하고 근우회槿友會 결성에도 관여했던 여성운동의 선구자였음은 기억할 필요가 있다.[1] 그런데도 그녀의 이름은 오랫동안 지워진 채 걸출한 혁명가 박헌영과 김단야의 연인이자 아내라는 인장에 갇혀 이른바 '붉은 연애의 주인공'2)이라는 통속적 이미지로만 재생되어 왔던 것이다.

주세죽에 대한 이 글의 관심은 그가 독립운동가이자 사회주의자이기 이전에 국경을 넘고 동아시아 너머를 상상한 코즈모폴리턴이자 첫 세대 이주여성이라는 점에 있다. 무엇보다 이런 주세죽의 정체성을 이해하기 위해서는 주세죽의 삶에 중요한 결절점이 되었던 두 개의 지리적 공간 상해와 모스크바를 주목할 필요가 있다.

주세죽은 상해와 모스크바에 각각 두 차례씩 거주했다. 1901년 함경남도 함흥에서 태어난 주세죽은 최초의 여성중등교육기관인 영생여학교를 다니다 3.1운동 참가로 옥고를 치른 후 상해로 건너간다. 여기서 박헌영, 김단야, 임원근, 허정숙, 고명자 등 초기 사회주의자 그룹의 멤버들과 교유하며 경성의 여러 사회주의 단체와 고려공산당 결성에 참여하는 등 적극적으로 활동하다 남편 박헌영과 함께 모스크바로 유학을 간다. 이후 모스크바에서 상해로, 그리고 다시 모스크바로 이어지는 초국가적 이동을 지속하다 크질오르다에 유배된 뒤 고국으로 돌아오지 못한 채 모스크바에 영면해 있다.3)

---

1) 조선여성동우회는 1924년 5월 결성된 최초의 사회주의 여성단체로, 허정숙, 주세죽, 정종명, 정칠성, 박원희, 김필애 등이 발기인으로 참여했다. 종래의 계몽적 여성교육론을 비판, 지양하고 사회주의적인 여성해방론을 주장하였다.(한국정신문화연구원 편,《한국민족문화대백과사전》20권, 한국정신문화연구원, 1991, 498쪽) 이후 사회주의계열과 민족주의계열로 분열된 여성운동을 통합해야 할 필요성에 따라 1927년 5월 근우회가 조직되었는데, 주세죽의 경우 좌우합작 노선을 취한 근우회의 성격과 주세죽 개인의 모스크바 망명으로 인해 적극적으로 참여하지는 못했던 것 같다.

2) 세간에서는 사회주의자들 간의 동지적 연애를 콜론타이의 소설 제목을 따라 '붉은 연애'라 일컬었다. 주세죽과 박헌영, 허정숙과 임원근, 고명자와 김단야 커플은 당시 대중에게 주목받던 붉은 연애의 주인공들이었다.(《현대여류사상가들(3)- 붉은 戀愛의 主人公들》,《삼천리》, 1931.7. 13-18쪽.)

3) 주세죽은 1946년 스탈린 정권에 조국으로의 귀국을 요청했으나 거부당해 평생을 크즐오르다 지역에 유배되었다. 딸을 만나러 잠시 모스크바를 방문했다가 병세 악화로 52세에 사망했다. 1989년 3월 소련에서 명예가 회복되었고 2007년에 이르러서야 한국정부는 대한건국훈장애족장을 발족했다. 그러나 그녀의 유해는 여전히 고향땅을 밟지 못한 채 모스크바 시내 단스크 수도원 납골당에 안치되어

장소와 존재의 관계에 대한 하이데거의 유명한 명제를 거론하지 않더라도 주세죽의 생애를 따라가다 보면 장소가 한 개인의 정체성과 경험을 구성하는 실존적 의미를 지닌다는 사실을 상기하지 않을 수 없다. 특히 공간과 장소는 여성의 삶에 드리운 중층적 모순과 억압을 이해하는 데 매우 중요한 조건으로 작용한다.4) 여성과 장소의 관계를 이해하기 위해서는 장소의 성격을 다음과 같은 조건에서 접근할 필요가 있다. 첫째, 장소는 고착되기보다 진행형이고 둘째, 장소의 정체성은 고유의 역사성이 아니라 외부와의 상호작용을 통해 형성되며 셋째, 하나의 단일한 통일체가 아니라 복수의 정체성과 내부적 다양성을 지니면서 넷째, 가변적이고 유동적이라는 점이다.5) 무엇보다 이와 같은 장소 개념은 이주여성들의 위치를 고정된 정체성이 아니라 사회적 관계들의 집합의 교차지점으로 파악할 수 있게 해준다.6)

'망명도시'는 이런 장소의 성격을 잘 구현하고 있는 개념이다. 데리다(Jacques Derrida)의 개념을 빌자면, 망명도시는 추방자, 이민자, 망명자, 무국적자들이 송환되거나 귀화하지 않고도 자신의 권리와 주권을 보장받을 수 있는 정치학이 가능한 장소로서의 도시를 의미한다.7) 즉 코즈모폴리턴의 이상형으로서 망명도시는 보편적이고 절대적

있다.(임경석, 〈박헌영의 연인 한국의 '로자'〉, 《한겨레21》, 한겨레신문사, 2017.11.10.)

4) 페미니즘 연구가 공간에 주목하는 이유는 여성 억압의 주요 기제로 작용하는 공간을 페미니스트 저항의 실천적 도구로 전유할 수 있다는 점 때문이다. 바로 이같은 공간의 역설적 성격이 여성의 전복적이고 대안적인 위치를 상상할 수 있게 하는 조건이 되는 것이다.(질리언 로즈(Gillian Rose), 《페미니즘과 지리학》, 정현주 역, 한길사, 2011, 327-358쪽.)

5) 도린 매시(Doreen Massey), 《공간, 장소, 젠더》, 정현주 역, 서울대출판문화원, 2015, 262-281쪽.

6) 이현재, 〈여성의 이주, 다층적 스케일의 장소 열기 그리고 정체성 저글링〉, 《여성문학연구》 22호, 한국여성문학학회, 2009, 18쪽.

7) Jacques Derrida, *On Cosmopolitanism and Forgiveness*, London&NewYork: Routledge, 2007, pp.7-8; 백지운, 〈코스모폴리탄의 동아시아적 문맥〉, 《중국현대문학》 48호, 한국중국현대문학학회, 2009, 71쪽 재인용.

인 환대의 윤리학을 환기시키는 장소이다. 여기서 절대적 환대란 신원을 묻지 않고 보답을 바라지 않으면서 타자의 존재를 인정하는 것으로, 결국 타자에게 자리를 주는 행위 혹은 사회 안에 그의 자리를 인정하는 행위라 할 수 있다.[8]

192, 30년대 국제적인 망명도시로 이름 높았던 상해와 모스크바는 동아시아의 근대적 전환에 중요한 지정학적 경계를 이루는 도시[9]들이다. 이곳은 내부와 외부의 공존과 상호작용이 일어나면서 이질적인 문화들이 서로 만나고 교섭하고 충돌하는 일종의 '접경(contact-zone)'[10]의 성격을 띠고 있었다. 두 도시의 이런 장소성으로 인해 상해와 모스크바는 조선 지식인들의 탈식민 저항의 구심점이 되는 동시에 초국가적 이동과 세계주의 비전의 원심력으로 기능했다. 때문에 상해와 모스크바는 "고정된 정체성을 가진 폐쇄적 장소로부터 벗어나 있는 이주 여성의 위치"[11]를 증명하기에 적합한 장소였다고 할 수 있다.

그렇다면 망명도시 상해와 모스크바가 주세죽의 삶에는 어떻게 작용했을까. 결과적으로 본다면 이 두 장소는 주세죽의 정체성을 이동시키고 확장시킨 동시에 그 존재를 소외시키고 고착화시킨 공간이었다고 할 수 있다. 주세죽은 두 도시 모두에서 배제되고 존재를 부정당함

---

8) 여기서 '환대'는 데리다의 개념을 차용했으며, 이에 대해서는 자크 데리다 (Jacques Derrida), 《환대에 대하여》(남수인 역, 동문선, 2004); 김현경, 앞의 책, 207, 242쪽; 김애령, 〈이방인과 환대의 윤리〉(《철학과 현상학 연구》39호, 한국현상학회, 2008, 188-190쪽) 참조.

9) 중국 동부 연안의 작은 항구였던 상하이는 1840년 아편전쟁과 1842년 난징조약을 거쳐 영국에 의해 강압적으로 개항된 후 제국주의 열강들의 각축 속에서 정치, 경제, 문화면에서 국제적인 도시로 성장했다.(전성욱, 〈한국소설의 상하이 표상과 장소의 정치성〉,《중국현대문학》77호, 한국중국현대문학학회, 2016, 3쪽.)

10) Mary Louise Pratt, *Imperial Eyes-travel writing and transculturation,* Routldge, 1992. pp.4-7; 이대화, 〈한국사연구에서 '접경지대' 연구 가능성의 시론적 검토〉,《중앙사론》45호, 중앙대학교 중앙사학연구소, 2017, 163-164쪽 재인용.

11) 이현재, 앞의 글, 9쪽.

으로써 귀환하지도 정주하지도 못한 채 탈구(dislocation)[12]되었다. 주세죽은 망명지에서 자신의 장소를 인정받지 못하고 장소를 상실한, 다시 말해 환대받지 못한 존재였던 것이다.

주세죽, 코레예바, 한베라는 모두 주세죽의 이름들이다. 그러나 '코레예바'와 '한베라'[13]라는 이질적 기표는 '조선 여자'라는 기의에 귀속되어 있다. 이것은 명명命名의 복수성과 지리적 이동성에도 불구하고 끝내 이산 자아의 정체성을 획득하지 못한 채 배타적인 근대 가부장 권력 구조 안에서 좌초한 주세죽의 생애를 상징적으로 요약해 준다. 이런 의미에서 주세죽의 비극은 개인의 한계라기보다 생존회로(survival circuit)의 말단에서 다중적인 모순과 억압에 처한[14] 근대 초기 이주여성의 한계와 가능성이라는 측면에서 재고될 필요가 있다는 생각이다.

그런 의미에서 이 글은 '식민지' '여성' '아내'라는 유표화된 정체성에 복속되어 끝내 세계의 보편에 참여하지 못한 어느 코즈모폴리턴의 실패와 좌절의 흔적을 좇아가는 기록이라 할 수 있다. 이를 위해 192, 30년대 상해와 모스크바의 장소 경계와 정체성이 어떤 식으로 규정되고 변형되는가[15]를 중심으로 주세죽의 '장소상실(placeless)' 과정

---

12) 라셀 살라자르 파레냐스는 이주여성들이 공통적으로 맞닥뜨리게 되는 문제점과 모순을 탈구 위치라는 용어로 설명했다.(라셀 살라자르 파레냐스(Rhacel Salazar Parreñas), 《세계화의 하인들: 여성, 이주, 가사노동》, 문현아 역, 여이연, 2009. 51쪽; 정현주, 〈이주 여성들의 공간 이야기〉, 임경규·정현주 외, 《디아스포라 지형학》, 앨피, 2016, 100쪽 재인용.)

13) '고려여자'라는 뜻의 '코레예바(Kopeeaa)'는 주세죽이 모스크바 동방노력자공산대학에 재학했던 1929년부터 1931년까지 사용한 가명으로, 박헌영이 지어준 것으로 알려져 있다. '한베라'는 주세죽이 2차 모스크바 망명 당시 공산대학에 다니면서 사용한 이름으로 '베라(Bepa)'는 러시아어로 '믿음'이란 뜻이다.

14) 이주여성은 두 문화권의 경계에서 법적으로 정서적으로 안정적인 귀속감을 갖지 못한 존재들로서, 거주하는 곳으로부터 계속 '보이지 말 것'을 종용받으며 한시적으로 불안정한 체류를 지속해간다.(정현주, 앞의 글, 74-75쪽.)

15) 이현재, 앞의 글, 18쪽.

을 규명해보고자 한다.

현재까지 주세죽에 대한 본격적인 연구는 전무하다시피 한 상황이다.16) 2016년과 2017년에 항일독립운동가로서 주세죽의 면모를 부각시킨 두 편의 소설17)《코레예바의 눈물》과 《세 여자》가 발간되어 관심을 모았으나, 사실상 그녀의 유일한 자필 기록이라 할 수 있는 〈이력서〉와 〈청원서〉18)를 제외하고 주세죽 관련 1차 자료 자체가 미비한 실정이다. 주세죽의 흔적 역시 박헌영에 관한 자료19)나 여성 사회주의자들에 대한 일련의 연구20)에 기대어 희미하게 추적해볼 수 있

---

16) 주세죽에 관한 연구는 그녀가 스탈린에게 복권 신청을 위해 보낸 짧은 청원서를 연구대상으로 삼은 장영은의 〈귀환의 시간과 복권(復權)-망명 체험의 여성 서사〉(《여성문학연구》 22호, 한국여성문학학회, 2009) 정도가 발견된다. 이 밖에 주세죽의 삶을 기록한 글로는 이철, 〈박헌영과 주세죽, 김단야와 고명자-사랑과 혁명, 그 비극적 변주곡〉(《경성을 뒤흔든 11가지 연애사건》, 다산초당, 2008), 김경일 외, 《한국 근대여성 63인의 초상》(한국학중앙연구원출판부, 2014), 임경석, 〈박헌영의 연인 한국의 '로자'〉(《한겨레21》, 2017.11.10.) 등이 있다. 주세죽에 관한 실명소설 《코레예바의 눈물》을 대상으로 한 졸고 〈실명소설의 서사권력과 목소리 복원의 난경〉(《어문연구》, 46권2호, 한국어문교육연구회, 2018)도 관련 연구에 해당한다. 이 글이 작성된 이후 박성은의 논문 〈조선희 소설 《세 여자》에 재현된 항일 공산주의자 여성의 서사〉(《여성문학연구》 48호, 한국여성문학학회, 2019)가 발표되어 이 연구 성과를 덧붙일 수 있겠다.

17) 손석춘의 《코레예바의 눈물》, 동하, 2016; 조선희, 《세 여자 1, 2》, 한겨레출판사, 2017.

18) 1930년 3월 24일 조선공산당에서 소련공산당으로 당적을 이전하는 수속을 밟기 위해 남긴 '이력서'와 1946년 유배지에서 스탈린에게 보낸 복권 '청원서'가 있다. 이 자료들은 각주 19번의 저서들에 수록되어 있다.

19) 이정박헌영전집편집위원회, 《이정 박헌영 전집 8》, 역사비평사, 2004; 임경석, 《이정 박헌영 일대기》, 역사비평사, 2005; 안재성, 《박헌영평전》, 실천문학사, 2009.

20) 여성 사회주의자들의 생애를 다룬 논문 중 주세죽의 사회활동을 참고할 수 있는 연구는 다음과 같다. 이성우, 〈사회주의 여성운동가 고명자의 생애와 활동〉, 《인문학연구》 84권, 숭실대학교 인문과학연구소, 2011; 이소희, 〈'나'에서 '우리'로: 허정숙과 근대적 여성주체〉, 《여성문학연구》 34호, 한국여성문학학회, 2015; 노지승, 〈젠더, 노동, 감정 그리고 정치적 각성의 순간-여성 사회주의자 정칠성(丁七星)의 삶과 활동에 대한 연구〉, 《비교문화연구》 43권, 경희대학교 글로벌인문학술원, 2016; 장영은, 《근대 여성 지식인의 자기서사 연구》, 성균관대학교 박사학위논문, 2017.

을 따름이다. 이에 본고는 이 자료들에 기초해 주세죽의 생애와 관련한 객관적 사실을 추출하고 그 행간과 여백에 여타 관련 사료들을 채워 넣는 방식으로 주세죽 삶의 실체적 진실에 접근해보고자 했다.

2. 붉은 연애와 코즈모폴리턴, 유동하는 정체성

2.1. 상해(1921-1922), 혁명의 낭만과 접경의 상상

주세죽은 1921년 4월 음악학교에 입학하기 위해 상해로 건너가 1922년 5월 경성으로 귀국하기까지 일 년여의 기간을 상해에 머문다. 당시 상해는 서구 열강의 조계가 만들어내는 근대적 도시경관을 배경으로 동양과 서양, 전통과 근대가 뒤섞인 혼종적이고 초국가적 공간으로 변모해가고 있었다.

192, 30년대 독립운동가들의 집결지이자 망국지사들의 주 무대였던 상해가 한국근대사에서 중요한 장소가 된 것은 3.1운동 이후이다. 3.1운동 이후 반일 감정으로 중국이 새로운 유학지로 부상21)하면서 "세상을 리셋하겠다는 야무진 포부"(《세 여자》1, 32쪽)를 갖게 된 조선의 청춘들에게 상해는 항일과 혁명의 거점이자 하나의 이상향으로 인식되었다. 무엇보다 조선의 독립운동가, 사회주의자, 무정부주의자들을 사로잡은 것은 상해라는 도시가 가진 "근대적 매혹과 탈식민의 열망이 혼거하는"22) 잡거성이었다고 할 수 있다. 이같이 규정되지 않은 '마도(魔都)'23) 상해의 이미지는 상해에 대한 대중들의 장소기억을 구

---

21) 〈중국 유학의 신경향〉, 《동아일보》, 1922.3.26.
22) 전성욱, 앞의 글, 12쪽.

성하는 핵심 요소가 된다.

> 1920년의 상해는 나이 스물의 식민지 청년들이 자유와 해방의 공기에
> 한껏 들뜰 만한 도시였다. 퇴폐와 향락의 도시였지만 동시에 사상과 문화
> 의 별천지였다. 동양이면서 서양이었고 중국이면서 유럽이었다. (중략)
> 근대학문을 배우겠다는 조선 젊은이 대부분은 일본으로 갔고 간혹 미국
> 이나 유럽까지 진출했지만 단순한 학문보다는 행동이 필요하다 생각한 이
> 들의 선택은 상해였다. 청년들은 꿈꾸는 자들의 도시 상해로 갔다. 그들의
> 스물은 비장하고도 상쾌했다.
>
> ─《세 여자》1(31-32쪽)

무엇보다 상해는 한국 사회주의 발생의 요람으로 일제가 극동 적화
운동의 중심지로 지목했던 곳이었다. 1919년 9월 조직된 한인사회당
이 상해임시정부에 참여했다는 것은 한국 사회주의 운동이 3.1운동의
소산이었고, 독립전쟁론이 세계혁명의 전망과 결합해 사회주의 수용
의 통로가 되었다는 사실을 상기시켜 준다.[24] 이것이 3.1운동을 거쳐
상해로 온 지식청년들이 사회주의가 될 수밖에 없었던 이유[25]이기도
했다. 조선의 미래를 도모하는 청년들에게 공산주의는 "제국주의와 싸

---

23) 마도(魔都)라는 상해의 별칭은 일본작가 무라마쓰 쇼후(村松梢風)가 상해를 여
    행하고 쓴 소설《마도》(1923)에서 유래한 것으로 전해진다.(김미지, 〈상해와 한
    국 근대문학의 횡단-상해의 조선인들과 '황포탄의 감각'〉,《한중인문학연구》48
    호, 한중인문학회, 2015, 268쪽.)
24) 임경석,《한국 사회주의의 기원》, 역사비평사, 2004, 88-90쪽.
25) 1920년대를 기점으로 한국인들은 러시아혁명과 코민테른 동방 정책, 3.1운동이
    독립을 가져다주지 못한 회한과 사회적 불평등이 빚은 불만의 돌파구 등의 외적
    상황과 개인의 특수한 체험과 인성 등으로 인해 공산주의에 경도하게 된다. 따라
    서 초기 공산주의자들은 민족주의적 성향이 강한 고등교육자로 허무주의적 낭만
    성에 사로잡혀 있었다.(신복룡, 〈한국 공산주의자의 발생 계기〉,《한국정치학회
    보》34권4호, 한국정치학회, 2001, 57쪽.)

우고 식민지에서 독립하는 가장 강력한 수단"이었고, "프롤레타리아혁
명의 국제주의란 식민지 청년들에게 매혹적인 캐치프레이즈"(《세 여
자》1, 39쪽)였던 것이다. 식민지 조선의 젊은이들은 '공산公産'이라는
형식을 통해 세계에 대한 인식의 지도를 새롭게 그리면서 영토적·문
화적·언어적 경계를 넘어서고자 했던 이들이다. 이 시기에 코뮤니스
트란 코즈모폴리턴의 필요조건이었던 셈이다.

　　주세죽 역시 애초에는 음악 공부 후에 교육자와 신앙인이 되겠다는
생각으로 상해행을 택했지만, 그곳에서 허정숙 등을 통해 고려공산당
청년조직 준비모임에 가담, 청년 사회주의 그룹의 멤버들과 조우하면
서 사회주의 이론을 학습하게 된다.26) 고려공산청년회(이하 고려공청)
상해회 소속 박헌영과의 운명적 만남이 이루어진 것도 이 시기로 알려
져 있다. 주세죽이 상해에 오기 직전인 3월 19일에 창립된 고려공청은
북경과 상해를 주 무대 삼아 공산주의에 관한 서적을 수집하고 사회주
의 출판물을 간행하는 등 한인 청년들에게 맑스주의를 선전하고 공산
주의 교양을 심어주면서 조직을 확대해가고 있었다. 주세죽은 상해에
도착한 지 2개월 만인 6월에 고려공청에 입회하게 된다. 이후 1921년
8월에 결성된 고려공산청년회 중앙총국 책임비서로 취임한 박헌영과
연인 관계가 된 주세죽이 고려공청의 사업에 적극적으로 참여했으리
라는 것은 충분히 짐작 가능한 일이다.27)

---

26) 주세죽이 참여한 사상연구 단체는 박헌영 중심의 이르쿠츠크 고려공산당 산하
　　사회주의연구소라고 추정된다. 상해 이르쿠츠크파는 사회주의연구소를 개설해
　　가난한 학생들이 사회주의자가 될 수 있도록 재정적인 지원을 했었다. 박헌영과
　　임원근은 상해에서 공산당에 입당하고 '고려공 산당청년동맹'을 조직한 후 이론
　　학습에 열중했다. 박헌영과 임원근은 상해기독교청년회 부설 강습소에서 알게
　　된 절친한 친구 사이이며 당시 임원근과 열애 중이던 허정숙이 피아노 공부를
　　함께 하던 주세죽을 박헌영에게 소개한 것으로 알려져 있다.(박용옥,《한국여성
　　항일운동사연구》, 지식산업사, 1996, 262쪽.)
27) 고려공산청년회 상해회는 이르쿠츠크 공산당의 영향력하에 포섭되어 있었으며,
　　박헌영은 1921년 8월에 결성된 고려공산청년회 중앙총국 책임비서로 취임했다.

3.1운동 직후 상해의 한인사회는 프랑스 조계의 임시정부를 중심으로 결집되어 있었으나[28] 적어도 일본 지배가 본격화되기 전인 1920년 대 상해의 프랑스 조계와 공공 조계는 자유롭게 넘나들 수 있는 접경 지대였다.[29] 이런 상해의 분위기를 백그라운드 삼아 주세죽과 박헌영 은 거주지인 프랑스 조계와 학교가 있는 공공 조계를 넘나들며 사랑을 키우고 역사를 향한 비전을 키워갈 수 있었다.

주세죽과 박헌영을 모델로 한 심훈의 소설 《동방의 애인》에는 두 사람의 결합이 의미하는 바가 무엇인지 잘 보여주는 장면이 등장한다. 두 사람의 결혼식 피로연에는 사회주의 동지들뿐 아니라 함경도 사투 리를 쓰는 '아라사(러시아)' 혼혈 여인들, '루바시카'를 입은 청년들이 한데 어울려 러일전쟁에서 죽어간 아라사 형제들을 추억하는 왈츠에 맞춰 춤을 춘다.[30] 코즈모폴리터니즘(cosmopolitanism)의 비전을 현실로 구현해낸 현장인 것이다. 이처럼 국제도시 상해는 완고한 조선 에서 온 청춘들의 감각을 뒤흔들 수 있는 경관과 윤리[31]를 제공했다.

특히 조직을 확대하기 위해 4개월 과정의 속성 정치강습소를 설치했는데 그곳을 통해 1922년 3월까지 11명의 졸업생이 나왔다.(임경석(2005), 앞의 책, 373-375쪽.)

28) 상해와 식민지 조선의 관계를 상징하는 것은 프랑스 조계와 임시정부이다. 한국 의 독립운동가들, 혁신운동가들은 프랑스 조계를 기지로 외국의 사조를 흡수하 고 독립운동의 기반을 마련했다.(김태승, 〈동아시아의 근대와 상해〉,《한중인문 학연구》41호, 한중인문학회, 2013, 14쪽.)

29) 한국 학계에서 상해는 민족운동의 중심인 신성한 프랑스 조계와 반민족적이고 불순한 친일파의 공간 공공조계라는 이중적 공간으로 인식되어 왔다. 그러나 김 광재의 연구에 따르면 1920년대까지 이 두 공간 사이의 실제적인 경계는 없었으 며, 오히려 상해의 독립운동가들은 프랑스조계와 공공조계를 자유로이 넘나들었 다고 한다. 박헌영의 경우에도 1921년 1월 공공조계 사천로의 기독교청년회 영 어야학부에 입학해 6개월간 통학했고, 같은 해 4월 상해상과대학에 입학했지만 학자금이 부족해 1922년 2월 퇴학했다. 박헌영은 상해의 다른 사회주의자들과 함께 1921년 10월 16일 공공조계 북사천로 에스페란토 학교에서 에스페란토어 를 배우기도 했으며, 주세죽은 공공조계 북사천로 안정씨여학교(安鼎氏女學校) 에서 영어와 음악을 배웠다.(김광재, 〈1910-20년대 상해 한인과 조계 공간〉, 《역사학보》228집, 역사학회, 2015, 352, 368쪽.)

30) 심훈, 〈동방의 애인〉,《심훈문학전집2》, 탐구당, 1966, 593-595쪽.

경성이 수감과 좌절과 도피와 잠복, 감시와 미행의 장소였다면 상해는 "혁명과 사랑, 조국과 세계를 함께 꿈꿀 수 있는 낭만적 해방구"[32]였다. 주세죽을 비롯한 상해 사회주의자 그룹이 낭만적 민족주의 성향을 띨 수밖에 없는 이유도 이와 무관하지 않을 것이다.

주세죽에게 상해는 "사랑과 혁명이라는 강렬하고도 민감한 발화점"(《세 여자》1, 47쪽)으로 작용했다. 나아가 '식민지', '조선', '여성'이라는 그녀의 정체성을 혁명과 사랑, 조국과 세계를 함께 품는 코즈모폴리턴 코뮤니스트의 문맥에 재배치시킨 가능성의 공간이었다.

2.2. 모스크바(1928-1931), 하우스/아지트의 백일몽

1928년 주세죽이 박헌영과 함께 모스크바 망명길에 오른 시점은 레닌 사후 소련 내부의 정세가 변화하고 조선 내의 독립 혁명 운동 조직이 내부적 분열과 일제의 감시체계에 의해 와해되고 괴멸되다시피 한 때였다.[33] 청년 사회주의자들의 심장을 뛰게 했던 '공산당'과 '적로 소련', '모스크바'란 고유명사가 "유럽산 장미의 향기를 풍기는 고급지고 이국적인 무엇"(《세 여자》1, 161쪽)처럼 달콤하게 소비되고, 유행어 '마르크스 걸', '레이디 레닌', '붉은 연애'가 경박하고 문란한 연애의 대명사로 전락해 대중적 패션이 되어버린 시기였다. 일차적으

31) 송효정, 〈비국가와 월경의 모험〉,《대중서사연구》16호, 대중서사학회, 2010, 23쪽.
32) 장영은, 〈금지된 표상, 허용된 표상〉,《상허학보》22권, 상허학회, 2008, 199쪽.
33) 차혜영, 〈모스크바 극동피압박민족회의 참가기를 통해 본 혁명의 기억-김단야, 여운형의 기록을 중심으로〉,《한국근대문학연구》18권2호, 한국근대문학회, 2017, 77쪽.

로 주세죽의 모스크바행은 이처럼 조선이 "혁명가들의 무덤"(《세 여자》1, 193쪽)이 되어버린 조선 내부의 사정과 관련이 있다.

그러나 주세죽이 모스크바로 떠나던 당시의 내면적 정황을 이해하기 위해서는 1922년 이후 조선에서 그녀의 역할과 위상을 더듬어볼 필요가 있다. 1922년 4월 조선에 입국하려던 박헌영 일행이 중국 안동에서 체포되어 신의주로 압송된 후 주세죽은 허정숙, 정칠성, 정종명, 박원희 등과 함께 최초의 여성 사회주의 단체인 조선여성동우회를 발족시켰다. '신사회건설' '여성해방운동' 등을 강령으로 내세운 여성동우회의 성격으로 보나 여성해방의 상징인 '단발斷髮'을 감행하고 여성의 주체성을 강조하는 글[34]을 발표했던 것에서도 알 수 있듯 이 시기 여성운동의 앞자리에는 항상 주세죽의 이름이 있었다.

그런데 24년 평양형무소에서 복역하다 출소한 박헌영이 경성에서 활동을 재개한 이후부터 주세죽의 공적 역할은 점점 축소되거나 은폐되고 있음을 볼 수 있다. 25년 11월 두 번째 검거 당시 조서에 의하면 박헌영은 함께 체포된 주세죽의 혐의를 전면 부인하고 있다. 실제로는 1925년 4월 18일 경성부 훈정동 4번지 박헌영과 주세죽의 살림집에서 고려공청 제1차 창립대표회가 개최되었을 때 주세죽은 중앙위원 후보 7명 가운데 한 사람으로 제2선 간부원으로 선임되었다. 그러나 주세죽이 여성대표자로 동석했냐는 검사의 질문에 박헌영은 주세죽이 단지 "취사나 저녁밥을 준비"하기 위해 있었고, "아직 교육 수준이 낮아서 공산주의가 무엇인지도 모르며" "기타 사상운동 같은 것에도 하

---

34) 주세죽은 〈나는 단발을 주장합니다〉(《신여성》 제3권 8호, 1925. 8)와 〈제일 미운 일 제일 보기 실흔 일-남자의 자기만 사람인 척하는 것〉(《별건곤》 9호, 1927.10) 등의 글을 통해 남성우월주의에 대항하는 여성해방을 주창했고, 1925년 3월 8일 국제무산부인기념 대강연회에서는 '婦人 解放의 原動力'이란 제목으로 강연을 하고, 같은 해 4월에는 고려공산당 청년회 결성에 여성단체 대표로 참가하는 등 적극적으로 활동했다.

등의 흥미도 없"다고 진술하고 있다.35) 주세죽 역시 피의자 신문조서
(1925.12.4.)에서 고려공청 단체와의 관련성을 부인한다. 1926년 제
2차 조선공산당 사건에 연루되어 체포되었을 때도 이런 입장을 고수한
주세죽은 결국 3주간의 조사만 받고 증거불충분으로 석방된다.

이 과정에서 주세죽의 실체는 철저하게 은폐된 채 언론에는 박헌영
의 호송이나 재판에 "눈물 먹은 얼굴로" "말 한마디 못하고 서 있는"36)
가련하고 측은한 아내의 모습으로 등장한다. 물론 조직의 와해를 막기
위한 위장술로 이해할 수 있지만, 이것이 완고한 조선 사회에서 여성
사회주의자들에게 유일하게 허락된 역할이었다는 점 또한 부인할 수
없다. 상해에서 박헌영의 존재는 연애라는 사私를 매개로 사회주의라
는 공公을 전유하면서 혁명을 구체화37)할 수 있게 해 주는 대상이었지
만, 조선에서 주세죽은 '박헌영의 아내'라는 프레임에 갇혀 아지트 키
퍼 혹은 하우스 키퍼로 위장될 수밖에 없었던 것이다.

이런 상황에서 모스크바행은 주세죽 스스로가 혁명주체로서의 정체
성과 개체성을 확인하기 위한 상징적이고도 필연적인 경로였다고 할
수 있다. 병보석으로 풀려난 박헌영과 함께 주세죽이 일제 경찰의 추
적을 피해 모스크바로 떠난 것은 1928년의 일이다. 당시 신문은 박헌
영과 주세죽의 탈출 소식을 다음과 같이 전하고 있다.

조선공산당(朝鮮共産黨) 사건에 관련되어 일차 검거 당시 신의주(新義

---

35) 신의주지방법원 검사국 검사 本島文市, 조선총독부 재판소 서기 松本福次郎, 〈제
  3회 피의자 신문조서 (박헌영)〉, 1925.12.20. 임경석(2005), 앞의 책, 112쪽
  참조.
36) 〈캄캄한 밤중에 無言劇의 一場面, 눈물먹은 얼굴로 출영한 주세죽 씨 어둔밤 그리
  운 남편을 만나는 찰라〉, 《동아일보》, 1926.7.23.; 〈30여 경관 총출동, 천막치고
  부근 경계〉, 《동아일보》, 1927.9.21.; 〈면회도 못했소-주세죽의 말〉, 《매일신보》
  1927.9.23.
37) 장영은, 〈아지트 키퍼와 하우스 키퍼-여성 사회주의자의 연애와 입지〉, 《대동문
  화연구》 64집, 성균관대학교 동아시아학술원, 2008, 185쪽.

州) 서에서 잡히어 취됴를 밧다가 경성디방법원으로 이송된 후 수년을 예
심으로 털창에서 신음하다가 금년 봄에 실진이란 중한 병을 어더 보석이
된 례산(禮山) 출생인 박헌영(朴憲永)은 그의 애처 주세죽(朱世竹) 녀사
에게 안기어 불치의 중한 병에 백약을 다 써보앗스나 하등의 효과를 엇지
못하고 전디됴양이나 하야볼가 하야 역시 애처인 주세죽씨에게 인도되어
(중략) 로서아(露西亞)나 혹은 중국 방면으로 탈주한 것 갓다 하며
(밑줄-연구자) 그의 서취를 마타보든 함흥 경찰서장 이하 책임사들은 경
계를 게을리 하얏다 하야 징계 처분까지 당하얏다는데 이와가티 불우한
그들에게도 사랑의 속삭임이 잇섯는지 들은 바에 의하면 박헌영 보석 즉
시로 주세죽씨가 임신하야 국경을 탈출할 즈음에 임신 후 류칠개월
이라 주세죽씨는 자긔의 불른 배를 부둥켜 안고도 남편 박헌영의
손목을 이끌어 경계가 엄중한 국경을 넘엇다 하며 역시 조선공산당
사건의 관계가 조리환(曺利煥)도 폐병으로 보석 중이든 바 박헌영과 전후
하야 국외로 피신하얏다더라.
　　　　　— 〈조선 공산당원 박헌영 탈주〉(《동아일보》, 1928.11.15.)

기사가 신문에 보도될 즈음 주세죽과 박헌영은 이미 모스크바에 도
착해 고명자, 김단야와 재회하고 있었다. 탈출 당시 임신 중이던 주세
죽이 블라디보스토크에서 딸 박영朴影(소련식 이름 비비안나—연구자)
을 출산한 직후였다. 상해가 사회주의자들의 '임시캠프'이자 '캠퍼스'
였다면 모스크바는 '혁명의 심장'이자 '예배당'(《세 여자》1)이었다. 식
민지의 망명객 부부는 여러 의미에서 "혁명의 수도, 인류 미래의 도시
를 걷고 있다는 기쁨"(《코레예바의 눈물》, 200쪽)에 달뜰 수밖에 없었
다. 실제로도 주세죽과 박헌영은 코민테른이 제공한 숙소와 생활비를
제공받고 각각 동방노력자공산대학과 레닌학교라는 고등교육기관에
서 수학한다.[38] 이처럼 높은 수준의 사회주의 교육을 받으면서 조선의

유학생들이나 타인종 타국적의 혁명가들과 교유했던 사실은 이들 부부가 코민테른에 의해 망명 혁명가로 융숭한 대접을 받았음을 짐작하게 하는 대목이다.

　이후 주세죽은 조선공산당에서 소련공산당으로 당적을 이전함에 따라 모스크바의 모든 공적 활동에서 객체가 아닌 주체로 참여할 자격과 권한을 얻게 된다.39) 무엇보다 주세죽을 환희에 차게 한 것은 처음 가져본 "우리 집"이 제공하는 안온함과 "신변 위협이나 끼니 걱정 없는 생활", 바로 부엌일과 육아에서 해방된 여성의 일상에 대한 새로운 경험이었다.

　　상해부터 시작한다면 결혼생활도 8년을 채워가고 있지만 둘이 함께 산 것은 고작 3년 반에 못 미쳤다. 게다가 늘 임시숙소이자 야전캠프 같은 집이었다. 모스크바에서 세죽은 처음으로 내 가정, 우리 집의 기분을 맛보았다. 기저귀가 빨랫대에 걸려 있고 딸아이가 엉금엉금 기어다니는 방 안에선 비로소 포근하고 고소한 신혼 살림 냄새가 났다. 결혼 이래 신변 위협이나 끼니 걱정 없는 생활도 처음이었다. (중략)

　　세죽은 부엌일에서 해방되었다. 구내식당이 식사를 제공했고 세죽은 일주일에 하루 당번 날 식당 주방에서 일했다. 부부가 학교에 나가는 낮 시간에는 탁아소에서 아이를 돌봐주었다. 세죽에겐 꿈같은 나날이었다.
　　　　　　　　　　　　　　　　　　　　　　　　　　　—《세 여자》1(199쪽)

---

38) 주세죽이 다닌 동방노력자공산대학은 식민지 약소민족을 위한 교육기관으로 1929년 당시 조선인 재학생은 38명이었다. 반면 박헌영이 다닌 국제레닌대학은 코민테른 비서부가 직영하는 최상급 간부를 위한 학교로, 각국 공산당의 지도적 지위에 있는 간부들만 입학할 수 있었고 일정한 이론 능력과 언어 구사 능력이 필요했다. 192, 30년대 조선인 입학생은 박헌영을 포함해 6명뿐이었다. 입학이 허용된 이들에게는 재학 동안 기숙사, 장학금, 의복, 음식 등이 제공됐다.(임경석(2017), 앞의 글.)

39) 임경석에 따르면 1930년 3월 24일 작성된 주세죽의 이력서는 "거주지를 변경한 공산주의자는 이주한 나라의 지부에 가입할 의무가 있"다는 '코민테른 규약'에 의거해 조선공산당에서 소련공산당으로 당적을 이전하는 수속을 밟기 위해 쓴 서류로 이해된다.

위장된 하우스/아지트 키퍼가 아니라 공인된 '하우스'와 '아지트'를 갖게 되었다는 것은 이념형이 아닌 현실태로서의 붉은 사랑을 성취했다는 의미였다. 그리고 가부장 식민지 권력에서 해방되어 혁명의 주체로 사회주의의 일상을 누리게 되었음을 실감하게 해주는 증거였다. 이처럼 "거룩한 도시"이자 "행복의 도시"(《코레예바의 눈물》, 231쪽) 모스크바는 세계의 변방에서 온 망명자와 이방인에게 언젠가 조선의 일상이 될 미래를 선취하는 상상에 도취되게 만들었다. 그러나 이것은 조선에 대한 비극적 인식과 모스크바가 보여준 혁명적 상상력이 결합해 만들어낸 환영이자 백일몽에 지나지 않았다.

3. 유실된 유토피아, 상상의 노스탤지어

3.1. 상해(1932-1934), 추방과 부재의 향수

모스크바에 머물던 주세죽과 박헌영은 조선공산당 재건운동[40]을 위해 1932년 1월 다시 상해로 떠난다. 혁명운동에 매진하기 위해 어린 딸 비비안나까지 모스크바의 유아원에 맡기고 상해로 돌아왔지만 10년 만에 상해는 여러모로 다른 분위기를 풍기고 있었다. 국제적 망명 수도였던 상해는 화려한 네온사인 너머 도시 빈민을 양산하며 자본

---

40) 조선공산당은 코민테른의 지령에 의해 해체되었는데, 이는 코민테른 자체가 일제 경찰 측의 분해작용에 미혹되어 부당한 결론을 내렸기 때문이다. 코민테른에서는 러시아 볼쉐비키의 안전만을 추구하고 있었고 노동자·농민에 토대를 둔 조선공산당을 조직하라는 이른바 12월 테제는 식민지 조선의 역사적 배경과 조선혁명의 특수성을 무시한 것이었다.(최봉춘, 〈조선공산당 파쟁론〉,《한국민족운동사연구》65호, 한국민족운동사학회, 2010, 98쪽.)

주의 물결에 병들어갔고, 일본에 점령당한 상해는 제국주의와 식민성의 그늘이 드리운 착종과 혼돈의 공간이 되어 있었다.

　　10년 만에 다시 온 상해는 크게 달라져 있었다. 불야성을 이루던 남경로 번화가도 밤이 되면 소등해서 암흑천지가 되었다. 밤낮없이 멀리서 은은한 포성이 들려왔다. 황포강을 거슬러 올라온 일본 해군 함정이 중국 국민당 군기지에 함포 사격을 하고 있었다. 만주사변 이후 일본 관동군 점령지가 된 만주를 피해 세죽과 헌영 부부는 모스크바에서 유럽을 돌아 배편으로 상해에 도착했지만 상해도 이미 전쟁터였다.

　　　　　　　　　　　　　　　　　　　　　　　—《세 여자》1(258쪽)

　　상해는 부자들에겐 천국, 빈자들에겐 지옥이었다. 자본주의 최후 단계인 제국주의가 중국에 들어와 항구를 중심으로 황포강 연안과 와이탄 지역에 유럽식 건축물을 곰비임비 세웠다. 하지만 거리에서 조금만 굽어 들어가도 골목 곳곳은 가난한 이들이 살아가는 집들로 빼곡했다. 인력거꾼, 고아, 매춘부들이 득실댔다.　　　　　　　　—《코레예바의 눈물》(250쪽)

　　상해의 현재와 과거를 대비하며 느끼는 상대적 결핍감은 당시 상해가 처한 상황과 사회주의자로서 축소된 입지에서 기인한다. 상해에서 부부가 맡은 임무는 코민테른 기관지 《콤무니스트》[41]를 복간해 국내

---

41) 동일 명칭의 잡지 《콤무니스트》에 대해 발간 주체와 시기, 성격에 관한 학계의 의견이 분분한 가운데 한국 사회주의 운동사에 관해 지속적으로 연구해온 임경석에 의하면, 상해에서 1931년 3월 이래 약 2년에 걸쳐 6호까지 발간된 《콤무니스트》의 주체는 코민테른 동양비서부 산하 조선위원회이고, 이 위원회는 당시 조선공산당 재건운동을 총괄하는 최상급 기구로 간주되었다. 상해에서 초기에 잡지 발간을 진두지휘한 것은 김단야이고, 박헌영이 상해에 온 이후부터는 그가 《콤무니스트》의 복간 실무와 국내조직과의 연락을 주도했다.(임경석, 〈잡지 《콤무니스트》와 국제선 공산주의그룹〉, 《한국사연구》 126호, 한국사연구회, 2004, 184-190쪽.)

로 들여보내는 일이었다. 이것을 주도한 조직이 바로 1930년대 조선
공산당재건운동사에 이름 높은 '국제선'인데, 그 중심에는 코민테른
동양비서부의 전권 파견원 김단야와 박헌영이 있었다. 주세죽은 박헌
영을 도와 잡지의 운송책 역할을 맡았다고 알려져 있는데, 당시 주세
죽이 처했던 상황이나 심경은 이런 국제선 그룹의 활동상을 통해 추
측해볼 수 있다. 비밀지하조직의 성격을 띠는 국제선 그룹은 비밀 보
장의 일환으로 상해에 거주하는 조선인뿐만 아니라 중국공산당 산하
의 조선 사회주의자들과의 접촉도 금할 정도로 은밀하게 활동했
다.42) 지상의 자리를 박탈당한 국제선 그룹의 단절된 활동에 대해 주
세죽이 어느 정도 결핍감을 느꼈으리라는 것은 어느 정도 짐작 가능
한 일이다.

　또 한편 주세죽의 박탈감은 그들이 은신했던 프랑스 조계43)의 한인
들이 소수의 폐쇄적 커뮤니티로 전락했던 사실과도 무관하지 않을 것
이다. 프랑스조계와 공공조계를 자유롭게 넘나들며 활동했던 첫 번째
상해 시절과 달리 1932년 윤봉길 홍구공원 의결 이후 일제에 의한
한인 통제가 강화되면서 한인사회의 중심은 공공조계의 친일교민단체
인 '상해거류조선인회'에 의해 장악되었다. 박헌영이 공공조계 북경로
와 강서로 교차로 부근에서 국내와의 연락을 시도하다 공공조계 공부

---

42) 국제선은 조선공산당 해체 이후 기존의 분파적 전통과 절연한 탈종파적 입장에서
　　코민테른의 국제주의 노선에 따라 활동한 30년대 사회주의 조직을 일컬으며, 이
　　들은《콤무니스트》발간과 국내 운송을 주도하며, 서울에 20개 안팎의 세포단체
　　를 구성하고 노동자들 속에서 학습그룹과 노동조합과 같은 다양한 형태의 조직을
　　만드는 임무를 부여받았다. 상해에서 처음에《콤무니스트》발간 실무를 담당할
　　상해사무국을 조직할 당시 김단야는 국제신의 새로운 전통을 개척해 나갈 나섯
　　명을 선발하고, 이들에게는 다른 조선인과 일절 접촉하지 말라는 지시가 내려졌
　　다.(임경석, 위의 글, 186-188쪽.)
43) 이때 박헌영의 주소는 프랑스조계 막리아로(莫利亞D) 91번지로, 박헌영은 '왕
　　양옥'이라는 가명을 사용했다고 한다.(〈공산당 재건 획책한 7명의 공판 개정〉,
　　《조선중앙일보》1934.12.11, 임경석(2005), 앞의 책, 170쪽 재인용.)

국 경찰에 의해 체포된 정황 역시 이와 관련 있다고 할 수 있다.

> 이것으로 코민테른의 지휘와 지원 아래 10년에 걸쳐 계속된 조선공산당
> 의 창당과 재건운동은 막을 내렸다. 코민테른은 조선의 공산당 재건사업에
> 서 일단 손을 뗐다. 동시에 식민지 조선인들의 희망이 걸린 의미심장한
> 장소로서 상해시대 역시 막을 내렸다. 조선인 아나키스트와 테러리스트
> 들이 더러 남아 있기는 했지만 민족주의자와 마르크스주의자 모두의 피난
> 처이자 운동본부이자 망명수도였던 국제도시 상해의 역할은 이 무렵까지
> 였다.   ― 《세 여자》1(277쪽)

인용문에서 서술하고 있듯 코민테른의 철수로 사회주의자들의 거점
공간 상해의 의미는 퇴색했고, 일제에 점령당한 상해는 망명수도로서
제 구실을 하지 못했다. 이런 상황에서 주세죽은 지상의 장소를 상실
하고 지하로 숨어들거나 "그 사회에 통합되지 못하고 하나의 게토 속
에 유폐"[44]될 수밖에 없었던 것이다.

《세 여자》는 2차 상해 시절 주세죽의 심경을 "상해에 대한 아릿한
향수"(《세 여자》1, 262쪽)로 표현하고 있다. 상해에 있으면서 상해에
대해 느끼는 향수란 조선의 해방과 혁명, 세계의 연대와 공존이라는
순백의 꿈에 투신했던 과거의 상해를 향한 것임에 분명하다. 이때 향
수는 과거라는 시간을 향한 것이라기보다 유토피아 상해를 향한 그리
움이다. 다시 말해 시간의 복원이 아니라 장소의 복원을 향한 욕망인
것이다. 그러나 상기해 보면 20년대 상해의 장소 이미지는 실재하는
것이라기보다 조선 청년 사회주의자들의 낭만적 상상 속에서 구축된
것이다. 한 번도 소유한 적이 없으므로 잃어버린 적도 없는 대상인

---

44) 아민 말루프(Amin Maalouf), 《사람 잡는 정체성》, 박창호 역, 이론과 실천,
    2006, 181쪽.

것이다. 이처럼 가져본 적이 없는 것을 그리워한다는 점에서 주세죽의
향수는 '상상의 노스탤지어'45)에 가깝다고 할 수 있다.

3.2. 모스크바(1934-1953), 미완의 귀환과 정주 불가능성

1933년 7월 박헌영이 체포되어 경성으로 압송된 뒤 주세죽은 김단
야와 함께 모스크바로 되돌아간다. 남지나해를 지나 인도양, 지중해와
흑해를 거치는 긴 여정 끝에 주세죽이 모스크바에 도착한 것은 1934
년 1월 24일의 일이었다. 당시 소련은 이미 약소민족을 지원하는 세계
혁명의 전망을 버리고 국내 생산력 향상에 집중하는 경제정책을 통해
유럽 강대국의 일원으로 위상을 탈바꿈하고 있었다.46) 그리고 레닌
사후 스탈린의 1인 지배체제가 가동된 소련 내부에서는 반대파 숙청과
권력 싸움의 광풍이 휘몰아치고 있었다. 주세죽을 비롯한 조선 사회주
의자들은 이런 소련의 대내외적 정세 변화를 통해 조선 혁명의 과업에
닥친 위기를 감지했다. 주세죽이 피부로 느낀 모스크바의 암울한 공기
와 '어둠'에 대해《코레예바의 눈물》과《세 여자》는 다음과 같이 묘사하
고 있다.

1934년 1월 모스크바로 다시 돌아왔을 때, 거룩한 도시의 공기는 2년
전 떠날 때 내음과 사뭇 달랐다. 처음에는 늘 든든히 곁을 지켜주던 이정
(박헌영-인용자)이 없었기에, 그와 사별했기에 스며든 슬픔 때문으로 여

---

45) 결코 존재하지 않았던 것에 대한 상상의 노스탤지어는 현대의 핵심적 특징의 하
　　나로, 프레드릭 제임슨(Fredric Jameson)은 이를 "현재에 대한 노스탤지어"라
　　고 묘사한 바 있으며, 문화인류학자 아르준 아파두라이(Arjun Appadurai)는 만
　　들어진 노스탤지어를 자신의 것으로 인식한다는 의미에서 '안락의자의 향수'라
　　고 불렀다.(한지은,《도시와 장소기억》, 서울대학교출판문화원, 2014, 10쪽.)
46) 차혜영, 앞의 글, 77쪽.

겼다. 하지만 주관적 정서로 채색된 편견이 아니었다. 모스크바에 발붙이고 살아가면서 거룩한 혁명의 도시에 짙은 어둠이 몰려온 사실을 곧 파악할 수 있었다.

— 《코레예바의 눈물》(273쪽)

하지만 6년 전 유학생으로 모스크바에 왔을 때는 보이는 것 모두가 신기했는데 이제 살 곳을 찾아 다시 흘러든 유랑민에겐 모든게 시들했다. 조선을 탈출해서 처음 모스크바에 왔을 때는 겨울 추위까지도 싱그러웠다. 하지만 이제 봄인데도 꽁꽁 언 강물이 풀리지 않고 그녀는 추워서 바깥에 나가기 싫었다. (중략) 그녀는 모스크바의 날씨도 사람도 싫었다. 그리고 무서웠다. 상해만 해도 고향이 지척이었고 중국인들은 혈육 같은 친근감이 있었다. 하지만 소련은 낯선 나라였다. 모스크바에서 조선은 아득했다. 조선은 저 멀리 극동의 대륙 끄트머리에 붙어 있는 일본 식민지였다. 그나마 공산대학을 몇 발짝만 벗어나면 조선이라는 나라를 아는 사람도 드물었다.

— 《세 여자1(283-286쪽)

이 즈음 경성 감옥에 수감 중이던 박헌영의 사망 소식에 절망한 주세죽은 김단야와 재혼하고 외국인노동자 출판부 조선과에 교정원으로 취직해 일상에 안착하고자 했다. 그러나 여전히 그녀의 신분은 '외국인'이자 "공민권을 미취득한 무직자"[47]에 불과한 상태였다. 모든 여건은 주세죽이 더 이상 망명 혁명가가 아니라 "살 곳을 찾아 다시 흘러든" (《세 여자1, 283쪽) 유랑민에 불과하단 사실을 확인시키고 있었다.

---

47) 주세죽의 진술서(1938년 내부인민부 국가보안총국 심문조서)에 의하면 주세죽은 체포 당시 공민권을 미취득한 무직자로 기록되어 있다. 주세죽이 계속해서 민족 여권 없이 외국인 증명서로 생활했음을 알 수 있다. 이후에도 거주증명서를 발급받았을 뿐 여러 차례 소련공민권을 획득할 수 있게 해달라는 청원서를 제출했지만 받아들여지지 않았다고 진술하고 있다.(임경석(2017), 앞의 글.)

이런 가운데 조선 공산주의 내부의 분열48)은 주세죽의 삶을 급격히 추락하게 만드는 데 결정적인 영향을 미쳤다. 1937년 11월 5일 김단야가 일제의 밀정이라는 혐의로 갑작스레 사형을 당했기 때문이다.49) 이로 인해 주세죽은 '제1급 범죄자'의 아내로 소련 내부인민위원부에 체포되어 사회적 위험분자라는 혐의로 5년간의 형을 선고받고 카자흐스탄 크질오르다에 유배된다. 이후 콜호즈에서 피혁공장 개찰원, 콜호즈 노동자, 봉제공장 직공 등으로 일하다 1943년 5월 22일 형이 만료된 후에도 유배지에 잔류, 모스크바에서 생을 마감할 때까지 끝내 고향으로 돌아가지 못했다.

《세 여자》와《코레예바의 눈물》은 공백으로 남아 있는 주세죽의 여생을 민중과 조국에 대한 희망과 믿음을 견지하는 투사의 그것으로 채워 넣고자 했다. 소설이 형상화한 주세죽의 마지막 장면은 "우리가 살아야 할 도시는 저 간교한 일본 제국주의의 지배를 받고 있는 서울"(《코레예바의 눈물》, 231쪽)이라며 귀국의 의지를 다지거나 중앙아시아의 사막지대 한 가운데서 "소련공산당의 횡포와 압박에도 강건하게 살아가는 조선 민중"을 발견하고 혁명의 꿈을 되새기는 모습이다.

그러나 이것은 주세죽의 생애를 풍요롭게 마무리하려는 작가적 상상력에서 비롯된 것일 뿐 실제로 생의 후반 주세죽이 민족이나 이념 어느 쪽으로 편향되었는지 쉽게 단정 지을 수는 없다. 1946년 스탈린에게 보낸 '복권 청원서'50)를 통해 짐작하건대 주세죽이 조선으로의

---

48) 1918년 러시아 하바롭스크에서 한인사회당이 창립하고 1920년대 고려공산당 상해파와 이르쿠츠크파가 창당된 이래 코민테른의 12월 테제 이후 조선공산주의 운동이 막을 내리기까지 조선공산당 내부에는 항상 '분파'가 존재했고, 내부적으로 이들은 파쟁 상태에 있었다.(이와 관련해서는 최봉춘, 앞의 글 참조.)

49) 김단야는 스탈린 공포정치의 희생양이기 이전에 조선 공산주의 내부의 분파 싸움의 희생양이기도 했다. 이 당시 김단야를 비롯한 화요파 공산주의 그룹의 구성원들이 대부분 밀정으로 지목되었는데, 전 조선공산당원 김춘성(이성태)이 코민테른 집행위원회 비서부에 제출한 〈상신서〉는 김단야가 이 '투서'를 단서로 숙청되었다는 사실을 증거한다.(임경석(2005), 앞의 책, 184-185쪽.)

귀환을 강력히 희망했고, 그것이 그녀가 혁명가이자 사회주의자로서 자신의 정체성을 되찾는 길이었다는 사실이다. "망명이 사회주의 운동의 조건이자 가능성"[51]이던 시간을 지나 오히려 망명지인 모스크바가 사회주의자로서의 자격을 박탈해버린 역전된 상황은 그녀로 하여금 절박한 복권과 귀환에의 의지를 갖게 했던 것이다.

따라서 주세죽의 마지막을 낭만적 파토스로 상상하는 방식은 자칫 그녀를 둘러싸고 있는 중층적 모순을 망각하고 삭제해버릴 위험이 있다. 주세죽의 삶은 그녀의 이름 앞에 붙은 수식들로 인해 자신의 의지와 무관하게 궤도를 이탈해 갔기 때문이다. 주세죽은 국제적 실존을 꿈꾸며 역사의 중심을 향해 탈주했지만 모스크바라는 혁명의 중심에서 추방되어 점차 소외되고 주변화되다 크질오르다의 사막에 유폐되었다. 남편과 생후 3개월의 아들을 잃고 딸 비비안나와도 떨어져 가족과도 단절된 채 살았다. 사회주의 이론으로 무장한 지식인이었지만 농장과 공장에서 강제 노동으로 생을 마감했다. 생전에는 소련과 조선 그 어느 쪽에서도 받아들여지지 못했고, 사후에도 오랫동안 남한과 북한 모두의 기억에서 삭제되어 있었다.

불완전한 시민권, 초국가적 가족 별거의 고통, 모순적인 계급 이동과 하락, 정착사회의 이주민공동체에도 뿌리내리지 못하는 무소속감,[52] 이처럼 주세죽의 비극은 국가, 가족, 계급, 공동체 어느 하나의 좌표에도 안착하지 못하는 중층적인 모순이 빚어낸 것이다. 이것은 새

---

50) 카자흐스탄에 유배되어 있던 주세죽은 죽은 줄 알았던 박헌영의 기사를 접하고 1946년 스탈린에게 자신을 "조선공산당 중앙위원회 총비서 박헌영 동지의 처"라고 소개하며 자신을 "조선으로 파견해" 줄 것을 간청하는 청원서를 보낸다.(청원서 전문은 이정박헌영 전집편집위원회, 앞의 책, 922-923쪽 참조.) 그러나 끝내 이 청원은 받아들여지지 않았다.

51) 장영은(2017), 앞의 글, 43-44쪽.

52) 이혜경, 〈이주 여성들의 다중 정체성-국가, 가족, 계급, 이주민공동체〉,《로컬리티 인문학》3호, 부산대학교 한국민족문화연구소, 2010, 351-360쪽.

롭게 정주할 장소도 만들지 못하고 귀환할 고국도 잃어버린 이주여성 주세죽이 처한 탈구 위치(dislocation)를 정확히 보여주는 지표들이라 할 수 있다.

4. 망명도시의 망상과 환대의 오인

국경을 넘어 세계주의의 보편에 참여한다는 것은 도착한 곳에 대한 정주 열망이나 떠나온 곳에 대한 회귀 욕망에 사로잡히지 않는 것이다.[53] 동아시아를 횡단하며 경계 너머를 도모했던 지리적 코즈모폴리턴 주세죽, 그러나 그녀는 끝내 정주도 회귀도 불가능한 영원한 탈구 상태에 놓이게 되었다. 이런 의미에서 이 글은 좌절한 코즈모폴리턴으로서 주세죽의 가능성과 한계를 망명도시에서의 장소상실 과정으로 재구해 보고자 한 것이다.

주세죽은 상해와 모스크바에 각각 두 차례 거주했다. 여기에는 20년대와 30년대라는 두 개의 시기가 교차한다. 주세죽에게 1차 상해행과 모스크바행이 망명도시의 장소기억을 구성하는 가능성의 여로였다면, 2차 상해행과 모스크바행은 망명도시의 허상을 확인하고 존재의 장소를 상실해가는 과정에 해당한다. 이 같은 장소상실의 징후들은 결국 망명도시로서 상해와 모스크바에 대한 판타지 속에서 그곳이 제공하는 환대를 오인한 대가라 할 수 있다.

상해는 주세죽에게 3.1운동 이후 사회주의 사상을 접하고 박헌영을

---

53) 소영현, 〈국경을 넘는 여성들〉,《여성문학연구》22호, 한국여성문학학회, 2009, 79-80쪽.

만나 혁명과 사랑, 조국과 세계를 함께 꿈꿀 수 있는 낭만적 해방구였
다. 나아가 식민지 조선여성 주세죽의 정체성을 코즈모폴리턴 코뮤니
스트의 문맥에 재배치시킨 가능성의 공간이었다. 이에 비해 혁명가들
의 무덤 조선은 주세죽의 정체성을 박헌영의 하우스/아지트 키퍼로
박제해버렸다. 이런 상황에서 모스크바행은 주세죽 스스로 혁명주체
로서의 정체성과 개체성을 확인하기 위한 필연적 여로였다고 할 수
있다. 혁명의 심장 모스크바에서 주세죽은 '하우스'와 '아지트'를 소유
하고 공인된 혁명의 주체로 사회주의의 일상을 누렸다. 그러나 상해와
모스크바가 보여준 환대는 조선에 대한 비극적 인식이 만들어낸 환영
이나 백일몽에 불과했다.

　1930년대 이루어진 2차 상해행과 모스크바행에서 주세죽은 두 장소
의 변질된 정체성에 대한 결핍감과 단절감을 확인한다. 일제에 점령당
한 상해의 축소된 국제선 활동과 폐쇄적인 한인 커뮤니티는 주세죽으로
하여금 과거 상해에 대한 노스탤지어를 소환하게 하는 요인으로 작용했
다. 다시 돌아온 스탈린 체제 하의 모스크바에서도 주세죽은 달라진
처우와 변화된 공기를 감지하고 망명 혁명가가 아닌 생존을 위한 유랑
민으로서 자신의 위상을 깨닫는다. 1937년 김단야가 밀정 혐의로 사형
당한 후 주세죽은 제1급 범죄자의 아내라는 죄목으로 카자흐스탄 크질
오르다 유배형을 선고받은 후 영원히 돌아오지 못한 채 생을 마감한다.

　모스크바에서의 삶은 국가, 가족, 계급, 공동체 어느 하나의 좌표에
도 안착하지 못한 주세죽의 탈구 위치(dislocation)를 확인시켜주는
것이었다. 주세죽은 남한으로부터는 공산주의자 박헌영의 아내라는
이유로, 북한과 소련에서는 일제의 밀정 김단야의 아내라는 이유로 존
재가 부인되었다. '코르예바' '한베라'로도 불린 주세죽은 명명의 복수
성에도 불구하고 "근대의 권력 구조 안에 포섭되지 않은 '복수複數'의
코스모폴리타니즘"54)으로서 이산 자아의 가능성을 보여주는 데는 실

패했다. 그런 의미에서 보자면 그녀는 어떤 공간도 온전히 자신의 것으로 누리지 못한, 정주의 장소를 상실한 존재이자 귀환에 실패한 존재라 할 수 있다.

주세죽의 비극은 개인의 한계라기보다 생존회로(survival circuit)의 말단에서 다중적인 모순과 억압에 처한 근대 초기 이주여성의 한계와 가능성이라는 측면에서 재고될 필요가 있다. 이것이 초국가적 이동성이 증대되고 있는 현 시점에서 이주여성의 기원적 초상으로서 주세죽의 생애를 복원하는 일의 의미이기도 하다.

---

54) 백지운, 앞의 글, 66쪽.

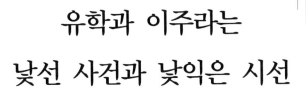

유학과 이주라는
낯선 사건과 낯익은 시선

1. 근대 여성 지식인 최영숙과 주세죽의 21세기적 재현

이 글은 최영숙과 주세죽을 각각 모델로 한 두 편의 실명소설《검은 땅에 빛나는》[1]과《코레예바의 눈물》[2]을 대상으로 근대 신여성의 목소리를 복원하는 21세기 남성 작가의 서사적 태도를 성찰하려는 시도에 해당한다.

최영숙(1905-1932)과 주세죽(1901-1953)은 1920년대 국경을 넘어 조선과 아시아, 유럽, 그리고 세계를 경험한 근대 '지식인'이다. 이와 동시에 조선을 뒤흔든 스캔들의 중심에서 세간의 호기심 어린 눈총을 받다 대중의 기억에서 망각되거나 삭제되어버린 '여성'들이다. 최영숙은 상해와 남경을 거쳐 1926년 스웨덴 스톡홀름 대학에서 수학한 조선 최초의 여성 경제학사로 귀국 후 5개월 간 여성, 노동자, 농민을 위한 사회운동가로 활동하다 짧은 생을 마쳤다. 유럽으로의 유학

---

1) 강동수,《검은 땅에 빛나는》, 해성, 2016.
2) 손석춘,《코레예바의 눈물》, 동하, 2016.

자체가 드물던 시기라 세간의 주목과 기대를 한 몸에 받았지만, 사후에 인도 남성과의 사이에서 혼혈아를 낳았다는 사실이 알려지며 얼룩진 추문의 주인공이 되기도 했던 인물이다.3)

주세죽은 상해와 모스크바에서 유학한 1세대 사회주의 활동가로 허정숙, 고명자와 함께 '여성 트로이카'로 불리며 여성 해방과 계급 혁명 운동에 매진했다. 1928년 일제의 조선 공산당 탄압을 피해 모스크바로 망명했으나 스탈린 체제 하에서 크즐오르다에 유배된 뒤 영원히 돌아오지 못한 채 모스크바 시내에 영면해 있다.4) 박헌영과의 연애와 결혼, 김단야와의 재혼 스토리는 '대리석을 깎은 얼굴' '조선 최고의 미인' '한국의 로자'라는 요란한 수사와 함께 그녀를 붉은 연애와 삼각관계의 주인공5)이라는 가십거리로 소비되도록 만들었다. 다시 말해 두 사람은 조선 독립과 혁명에 투신한 사회 운동가이자 젠더와 국가의 경계를 넘어 세계를 꿈꾼 선구적인 근대 지식인이었음에도 불구하고 황색 언론에 의해 이들의 연애 스토리는 양대 연애의 부정적 모델로 폄훼되거나 관음증적인 가십(gossip)으로 소비되면서 통속 서사의 형

---

3) 최영숙의 생애에 관해서는 최영숙이 직접 쓴 글과 신문 잡지의 기사를 기본으로 하고, 그 외에 전봉관, 〈명예 · 사랑 버리고 조국 택한 女인텔리, 고국에 버림받고 가난으로 죽다〉(《신동아》, 49권5호, 신동아, 2006); 김경일 외,《한국 근대 여성 63인의 초상》(한국학중앙연구원출판부, 2015) 등을 참고했다. 현재로서 최영숙에 관한 논문은 우미영의 〈신여성 최영숙론-여성의 삶과 재현의 거리〉(《민족문화연구》 45권, 고려대학교 민족문화연구원, 2006)이 유일해 보인다.

4) 주세죽의 육성 자료나 그녀의 생을 직접 기록한 자료 자체가 많지 않다. 주세죽이 남긴 몇 안되는 기록들은 임경석의《이정 박헌영 일대기》(역사비평사, 2005)에 실려 있고, 임경석의 글 〈박헌영의 연인 한국의 '로자'〉(《한겨레21》, 2017.11. 10.)를 참고해볼 수 있다. 주세죽을 연구대상으로 삼은 논문으로는 장영은의 〈귀환의 시간과 복권〉(《여성문학연구》 22호, 한국여성문학학회, 2017)과 임정연의 〈망명도시의 장소상실과 좌초하는 코즈모폴리턴의 초상〉(《국제어문》 77집, 국제어문학회, 2018)이 있다.

5) 당시 세간에서는 "허정숙, 황신덕, 주세죽, 남수라, 현계옥, 정학수, 고명자, 정칠성, 심은숙, 조원숙, 정종명, 우봉운 등"의 여성 사회주의자들을 "多情多恨"의 "붉은 戀愛의 主人公들"로 주목하고 있었다.(〈現代女流思想家들(3) - 붉은 戀愛의 主人公들〉,《삼천리》, 1931.7, 13-18쪽.)

태로만 재생되어 왔던 것이다.

이 '불온'하고 '위험'한 이름들을 다시 이 땅에 불러낸 것은 공교롭게도 강동수와 손석춘이라는 21세기 남성 작가들이다. 그간 여성을 모델 삼아 쓴 남성 작가의 소설들[6]이 내비친 적대와 악의를 모르지 않는 까닭에 이 두 작품에 대해서도 이 같은 편견과 두려움이 우선 작용한 것이 사실이다. 그러나 분명한 것은 최영숙과 주세죽에 대해 두 작가는 '선의'와 '애도'의 정서를 바탕에 두고 있다는 점이다. 두 작품은 수집 가능한 사료들을 아우르면서 우호적인 시선으로 최영숙과 주세죽의 이름을 성실히 소환해 내고자 했다. 이런 면에서 볼 때 이 두 작품은 최근 일제강점기 신여성을 새롭게 발굴하고 재조명하려는 일련의 실명소설류 작품[7]의 경향과 맞닿아 있다고도 볼 수 있다.

물론 삶의 결절점이 다른 만큼 두 사람을 재현하는 방식에 대해서는 차별화된 평가 기준이 적용되어야 하고 특히 주세죽의 경우 여성 사회주의자라는 특수한 위치[8]를 고려하지 않을 수 없다. 그럼에도 불구하

---

6) 대표적인 경우로 나혜석을 모델로 한 염상섭의 〈해바라기〉와 김일엽을 모델로 한 염상섭의 〈너희들은 무엇을 어덧느냐〉, 그리고 김명순을 모델로 한 김동인의 〈김연실전〉, 전영택의 〈김탄실과 그 아들〉 등을 떠올릴 수 있다.

7) 본고에서 논하는 두 작품 외에도 허영숙, 주세죽, 고명자를 모델로 한 조선희의 《세 여자》(한겨레출판사, 2017), 강주룡의 삶을 다룬 박서련의 《주룡》(2018 한겨레문학상 수상작)을 주목해볼 수 있다. 특기할 만 한 점은 《주룡》을 제외한 세 작품의 작가 강동수, 손석춘, 조선희는 모두 언론인 출신이라는 점이다. 즉 일제 강점기 신여성에 대한 재발견 열풍과 함께 세 작가의 신문기자로서의 이력과 경험 또한 실명소설 창작의 동력으로 작용했을 가능성이 있다.

8) 최근 여성 사회주의자들의 삶과 자기서사에 관한 논문들이 꾸준히 제출되고 있다. 이에 관해서는 다음을 참고해볼 수 있다. 이소희 〈'나'에서 '우리'로: 허정숙과 근대적 여성주체〉, 《여성문학연구》 34호, 한국여성문학학회, 2015; 장영은, 〈아지트 키퍼와 하우스키퍼-여성 사회주의자의 연애와 입지〉, 《대동문화연구》 64권, 성균관대학교 대동문화연구소, 2008; 노지승, 〈젠더, 노동, 감정 그리고 정치적 각성의 순간-여성 사회주의자 정칠성(丁七星)의 삶과 활동에 대한 연구〉, 《비교문화연구》 43권, 경희대학교 글로벌인문학술원, 2016; 이성우, 〈사회주의 여성운동가 고명자의 생애와 활동〉, 《인문학연구》 84권, 숭실대학교 인문과학연구소, 2011; 장영은, 《근대 여성 지식인의 자기서사 연구》, 성균관대학교 박사학위 논문, 2017 외.

고 이들을 우선 '신여성'이라는 공통의 범주에 놓고 재현방식을 따질 수밖에 없는 이유는 신여성은 그 자체가 다층적 텍스트로서, 특정 시기에 존재하는 성과 젠더에 대한 규범적 이상과 사회적 관습, 위계 구조를 반영9)한 산물이기 때문이다.

따라서 매 시기마다 과잉 혹은 과소 담론화되어 왔던 신여성의 재현 방식10)을 문제 삼는 것은 그 사회의 담론 구조와 젠더 재생산 기제를 인식하는 계기가 될 수 있다. 신여성을 대상으로 한 최근의 실명소설 경향을 검토하는 문제 역시 이 같은 목적과 궤를 같이할 수밖에 없다.

게다가 존 베벌리가 지적하듯 문학이라는 장르에서는 작가가 비록 정치적으로 진보적이라 할지라도 작품 내에서 하위주체의 목소리는 작가의 논리 안에 포섭되고 만다.11) 스피박식으로 말하자면 작가라는 '복화술사'가 아무리 신여성이라는 서벌턴에게 목소리를 돌려준다는 '선한 의도'를 가졌다하더라도 작가의 개별적 기호나 취향, 가치과 무관하게 '번역'이란 문제로부터 자유롭지 못한 것이다.12) 따라서 이들에게 목소리를 부여하는 과정에서 재고해야 할 것은 '진정성의 담론'이 아니라 이들을 둘러싸고 있는 타자 구성의 역학과 헤게모니들에 대한 성찰이어야 한다.13)

---

9) 유정숙, 〈페미니즘 문학 비평에서의 여성 '재현 담론'의 역할과 방향〉, 《우리어문연구》 31집, 우리어문학회, 2008, 377쪽.

10) 일제 식민 치하에서 신여성이 과잉 담론화 됐다면 해방이후 최근까지 신여성은 과소 담론화 됐다는 것이 여성학자들의 연구 결과이다.(이소희, 앞의 글, 92쪽.)

11) 존 베벌리(John Beverley), 《하위주체성과 재현》, 박정원 역, 그린비, 2013, 346쪽. 정확히 말하자면 베벌리는 이 책의 전작인 《Against Literature(문학에 반대하여)》(1993)에서 문학 장르가 지식인이 하위주체를 재현하고 종속시키는 서사 양식이란 점을 지적했다. 다만 아직 이 저작의 국내 번역이 이루어지지 않아 《하위주체성과 재현》의 옮긴이 해제에서 이 내용을 인용했다.

12) 김원, 〈지식인은 들을 수 있는가〉, 《프레시안》. 2013.7.19.
http://www.pressian.com/news/article.html?no=69153

13) 가야트리 스피박(Gayatri Chakravorty Spivak), 〈서발턴은 말할 수 있는가?〉, 로절린드 모리스(Rosalind C. Morris 편, 《서발턴은 말할 수 있는가?》, 태혜숙 역, 그린비, 2013, 454쪽.

이 글에서 전제하는 '서사권력'이란 바로 이같이 서사과정에서 구성되는 헤게모니를 일컫는 것이다. 이 문제에 접근함에 본고는 최영숙과 주세죽 생의 결절 지점에 주목해 그 차이를 의식하되, 여성과 남성의 성차를 실존적이며 실질적인 요소로 전제[14]하거나 남성 작가와 여성 화자의 차이라는 일차적 문제로 환원하는 방식을 지양하고자 한다. 단순히 작가의 생물학적 성을 앞세워 남성이 결코 여성주의 사상의 주체가 될 수 없다[15]거나 젠더 감수성을 가질 수 없음을 확인하려는 것 또한 목적이 아니다. 신여성이라는 복수의 정체성을 지닌 대상이 시간적 거리를 두고 21세기 남성 작가들에 의해 재현되었을 때 어떤 서사적 정체성[16]을 부여받게 되는가, 그리고 이 과정에서 무엇이 헤게모니 즉 서사권력으로 작용하는가를 파악하고자 하는 것이다.

다음 두 가지 요인은 두 소설에서 서사권력의 작동을 의심하게 하는 핵심 단서가 된다. 첫째 이들이 최영숙과 주세죽의 '실명'을 내세워 그녀들의 삶을 '재현'한 실명소설의 범주에 속한다는 점이다. 실명소설[17]은 '소설'이기에 앞서 '실명'이 제공하는 압도적인 장악력으로 인

---

14) 유정숙, 앞의 글, 368쪽, 2008.

15) 샌드라 하딩(Sandra Harding), 〈남성이 여성주의 사상의 주체가 될 수 있는가〉, 톰 디그비(Tom Digby) 편,《남성 페미니스트》, 김고연주·이장원 역, 또하나의 문화, 2004, 231-268쪽 참조. 샌드라 하딩의 에세이 제목처럼 소위 '남성 페미니스트'들의 문제는 페미니즘의 또 하나의 테마가 될 수 있다.

16) 주지하다시피 리쾨르의 서사적 정체성은 불변하는 동일성으로서의 정체성이 아니라 이야기로 재구성되는 과정에서 시간의 변화와 관계 속에서 확인되는 역동적인 정체성을 의미한다.(폴 리쾨르(Paul Ricoeur),《시간과 이야기 2》, 김한식·이경래 역, 문학과지성사, 1999 참조.)

17) 사실상 본고에서 사용한 '실명소설'이라는 명칭은 서사 범주로 구분되거나 소설 유형으로 이론화된 개념이 아니다. 모델소설 혹은 실화소설은 사전적으로 "독자가 소설에 등장하는 인물과 사건에서 실제 인물이나 사건 등을 알아차릴 수 있도록 집필한 장편소설"(《한국문학대사전》, 문원각, 1973)로 정의되어 있으며, 프랑스에서는 "열쇠(실마리)를 가진 소설"이라는 뜻의 로망 아 클레(roman à clef)'라는 용어가 있다. 그러나 이 경우 실제 인물이나 사건, 체험을 바탕으로 하되 반드시 '실명'이어야 한다는 전제가 강조되지는 않는다. 본고는 독자들이 느끼는 '實名'의 무게감과 영향력을 강조하기 위해 '실명소설'이라는 명칭을 사용하였다.

해 독자들에게 의사 사실擬似事實로 기능할 수 있는 가능성이 다분하기 때문이다.18) 허구적 산물이 의사擬似 사실화事實化하여 읽힐 수 있다는 것은 이들 소설이 여타의 소설보다 더 직접적으로 현실에 대해 모종의 권력을 행사할 수 있음19)을 시사한다. 둘째, 사료들의 질적·양적 수준을 고려할 때 작가의 서사적 판단이 개입할 여지가 높다는 점이다. 두 인물과 관련해 참고할 수 있는 사료의 양이 적을 뿐 아니라 최영숙과 주세죽이 직접 쓴 글 자체가 절대적으로 부족하다는 점이 걸림돌이 된다. 게다가 두 인물에 대한 사료 대다수가 당대 남성 필자들의 호기심과 편견을 고스란히 반영하고 있어 취사선택과 재구성 과정에 작용하는 작가의 서사적 판단은 작품의 윤리성과 직결된다.

이 두 가지 점을 고려해 볼 때 두 소설은 최영숙과 주세죽 두 사람의 날것의 목소리를 그대로 복원하는 데 많은 난점이 따른다. 그래서인지 두 소설은 공통적으로 '제3자의 말하기'와 '자기서사'를 통한 두 겹의 서사, 중첩된 텍스트를 장착하는 전략을 취하고 있다. 우연히 최영숙이나 주세죽의 존재를 알게 된 제3자가 이끌어가는 겉 이야기가 최영숙과 주세죽이 1인칭 초점화자가 되어 자신의 이야기를 '告白'하는 속 이야기를 앞뒤로 감싸고 있는 구조인 것이다. '제3자의 말하기'와 '자기서사'는 모두 이 이야기가 사실이라는 전제를 강화하는 형식이라 할 수 있다. 자기 서사는 독자로 하여금 그것이 사실 그대로라는 암묵적인 전제에 동의하게 만들고, 제3자의 시선은 이를 "'자명한 사실', '객관적 실경'으로 전달하는 서사적 힘을 생산"20)해 낸다.

그러나 자료를 취사선택해 전달하는 제3자의 말하기는 물론이거니

---

18) 김진실, 〈김동인의 《김연실전 연구》-모델소설의 의사사실화 과정과 그 의미를 중심으로〉, 《새국어교육》 93권, 한국국어교육학회, 2012, 351쪽.
19) 위의 글, 369쪽.
20) 최기숙, 〈젠더 비평-메타 비평으로서의 고전 독해〉, 한국여성문학학회 편, 《한국 여성문학연구의 현황과 전망》, 소명출판, 2008, 69쪽.

와 자기서사의 텍스트조차 결국은 작가에 의해 '사실' 혹은 '진실'이라
고 간주되고 주장되며 재구성된 것21)일 뿐이라는 점에서 이 또한 두
소설에 작용하는 서사권력의 향방을 가늠하는 단서가 될 수 있다.

본고의 관심사는 신문과 잡지라는 실재성을 전제로 한 텍스트와 소
설이라는 허구성을 전제로 한 텍스트가 공조22)해 어떻게 서사적 권력
을 행사하는지를 규명하는 것이다. 그리하여 여러 겹의 텍스트 안에서
"실체를 드러내지 않은 채 '투명한 힘'으로 작동하는 서사 논리"와 "은
폐된 시선의 내역"23)을 드러나게 하는 것이다.

2. 《검은 땅에 빛나는》: 통속의 감성회로와 누락된 자의식

최영숙의 존재에 세간의 관심이 집중되었던 때는 스웨덴 유학과 사
생아 출산이라는 두 가지 사건을 대중매체가 대대적으로 보도하던 시
점이었다. 최영숙의 이야기에서 가장 대중적인 호기심을 불러일으킬
만한 지점인 만큼 이 부분에 대한 작가의 서사적 이해 방식이야말로
소설을 평가하는 중요한 척도가 될 수 있다.

강동수의 《검은 땅에 빛나는》은 증조할머니 최영숙의 흔적을 찾아
한국에 온 스물넷의 인도 청년 첸스라니타 젠나가 최영숙 관련 자료들
을 수집하는 겉 이야기가 최영숙의 자기서사를 감싸는 액자 형식으로
구성되어 있다. 그리고 《동아일보》, 《조선일보》의 기사들, 스웨덴 왕

---

21) 박혜숙, 〈여성과 자기서사〉, 한국여성문학학회 편, 위의 책, 2008, 221쪽.
22) 김진실, 앞의 글, 2012, 351쪽.
23) 최기숙, 앞의 글, 2008, 69쪽.

립도서관에 요청해서 받은 편지와 사진, 한국어 일기 등을 바탕[24]으로 재구성된 최영숙의 자기서사는 다시 최영숙의 1인칭 진술과 친구 임효정에게 보낸 편지라는 두 형식을 취하고 있다.[25]

최영숙이 초점 화자가 되는 내부 이야기는 1926년 영숙이 스웨덴으로 향하던 중 모스크바 행 시베리아 열차에 탑승한 시점에서 시작한다. 중국 남경의 회문여학교에서 수학하던 영숙은 마르크스 정치경제학을 공부하기 위해 스웨덴 행을 선택했다. 하필이면 왜 스웨덴이었을까. 앞자리 남성의 이 같은 의문에 미소로 답한 영숙은 "그 나라에 엘렌 케이 여사가 있기 때문"(69쪽)이라고 자신의 유학 목적을 혼자 되뇐다.

물론 당시 조선에서의 엘렌 케이 열풍을 감안할 때 최영숙이 케이의 이념과 사상에 경도되었을 가능성은 충분하다. 또한 남경에서 가족, 육아, 노동 등 여성문제 전반에 관한 케이의 다양한 저작들을 접하고 매료되었을 것이라는 합리적 추정도 가능하다. 그러나 아무리 엘렌 케이의 자유연애론이 조선 신여성의 이념적 좌표였으며 해방의 메시지였다고 하더라도 멀고 낯선 나라 스웨덴으로 가는 목적이 이렇게 막연하고 단선적이란 사실은 쉽게 납득이 되지 않는다.

> 그의 자택을 찾아가서 그의 저서 《연애와 결혼》에서 내가 느꼈던 감동을 전하고 동방의 끝자락에서 찾아온 까닭을 설명하리라. 선생님의 자유연애론은 전근대적 억압과의 저항을 막 시작한 조선의 신여성들에게 삶과 사랑

---

24) 실제 192, 30년대 신문 잡지에는 스웨덴 유학 기사, 귀국 후 인터뷰 기사, 유학시절 회고기 등이 실려 있다. 그러나 왕립도서관에 요청해서 받았다는 최영숙의 편지의 실재성은 객관적으로 확인된 바 없다. 일기는 〈최영숙 여사의 남긴 일기〉(《동광》 34호, 1932.6)를 활용했으리라 짐작된다.

25) 이렇게 병치된 두 형식이 효과와 기능 면에서 실제로 큰 차이를 보이지는 않는다. 다만 최영숙의 삶에 대한 중요한 증언자였던 친구 임효정에게 보낸 편지의 존재를 통해 겉 이야기의 신뢰성을 확보하기 위한 장치 정도로 이해된다.

의 지침서 역할을 했노라고. 그래서 선생님을 직접 뵙고 선생님의 문하에서 가르침을 받으려고 서전까지 찾아왔노라고. 제가 스톡홀름 대학으로 온 것도 선생님이 그 학교교수로 계시기 때문이노라고. (중략) 좀 염치없는 이야기이지만, 나는 내심 그분이 스톡홀름 대학의 입학 주선이라든가, 부업 알선이라든가 이런 현실적인 편의를 주실 지도 모른다는 기대를 가졌던 터였다. 자기의 책에 감명 받아 직접 가르침을 받으려고 만리 이국에서 찾아왔는데, 책에서 보인 그 분의 인품이라면 설마 나 몰라라 하겠느냐는 만용 같은 것. 그런데 내심 기대했던 비빌 언덕이 무너지고 없는 것이다.

— (87-89쪽)

엘렌 케이의 존재가 유학의 목적이 되다 보니 스톡홀름 도착 직후 엘렌 케이가 세상을 떠났다는 소식에 영숙은 "이럴 바에야 조선으로 되돌아가고 말까 하는 생각"(89쪽)을 한다. 학비는커녕 하룻밤의 숙박비도 부족한 처지에 케이가 대학 입학과 부업을 주선해 만사가 해결될 것이라는 순진한 기대를 하고, 케이의 죽음 앞에서 목적을 상실해 버리는 그녀의 모습은 설득력이 떨어진다. 어려운 가정형편으로 인해 남경에서도 "純全히 내 손으로 學費를 求得"[26]했었노라고 당당히 고백한 최영숙의 실제 목소리와도 거리가 있다. 이런 설정은 최영숙에게 엘렌 케이를 사모하는 마음 하나로 먼 스웨덴까지 온 무모하고 철없는 여성의 이미지를 덧씌우는 꼴이 된다. 이런 시각은 당시 그녀의 스웨덴 유학을 대서특필한 언론이 내건 기사 제목[27](〈엘렌 케이 찾아가 서전 있는 최영숙 양〉)과도 다르지 않다는 점에서 더욱 주의를 요한다.

그렇다면 실제 최영숙이 밝힌 유학 동기는 무엇일까? 최영숙의 유학을 보도한 신문기사를 포함해 최영숙이 남긴 글 모두 스톡홀름 대학

---

26) 최영숙, 〈그리운 넷날 學窓屍臺-瑞典大學生 生活〉,《삼천리》, 1932.1, 73쪽.
27) 〈엘렌 케이 찾아가 瑞典 있는 崔英淑양〉,《조선일보》, 1928.4.10.

수학 시절 혹은 귀국 후 쓰인 것이라 유학을 떠나던 당시의 심경을 정확히 알 수는 없다.28) 그녀 스스로는 단지 "더 알아야하겠다는 向學熱"29) 때문이라고 유학의 계기를 설명한 게 전부이기 때문이다. 귀국 후에도 여성 노동자에 대한 관심을 지속적으로 피력하면서 여성문제와 노동운동에 매진하겠다는 뜻을 분명히 밝히고 있을 뿐이다.30) 그러니까 최영숙의 어떤 글에서도 엘렌 케이가 유학의 유일한 목적으로 지목된 적은 없다는 점이다. 만약 최영숙이 스웨덴이라는 나라와 엘렌 케이를 동경했다고 한다면 그것은 엘렌 케이로 대표되는 서구의 자유로운 분위기와 이념적 공기 그 자체이다. 즉 스웨덴과 엘렌 케이는 서양에 대한 동경을 추동하고 자극하는 매개물31)로 작용했다고 할 수 있다.

　오히려 정황상 스웨덴으로 유학을 떠날 무렵 최영숙은 사회주의 사상의 영향 아래 있었다는 추정이 더 합리적이다.32) 그런데 소설에서 모스크바를 경유하게 된 그녀가 보인 반응은 사회주의에 대한 무지와 무관심에 가깝다. 붉은 광장에 서서 "세계의 은둔국 조선의 스물 살짜리 여자가 세계 혁명의 심장부인 붉은 광장에까지 진출했으니 꽤 출세한 셈"이라며 웃는다든가 레닌의 시신 앞에 늘어선 줄을 보며 "죽은

---

28) 물론 《동아일보》와 《조선일보》 역시 "후일 조국에 도라온 후에는 몸과 마음을 오로지 고국을 위하야 바치겠다는 마음에서 나온 것(〈瑞典의 學海로 사회학을 배우려고 哈市를 통과한 최영숙 양〉, 《동아일보》, 1927.7.23.)이라든지 "불쌍한 조선사회를 위하여 한 조각 붉은 마음을 가지고 발버둥치는 여성"으로 "고국에 돌아오는 날은 반드시 한 줄기 희망의 불이 비칠 것"(〈엘렌 케이 찾아가 서전 있는 崔英淑양〉, 《조선일보》, 1928.4.10.)이라는 희망 섞인 해석을 하기도 했다.
29) 최영숙, 앞의 글, 73쪽.
30) 〈서전에 유학 9년 만에 귀국한 崔英淑 씨 苦學으로 경제학을 전공, 5개 국어를 능통〉, 《동아일보》, 1931.11.29.
31) 우미영, 앞의 글, 304쪽.
32) 우미영이 연구한 바에 따르면 최영숙이 상해에서 대련을 거처 하얼빈으로 가던 도중 사회주의 서적 과다 소유로 체포되었다는 사실을 근거로 들어 당시 그녀의 관심사가 사회주의 사상이었고, 이후에도 조선의 처지를 사회주의 사상과 결부시켜 고민하는 모습을 보였다고 한다.(우미영, 위의 글, 302-303쪽.)

사람을 굳이 줄까지 서 가며 봐야 할 까닭을 찾지 못"(78쪽)하겠다고 말하는 게 고작일 뿐이다. 모스크바의 상징적 장소들을 관광객처럼 거니는 최영숙의 모습에서는 사회주의 서적 과다 소지로 일본 경찰에게 취조 받은 이력을 지닌 자칭 '마르크스 걸'의 모습도, 마르크스 정치경제학을 전공할 미래의 경제학사의 모습도 찾아보기 힘들다. 조선의 노동자 농민을 위해 일하겠다는 최영숙의 의지가 발화에 그칠 뿐 서사에 밀착되지 않는다고 판단되는 것도 이런 이유에서다.

그렇다면 대중들의 최대 관심사였던 최영숙의 연애 사건을 다루는 방식은 어떨까. 알려진 바대로 인도 청년과의 사랑과 자녀 출산은 자극적인 기사를 쏟아낸 황색 언론에 의해 호사가들의 입방아에 오르내리며 최영숙을 조선 최초의 경제학사에서 스캔들의 주인공으로 전락시킨 핵심 사건이다. 그런데 이 소설에서는 이 사건 앞에 두 개의 연애 에피소드를 먼저 배치해 중요하게 다루고 있다. 인도 청년 외에도 최영숙에게 연애 감정을 일으킨 두 명의 인물이 등장하는데, 바로 도산 안창호와 스웨덴 황태자 구스타프이다.

그때 나는 도산 선생님을 사모하게 되었다. 단순한 스승이 아니라 한 남자로서. 도산 선생님은 그 무렵 마흔여섯의 장년이었고 나는 열여덟 소녀였다. 아버지 또래의 남자를 연모하게 된 내 심상을 나는 지금도 설명할 길은 없다.

하여튼 나는 그에게 빠져만 들어가는 내 마음을 제어할 수가 없었다. 그는 단아하고 중후하며 견결한 사람이었다. 그를 향한 내 마음은 습자지에 스며드는 먹물이거나 오랜 가뭄 끝에 마른 땅 속으로 흘러드는 빗물 같았다.   ― (59쪽)

소설에 따르면 최영숙은 남경 유학시절 외국어에 능해 안창호의 사무실에서 문서 정리를 도와주게 되는데 이때 도산에게 연모의 감정을 품어 청혼까지 하게 되었다는 것이다. 장장 열 두 페이지에 걸쳐 서술되고 있는 도산과의 에피소드에서 영숙은 밤늦게 도산 숙소로 찾아가 "잘난 사내에게 제 스스로 몸을 던지려던"(67쪽) 대책 없고 철없는 인물로, 도산은 한 치의 흔들림도 없이 평정심을 유지하는 의연하고 견결한 인격자로 그려진다.

　일명 '최영숙 여사 사건'으로 알려진 이 일화는 훗날 안창호의 전기[33] 속에 삽입되어 진위 여부와 상관없이 안창호라는 인물의 흠없는 도덕성과 최영숙의 무분별한 연애 욕망을 대조하는 데 이용된 바 있다. 알려진 대로 안창호가 최영숙의 총명함을 아꼈고 최영숙이 안창호를 존경했던 마음이 사실이었다 하더라도 분명한 것은 이 에피소드가 "남성 중심의 편견과 허구로 점철"[34]되어 있다는 점이다. 더군다나 여기에는 중요한 사실 하나가 배제되어 있다. 소설에서처럼 최영숙은 도산을 개인적으로 보조하는 비서 역할을 한 게 아니라 정식 입단 절차를 거쳐 입단한 '통상 흥사단원'으로 활동했다는 사실[35]이다. 그러므로 이 에피소드는 소문을 기정사실화해서 최영숙에게 엘렌 케이의 연애론을 오남용하는 허영심 가득한 신여성의 이미지를 덧씌우는데 기여하고 있을 뿐이다.

　도산과의 에피소드가 사실을 왜곡한 경우라 한다면 스웨덴 왕세자

---

33) 최영숙과의 사건은 이광수, 〈도산 안창호〉(《도산 안창호전집》 12권, 2000), 주요한, 〈안도산전서〉(같은 책), 한승인, 〈민족의 빛 도산 안창호〉(같은 책 11권), 선우훈, 〈최양과 안도산〉(《민족의 수난-105인 사건 진상》, 1955) 등 도산의 전기들 속에 삽입되어 있다. 안창호 전기 목록은 우미영의 앞의 글 참조. 당시 최영숙은 혼혈아를 낳고 사망한 추문의 주인공으로 낙인 찍혀 있던 때인 만큼 최영숙이란 타락한 인물은 도산의 도덕성을 돋보이게 하는 수단으로 도구화되었다.

34) 김경일 외, 《한국 근대여성 63인의 초상》, 한국학중앙연구원출판부, 2015, 450쪽.

35) 1924년 5월 3일 최영숙은 흥사단에 정식으로 입단했고, 1925년 1월 2개월 이상의 의무를 수행한 예비 단원들 중에서 문답식과 맹약례와 같은 엄격한 심사 과정을 통과한 경우만 될 수 있는 통상 단우가 되었다. 우미영은 최영숙이 스웨덴으로 떠날 당시 사회주의 서적을 탐독했던 것도 흥사단 활동의 연장선이었다고 설명하고 있다.(우미영, 앞의 글, 301쪽.)

구스타프와의 에피소드 대부분은 작가적 상상력에 의해 만들어진 픽션일 가능성이 높다. 여타 자료를 통해 볼 때 실제 최영숙과 왕세자 사이에 친분이 있었다는 사실이 인정된다 하더라도 이를 연애 감정으로 확대해 유학 시절의 중요한 사건으로 다룬 것은 작가의 선택일 것이다. 왕립도서관 사서로 일하게 된 영숙의 딱한 처지를 알고 그녀의 총명함을 높이 산 왕세자가 영숙에게 줄곧 호의를 베풀지만 영숙은 끌리는 마음을 자제하고 그의 구애를 거절한다는 것, 이것이 소설에서 서사화된 연애사건의 전말이다. 영숙이 황태자의 구애를 거절한 이유는 조선으로 돌아가야 한다는 당위 때문이다. 이 생각에 확신이 생긴 것은 당시 나혜석의 구미여행과 스캔들이 세간의 화제가 되고 있다는 소식을 효정의 편지를 통해 전해 듣고 난 후이다. 다시 말해 영숙이 구스타프 왕세자의 구애를 거절하는 과정에는 인물의 내면적 핍진성보다는 바람직한 신여성의 표본이 무엇인지를 보여주고자 하는 내포작가의 목소리가 우위에 작용하고 있다는 의미이다. 사랑이 허용될 수 있는 경우는 장차 '검은 땅' 조선을 '빛나게' 할 최영숙의 장밋빛 미래에 흠집을 내지 않을 만큼의 추억으로 남을 때뿐이다. 이를 위해 작가는 최영숙의 생애에서 구스타프와의 시간을 '동화童話'의 시간으로 표백해 박제해 버린다.

> 황태자와의 시간이 내 마음의 영상에 주르르 흘러갔다. 조선으로 돌아간 다음 어느 고단하고 외로운 밤에 오늘의 동화 같은 추억이 내 마음에 깃털처럼 내려앉으리라. 이 선율은 내 두뇌의 어느 갈피에 저장돼 있다가 호호백발 할머니가 된 어느 날 손녀에게 옛 얘기를 들려줄 때 기습하듯 내 가슴을 두드리리라.　　　　　　　　　　　　　　— (248-249쪽)

이 두 개의 연애 에피소드가 배치된 후에 본격적으로 인도 청년 '로

이'36)와의 연애 스토리가 그려지는데, 소설은 이 만남을 매우 낭만적으로 그리고 있다. 1931년 귀국길에 세계 곳곳을 여행하던 최영숙은 뭄바이로 향하는 배에서 로이를 만나 첫눈에 반한다. 로이는 인도 뭄바이에 거주하며 영국 옥스퍼드 대학 영문학부를 졸업한 재원으로 중개상을 하는 아버지 일을 도와 중개 무역에 종사하고 있던 인물이다.

> 그를 처음 본 순간 나는 그와 내가 어떤 기연으로 맺어질 사이라는 것을 직감했다. 글쎄, 거창하게 들릴 지는 모르지만 어찌할 수 없는 운명의 끌림 같은 것. 아무 것도 떠오르지 않는, 아무 것도 계산할 수 없는, 그리고 아무 것도 그것에 저항할 수 없는, 저기 망망한 아라비아해의 해일 같은 것.
> (중략)
> 그때야. 내 마음 속에 앞뒤 없는 격정이 솟아난 것은. 갑자기 이 남자와 계속 있고 싶다는 욕망이 내 내부에서 들끓기 시작했어. 그 순간 내 머리 속으로 구스타프 황태자의 얼굴이 스쳐지나가더군. 나는 조용히 도리질했어. 그래 그는 동화 속의 사람이지. 나는 현실 속의 남자와 자유연애를 할 거야. 뜨겁게 살을 맞비비고 온몸을 던지는 사랑을 할 거야.
> 나는 그때 내 격정에 순종하기로 했다. 나는 내 감정과 욕망을 믿기로 했던 거야.　　　　　　　　　　　　　　　　　　　─ (299-300쪽)

로이를 향한 갑작스런 격정과 성적 욕망은 "조선 독립에 몸을 바쳐야 한다"는 명분으로 황태자의 구애를 거절한 최영숙의 결기를 배반한다. 로이와의 연애는 운명적 감정, 취미와 교양이 부합하는 대화, 성적 이끌림이라는 낭만적 사랑에 부합하는 조건들이 다 갖춰져 있다. 자유

---

36) 이 인도 청년의 이름은 애초에 마하드 젠나로 알려져 있었으나, 1932년 5월《삼천리》는 한국식 이름 '로(盧, Row)'씨로 소개하고 있다. 많은 자료들이 그런 것처럼 이 소설도 '로이'라는 이름을 정식화하고 있다.

연애의 조건을 장착한 대상 앞에서 민족 독립의 대의에 연애 욕망을 복속시키던 옹골진 신여성의 모습은 온데간데없이 엘렌 케이의 신봉자였던 스무 살의 최영숙으로 회귀하고 있는 것이다.

> 좋다. 그 따위 인간들이 뭐라고 욕하든 다 좋다. 내가 그런 것에 주눅들 사람은 아니다. 나야말로 일찍이 열여덟 살에 아버지 뻘의 남자를 사랑해서 그의 숙소까지 쳐들어갔다가 문전에서 쫓겨난 이력의 소유자가 아닌가. 엘렌 케이 여사의 자유연애론을 신봉해서 서전까지 갔던 여자 아닌가. 욕을 퍼붓건, 신문의 가십으로 써먹건 멋대로 해라.
>
> ― (302-303쪽)

최영숙이 〈인도유람〉(《조선일보》, 1932.2.3)에서 언급했듯 로이는 스웨덴에서부터 알고 지냈던 인도의 여성 사회운동가 나이두(Sarojini Naidu) 여사의 조카이고, 귀국길에 우연히 동행해 같은 해 7월부터 4개월간 인도에 머물면서 간디 등 독립 지도자와 교유하는 동안 두 사람이 가까워졌을 가능성이 있다.[37] 그러나 이 소설은 최영숙의 사랑과 출산, 죽음과 관련해 복수複數의 진실을 고려하지 않고 우연과 운명, 낭만을 강조함으로써 공적 사명감으로 가득했던 최영숙의 복잡한 내면과 내적 갈등을 단순화해 버렸다.

1931년 11월 귀국 후 5개월 만에 병으로 갑작스럽게 생을 마감한 후 그녀의 연애와 결혼, 출산 소식이 알려지면서 최영숙에 대해 호의적인 관심을 쏟아내던 대중 매체들은 집중적으로 악의적인 기사를 내보내기 시작했다. 신문과 잡지는 최영숙의 '일대기'를 "스웨덴 대학에

---

37) 두 사람 사이에 사랑이 싹튼 시점이 언제인지는 정확히 알 수 없다. 처음 만난 시점 역시 이집트에서부터 동행했다고도 뭄바이행 배에서 만났다고도 알려져 있다. 분명한 것은 최영숙 사후 《삼천리》가 악의적으로 편집하고 허구화했던 것처럼 스톡홀름 캠퍼스에서부터 만나 사랑을 꽃피웠던 것은 아니라는 점이다.

서 인도 청년 만나 佳約맺고 愛兒까지 나은 뒤에" "세상 떠난" 것으로
요약해냈다.38) 병사하기까지 채 1년이 되지 않는 기간 동안 조선의
녹록치 않은 현실에서 조선 민족, 여성, 노동자, 농민의 생활 향상을
위해 목소리를 높이고 여러 방면으로 노력했음에도 불구하고,39) 중국
에서 스웨덴까지 10년에 걸친 고되고 험난했던 유학 생활은 연애 행각
으로, 그녀의 삶은 당시 기사 제목과 같이 '애화哀話'와 '비련悲戀'으로
낙착되어 버린 것이다.

이런 점에서 이 소설이 상대적으로 귀국 후 5개월간의 최영숙의 행
적을 그리는 데 적극적이지 못했다는 점은 아쉬운 부분이다. 유럽 유
학생 출신 신여성의 지식과 경력을 감당할 만큼 조선 사회가 성숙하지
못했다는 점을 부각시키고자 했다 하더라도, 그녀의 '좌절'에 초점을
맞추고 있는 후반부 서술은 결국 그녀를 실패한 신여성으로 전락시키
는 결과를 낳고 말았기 때문이다.

이 소설은 사실과 허구를 넘나들며 자료들을 취사선택하고 교직하
는 과정에서 실패한 신여성을 애도하려는 작가의 의도가 최영숙의 자
의식을 누락해 버린 경우에 해당한다. 이렇게 해서 '식민지' '조선'의
'지식인' '여성'이라는 중층적인 기표에 둘러싸인 최영숙의 복잡하고 다
양한 심적 기제와 내적 동기는 생략, 단순화되고 연애를 그녀 삶의

---

38) 〈九十春光을 등지고 哀惜! 麗人의 夭折〉, 《조선일보》, 1932.4.25; 〈인도 청년과
   가약 맺은 채 세상 떠난 최양의 비련, 스웨덴 대학에서 인도 청년 만나 가약 맺고
   애아(愛兒)까지 나은 뒤에, 스웨덴 경제학사 崔英淑양 일대기〉, 《삼천리》,
   1932.5; 〈경제학사 崔英淑 여사와 인도 청년과의 연애관계의 진상〉, 《동광》 34
   호, 1932.6; 웅초, 〈최영숙 지하 방문기 명부행 열차를 추격하면서〉, 《별건곤》
   52호, 1932.6.

39) 사회문제와 관련한 최영숙의 발언은 다음과 같은 글과 좌담기사 등에서 확인할
   수 있다. 〈민족적 중심 단체 양조직의 필요와 방법. 각 방면 명사의 복안(3)〉,
   《동아일보》, 1932.1.3.; 〈해외의 체험을 들어 우리 가정에 기함(2), 활동적인 그
   들 감복할 그들의 시간 경제〉, 《동아일보》, 1932.1.3.; 〈부인 문제에 대한 비판-
   금강산이 보고 싶다〉, 《삼천리》, 1932.2; 〈외국대학출신 여류삼학사좌담회〉, 《삼
   천리》, 1932.4.

최종 심급으로 보는 시각이 보편타당한 것으로 선택되었다. 엘렌 케이의 영향을 확대·과장함으로써 192, 30년대 신여성의 개별 자아와 섹슈얼리티 발견을 매개한 자유연애의 넓고 깊은 의미망을 축소해버린 것도 아쉬운 대목이 아닐 수 없다.

3. 《코레예바의 눈물》: 멜로드라마적 과잉과 적연赤戀의 판타지

주세죽의 경우 직접 남긴 글이나 관련 자료가 절대적으로 미흡하기 때문에 최영숙의 경우와 비교해 보더라도 대부분이 작가의 서사적 상상력에 의존해야 하는 상황이다. 특히 세간의 관심이 집중되어 있는 박헌영과의 사랑과 김단야와의 재혼 스토리와 관련한 주세죽 자신의 기록은 전무하기 때문에 주세죽의 육성을 복원하는 것은 쉬운 일이 아니다.

손석춘의 《코레예바의 눈물》은 소설가인 '나'가 카자흐스탄의 크즐오르다를 여행하던 중에 고려인 집에서 주세죽의 내면의 기록이 담긴 노트를 발견하면서 시작한다. 그러니까 노트의 내용을 중심으로 전개되는 주세죽의 1인칭 진술 앞뒤에 '들어가는 이야기'와 '나오는 이야기'를 배치하고 중간에 '편집자 군말'[40]을 삽입해 '나'가 개입하는 형식인 것이다. '나'는 중간중간 주세죽의 기록에 각주를 달아 보충 설명을 곁

---

40) 손석춘, 앞의 책, 85쪽. 1부와 2부 중간에 삽입된 '편집자 군말'에서 '나'는 주세죽의 노트를 입수한 뒤 조선에 돌아와 다른 기록들과 대조해본 결과 주세죽이 남긴 기록임을 확신하게 되는 과정을 서술한다. 그리고 주세죽이 남긴 원본이 현재 맞춤법과 차이가 많아 맞춤법을 수정하고 비문이나 사어가 된 한자어, 사투리는 윤문을 했다는 편집후기를 덧붙인다.

들이는 방식으로 이 글이 실제 기록들41)에서 볼 수 없는 주세죽의 '내면'에 대한 '새로운' 자료임을 강조한다. 이런 설정은 실명소설의 틀을 빌었음에도 불구하고 실재하지 않는 문서에 의존해 이야기의 여백을 채우고 고백의 진실성을 담보해야 하는 작가의 부담감을 반증하는 장치라 할 수 있을 것이다.

주세죽의 자기서사는 크즐오르다 사막지대에 유배된 노동자 신분이던 1946년 1월, 소련공산당 기관지 《프라우다》에서 전 남편 박헌영의 기사를 발견하는 시점에서 시작된다. 서대문 형무소에서 사망한 줄 알았던 박헌영이 조선공산당 책임비서로 모스크바 삼상 회의에 참석했다는 기사를 읽고 충격을 받은 주세죽은 자신이 한때 '조선 최고 미인'이자 '조선여성을 대표하는 혁명가'였음을 상기한다. 곧이어 스탈린에게 자신이 바로 "자타가 두루 인정하는 조선 혁명 지도자의 반려이자 동지"(19쪽)임을 알리겠다고 결심한다. 그러나 크즐오르다에 유폐되어 시들어가던 자신이 조선의 혁명가였다는 '진실'을 확인하기 위해 시작한 주세죽의 자기서사는 끝내 박헌영에게 보낸 부치지 못한 세 통의 편지로 마무리된다. 주세죽의 글쓰기를 추동한 것이 박헌영의 존재였듯이 주세죽의 자기 이야기란 결국 사랑했던 남자에 대한 고백으로 이루어져 있는 것이다. 《코레예바의 눈물》은 이렇게 주세죽의 이야기를 여성 사회주의자의 성장담 혹은 미숙한 여성과 성숙한 남성 사이의 연애서사로 축소해 버린다.

주세죽이 사회주의에 입문하게 된 계기는 1921년 4월 상해 음악학교 유학 당시 허정숙을 통해 고려공산당청년동맹 산하 사회주의연구소에서 마르크스-레닌 이론을 학습하면서부터이다. 이때 주세죽과 박

---

41) 여기서 언급한 《이정 박헌영 전집》, 임경석의 《이정 박헌영 일대기》, 안재성의 《박헌영 평전》, 손석춘의 《박헌영 트라우마》는 실제로도 주세죽의 흔적을 찾아볼 수 있는 몇 안 되는 연구들이다.

헌영의 만남이 이루어졌을 가능성이 높고, 다수의 박헌영 관련 문헌들이 이를 기정사실화하고 있다. 이 소설 역시 허정숙을 통해 박헌영을 소개받은 주세죽이 이들의 토론 모임에 참여하면서 박헌영을 사랑하게 된 것으로 그리고 있다. 첫 만남이 이루어진 프랑스 카페의 분위기만큼이나 이들의 만남은 다소 낭만적으로 윤색되어 있다. 박헌영은 음악학교 피아노 연주회에서 들었던 주세죽의 '장송행진곡'에 "슬퍼하지 않으려는 슬픔"(27쪽)이 담겼다는 소감을 전한다. 이런 박헌영의 "슬픈 눈에 매혹"(27쪽)된 주세죽은 토론회에서 보인 그의 "지적이고 열정"적인 모습에 "그를 사랑하고 있다는 확신"(47쪽)을 가지게 된다. 주세죽의 눈에 박헌영은 3.1운동에 대한 평가부터 세계정세 분석은 물론 마르크스−레닌 이론에 이르기까지 해박한 지식과 냉철한 이성, 굳건한 신념을 갖췄을 뿐 아니라 내면의 깊은 슬픔과 풍부한 감성까지 겸비한 완벽한 혁명가의 형상으로 비친다. 때문에 그 앞에서 주세죽은 항상 자신을 '부끄러움'과 '부족함'을 느끼는 열등한 존재로 인식한다.

문제는 박헌영과 주세죽의 이 같은 우열 관계가 이 소설의 기본적인 인물 구도를 형성할 뿐 아니라 주세죽의 반복적인 고백을 거쳐 고착화되어간다는 점이다. "미더운 혁명동지이자 늠름한"(94쪽) 남편 이정(박헌영의 다른 이름−연구자) 앞에서 자신의 한계를 체감하고, '나약한 본성'을 들킬까봐 전전긍긍하면서 "더 강인하고 더 자주적인 여성"이 되어야겠다는 다짐을 하는 주세죽의 모습은 여러 차례 등장한다.

일부러 차갑게 말하면서도 가슴은 따뜻해져왔다. 내 속 깊은 곳까지 켜켜이 스며들어 있는 '여성 의식' 탓이다. '보호받고 싶은 본능'이라고 흔히 말하는 그 천박한 의식 말이다.

이정 동지를 조선으로 떠나보내며 눈물을 흘리던 순간, 그날이 떠오른 이유는 여전히 내가 지니고 있던 한계였을 터다. 아무튼 나는 혁명의

길에 더 강인하고 더 자주적인 여성으로 스스로를 만들어가자고 다짐했
다.   — (94쪽)

주세죽에게 세상은 박헌영이라는 매개를 통해서 대타적으로 인식된
다. 조선 독립과 계급 혁명의 필요성도 "이정이 무엇을 꿈꾸고 있는가
를 절절하게 깨달"(66쪽)으면서부터 이고, 피아니스트의 꿈을 접었을
때의 심경도 이정의 안타까운 표정과 음성으로 기억된다. 사랑 고백을
받았던 순간의 자기 모습 역시 이정의 눈동자에 비친 "벅찬 감동에
사로잡힌 여성"(69쪽)으로 대상화해서 인식한다.

박헌영에 대한 주세죽의 경외심이 '사랑'이라는 사적 감정에 기반하
고 있는 데 비해 박헌영과 김단야 같은 남성 혁명가들은 사랑을 혁명이
라는 공 앞에 지극히 사적인 문제로 인식한다. 박헌영은 아들을 갖고
싶다는 주세죽의 말을 "우리에겐 조선의 미래 세대가 모두 우리의 아
들이오."(233쪽)라는 궤변으로 무시해 버리거나 혁명사업에 매진하느
라 아내의 생일은 잊어버리기 일쑤이다. 그런데도 주세죽은 밤새 눈물
을 흘리며 서운함을 달랠지언정 박헌영의 무심함과 무신경을 탓하지
않는다. 개인의 행복을 향한 주세죽의 사소한 바람은 혁명의 당위를
앞세우는 박헌영의 '냉철한 이성' 앞에 언제나 열등한 것으로 전락해
버리고 마는 것이다. 이렇게 주세죽의 내적 갈등이 소거된 자리에는
흔들림 없이 신념에 충실한 혁명가 박헌영의 모습만 남게 된다.

물론 주세죽이 실천적 혁명가로 성장하는 데 박헌영과의 연애가 정
서적 동력이 되었으리란 점을 부인할 수 없다. 그러나 이 소설이 설정
한 교사–학생과 같은 박헌영과 주세죽의 위계 관계는 사회주의 연애
서사가 혁명가와 그의 연인을 위치지어 왔던 방식42)과 다르지 않다는

---

42) 한 여성이 인격적 주체가 '되는' 과정에 반드시 여성을 사람으로 '만드는' 우월한
   남성 지도자가 있다는 설정은 남성 동지와 여성 동지 간의 관계를 이루는 기본

점에서 좀 더 주의를 기울여야 할 대목이라고 판단된다. 이 같은 구도
는 "대체로 女子라는 것은 國粹主義者에게로 가면 國粹主義者가 되고
共産主義者에게 가면 共産主義者가 되는 모양"[43]이라며 여성사회주
의자들의 의식 결여와 수동성을 경멸했던 동시대 지식인 남성의 인식
과 궤를 같이 하기 때문이다.

　박헌영과 주세죽의 이 같은 관계 설정은 조선의 여성운동을 주도했
던 주세죽의 이력에 비추어 봐도 선뜻 이해가 되지 않는다. 주세죽은
근대 초기 여성 해방의 징표였던 '단발'을 감행해 여성의 주체성에 관
한 사회적 담론을 촉발시켰던 장본인[44]이면서 최초의 사회주의 여성
단체인 조선여성동우회와 근우회 결성을 주도한 활동가로 여성사에
족적을 남긴 인물이다.[45] 그런 만큼 주세죽은 평소 "남자들이 자기만
사람인 척하고 여자는 아주 멸시하는 것이 제일 加憎스럽"[46]다며 남
성 우월주의에 대해 거부감을 드러내는 데 주저함이 없었다.

　그러나 이 소설에서 주체적이고 독립적인 활동가로서 주세죽의 면

구도이다.(임정연, 〈근대 젠더담론과 '아내'라는 표상〉, 《배달말》 45권, 배달말
　학회, 2009, 472-473쪽; 〈1930년대 초 소설에 나타난 연애의 모럴과 감수성〉,
　《현대문학이론연구》 58권, 현대문학이론학회, 2014 참조.
43) 김기진, 〈金明淳氏에 대한 公開狀〉, 《신여성》 2권 11호, 1924, 50쪽.
44) 주세죽은 허정숙, 김조이 등과 함께 단발을 단행했을 뿐 아니라 〈나는 단발을
　주장합니다〉(《신여성》 3권 8호, 1925.8)라는 글에서 여자의 단발이 "남자의 양복
　처럼 편리한 점"이 있다며 여성의 주체성을 강조하는 글을 남기기도 했다. 이런
　一連의 행동들은 〈부인 단발〉(《조선일보》, 1925.8.23.), 〈단발 문제의 시비?!〉
　(《신여성》 3권 8호) 등의 기사처럼 단발을 사회적으로 공론화하는 데 큰 역할을
　했다.
45) 여성 동우회를 조직한 이후 여기서 갈라진 경성여자청년회와 경성여자청년동맹
　합동을 위한 임시총회 의장으로 선임되었고, 1925년 3월 8일 조선여성동우회와
　경성여자청년회 공동 주최로 국제무산부인기념대강연회를 개최했을 때 '부인 해
　방의 원동력'이란 제목으로 강연을 하기도 했다. 또한 같은 해 4월 고려공산당
　청년회 결성에 여성단체 대표로 참가하는 등 여성 운동에 앞장섰다.(김경일 외,
　앞의 책, 395쪽.)
46) 주세죽, 〈제일 미운 일 제일 보기 실흔 일-남자의 자기만 사람인 척하는 것〉,
　《별건곤》 9호, 1927.

모는 부각되어 있지 않다. 물론 남녀 불평등과 성차별 상황을 인지하거나 여성운동에 매진하는 주세죽의 모습이 일부 묘사되기도 한다. '민족성'을 두고 벌인 이광수와의 토론 에피소드(115-126쪽)에서처럼 당차게 자신의 논리를 편다거나, 뿌리 깊은 가부장 사상과 남녀 불평등에 대해 불만을 토로하는 모습도 보인다. 박헌영의 이름자를 따와 딸의 이름을 '영'이라고 짓고 나서 자기 이름까지 붙여 '세영'이라고 짓지 못한 데 대해 "'남녀평등'을 입에 달고 살았지만 정작 집에선 남편을 우선하는 '전통의 굴레'를 온전히 벗어나지 못한"(195쪽) 자신을 자책하기도 하고, 혁명 완수를 도와달라는 박헌영의 말에 "왜 남자들은 같이하자 않고 늘 도와달라 할까"(202쪽)라는 날카로운 지적을 하기도 한다.

그러나 이 같은 발언들이 서사적 형상화를 거쳐 이야기 구조 안에 안착되지 못하고 담론 차원에서 생경하게 돌출되어 있다는 데 문제가 있다. 여성 해방의 필요성과 당위성을 현실적으로 자각하고 체화한 이가 겪었을 내면의 갈등이 절실하고 핍진하게 드러나는 대신 작가의 학습된 젠더 감수성이 그 자리를 채우고 있는 것이다.

김단야와의 재혼을 정당화하기 위해 끌어들이는 콜론타이 사상과 연애관이 공허하게 여겨지는 이유도 이 때문일 것이다. 박헌영이 상해에서 잡혀 서대문형무소에 수감중이던 1934년 주세죽은 박헌영의 절친한 친구이자 동지인 김단야와 재혼한다. 주세죽이 김단야와 재혼한 이유에 대해서는 의견이 분분하지만, 당시 주세죽과 박헌영이 심훈의 소설 《동방의 애인》을 통해 대중에게 잘 알려진 혁명 커플이었던 만큼 주세죽의 재혼에 대해 부정적인 견해가 대부분이었다. 전후 사정이야 어떠하든 이 문제에 관한 한 대중들이 보고자 하는 핵심은 바로 주세죽이 박헌영을 배신했다는 것뿐이었기 때문이다.

그렇다면 《코레예바의 눈물》에서는 이 사건을 어떻게 서사화하고

있을까. 주세죽은 박헌영이 체포된 뒤 반년이 흐른 시점에 단야로부터
그의 사망 소식을 듣게 된다. 처음에는 단야의 구애를 단호히 거절하
지만 모스크바에 와서 그와 동거하다 결혼에 이른다. 이 과정에서 일
부일처제를 반대하는 콜론타이의 논리가 강박적으로 인용되는데, 주
세죽은 모스크바 공산대학 강의실에서 들었던 콜론타이의 강의를 동
원해 재혼의 정당성을 확인하는 데 집착한다.

> 뜬눈으로 밤을 새우며 나는 단야의 사랑을 받아들이기로 결심했다. 욕
> 망 앞에 솔직해야 한다는 콜론타이와 정숙의 삶 끊임없는 단야의 구애가
> 그 결심에 영향을 준 것은 사실이다. 하지만 그보다는 내 주체적 선택이
> 더 컸다. 붉은 사랑을 지상에서 더 이어가고 싶었기 때문이다. (중략)
> 정숙이 나를 종종 놀리던 말처럼 '고루한 시대의 정조관념'에 얽매여
> 있는 자신이 싫었다. 나를 가두고 있는 두꺼운 껍질에서 스스로 벗어나보
> 자는 생각은 이정의 부재가 갈수록 짙게 빚어내는 슬픔을 이겨내려는 마음
> 만큼 커져갔다. 혁명가로서 한 계단 더 커가려면, 나 자신부터 혁명이 필요
> 하지 않은가. 의도적으로 자문하고 자답했다. 그 붉은 사랑이 자본가계급
> 의 남녀가 벌이는 자유분방한 향락주의에 함몰되지 않도록 경계하자고 마
> 음을 다잡기도 했다.   ― (281-282쪽)

부르주아적 소유개념에 지나지 않는 일부일처제 결혼관과 "고루한
시대의 정조관념"에서 벗어나겠다는 생각은 일견 주체의 의지와 결단
에 의한 것처럼 보인다. 그러나 주세죽의 결심을 재촉한 결정적 이유
가 "붉은 사랑을 지상에서 더 이어가고 싶"(281쪽)다는 생각 때문이라
면 의미는 달라진다. 혁명가로서의 정체성을 지켜가기 위해서 붉은 사
랑을 이어가겠다는 주객전도의 어법은 이것이 체화된 신념이 아니라
추상적 논리에 불과하다는 사실을 증명하기 때문이다.

이에 앞서 김단야는 이정이 상해에서 자신이 일제에 붙잡힌다면 주세죽을 가까이서 도와주라고 당부했다는 말을 전한다. 훗날 주세죽은 이정이 죽었다고 말했던 단야의 진의를 의심하면서도 그 마음이 모두 자신을 위한 것이었다고 결론 내린다. 결혼이 '소유'가 아니라는 콜론타이의 이론과 아내를 '소유물'로 여기는 남성 혁명가들의 행태가 충돌하고 있음에도 불구하고 이를 전혀 인지하지 못하고 있는 것이다. 따라서 이 소설에서 '적연' 즉 붉은 사랑이라는 당위 명제는 사랑을 이용하는 남성 혁명가와 이 논리를 수용하는 여성 사회주의자들을 다시 가부장 섹슈얼리티로 옭아매는 보수적 이데올로기로 작용하고 있다고 할 수 있다.

> 가식이 덕지덕지 붙은 누더기를 벗은 지금, 저 사막이 오랜 세월에 걸쳐 내게 일러준 가르침을 결백하게 써야겠다. 사랑이 누가 누구를 소유하는 '재산'이 아니라면, 단야와 나눈 붉은 사랑 또한 내 인생에 아름다운 시절의 하나였다. 나는 이정을 사랑했고, 계기가 어떻든 단야를 사랑했고, 지금 이정을 사랑하고 있다.   ― (323쪽)

박헌영에 대한 애틋한 사랑을 고백하는 주세죽의 기록과 부치지 못한 편지를 통해 이 소설은 서사를 압도하는 목표 감성에 도달하고자 한다. 혁명 동지였던 두 사람과 모두 결혼했던 '특별한' 이력을 가진 삼각관계의 주인공, 그러나 조선여성 '코레예바'라는 이름에 갇혀 평생 남편을 그리워하다 삶이 나락으로 떨어진 비극적인 여성의 초상, 《코레예바의 눈물》이라는 이 책의 제목은 주세죽의 삶을 이렇게 요약하고 있는 듯하다.47) 이 소설은 혁명가 옆에서 희생된 혁명가의 아내라는

---

47) 《코레예바의 눈물》은 표지에 "항일 독립운동가 그의 남편 박헌영 그의 남편 김단야"라는 다소 선정적인 홍보성 문구를 내세워 대중들의 호기심을 자극시키고 있

소재에 삼각관계라는 서사적 클리셰를 장착하고 이를 비극적 파토스로 전유한다. 사랑과 혁명을 달콤하고 낭만적으로 변주하는 멜로드라마적 기획 속에 주세죽의 목소리는 과장되고 과잉되어 있다. 이런 가운데 주세죽은 주체적이고 진보적이되 결코 위험하지는 않은 여성의 모습으로 재탄생하고 있다. 남성을 위협하지 않는 당찬 진보 여성, 이야말로 남성 판타지가 만들어낸 21세기형 신여성이 아니던가.

4. 결핍과 과잉의 서사권력

이 글은 근대 신여성의 목소리를 발굴하고 복원한 21세기 남성 작가의 서사적 태도를 통해 실명소설에 필연적으로 가동될 수밖에 없는 서사권력의 존재를 가늠해 보고자 하였다. 분석 대상으로 삼은 텍스트는 2016년에 발간된 두 편의 소설 《검은 땅에 빛나는》과 《코레예바의 눈물》로 두 작품은 각각 최영숙과 주세죽을 모델로 하고 있다. 근대 조선의 신여성 최영숙과 주세죽은 조선 독립과 혁명에 투신한 사회운동가이자 젠더와 국가의 경계를 넘어 세계를 꿈꾼 선구적인 지식인이었음에도 불구하고 대중의 기억에서 오랫동안 망각되었거나 삭제되어 있던 인물들이라는 점에서 이들에게 최초로 서사적 육체를 입히고자 한 시도는 그 자체로 충분히 의의가 있다.

그럼에도 불구하고 작가가 서 있는 발언 위치와 시각을 판독해야 할 필요성을 제기한 것은 두 작품에서 최영숙과 주세죽의 목소리가

다. 물론 출판사 측의 기획임을 감안한다고 하더라도 주세죽의 삶을 평가하고 소비하는 착점과 척도를 가늠하게 해준다는 점에서 아쉬운 부분이다.

작가의 논리와 서사권력 안에 포섭될 수밖에 없는 구조 안에 놓여 있기 때문이다. 최영숙과 주세죽이 하위 주체로서 스스로 말할 수 있는 기회를 얻지 못했던 신여성이라는 점, 그리고 그녀들의 삶이 황색언론의 악의적인 왜곡과 각색에 의해 가십거리로만 소비되어 왔다는 점을 상기할 필요가 있다. 이런 대상을 재현하기 위해 자료가 미흡함에도 불구하고 '실명소설' 형식을 택했다는 점, 그리하여 향후 두 소설이 최영숙과 주세죽에 대한 정전正傳으로 작용할 수 있다는 점도 고려하지 않을 수 없다. 이런 관점에서 볼 때 두 소설이 인물에게 어떤 서사적 정체성을 부여하는가는 작가와 작품의 서사 윤리를 판단하는 척도가 될 수 있다.

본고는 두 작품에서 각각 '결핍'과 '과잉'이라는 두 가지 방향에서 신여성의 목소리를 번역하는 서사권력을 포착하고자 했다. 《검은 땅에 빛나는》은 경제학사 최영숙의 학문적 열정보다는 연애 스캔들을 앞세우고 있으며, 최영숙에 관한 기록들을 취사선택하는 과정에서 주체적인 최영숙의 목소리를 일부 누락함으로써 결과적으로 그녀를 '실패'한 신여성으로 고착시키고 말았다. 주류담론이 보여준 남성적 편견이나 환상을 은연중에 모방하고 있다는 점도 한계로 지적할 수 있다.

《코레예바의 눈물》은 주세죽의 부족한 기록들을 멜로드라마적 기획과 감정의 과잉으로 채움으로써 1세대 여성 사회주의자로서의 활동상보다는 그녀를 둘러싼 애정사를 부각하는 데 주력하고 있다. 사랑과 혁명이라는 소재를 낭만적으로 변주해 비극적 파토스를 파생시키고자 하는 목표 감성이 서사를 압도함으로써 주세죽의 이야기는 진보적 여성에 대한 남성의 판타지로 재탄생했다.

결과적으로 볼 때 두 소설은 인물에 대한 선의와 애정에 바탕하고 있음에도 불구하고 최영숙과 주세죽이 지닌 복합적 정체성을 의미 있게 재생산하지 못하고 획일적으로 되풀이하는 데 그쳤다는 한계가 있다. 그리하여 두 소설은 종종 남성 작가와 여성 화자가 길항하고 담론과 서사가 괴리를 일으키며 근대와 탈근대의 시점이 충돌하는 모순을 발생시키고 있다. 이것은 개별 작가의 불순한 의도나 젠더의식의 부족이라기보다 착종된 서사권력의 수행 결과로 볼 수 있다.

그렇다면 이런 경우 윤리적 재현은 어떻게 가능한가. 재현의 규준과 방식을 정하기는 어렵다 해도 윤리적 태도라는 측면에서 그 출발점은 가늠해 볼 수 있을 것이다. 재현이라는 행위가 "원본의 객관적 의미를 확정하려는 것이 아니"라 "재현 대상을 통해 대상을 이해하는 것"이라 한다면48), 정확한 복원이 불가능하다는 전제 하에 복수의 진실과 존재의 다른 가능성을 담보하는 방식을 모색하는 데서 출발해야 한다는 진실 말이다. 그렇다면 작품의 서사 윤리를 가늠하는 기준 역시 타자 구성 과정에서 형성되는 서사의 헤게모니와 역학을 성찰하고 대타성과 복수의 정체성을 상상하는 능력에서 찾을 수 있을 것이다.

---

48) 최상민, 〈근대/여성 '나혜석'의 드라마적 재현과 의의〉,《한국문학이론과 비평》 67집, 한국문학이론과비평학회, 2015, 316쪽.

Ⅱ
장소를 감각하다

: 1950 – 1980년대 이국체험과 여행 글쓰기

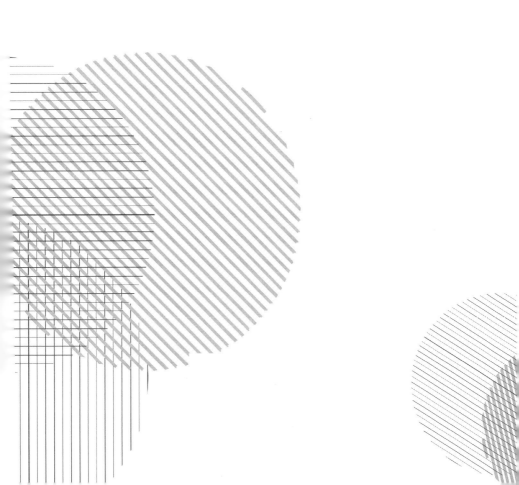

여성해외기행문의 문화번역 방식과
젠더 글쓰기

1. 여성 여행담론의 젠더적 특성

이 논문은 1950-70년대 여성의 해외기행문을 대상으로 여성의 이국체험 방식을 밝히고 이를 통해 여성의 세계 지리적 상상력이 어떻게 구현되는지를 탐색한다. 궁극적으로 이 논문은 '감성의 지리학'이라는 측면에서 여성 여행담론의 특수성을 규명하기 위한 계통적 독해의 일환으로 시도되었다.

이 논문의 문제의식은 장소와 젠더가 상호 구성적이라는 젠더지리학의 시각에 입각해 있다. 젠더지리학에 의하면 장소는 절대적이거나 고정적인 것이 아니라 경계를 규정하는 규칙과 권력관계를 통해 그리고 그 장소에 독특한 성격을 부여하는 사회공간적 관계를 통해 결정된다.[1] 다시 말해 누가 어떻게 장소에 접촉하느냐에 따라서 그 장소의 관계적인 속성, 즉 '장소감'이 부여되는 것이다. 젠더지리학은 여성과

---

1) 린다 맥도웰(Linda McDowell),《젠더, 정체성, 장소-페미니스트 지리학의 이해》, 여성과공간연구회 역, 한울, 2010, 25-27쪽.

남성이 장소와 공간의 의미를 다르게 체험함으로써 서로 다른 장소감
을 구성한다는 입장이다.

무엇보다 여성 기행문은 민족 정체성(national identity)과 젠더 정
체성(gender identity)이 상호 연동하여 새로운 정체성을 탐색해가는
과정이 입력되어 있다는 점에서 젠더 연구의 주요 논제들이 교차하는
결절점에 놓여 있다. 그러나 젠더지리학의 시각에 바탕한다는 것은 여
성 기행문을 여성주의적 방법론으로 읽겠다는 의미와도 다르다. 그보
다는 장소를 경험하고 기억하는 여성 젠더의 방법과 시각을 좀더 세심
하게 구별해 그 차이에 주목하겠다는 의미라고 할 수 있다.

한국에서 해외여행은 1989년에 이르러서야 전면 자유화 되었지만[2]
1950-70년대는 새롭게 블록화된 세계 체제에 대한 관심 속에서 세계
여행기가 급증했던 시기이다. 당시 여행이 여전히 특정 계층과 직업에
만 허용된 특권화된 경험이었다고는 하나, 이 시기 기행문은 일제 국
책사업이나 민족 문화운동을 목적으로 기획되었던 해방 이전 해외 기
록들과는 목적과 성격이 다르다. 뿐만 아니라 여성이 적극적인 여행주
체로 공적, 사적 여로를 따라 다양한 형태의 여행을 시도한 결과라는
점에서도 이전 시기 기행문과 비교될 만하다. 그러나 이런 명백한 비
교점이 존재함에도 불구하고 1950-70년대 여성 기행문에 대한 연구
는 아직까지 많은 여백을 남기고 있다.[3]

여행이 기본적으로 이국체험을 내면화하여 '다시 쓰는' 문화번역 행
위라 한다면, 여행기는 타문화를 번역하는 번역주체의 시각이 대상의

---

2) 우리나라에서 개별적인 여행 자유화가 전면적으로 실시된 것은 1989년이다. 그
   이전까지는 특정한 계층에 한정된 조직적이고 대규모적인 관광 형태가 주를 이루
   었다.(인태정, 《관광의 사회학》, 한울, 2007, 106-139쪽.)
3) 1950년대에 한정한 연구로는 김양선의 〈1950년대 세계여행기와 소설에 나타난
   로컬의 심상지리〉(《한국근대문학연구》 22호, 한국근대문학회, 2010)를 참조해
   볼 수 있다.

의미를 결정하고 경계를 확정짓는 전복적인 텍스트라 할 수 있을 것이다[4]. 그런 의미에서 세계에 대한 지식과 정보 자체가 제한적이었던 시기 여행기는 권위적이고 배타적인 문화번역 담론으로 기능했을 가능성이 크다. 기행문은 당대 지식인의 세계인식과 교양을 대변하는 상징적 글쓰기로서 세계여행을 대중의 교양과 취미의 원천으로 부각시키는 역할을 했다.[5] 따라서 기행문은 자신이 아는 것(지식), 보고 싶은 것(희망), 확인해야 하는 것(당위)을 연결해 일관성 있게 '장소의 정신'을 추구함으로써 대상을 장악하려는 계몽적 언술로 이루어져 있다.[6]

그러나 또 한편으로 문화번역은 다양한 이질성과 정체성 간의 '상관된 지식'을 구성하는 행위로서, 상관된 지식이 생산되기 위해서는 유동하는 공간과 교차하는 경계들에 대한 열린 감각이 필요하다.[7] 이런 맥락에서 여성 기행문이 기반하고 있는 특수한 입지점을 파악하는 일은 유의미해진다. 적어도 여성 기행문에는 국수주의적 폐쇄성을 띠거나 문화제국주의적인 식민화 경향을 보이는 남성들의 여행기와 변별되는 지점이 존재한다고 판단되기 때문이다.[8]

이 글은 1950년대부터 1970년대까지 각 시기별 해외여행의 성격과 배경을 검토하면서 여성 기행문만의 보편성과 특수성이 발현되는

---

4) 로만 알바레즈(Roman Alvarez) · 비달(M. Carmen-Africa Vidal) 편, 《번역, 권력, 전복》, 윤일환 역, 동인, 2008, 131쪽.
5) 박연희, 〈박인환의 미국 서부 기행과 아메리카니즘〉, 《한국어문학연구》 59집, 한국어문학연구학회, 2012, 140-141쪽.
6) 황호덕, 〈여행과 근대, 한국 근대 형성기의 세계 견문과 표상권의 근대〉, 《인문과학》 46집, 성균관대학교 인문학연구원, 2010, 7-8쪽.
7) 김현미, 《글로벌 시대의 문화번역》, 또하나의문화, 2005, 62쪽.
8) 해방 후 기행문을 발표한 오영진, 박인환, 김찬삼, 서정주, 함석헌 등은 대부분 서양과 동양을 물질과 정신의 이분법적 구도 안에서 사유하면서 서양에 대한 동양의 도덕적 우월성에 대한 강박에 사로잡혀 있다. 즉 옥시덴탈리즘과 오리엔탈리즘의 자장 안에 있다고 할 수 있다. 1950-70년대 대표적인 여행 기록은 박인환 · 김찬삼, 《세계일주 무전여행기》, 집문당, 1963; 서정주, 《떠돌며 머흘며 무엇을 보려느뇨: 未堂 世界放浪記》 1 · 2, 동아출판공사, 1980; 함석헌, 《함석헌 저작집 11-세계의 한 길 위에서》, 한길사, 1962 참조.

지점에 주목하고자 했다. 2장에서는 해방 후부터 1950년대 모윤숙과 김말봉의 기행문을 대상으로 모국과 이국의 '차이'를 어떻게 수용하는지 살펴봄으로써 세계를 탈-로컬의 시각에서 사유할 수 있는 가능성을 발견하고자 했다. 3장에서는 1960-70년대 손소희와 손장순의 세계기행문에서 접촉과 교감이라는 '관계성'에 바탕한 여행주체의 태도가 각 장소의 대중적 이미지를 어떻게 해체하고 재구성하는지를 분석했다. 그리하여 이 글은 궁극적으로 타문화를 이해하고 번역하는 여성여행담론의 젠더적 특성에 주목해 여성 기행문이 윤리적인 문화번역 텍스트로 읽힐 수 있는 가능성을 타진해 보고자 한다.

2. 차이의 공존, 탈-로컬의 욕망: 1950년대 모윤숙과 김말봉

해방 후 한국 지식인들의 여행은 서구 세계에 대한 견문과 답습이라는 목적에 종속된 교양여행 혹은 관제여행의 성격을 지니고 있다. 다만 해당 행사가 개최되는 국가뿐 아니라 경유지나 주변국들을 방문하고 유람하는 노선을 취하고 있다는 점에서 일정 부분 관광여행의 성격을 취하고 있을 뿐이다. 이 시기에 해외기행문을 남긴 모윤숙, 김말봉은 최상층 교육을 받은 한국 엘리트 여성들로서, 이들의 여행 역시 UN총회나 국제펜클럽대회 참석 등의 정치적 외유를 목적으로 기획되어 기본적으로는 시찰視察과 견문, 방문과 행사 참가 등의 공적 일정을 따르고 있다. 이 여행에서 모윤숙과 김말봉은 각 나라의 지도층 인사나 한인 단체 지도부와 공식적인 접촉을 하면서 한국의 '여성 외교관'으로서 특화된 임무를 수행했다.

그런데 견문과 답사를 표방한 이런 여행은 대부분 미국을 대상국으로 하거나 미국을 첫 번째 경유지로 택하고 있다. 그 이유는 당시 한국과 미국의 관계 혹은 세계에 대한 한국 지식인의 지리적 상상력이 어떻게 구성되어 있었는지를 떠올려보면 쉽게 이해할 수 있다. 해방 이후 미군정을 거쳐 한국 전쟁을 경험한 한국 지식인들에게 미국은 세계와 접촉하는 통로이자 서구 그 자체였다. 이른바 "세계가 아메리카화 하고 있다"9)는 보편적 인식 속에서 소위 '아메리카니즘'10)으로 일컬을 수 있는 '미국적인 것'에 대한 동경과 욕망이 한국 지식사회와 대중담론을 주도하고 있었던 것이다. 미국은 자유와 문명의 이상적 모델이자 상징 질서였다. 이런 상황에서 미국이라는 상상된 낙원에 도착한 한국 지식인들이 어떤 심리적 회로를 거쳐 미국에 대한 상을 재정립해 갔는지 충분히 짐작해 볼 수 있다. 더군다나 모윤숙과 김말봉은 알려진 대로 대표적인 우익 문인들로서 이들이 속한 단체는 친미적인 보수 성향을 보이고 있었다.11)

모윤숙의 기행문《내가 본 세상》12)은 미국을 거쳐 유럽 각국과 아시

---

9) 오상영, 〈아메리카니즘은 어데로?〉,《백민》, 1946. 12, 20쪽.

10) 1950년대 한국 사회는 미군의 주둔, 대중들의 일상생활, 재현공간, 지식인들의 세계주의 등을 통해 미국화가 공명을 일으키고 있었다. 이런 미국화 현상은 단순히 개인들의 취향이라는 문제에 그치지 않고 미국을 중심으로 한 세계주의라는 시대정신의 지위에 이르렀다.(원용진, 〈한국 대중문화, 미국과 함께 또는 따로〉,《아메리카나이제이션》, 푸른역사, 2008, 178-179쪽.)

11) 모윤숙과 김말봉은 미군정하에서 해방 후까지 우익 문인 단체인 한국문학가협회에 참여했고, 우익 여성단체들의 총합 조직인 대한 부인회에서 활동했다. 특히 김말봉은 우리나라 최초의 여성 장로를 거친 인물로서 당시 여성 단체와 기독교 단체들이 미국과의 유착관계에 놓여 있었던 점을 상기할 때 그의 친미적 성향을 짐작해볼 수 있다.

12) 모윤숙《내가 본 세상》, 수도문화사, 1953. 모윤숙은 1948년 파리 유엔총회에 한국문학대표로 참석한 이래 1949년 다시 4차 뉴욕 유엔총회에 참석차 출국하였고, 50년대 이후에는 국제펜클럽대회 및 유엔 총회에 한국대표로 참석하는 등 다수의 해외체험을 한 바 있다.《내가 본 세상》은 48년 YWCA국제회의와 파리 유엔총회 대표로 참여한 후 미국을 거쳐 개인적으로 영국, 벨기에, 이탈리아, 인도, 홍콩 등을 돌아본 첫 해외여행을 기록한 기행문으로,《문예》(1949.10-

아 몇몇 나라를 거쳐 한국으로 돌아오는 여로를 취하고 있음에도, 상대
적으로 첫 도착지인 미국 뉴욕과 주목적지인 프랑스 파리에 대한 기술
에 7-80%가 할애되어 있다. 그가 '본 세상'은 여전히 뉴욕이나 파리와
같은 세상의 '중심'에 한정된, 그가 '보고 싶었던' 세상이었던 것이다.
모윤숙은 미국 땅에서 처음으로 목격한 풍경과 그곳에서 경험한 선진
문화 문명에 대한 경외감과 열등감을 다음과 같이 드러내었다.

> 完全히 내가 살던 世界와는 다른 한아의 기이한 光景이 벌어졌다. 나는
> 옆에 있는 미국사람들의 자만을 깨달은 듯하다. 그들이 웃고 떠드는 快活
> 한 성격과 한숨 없고 눈물 없는 平生이 理解되는 것 같았다.(중략) 나는
> 문득 내 눈은 너무 原始的이구나 平凡할 수 없이 놀라지는 내 태도가 혹시
> 저 미국사람들에게 보여져서 나 사는 나라의 本色이 드러날가 하여 시침이
> 를 떼노라니 마음이 가빠진다.13)

　　모윤숙의 기행문에서 미국은 다른 모든 서양 국가를 해석하는 기준
점이 되고 있다. 모윤숙은 프랑스의 물가를 미국을 기준으로 가늠해
보고, 프랑스 사람의 성격을 설명하는 데 미국 사람의 그것을 판단의
준거로 삼는다.
　　미국무성의 초청으로 미국을 몇 차례 다녀온 김말봉의 미국 기행문
들도14) 견문과 답습이라는 목적에 걸맞게 미국을 보고 배워야 할 대

1950.5)지에 연재 후 수도문화사에서 1953년 단행본으로 재출간했다. 본고에서
는 이 단행본을 텍스트로 삼았다.
13) 모윤숙, 위의 책, 19-21쪽.
14) 김말봉은 1949년 하와이 시찰을 시작으로 1952년 세계예술가대회 참석차 이탈
리아를 방문했고, 이후 미국무성 초청으로 미국을 3개월에 걸쳐 여행했다. 〈하와
이의 야화〉(《신천지》, 1952.3), 〈아메리카 3개월 견문기〉(《한국일보》, 1955.
12.8.-12.13.), 〈미국기행〉(《연합신문》, 1956.11.26.-12.6.), 〈미국에서 만난
사람들〉(《한국일보》, 1956.11.18.-11.23.), 〈남의 나라에서 부러웠던 몇 가지
사실들〉(《예술원보》, 1958.12) 등의 기행 기록을 남겼다.

상으로 소개한다. 김말봉은 미국에 도착하자마자 미국이란 나라가 "땅에만 붙어 있는 것이 아니요. 지하로 깊이 그리고 공중에까지 그 판도가 뻗친"15) 대국이라는 사실을 실감한다. 그의 기행문에는 수차례에 걸쳐 깨끗하고 질서정연한 도시 이미지와 녹음이 우거진 풍경들, 편리하고 합리적인 일상문화와 문명이 거론되고 있다. 나아가 학생들을 안전하게 학교까지 싣고 가는 스쿨버스, 마음대로 공을 차고 노는 넓은 집 앞 공원, 여성들을 중노동에서 해방시켜주는 세탁기와 설거지 기계, 간편한 식생활 등, 아동과 주부의 일상적 편의가 보장된다는 점에서 미국의 지위가 '천국'으로까지 격상되고 있음을 볼 수 있다.16)

하지만 이제 막 식민지배를 벗어나 일본이라는 참조점 없이 세계를 '볼' 수 있게 된, 그리고 미국이라는 세계 문명의 중심부를 비로소 직접 경험하게 된 로컬 지식인의 위치를 상기할 때 이 같은 반응은 지극히 상식적인 것이라 할 만하다. 오히려 특기할 만한 것은 모윤숙과 김말봉이 비슷한 시기에 미국을 여행한 남성 작가들의 경우와 비교해 봐도 순진할 정도로 선진문명에 대해 노골적인 부러움을 그대로 표출하고 있다는 점이다. 오영진과 박인환의 기행문에서 미국이라는 문명화된 타자에 대한 동일시 욕망과 민족주의적 자의식이 착종된 형태로 제시되는 데 반해,17) 모윤숙과 김말봉의 여행기는 미국과 한국을 대결구도 안에 배치, 위계화하려는 목적에 종속되어 있지 않다. 이들의 글쓰기는 외부세계와의 접촉과 충돌 과정에서 겪은 '이질성'이 그대로 드러나

---

15) 김말봉, 〈아메리카 3개월 견문기〉, 《한국일보》 1955.12.8.
16) 김말봉, 〈하와이의 야화〉, 《신천지》, 1952.3, 51쪽.
17) 1950년대 초 오영진은 미국무성의 초청으로 3개월간 미국 문화계를 시찰하고 〈아메리카 기행〉을 연재했고, 박인환은 대한해운공사 남해호의 사무장 자격으로 미국 서부를 여행하고 〈아메리카 시초〉라는 제목으로 기행시편들을 발표했다. 이에 대해서는 박연희, 앞의 글, 141쪽 참조.

는 "맨 목소리의 고백"18)에 가깝다.

따라서 이들의 여행기에서 주목해야 할 것은 관례적인 경탄과 부러움이라는 표층의 언술 아래 내장되어 있는 비균질적인 서브 텍스트의 정체라 할 수 있다. 사실상 이들 여행기에서 첫 인상을 제외하고 미국이란 나라에 대한 대부분의 진술은 일정한 의도에 포획되지 않은 개인적 감각에 의거해 있다. 모윤숙이 뉴욕에 대해 진술하고 있는 다음 대목을 보자.

> 소란과 광분의 파노라마로 人間을 억누르려는 복잡한 선율의 都市다. 나는 곧 피란할 길을 생각했다. 만나는 사람마다 기계적으로 사귄다. 아무 실감을 가질 수 없다. 하늘을 찾아 바라볼 수 없이 꽉 들어찬 삘딍들은 너무나 교만하다.
>
> 숨을 돌릴 수 없는 뉴욕의 모든 풍경이 나는 싫증났다. 지나치는 문화선동이다. 지나치는 기계문명의 장난이다. 나는 순진한 미국사람을 뉴욕서 만날 수 없음이 슬펐다. 세계 각처에서 모여든 장사군들의 눈이 利子와 商利에 들성거린다.19)

뉴욕에 대한 모윤숙의 인상기는 지리학적 지식이나 시각주의에 의존해있지 않다. 모윤숙의 감각에 의해 뉴욕은 "인간을 억누르려는 복잡한 선율의 도시"로, 그저 "영혼이 살육될 듯한" 피곤함과 싫증나는 풍경만이 가득한 곳으로 재이미지화 되고 있다.

김말봉의 기행문에서 뉴욕, 워싱턴, 샌프란시스코, 하와이 등의 도

---

18) 기행문이라는 글쓰기는 일반적으로 '외부세계의 이동과 만남의 경험을 기록하는 맨 목소리의 고백'을 특징으로 한다.(차혜영, 〈1920년대 해외 기행문을 통해 본 식민지 근대의 내면 형성경로〉,《국어국문학》 137호, 국어국문학회 2004, 407쪽.)

19) 모윤숙, 앞의 책, 28쪽.

시 이미지도 이런 방식으로 재구성되어 있다. 김말봉은 고유의 체험과 전방위적인 감각으로 수집한 증거들로 대상을 파악하려는 태도를 견지하고 있다. 여기에는 선험적 지식을 교정함으로써 '상상된' 미국이 아니라 '경험된' 미국을 서술하려는 시도들이 보인다.

> K형, 흔히 映畫에서 본대로 한다면 '아메리카' 여성들은 仙女같은 채림새를 하고 고급술과 고기와 진기한 과실을 싫도록 먹고 마시고는, 사나이들과 얼려 춤만 추고 산다고 생각한 일이 있지 않소? 분명 내가 그 중의 한 사람이었소. 그러나 여기 와서 보니 그것은 한 개의 커다란 錯覺이었소. 이곳 婦人들의 그것이 主婦이거나 獨身이거나 하나같이 착실하게 살림을 살고 돈과 時間의 理念이 또렷한데는 경탄할 일이요.[20]

이처럼 다채로운 인식과 감각들이 뒤얽힐 수 있는 것은 이 기행문들이 스스로 진술의 권위를 내려놓고 있다는 사실에 힘입고 있다.[21] 모윤숙은《내가 본 세상》의 〈머리말〉에서 '피상적'으로 '예비지식 없이' 본 것이라 전문적인 식견이 아님을 전제하면서 "여자의 눈과 여자가 느낀 최초의 세상풍경"이라는 점에 의미를 부여하고 있다. 김말봉 역시 〈아메리카 3개월 견문기〉의 서두에서 "그때그때 생각나는 대로 그야말로 붓이 달리는 대로" 쓴다고 밝힘으로써 그저 소설가로서 미국을 보고 있다는 사실을 강조한다. 어떤 사전 지식에도 기대지 않고 마음과 기억의 질서를 따라 그려낸 미국의 모습은 그래서 균일하고 단일한 이미지로 환원되지 않는다. 개인의 취향과 관심사를 통해 상이한 미국의 모습을 번역해 내고 있을 따름이다.

---

20) 김말봉, 〈아메리카 3개월 견문기〉,《한국일보》, 1955.12.9.
21) 기본적으로 여행기는 '직접 경험'의 권위를 바탕으로 하는 글쓰기로서 대상을 장악하려는 욕망이 작용하고 있다.

이것은 모윤숙과 김말봉의 시선이 '외부성의 사유'에 기반하고 있음을 보여준다.[22] 즉 이들은 각자 다른 내부의 시스템으로 미국이라는 고정되고 보편적인 상(像)으로 환원되지 않은 모습들을 포착해낸다. 이렇게 시선과 감각의 교환을 통해 미국의 고정된 이미지는 단편적인 에피소드들로 대체되고, 미국이라는 이념형은 해체되기에 이른다. 물론 이 같은 태도가 미국에 대해 완전히 새로운 해석을 낳을 수 있다는 의미는 아니다. 그러나 적어도 지정학적 역학관계에 얽매이지 않고 민족적 위계나 대결의식에서 벗어나서 세계를 보는 눈(seeing eye)을 가질 수 있는 가능성을 보여준다는 점은 분명하다.

여성은 한국이라는 장소의 경계를 넘는 순간 일방적으로 '보이는' 대상이 아닌 '보는' 주체의 위치로 이동함으로써 시선의 '외부성'을 경험한다. 모윤숙과 김말봉은 자신이 관찰하는 주체이자 대상이라는 이중의 위치에 놓여있다는 사실을 인지함으로써 자신을 관조할 수 있게 되었다.[23] 여행 기간 내내 이들은 미국 내에서 한국을 대표하는 여성 외교관이라는 공식적 지위로 인해 '한국 여성'으로 유표화 되어 있다. 그러나 한편으로 미국은 이들을 민족이라는 소속과 경계에 앞서 '여성'이라는 젠더 정체성으로 호출하는 공간이기도 하다. 모윤숙은 낯선 한국 남성에게 꽃다발을 받고 "한국 같으면 저런 꽃이 남자에게서 올 리도 없고 왔다하더라도 내 맘이 이처럼 평정하지는 않을 것"이라며 "미국 땅에 와 앉은 한국 여자"로서 본능적인 해방감과 자유를 드러낸다. 또 김말봉은 '콜셋트', '구두', '부라쟈', '원피스' 차림의 '양장미인'

---

22) 외부성의 사유는 어떤 것도 '실체'로서 불변의 본성 같은 것은 없으며 그것과 관계돼 있는 것, 접속하는 외부(관계들)에 의해 본성이 달라진다는 관점을 내포한다.(이진경, 《외부, 사유의 정치학》, 그린비, 2009. 참조.)
23) 여행자는 근본적으로 무엇인가를 주시하고 관찰하는 존재이지만, 동시에 자신을 주시하는 시선에 노출되어 있음을 자각함으로써 자신을 관조할 수 있게 된다.(이진홍, 《여행 이야기》, 살림, 2004, 76쪽.)

이 되어보기도 하고, 뉴욕 거리를 '푸른 치마저고리'에 구두와 '나일론 양말'을 신고 활보하면서 "이런 옷으로 서울거리를 나다닌다고 상상해 본다면 苦笑를 금치 못"[24]할 것이라고 자평하기도 한다.

이런 맥락에서 김말봉이 한국과 미국의 유비 관계 속에서 여성의 공통된 삶과 정서를 추출해 내고자 한다는 점은 여성 여행기의 특징을 잘 보여준다. 김말봉은 미국 주부의 일상을 소개하며 미국 부인의 절약정신이 한국 주부들과 "별다를 것이 없"다며 유사성을 강조하고, 펄벅 여사와 세계 정치를 화제로 삼은 2시간 여 회담 끝에 펄벅과 자신 사이에 남편 없이 "아이가 여섯 되는" 주부라는 공통점이 있다는 사실을 찾아낸다. 그러나 한편에서 모윤숙은 파리 UN회의 제3위원회에서 여성의 권리와 해방 문제를 주장하는 미국 여성 대표의 발언에 대해 "아메리카를 머리에 두고 世界를 論하는" 데 대한 거부감을 갖고 "각국의 제도와 관습에 따라" 구체적으로 여성 문제에 접근해야 한다는 인식을 드러낸다. 미국이라는 중심을 거부하려는 욕망은 "민족의 행복과 유쾌"가 "결코 남의 나라에서 본떠오는 모방성 현실에 있는 것이 아"니라는 모윤숙의 주장에서도 재차 확인된다.[25]

미국 여성에 대해 동일성과 차이라는 양가적 접근 방식을 보이는 것은 여성 젠더의 자기 이해 방식을 반영한 결과라 할 수 있다. 여성 젠더는 모방욕망이나 대결의식이 아닌 '동일함'을 통해 혹은 '타자들'과의 관계를 통해 자신의 정체성을 구성하기 때문이다. 다시 말해 여성은 남성처럼 타자와 거리를 두거나 타자를 종속시킬 필요성을 느끼지 않

---

24) 김말봉, 〈아메리카 3개월 견문기〉, 《한국일보》 1955.12.9.
25) 물론 모윤숙의 기행문에서 중심/주변의 로컬감각이 완전히 배제되어 있는 것은 아니다. 이를테면 프랑스 파리의 센강에서 서울을 떠올리며 "아무 歷史도 없는 동리에서 이웃나라에 구경 온 내 마음은 외롭다./ 熱情과 靑春과 對話가 없는 내 나라"라고 상대적 열등감을 드러내기도 한다. 그러나 이 시는 인식의 수준으로 볼 때 파리의 낭만적 분위기에 도취되어 문인으로서 감상적인 소회를 적은 것에 불과하다고 판단된다.

으므로 타자들과 구체적인 관계 형성을 통해 잠재적인 유대를 맺는
다.26)

이처럼 모윤숙과 김말봉의 기행문에서는 민족 집단을 대변하는 공
적 글쓰기 틈새로 불연속적이고 비균질적인 젠더 글쓰기의 단서들이
포착된다. 이들은 중심과 주변의 역학 구도 안에서 한국의 결핍과 부
재만을 발견하지 않는다. 오히려 '같음'과 '다름'을 교차시키는 시선 속
에서 상대적인 '차이'의 공존을 모색하고 모국과 이국 두 개의 공간에
대한 이중적인 비판 기능을 수행한다. 1950년대 여성 기행문의 탈-로
컬적 상상력27)이 지니는 정치적 함의가 여기에 있다.

3. 접촉과 교감, 풍경과 생활의 발견: 1960-70년대 손소희와 손장순

해방 후 한국에서 세계 각국의 이미지는 '대중적 정체성'28)에 의존
해 형성되었다. 주로 책이나 영화와 같은 대중매체들에 의해 세계 각
국과 도시는 상투적인 이미지로 전파되었고, 특정한 목적으로 기록된
여행기 역시 이 같은 고정된 지식을 재생산해왔다. 그러나 1960-70
년대 발표된 손소희와 손장순의 기행문에선 각 나라에 대한 대중적

---

26) 박지향, 〈여행기에 나타난 식민주의 담론의 남성성과 여성성〉, 《영국 연구》 4호,
　　영국사학회, 2000, 151쪽.
27) 정주아, 〈움직이는 중심들, 가능성과 선택으로서의 로컬리티(locality)〉, 《민족문
　　학사연구》 36호, 민족문학사연구소, 2011, 15쪽.
28) 장소의 대중적 정체성(mass identity)이란 '여론을 주도하는 사람'에 의해 주어
　　지며 사람들에게 기성품으로 공급되고, 대중매체 특히 광고를 통해 살포되는 이
　　미지이다. 이것은 합의된 가치라기보다 경박하고 조작적인 상투성에 기초하고
　　있다.(에드워드 렐프(Edward Relph), 《장소와 장소상실》, 김덕현 · 김현주 · 심
　　승희 역, 논형, 2005, 133-134쪽.)

표상을 해체하고 장소의 이미지를 재맥락화하려는 경향이 발견된다. 손소희와 손장순은 '바깥'의 이미지를 수동적으로 복제하는 대신 장소 '내부'의 풍경과 친밀한 접촉을 맺고 교감함으로써 구체적인 생활을 발견하고자 하는 욕망을 드러내고 있다.[29]

이것은 일부 특권층에만 허용되었던 해외여행 기회가 점차 중산층에게 확대됨에 따라 이전 세대에 비해 다채로운 여행 형식과 다양한 장소경험이 공유될 수 있었던 사실과 관련이 있다. 손소희와 손장순의 여행 역시 국제적인 문학행사 참여뿐 아니라 창작활동을 위한 자료 수집 혹은 내적인 충동에 따른 개인적 욕망에 의해 추동된 경우에 해당한다. 손소희의 경우 노르웨이 오슬로에서 열리는 국제펜클럽대회에 참석하기 위해 일본을 거쳐 태국 방콕, 인도, 유럽 각국을 관광하고 〈노르웨이 오슬로에 갔다가〉라는 장문의 여행기를 남겼다.[30] 그리고 손장순은 1974년에서 1975년 사이에 아시아, 아프리카, 유럽, 미주를 경유하는 세계일주를 하고 《나의 꿈 센티멘탈 져니》[31]라는 기행문을 발표했다. 이들의 여행은 피상적이고 일시적인 관광(travel)이 아

---

29) 가라타니 고진에 의하면 풍경은 외적 풍경에 무관심한 '내적 인간'에 의해 처음으로 발견된다.(가라타니 고진(柄谷行人),《일본근대문학의 기원》, 박유하 역, 민음사, 2005, 36쪽.) 장석주 역시 고진의 말을 인용하며 풍경의 발견은 자명성의 피동적 수락에 불과한 '복제'를 뜻하는 것이 아니라 다시 쓰는 것을 의미한다고 했다.(장석주,《풍경의 탄생》, 인디북, 2005, 213쪽.)

30) 손소희는 1960-1974년까지 한국펜클럽 중앙위원을 비롯해, 여류문인협회장(1974), 펜클럽한국본부 부회장(1981) 등을 역임하면서 해외여행의 기회를 가질 수 있었다. 여기서 다룰 텍스트는 국제펜클럽대회에 참석차 출국했다가 5개월간 세계 각국을 여행하고 쓴 〈노르웨이 오슬로에 갔다가〉(《현대문학》, 1965.7-1966.1)와 〈외국에 다녀와서〉(《내 영혼의 순례》, 백민사, 1977)이다.

31) 손장순의 세계여행기《나의 꿈 센티멘탈 져니》(문리사, 1977)에는 이 여행의 목적이 "인생을 재정리하고 새로운 방향을 모색"하기 위한 "일상으로부터의 엑소더스"와 "혼자 떠나는 긴 여정의 로맨틱한 외로움에의 기대"라고 명시되어 있다. 이런 경우 특별한 목적지가 정해져 있지 않으므로 비교적 자유로운 여행 방식을 취할 수 있다. 손장순은 스스로 이런 자신의 여행이 관광이 목적인 'tour', 'trip', 'travel'이 아니라 'journey'라는 형식을 취한다고 밝혔다.

닌 주유周遊(journey) 혹은 만유漫遊 형태의 여행을 표방한다.

손소희의 〈외국에 다녀와서〉라는 글은 자신이 각 나라 사람들의 생활 속으로 파고들지 못하고 기웃거렸을 뿐이라는 고백에서 출발한다. 그럼에도 불구하고 긴 여행이 그에게 남긴 것 또한 유적지가 아니라 '거리'와 '골목'의 풍경이고 "사람들의 인정과 생활"이라는 것이다. 이들의 관심이 풍경과 생활의 발견에 있음을 보여주는 대목이라 할 수 있다.

> 그럼에도 불구하고 스쳐서 지나간 거리와 골목의 광경이 머리 속에 박혀져 있다. 그 거리와 그 골목을 배경으로 살고 있는 사람들의 인정과 생활면까지도 대강 짐작이 갔다.[32]

〈노르웨이의 오슬로에 갔다가〉에서도 손소희는 "나를 아는 아무도 없는 파리 역전의 한 모퉁이에서 異國人들의 움직이는 모습을 지켜보며 서있다는 의식"[33]을 즐기는 것이 여행의 참 즐거움임을 피력한 바 있다. 그는 글 여기저기에서 도시의 전시된 광경과 지리학적 사실(fact)들을 확인하기보다 골목 안의 구체적인 삶 속에서 사람들과 교감하고 싶다는 바람을 드러낸다.

> 명승지도 흥미가 없었다. 그보다는 조그만 골목의 인정같은 것에 부딪쳐 보고 싶고 사적지거나 골통품 따위가 많이 있는 박물관 같은 데 가서 그릇조각, 돌사람 따위를 보고 싶었다.[34]

---

32) 손소희, 〈외국에 다녀와서〉, 《내 영혼의 순례》, 백민사, 1977, 153쪽.
33) 손소희, 〈노르웨이의 오슬로에 갔다가〉, 《현대문학》, 1966.1, 65쪽.
34) 손소희, 위의 글, 70쪽.

어떤 기준이나 목적의식에 구속되지 않은 채 그저 "본대로 느낀 대로" 기술하겠다는 필자의 태도야말로 진술의 다성성과 인식의 다층성을 확보하게 하는 중요한 요인으로 작용한다. 서양식 에티켓을 부러워하는 동시에 예의를 지나치게 강조해 '플리즈'를 강요하는 영국 신사의 허세에 '실소'를 보낼 수 있는 여유나, 영국 박물관에서 '노대국의 허세'를 읽어내고 파리 사람들의 고집스런 모국어 사용을 미국에 대한 질투로 해석하는 자신감도 이런 서술태도에서 말미암는다. 샹제리제 거리가 공연히 "넓어서 쓸쓸하다"거나 베르사이유 궁이 "기대보다 놀랍지 않았다"는 식의 발언은 프랑스에 대한 대중적 상식과 평판에 의존하지 않고 개인의 감성 프리즘을 투과한 감상법에서 비롯된다. 또한 '자전거 도둑'이나 '쌀'과 같은 영화를 통해 접한 이탈리아가 "상상했던 바와는 딴판으로 부자나라 같았다"라며 대중매체를 무비판적으로 수용하는 태도를 반성하기도 한다.[35]

대중적인 평판과 상식에 의존하지 않고 특정 장소를 판단하고 평가하는 근거는 무엇일까. 손소희는 이를 풍속이나 옷차림, 말투와 같은 의식주 생활양식에서 찾는다. 가령 인도의 수치화된 경제 지표 대신 봄베이 공항 매점원의 옷차림에서 인도의 '가난'을 발견하고, 로마 호텔의 유리그릇과 분위기, 번쩍이는 악세사리를 통해 "여기가 구라파 땅이며, 로마 제국의 후예들이 살고 있는 나라"라는 사실을 실감하고, 오슬로의 맥주홀과 식당에서 만난 사람들의 말쑥한 옷차림에서 노르웨이의 높은 국민소득을 확인하는 식이다. 물론 이런 식의 접근은 종종 그릇된 편견과 고정관념을 낳기도 하지만, 이 기행문이 서 있는 시각과 위치를 확인하는 순간 이런 우려에서 벗어날 수 있게 된다.

---

35) 가난하고 더러운 나라, 바람둥이 남자들과 같이 부정적인 이미지는 해방 후 여성 지식인들이 이탈리아를 사유하는 보편적인 방식이었던 듯하다. 손장순의 《나의 센티멘탈 저니》에도 이와 유사한 시각이 보인다.

"내가 한낱 과객인 때문인지 혹은 어떤 거리 밖에서의 관찰 때문인지는 모른다"는 진술에서 알 수 있듯 이 기행문은 피상적 관찰을 통한 섣부른 우월감과 열등감을 경계하려는 윤리적 태도에 기초하고 있기 때문이다.

손장순의 세계여행기 《나의 꿈 센티멘탈 져니》는 제목이 시사하듯 아시아, 아프리카, 유럽, 미주를 자유롭게 주유하는 'journey'라는 여행 형식을 취하고 있다.36) 서두에서 밝히고 있듯 이 여행은 '일상으로부터의 엑소더스'와 내면의 필연적인 요청이라는 지극히 개인적인 이유에서 추동되었다. 때문에 이 여행기에는 이국의 풍경과 풍속, 현지인에 대한 인상, 낯선 곳에서의 여수 등이 좀 더 섬세하게 기록되어 있다.

물론 홍콩, 네팔, 인도 등 동남아국가뿐 아니라 아프리카, 유럽의 각국을 포괄하는 이 광범위한 여행 기록에서 오리엔탈리즘의 시선이 적용된 흔적을 발견하기는 어렵지 않다.37) 홍콩과 네팔의 지저분한 환경을 보고 "인간의 삶이 아닌" "20세기에 남아 있을 유일한 원시의 표본"38)이라고 규정해 버리는 것이 한 예이다.

그러나 이것이 당시 한국인 전반의 세계 인식 수준을 반영한 정도라고 한다면, 이 여행기에서 더 주목해야 할 지점은 장소에 대한 의미

---

36) 물론 손장순의 첫 여행도 1974년 호주 아들레이드 시에서 열리는 작가회의 참석을 빌미로 30여 개국을 순방하는 프로그램의 일환이기는 했다. 그러나 이후 프랑스 정부 초청 소르본느 대학원에서 수학하는 일정을 여행에 연결시키면서 1년 반가량의 세계여행 대장정을 떠났다.

37) 이런 시각은 손장순이 동아시아를 시작으로 아프리카를 거쳐 유럽과 미국으로 가는 경로를 취한다는 사실도 영향을 미친다. 류시현은 조선 지식인이 세계여행을 할 때 동양을 거쳐 서양을 가는 경로와 서양으로 직접 가는 경로 사이에 서로 다른 감성적 층위가 존재한다고 하였다.(류시현, 〈근대 조선 지식인의 세계여행과 동서양에 관한 경계의식〉, 《아시아문화연구》 29집, 한양대학교 동아시아문화연구소, 2013, 69쪽.)

38) 손장순, 《나의 꿈 센티멘탈 져니》, 문리사, 1977, 38-39쪽.

산출 방식이라 할 것이다. 손장순의 여행기에서 장소의 의미는 구체적인 대상과 접촉하고 관계 맺는 상호작용을 통해 생성되고 있다.39) 이를테면 거리에서 일년 배운 불어로 대답을 하는 여섯 살짜리 꼬마를 통해 네팔의 외국어 교육을 가늠하고 아프리카 네캬에서 신사적인 흑인을 만나고 난 후 흑인에 대한 편견과 선입견을 반성한다. 이렇게 케냐와 튀니지에서 희망을 발견하는 한편, 파리 현지인과의 접촉에서 지나치게 개인주의적인 태도를 발견하거나 남녀 불평등과 인종차별의식을 감지해 내기도 한다.

> 한 달이 가까워지면서 나는 조금씩 논평할 수 있는 자신을 얻게 되었다. 제아무리 모두 파리에 미쳐서 혀를 내두르며 열광한다 해도 내게는 책을 통해서 느낀 프랑스, 영화를 통해서 본 파리만 못하다.
> 나의 환상적인 기대 자체가 어처구니 없고 넌센스인지는 몰라도 확실히 꿈 많던 시절에 원서를 읽으면서 동경하던 파리와는 다르다.
> 지금도 한국에서 어쩌다 프랑스 영화를 보거나 불원서(佛原書)를 읽게 되면 프랑스적인 분위기와 말의 아름다움, 풍부한 예술성에 도취되어 행복감에 잠기곤 했었다.
> 물론 거기에는 프랑스 문학을 처음으로 공부하던 당시의 꿈이 되살아나고 잃어버린 환상이 떠오르기 때문인지도 모른다. 나의 젊음과 인연이 깊은 프랑스는 바로 나의 젊음의 환상을 의미하기도 한다.40)

프랑스 문학 전공자인 손장순은 파리라는 구체적 장소를 경험한 후

---

39) 여성 여행기 작가들은 다른 문화권 사람들과의 접촉에서 '국민'이나 '인종'의 대표로서가 아니라 '개인'으로서 접촉하는 경향을 보이며, 개인적 개입과 관계를 강조한다.(박지향, 앞의 글, 152쪽.)
40) 손장순, 앞의 책, 93-94쪽.

자신이 젊은 날 동경해마지 않던 파리가 '환상'으로 구축된 허상이었음을 고백한다. 이 진술을 통해 낭만과 예술의 도시라는 파리의 대중적 정체성은 해체되고 파리는 비친화적인 기후와 파리 여성들의 검소한 옷차림이라는 구체적 기호로 각인된다.

이렇게 여성 여행자들은 특정 나라와 도시를 하나의 표상에 가두기보다 "여러 나라 사람들을 만나" 관찰하고 교유하면서 생생하고 역동적인 의미로 재구성한다. 기존의 여행기가 서양을 문명의 표준이라는 단일하고 전형적인 이미지로 표상함으로써 권위를 구축하려 했다면, 여성 여행담론은 파편화된 감성과 지식으로 이 권위를 해체하는 역할을 한다. 여성 여행기에서 장소에 대한 경험은 반성적인 시각과 모든 감각을 통해서 이루어짐으로써 구체적인 현실성을 얻을 수 있게 된다.[41]

이는 기본적으로 여성이 국가와 민족의 경계에 포획되지 않고 '감정 이입적 내부성'[42]이라는 위치에서 대상을 경험하려는 태도를 견지한다는 사실과 밀접한 관련이 있다. 즉 남성 작가들이 인식론적 층위에서 관습적 레토릭에 의해 장소를 파악하고 대상을 일면적으로 규정하는 데 비해 여성 기행문은 단절적이고 파편적이며, 비일관적이고 비결정적인 형태로 개인의 경험을 노출한다. 그리하여 모든 규정성으로부터 탈영토화된 공간의 의미를 산출하고 장소를 재맥락화함으로써 '다시 쓰기'라는 젠더 글쓰기의 현장을 재현한다.

---

41) 이푸 투안(Yi-Fu Tuan), 《공간과 장소》, 구동회 · 심승희 역, 대윤, 2011, 38쪽.
42) 렐프의 분류에 의하면 인간이 장소를 경험하는 방법 가운데 '감정 이입적 내부성 (empathetic insideness)'은 장소에 대한 관심이 외관상의 특성에 관한 것에서 점차 감정적이고 감정 이입적인 것으로 옮겨가는 것을 의미한다. 즉 경직된 사고에 갇혀 단순히 어떤 장소를 바라보는 것(looking)만이 아니라 그곳의 정체성을 구성하는 본질적 요소들을 만나고(seeing) 심정적으로 공감하는 태도이다.(에드워드 렐프(Edward Relph), 앞의 책, 125-127쪽.)

4. '다시 쓰기'의 윤리와 감성지리

기행문은 이국체험을 내면화하여 '다시 쓰는' 문화번역 행위라는 의미에서 매우 윤리적인 문제를 야기한다. 이 글은 1950~70년대 여성 해외 기행문을 통해 여성이 타문화를 이해하고 번역하는 시각과 방식의 차이에 주목함으로써 여성 기행문이 윤리적인 문화번역 텍스트로 읽힐 수 있는 가능성을 탐색하고자 했다.

해방 후 모윤숙과 김말봉의 여행은 서구 세계에 대한 견문과 답습이라는 목적에 종속된 교양여행 혹은 관제여행의 성격을 띠고 있었다. UN총회나 국제펜클럽대회 참석 등의 정치적 외유를 목적으로 기획된 이 같은 여행에서 모윤숙과 김말봉은 '여성 외교관'으로서 특화된 임무를 수행했다. 그러나 남성들의 여행기와 달리 모윤숙과 김말봉의 기행문에서는 민족 집단을 대변하는 공적 글쓰기 틈새로 불연속적이고 비균질적인 젠더 글쓰기의 단서들이 포착된다. 이들이 미국을 기록하는 방식은 문명의 중심이라는 지리학적 지식이나 시각주의에 의존해 있지 않다. 이들은 고유의 체험과 전방위적인 감각으로 수집한 증거들을 통해 '상상된' 미국이 아니라 '경험된' 미국을 서술한다. 즉 이들의 여행기는 각자 다른 내부의 시스템으로 미국이라는 고정되고 보편적인 상(像)으로 환원되지 않은 모습들을 포착하는 외부성의 사유에 기반하고 있다. 이 같은 접근법은 지정학적 역학관계에 얽매이지 않고 민족적 위계나 대결의식에서 벗어나 세계를 보는 눈(seeing eye)을 가질 수 있다는 점에서 탈-로컬적 가능성을 보여준다고 할 수 있다.

1960~70년대 손소희와 손장순의 여행은 주유周遊(journey) 혹은 만유(漫遊) 형태의 여행을 표방한다. 이들의 여행기는 각 나라에 대한 대중적 표상을 복제하는 대신 장소 내부의 풍경과 친밀한 접촉을 맺고

교감함으로써 구체적인 생활을 발견하고자 한다. 손소희와 손장순은 특정 나라와 도시를 하나의 표상에 가두기보다 여러 나라 사람들을 만나 관찰하고 교유하면서 생생하고 역동적인 의미로 재구성한다. 국가와 민족의 경계에 포획되지 않고 '감정이입적 내부성'이라는 위치에서 대상을 경험하려는 태도를 견지함으로써 이들의 여행기에서 각 장소는 구체적인 현실성을 얻을 수 있게 된다. 기존의 여행기가 서양을 문명의 표준이라는 단일하고 전형적인 이미지로 표상함으로써 권위를 구축하려 한 반면, 손소희와 손장순의 기행문은 파편화된 감성과 지식으로 이 권위를 해체하는 여성 여행기의 사례를 보여준다고 할 수 있을 것이다.

여성에게 여행은 지리학적 실정성을 무화시키는 경험이다. 여성은 장소의 의미를 상식이나 기억에 의존해 산출하지 않는다. 여행주체로서 여성들은 이질적인 요소들로 구성된 세계를 체험하고 적대적인 문화 사이를 횡단하는 새로운 '번역자'이자 '반역자'라는 다중적 역할을 수행하고 있다.43) 이에 따라 여성 기행문은 새로운 경계를 탐색하고 대안적인 문화공간을 제시하는 글로벌한 감수성을 표방한다. 이런 의미에서 여성 기행문은 지식의 교차와 관계의 상호성에 기반해 세계를 새롭게 구성하는 감성의 지리학을 구현하는 텍스트라 할 수 있다. 나아가 여성 여행기는 모든 규정성으로부터 탈영토화된 공간의 의미를 산출하고 장소를 재맥락화함으로써 '다시 쓰기'라는 젠더 글쓰기의 현장을 재현한다고 할 수 있겠다.

---

43) 김현미, 앞의 책, 60-61쪽.

새로운 '통속'으로서의
아메리카니즘과 '교양' 메커니즘

1. 1950년대 미국 판타지와 김말봉의 《방초탑》

《방초탑》은 《여원》에 13회(1957.2-1958.2)에 걸쳐 연재된 장편소설로, 미국을 배경으로 하는 연애담이다. 이제까지 이 소설은 김말봉 작품에 관한 선행 연구나 대중소설 연구사에서 거의 언급되지 않았던 작품이다.[1]

이 소설이 김말봉 연구대상 목록에서 제외되어 왔던 이유는 통속성의 문법을 통해서라도 사회 이념과 사상을 투영했던 김말봉의 여타

---

[1] 이제까지 김말봉 작품 연구는 주로 《찔레꽃》을 필두로 한 몇몇 장편소설에 한정되어 이루어졌다. 《방초탑》은 김말봉의 작품 연보에만 기재되어 있을 뿐, 이를 본격적인 작품론으로 다룬 경우는 없었다. 이 작품을 거론하는 경우 심지어는 '방초탑(方肖塔)'의 '초(肖)'를 '소'로 오독하여 작품명을 '방소탑'이라고 표기한 사례도 몇 차례 발견되었다. 일부라도 《방초탑》을 분석의 대상으로 삼았던 논문은 다음 세 편이다. 김양선, 〈1950년대 세계여행기와 소설에 나타난 로컬의 심상지리〉, 《한국근대문학연구》 22호, 한국근대문학회, 2010; 김지영, 〈1950년대 여성잡지 《여원》의 연재소설 연구〉, 《여성문학연구》 30호, 한국여성문학학회, 2013; 임정연, 〈1950-80년대 여성 여행서사에 나타난 이국체험과 장소 감수성〉, 《국제어문》 61집, 국제어문학회, 2014.

작품에 비해 상대적으로 이야기 구조가 단순하고 미국 땅에서 벌어지는 연애 이야기이기에 현실성과 사상적 치열함을 확보하지 못했다는 점과 관련이 있을 것이다.

그러나《방초탑》의 미학적 성취와 김말봉의 이력에서 차지하는 비중에 대해 별도의 논의가 필요하다 하더라도, 대중문학 연구에서 이 소설의 존재가 외면당해 왔다는 사실에 대해서는 새삼 의문이 든다. 이 소설은 실제 김말봉의 미국 방문 체험을 서사화[2]했다는 점에서 어느 정도 리얼리티를 확보하고 있을 뿐 아니라, 동시대에 거의 찾아보기 힘든 이국異國 배경 멜로드라마라는 점에서 다분히 대중연애소설로서의 흥미를 유발시키는 지점이 있기 때문이다.

대중소설이 기본적으로 대중의 집합적 세계관과 감성에 기반해 생산된다는 사실을 상기할 때《방초탑》역시 "당대의 망탈리테를 담지하고 있는 역사적 텍스트"[3]라는 견지에서 폭넓게 접근할 수 있다. 이 소설이 한국 대중사회의 일상공간이 '미국화'되고 미국을 중심으로 한 세계주의가 일종의 시대정신의 지위에 이르렀던[4] 1950년대를 배경으로 창작되었다는 점을 주목하는 이유도 이 때문이다.

주지하다시피 해방과 한국전쟁을 거치면서 미국의 헤게모니는 한국

---

2) 김말봉은 유력한 사회 지도층 인사로 1949년 하와이 시찰을 시작으로 3개월간 미국무성 초청으로 미국을 방문한 바 있다. 이런 경험은《방초탑》의 여주인공 장정실의 기본 설정과 일치하며, 소설의 배경 도시와 여정 또한 김말봉이 다음의 기행문들에서 진술한 내용을 바탕으로 하고 있다.〈하와이의 야화〉(《신천지》, 1952.3),〈아메리카 3개월 견문기〉(《한국일보》, 1955.12.8.-12.13.),〈미국에서 만난 사람들〉(《한국일보》, 1956.11.18.-11.23.),〈미국기행〉(《연합신문》, 1956.11.26.-12.6.),〈남의 나라에서 부러웠던 몇 가지 사실들〉(《예술원보》, 1958.12).

3) 고선희,〈김내성 연애소설과 전후의 망탈리테〉, 이영미 외,《김내성 연구》, 소명출판, 2011, 287쪽. 이 글에서 고선희는 대중소설 텍스트는 그 작품의 생산을 가능케 한 콘텍스트와 함께 읽어내는 역사학적 방법론이 필수적임을 강조하면서 '집단심성'으로 번역되는 '망탈리테(mentalite)' 개념을 적용시킬 것을 제안하였다.

4) 원용진,〈한국 대중문화, 미국과 함께 또는 따로〉, 김덕호·원용진 외,《아메리카나이제이션》, 푸른역사, 2008, 179쪽.

사회 전반에 자유주의 이념과 대중문화를 전파했다. 물론 '양풍洋風' 혹은 '아메리카니즘(Americanism)'은 해방기에 일본 제국주의의 식민화를 극복하고자 하는 과제와 맞물려 제도화, 전면화된 현상이지만5), 아메리카니즘은 1950년대를 관통하며 대중의 교양과 일상적 감각을 형성하는 준거가 되었다. 즉 미국의 이념과 지식이 제도적 교육과 엘리트 교양의 내용을 형성하는 한편 미국 문화는 대중의 욕망을 견인하는 '새로운 통속'으로 전파되어 가고 있었던 것이다. 미국 문화의 폭발적 유행과 인기는 전통적인 가부장체제의 통제를 벗어나 성 모럴과 윤리적 문제들을 야기했고, 급기야 무분별한 모방과 방종이라는 혐의를 덧씌워 '미국화'의 위험한 현상들을 통제해야 할 상황에 직면했다.6)

교양담론이 여성교육의 주요한 화두로 떠오른 것도 이런 맥락에서라 할 수 있다. 서구 사회를 선망하는 여성들은 아메리카니즘에 경도되어 방종과 사치와 허영을 일삼는 타락한 이미지로 치환되어 "이미 유령이 되다시피 몰락해 버린 교양을 부활"7)시켜 새로운 통제의 메커니즘으로 활용해야 한다는 남성 가부장 담론에 명분과 근거를 제공했다. 그러므로 당시 여성 교양담론은 "'위험한 여성들'을 재배치하려는 남성지배 전략의 일종으로서 여성들에 대한 위치짓기(positioning)를

---

5) 개화기 이후 한국 사회의 아메리카니즘 현상과 관련해서는 임미진, 〈해방기 아메리카니즘의 전면화와 여성의 주체화 방식-김말봉의《화려한 지옥》과 박계주의《진리의 밤》을 중심으로〉,《근대문학연구》29호, 한국근대문학회, 2014, 33-36쪽.

6) 백철은 한 신문 칼럼에서 해방 후 10년 간 민주주의적 개방으로 인한 변화가 윤리적 붕괴를 가져온 측면을 지적하면서 남녀 간의 문제, 근원적으로는 성 윤리의 붕괴현상을 문제라고 보았다. 그리고 이를 '아메리카니즘의 모방적 유행성'과 연관된다고 보고, 이에 부응하는 문학의 예로 김말봉의《푸른 날개》를 꼽았다. (백철, 〈문학과 윤리의 문제〉,《경향신문》, 1954.10.3.)

7) 주요섭, 〈교양이라는 유령〉,《사상계》, 1957.7, 256, 260쪽; 김복순, 〈전후 여성 교양의 재배치와 젠더정치〉, 한국여성문학학회 편,《《여원》연구》, 국학자료원, 2008, 26쪽.

시도한 것"8)이었다고 볼 수 있다.

이처럼 1950년대 한국 사회는 미국적 가치와 일상문화가 전면적으로 수용되고 대중적 영향력을 행사하는 한편 미국의 대중 표상을 조율하고 통제하려는 메커니즘이 양 방향에서 작동하고 있던 때였다.9)《방초탑》을 연재한《여원》의 존재는 미국 문화 수용과 통제라는 이중의 메커니즘 작동 방식을 함축적으로 보여준다.《여원》은 〈창간사〉를 통해 "여성의 문화의식 향상을 위하여"라는 목적과 "여성들의 지적 향상을 꾀함과 아울러 부드럽고 향기로운 정서를 부어드리며, 새로운 시대사조를 소개 공급하는"10) 여성 계몽 교양지로서의 성격과 역할을 표방하였다.《여원》은 다른 여성지들과 마찬가지로 매 호마다 선진적인 미국의 문명과 문화를 활발하게 소개하는 한편, "자유를 부르짖다가 그 도가 지나쳐 방종에 흘러가"11) 버렸다는 식의 남성 가부장 담론의 목소리를 함께 실어날랐다.

이런 계몽성과 대중성, 교양과 통속이라는 쌍방향적 성격은 순수문학 독자와 대중문학 독자를 흡수하고 여러 계층의 여성들을 두루 섭렵하는,《여원》의 성공과 인기를 견인한 요인이 되었다고도 볼 수 있다. 이렇게 하여《여원》은 미국식 생활양식과 미국 여성의 라이프스타일을 전범으로 한 여성 교양담론12)을 전파하고 '현대적인 교양여성'을 양성하는 선봉장 역할을 할 수 있었다.

《방초탑》을 지탱하는 두 가지 욕망을 이해하기 위해서는 이 같은

---

8) 김복순, 위의 글, 35쪽.
9) 이선미, 〈미국적 가치의 대중적 수용과 통제의 메커니즘-1950년대 대중서사의 부부/가족 표상을 중심으로〉,《민족문화연구》54호, 고려대학교 민족문화연구원, 2011, 46-53쪽.
10) 김익달, 〈여성의 문화의식 향상을 위하여-창간사〉,《여원》, 여원사, 1955.10, 25쪽.
11) 이태영, 〈현대여성은 지성을 상실했는가〉,《여원》, 여원사, 1955.10, 27쪽.
12) 김윤경, 〈1950년대 미국문명의 인식과 교양여성 담론-여성독자의 글쓰기를 중심으로〉,《여성문학연구》, 27호, 한국여성문학학회, 2012, 150쪽.

《여원》의 성격과 이 잡지의 주요 필진으로 활약했던 김말봉의 위상에 대한 고려가 전제되어야 한다. 김말봉은 자타 공인 대중통속소설 작가로서 이에 대한 또렷한 정체성과 자의식을 드러내며 창작활동을 했던 작가이다.13) 이와 동시에 김말봉은 일제식민지 치하에서 제도적 교육의 수혜를 받은 특권적 엘리트로서, 해방 후 미국식 교양 전파의 전위로 활약했던 대표적 여성 지식인이기도 하다. 그러므로 《방초탑》에는 김말봉의 대중소설 작가로서의 욕망과 엘리트 교양주체로서의 윤리적 책임이 복합적으로 투사되어 있다고 할 수 있다.

다시 말해 《방초탑》은 아메리카니즘에 대한 선망과 거부, 모방과 통제라는 시대적 맥락 속에서 창작되었다. 대중소설로서 《방초탑》의 좌표는 대중적 욕망과 그 욕망을 충족/통제하는 교양 메커니즘이 교차하는 가운데 놓여 있다. 그리고 여기에는 '여성' '지식인'으로서 김말봉의 이념적 지향과 욕망, 경험과 실재 사이의 균열이 잠복하고 있다.

따라서 《방초탑》은 1950년대 미국 문화의 영향으로 새롭게 재편되어 가는 대중의 욕망과 교양담론, 그리고 이를 주조하는 김말봉의 의식과 무의식이라는 여러 겹의 메커니즘이 작용하는 다층적인 텍스트라는 점에서 흥미롭게 읽힐 수 있다. 무엇보다 《방초탑》은 '연애'와 '여행'의 로맨스를 접속시키고 이국이라는 배경에 한국적 멜로드라마를 이식함으로써 연애 모티프를 새로운 풍경 안에서 전유하고자 한 대중 연애소설이란 점에 특징이 있다. 그런 의미에서 이 소설을 이해하는

---

13) "처음부터 나중까지 철두철미 통속소설가, 순수한 통속소설가"라는 백철의 평가 (《북 레뷰 김말봉 씨 저 '찔레꽃'》, 《동아일보》, 1938.11.29.)나 "우리 문단에서 씨처럼 최초부터 통속소설을 들고 나온 작가도 없고, 그 길에 철저한 이가 없"다고 본 임화의 평가(임화, 〈속문학의 대두와 예술문학의 비극〉, 《동아일보》, 1938.11.22)에서 보듯이, 김말봉은 등장 당시부터 대중작가의 정체성이 분명했다. 이에 대해 작가가 "순수 귀신 좀 내버려요"라고 일갈했다는 증언(이종환, 〈나는 대중소설가다〉, 정하은 편저, 《김말봉의 문학과 사회》, 종로서적, 1986, 40쪽)은 통속문학작가로서 자신을 인식하고 있었음을 확인시켜 준다.

효과적인 독법은 멜로드라마의 문법 안에서 연애의 통속성과 교양담론이 어떻게 길항하면서 상보적으로 작용하고 있는지를 묻는 것에서 출발해야 할 것이다.

본고는 2장에서 새로운 통속으로서의 아메리카니즘이 연애와 여행 모티프를 통해 어떻게 소비되고 있는지를 살펴봄으로써 서구적 교양이 통속화되는 방식을 탐구한다. 3장에서는 여성 인물들이 형상화하는 가치를 통해 통속적인 욕망을 통제하고 조율하는 기제로 교양담론이 어떻게 소환되어 작동하는지를 살펴본다. 이를 통해 《방초탑》이라는 텍스트에 교양과 통속, 통속과 교양이 서로 길항하며 상보적으로 작용하고 있는 양상을 파악하고, 이것이 엘리트적 교양 욕구와 대중적 흥미를 어떻게 충족시키고 있는지 해명해 보고자 한다. 이는 대중적인 것과 엘리트적인 것이 각자의 목적과 기교와 성취도를 갖고 있기 때문에 경쟁적으로 비교하기보다 상호보완적으로 보아야 한다[14]는 대중문화 읽기의 방법론과 태도에 상응하는 접근법이라 할 수 있다.

2. 여행과 연애, 미국을 소비하는 낭만적 형식

김말봉의 《방초탑》은 미국무성의 초청을 받아 미국 시찰과 유학을 떠나는[15] 여자음악학교 선생 장정실과 시나리오 작가 남학의 연애서

---

14) 레이 브라운(Ray B. Browne), 〈대중문화의 정의〉, 강현두 편, 《대중문화의 이론》, 민음사, 1986, 27쪽.
15) 해방 후 한국 사회에 대한 미국의 당면과제는 사회 전반에 걸쳐 미국식 제도와 가치를 수용 전달할 수 있는 엘리트를 양성하는 것이었다. 미공보원은 주요 관료와 언론인, 전문 지식인(작가, 예술가, 대학교수, 교사 등)을 대상으로 엘리트를

사이다. "진실된 사랑에는 시간도 공간도 초월하는 것"이었고 언어며 풍속이 다르면 다를수록, 그런 것은 오히려 두 사람의 애정의 '스릴'인지도 모른다"(5회 327쪽)는 장정실의 말에서 짐작하듯 이 소설은 이국적인 무대 위에 로맨틱하고 다이나믹한 연애 판타지를 펼쳐 보인다. 구체적으로는 하와이, 샌프란시스코, 워싱턴으로 이동하는 남학과 장정실의 여정을 따라 한인 2세인 조지 최와 헬렌 주, 유학생인 설정녀와 박성호 등이 개입해 어긋나고 빗나가면서 빚어지는 연애 갈등과 에피소드가 서사의 흐름을 이룬다.

이와 같은 플롯은 《방초탑》이 기본적으로 로맨스 구조 위에 설계되어 있다는 사실을 암시한다. 연애와 여행이 낯선 것에 대한 매혹이라는 공통적 정서를 매개로 동일한 메타포를 형성한다고 할 때 이 소설은 연애와 여행의 메타포 안에 로맨스 양식이 지니는 모험과 탐색의 구조를 녹여내고 있다. 즉 여기서 미국이라는 배경은 연애의 낭만성을 극대화하는 장치로, 외로움과 그리움과 방랑을 '낭만'이라는 이름으로 승인하면서 얽히고설킨 연애 관계를 추동하는 동력으로 작용한다.

> "도대체 어딜 믿고, 그야말로 오다가다 만난 사나이에게 애정의 닻줄을 내릴려고 맘먹었든가? 여행에 나오면 사람은 외로워지고 외로워지면 애정 비슷한 감상에 사로잡힌다는 것이 나의 경우를 두고 한 말인지도 모르겠다."
> ― 8회(124쪽)[16]

친미화하는 '교육교환계획'을 수립하였고, 미국의 제도와 미국인의 일상생활을 경험하게 한다는 명목으로 미국 연수와 시찰 등의 대규모 인적 교류가 이루어져 1958년에만 7백 명이 넘는 각 분야 핵심 인재들이 미국 땅을 밟았다.(허은,《미국의 대한 문화활동과 한국사회의 반응 : 1950년대 미국정부의 문화활동과 지식인의 대미인식을 중심으로》, 고려대학교 박사학위논문, 2005, 87-95쪽.)

16) 이하 인용문의 출전은 연재된 회와 인용 쪽 수로 표기한다.

　무엇보다 이 소설에서 미국의 장소적 기능은 서구 문화를 공감각적으로 경험하고 향유하게 하는 공간이라는 데 있다. 이런 맥락에서 소설의 첫 장면이 비행기 안(內)으로 설정되어 있다는 사실은 눈여겨볼 만하다. 비행기는 '미국적'인 것에 대한 상상을 구체적인 실감의 대상으로 바꾸어 놓는 경계 공간이기 때문이다.17) 작가는 비행기 안의 풍경 묘사를 통해 미국으로 향하는 남학과 장정실 일행의 신분과 여행 목적을 설명하면서 여자 승무원 '에어껄'의 존재를 부각시키고 좌석과 쿠션, 기내식 등 새롭고 특별한 볼거리를 제시한다. 또한 일행이 일본 하네다 공항에 도착 후 판아메리카 비행기로 갈아타는 경로를 묘사하는 과정에서 미국법과 입국 절차 등을 소개하기도 한다. 외국 여행이 자유롭지 않았던 당시 사정에 비추어 볼 때 이같이 특수하고 제한적인 경험을 보여주는 것(showing)은 흥미와 정보라는 대중 독자의 기대지평을 수용하고 반영하기 위한 것이었다고 할 수 있다. 비행기와 공항은 사건의 배경이 아니라 독자들의 호기심과 욕망을 대리 충족시키고 '정보'를 제공하기 위해 등장한 기능적 배경인 셈이다.

　등장인물들은 하와이 호놀룰루 교포 집의 미국식 가구와 시설, 호텔의 현대식 목욕시설에 대한 감탄과 놀라움을 표현한다든가 와이키키 해변 앞에서 미국 땅을 목전에 둔 흥분을 드러내는 등 경제적 풍요와 선진 문명에 대한 독자들의 매혹과 동경을 대변해 준다.

　장정실과 남학은 함께 밤거리로 실려 나갔다. 그들이 가는 곳은 물론 와이키키공원이다. 공원은 해변에 접해 있어, 달빛 아래 옥가루를 부시운 듯한 흰물결이 바위를 씻는다. 풍성한 야자수 수림 위에는 금빛 달이 쟁반처럼 걸려있고. 성관처럼 쌓은 제방 근처에는 아이스크림이며 레스토랑들

---

17) 렐프에 따르면, 비행기는 '비장소'의 일종으로 대립하는 가치와 관계의 자리바꿈이 가능한 경계공간이다.(에드워드 렐프(Edward Relph), 《장소와 장소상실》, 김덕현 · 김현주 · 심승희 역, 논형, 2005, 78쪽.)

이 산재해있고, 미국의 관문인 호노루루에서 가장 유명한 '로-얄' 호텔이
바로 와이키키에 있다.   — 2회(170쪽)

특히 이 소설에서 연애는 '미국=자유'라는 추상적 가치를 더 이상
풍문이나 상상이 아닌 현실로 향유하고 감각적으로 경험시키는 핵심
기제로 작용한다. 유독 연애 과정이 자세하고 생생하게 묘사되는 것도
미국이란 추상적 가치를 양식(style)적인 것으로 구체화해 소비하고자
하는 대중소설의 욕망이 투사된 때문이다. 대중들은 등장인물의 연애
를 통해 미국을 대중매체 속에서나 경험하는 상상의 공간이 아닌 일상
공간으로 경험할 수 있게 된다.

이는 당시 한국에서 자유연애가 현실적인 폐단으로 인해 부정과 비
난에 직면해 있었던 데 대한 반대급부라고도 볼 수 있다. 1950년대
달라진 연애 풍속은 "옛날의 사랑의 이야기는 죽음, 번민, 분발 그러한
것이었다. 오늘날의 사랑의 이야기는 땐스홀, 여관방, 요리집이다."[18]
라는 진술 속에 집약되어 있다. 이 시기 연애는 더 이상 연애편지와
눈물, 죽음으로 대표되는 추상적 낭만이 아니라, 문화자본을 소비하는
가운데 감정과 감각을 공유하는 구체적 욕망의 형태를 띠었다. 이로
인해 극장 공연, 음악회, 영화 관람 등은 성적 부도덕 같은 각종 비윤
리적인 폐단을 낳은 퇴폐와 향락의 주범으로 지목되었고, 연애를 다시
가부장적 메커니즘 안에 가두는 결과를 낳았다. 미국식 자본주의와 소
비문화를 등에 업은 연애의 자유는 방종이나 방탕의 동의어로, 자유연
애라는 기표는 성적 욕망과 애욕이라는 부정적 기의로 해석되어 폐기
될 위기에 처해 있었다.

이런 상황에서 이 소설은 낭만적 자유연애의 판타지를 실현시키는

---

18) 이건호, 〈처녀순결론〉, 《여원》, 여원사, 1955.11, 30쪽.

가능성의 공간으로 미국을 재활용한다. 미국은 "영화 장면에서 볼 수 있는" "외국사람이니까 하는 것으로만 알고 있었던" 정열적인 키스와 노골적인 애정표현을 "풍토의 이상성에서 오는 일종의 충동"으로 이해하고 경험할 수 있는 공간이다.(2회, 164쪽) 미국에서의 로맨스는 남학이 정실에게 키스 세례를 퍼붓는다든가 헬렌 주가 남학에게 저돌적으로 애정 표현을 한다든가 하는, 한국에서라면 불가능했을 충동적이고 노골적인 행위를 연애의 자유와 욕망이라는 명분으로 용인한다.

　무엇보다 이 연애서사를 특별하게 만드는 것은 '데이트'라는 새로운 연애 스타일의 도입이다. 《방초탑》은 남학과 장정실, 남학과 헬렌 주, 남학과 설정녀, 헬렌 주와 조지 최, 조지 최와 장정실, 장정실과 박성호, 박성호와 이옥진의 서로 얽히고설킨 관계 구도를 통해 남녀교제의 다양한 형태를 보여준다. 그리고 데이트 과정에서 미국의 구체적 지명과 이국적인 풍경, 서구의 선진문명과 문화 기호들을 호출해 전면에 배치함으로써 연애의 낭만에 입체성을 부여하고 있다.

　　장정실은 쪼-지 최와 나란히 앉아 아이스크림을 먹으며 이런 평범한 이야기를 주고 받는다. 차는 미끄러지듯 북쪽으로 뚫린 큰길을 달려간다. 오른손편 절벽에는 태평양 파도가 호수처럼 잔잔하고, 절벽 위에 세워진 주택들을 꽃과 녹음에 파묻혀, 신화(神話)에 있는 '에덴'을 상기케한다. (중략) 길섶 좌우에는 석죽이며 무궁화며 샤포텐(仙人掌)의 꽃들이 오색으로 짙은 향기를 뿜어낸다. 종려나무 가지들은 하늘에 뻗었는데 코코헤일 평야 일대는 카-내이숀 농장이 수천 에이카 질펀히 시야에 들어온다.

　　　　　　　　　　　　　　　　　　　　　　　　　　— 4회(112쪽)

　이렇듯 데이트의 배경으로 등장하는 하와이의 절벽과 태평양의 파도, 꽃과 녹음에 파묻힌 주택과 야자수와 같은 낯선 풍경은 "신화神話

에 있는 '에덴'을 상기"시키는 비현실적 풍경으로 묘사되기까지 한다. 이들의 데이트 과정에는 하와이의 와이키키 해변, 로얄호텔, 코코헤일 해변, 샌프란시스코의 국립공원 뮤어-우드, 골든 게이트, 삐이 부릿치, 워싱톤의 세파손 기념관과 포토맥 강, 벌마운트 등이 데이트 장소로 등장하고, 코라콜라와 세븐앞, 샌드위치와 아스파라카스 케일, 캘리포니아산 포도가 데이트 소품으로 삽입된다. 그리고 드라이브와 영화 관람, 사진 찍기, 레스토랑과 카페에서의 식사 등의 데이트 행위가 재현되는 사이사이 미국의 클럽 카바레 문화와 팁 문화, 에티켓 등이 소개되기도 한다.

> "오 그래요? 그 점만은 저는 누구보다도 자신이 있습니다. 하하하 별로 자랑될 자신은 아니지만."
>
> 하고 남학은 코카콜라병을 들고 일어섰다. 설정녀도 세븐앞 한 병을 들고 남학과 가지런히 잔디를 걸어간다. '뮤어 우-드'의 울창한 수림 속에는 유리같은 시냇물이 노르스름한 반석 위에 호수를 이루고 가지마다 우짖는 새들의 노래가 어수선한 머릿속에 하늘의 비파처럼 신비스럽게 울려온다. (중략)
>
> 설정려는 다 비워진 '세븐앞'병을 들여다 보며 남학의 코카콜라 빈병을 받아쥔다.
>
> "빈병 여섯 개 가져가면 반 타-스빡쓰 하나를 거의 반값을 가져오거든요"(중략)
>
> 그들은 영화관으로 들어갔다.
>
> '스잔 헤이워-드' 주연인 《내일 울린다》가 상연되고 있다.
>
> ― 7회(165-167쪽)

서사의 맥락상 반드시 필요한 대목이 아님에도 불구하고 다양한 문

화 기호들을 동원해 데이트의 '모든 것을 표현하고자 하는' 이런 장면
들은 과잉과 과장이라는 멜로드라마적 특징19)에서 기인한 것이기도
하지만, 그 자체로 데이트의 속성을 보여주고 있다는 점에서 주목을
요한다.

20세기 새로운 연애 풍속으로서 '데이트'는 사적인 연애 시스템을
레스토랑, 극장, 댄스홀과 같은 공적 세계로 이동시키면서, 단지 이성
과 같이 시간을 보낸다는 의미를 넘어서 저녁을 먹거나 콜라를 마시러
외출하기, 영화 보러 가기, 기타 다양한 오락 구매 행위 등 소비 행위
로 귀착되었다. 데이트는 연애를 소비와 등가의 개념으로 위치시키고,
'소유'와 '전시(展示)'를 특징으로 하는 하나의 상품으로서의 역할을 수
행한다.20) 따라서 이 같은 장면들은 영화나 책을 통해서만 상상할 수
있었던 미국식 데이트를 실감나는 현실로 경험하는 쾌감과 충족감을
제공한다. 또한 문자로만 습득했던 남녀교제의 '에티켓'21)과 '매너'를
자연스럽게 '스타일'로 향유하게 함으로써 서구식 교양을 소비하고자

---

19) 멜로드라마는 본질적으로 과잉의 양식(mode of excess)이다. 피터 부룩스에
    의하면 강렬한 감정, 극단적 행동, 극적 사건, 극한적 상태, 운명적 엇갈림, 계속
    되는 우연의 일치 등이 '과잉의 양식'을 형성하는 요소이다. 어떠한 것도 언급되
    지 않는 것이 없고 절약되는 것이 없는 과잉의 묘사 역시 멜로드라마의 특성이라
    할 수 있을 것이다.(Peter Brooks, *The melodramatic Imagination*, Columbia
    university press, New York, 1985, p4.) 멜로드라마의 속성에 대해서는 김강
    호, 《한국 근대 대중소설의 미학적 연구》, 푸른사상, 2008, 214-216쪽 참조.
20) 미국에서 데이트는 20세기 생겨난 새로운 스타일의 연애 형태로, 방문 중심의
    사적 연애 시스템을 공적 영역에 재배치했다. 그러므로 데이트의 핵심은 남들이
    본인의 데이트를 인지하는 공적 상황 속에 있는 것, 즉 데이트 상대를 '갖고 있다
    는 것', 그리고 다른 사람들이 이를 인지한다는 것이었다. 자본주의 연애제도로서
    데이트의 속성에 대해서는 베스 베일리(Beth L. Bailey), 《데이트의 탄생》, 백준
    걸 옮김, 앨피. 2015, 131-134쪽 참조.
21) 에티켓은 전후 한국 사회에 요구된 신사회질서 및 신생활 운동에 동참하기 위한
    시민의 예절 덕목으로, 에티켓의 실천은 전후 풍속도를 가늠하는 중요한 지표 중
    하나였다. 특히 《여원》은 에티켓을 여성 교양의 일부로 강조하면서 남녀 교제 에
    티켓, 맞선 에티켓, 약혼시절 에티켓, 결혼 당일 에티켓, 신혼여행 에티켓 등 모든
    생활 영역에 걸쳐 세분화된 에티켓을 꾸준히 소개했다.(김복순, 앞의 글, 36쪽.)

하는 대중적 욕망을 반영한다.

이와 관련해 소설 안에 삽입된 삽화를 눈여겨볼 만하다. 일반적인 연재소설과 마찬가지로 《방초탑》의 매회 연재분마다 세 컷의 삽화가 제시되는데, 이들은 모두 새로운 풍경과 풍속을 반영하는 시각적 경험과 관련이 있다. 《방초탑》의 첫 회 첫 삽화부터 '에어걸'들이 음료를 서비스하는 비행기 안 풍경을 그림으로 보여주더니, 2회 첫 장면에서는 강렬하게 키스하는 남학과 장정실의 모습을 담은 삽화로 이목을 끈다. 뿐만 아니라 알로하 셔츠를 입은 조지 최의 모습과 훌라춤을 추는 원주민(3회), 데이트 하는 인물들 뒤로 펼쳐지는 야자수와 협곡(4회), 드라이브 장면과 서양식 옷차림(5회), 샌프란시스코 집과 다리, 공원풍경(6회, 7회) 등으로 이어지는 이 소설의 삽화들은 이미지와 볼거리만으로 독자의 눈길을 사로잡기에 충분하다. 그러나 이 삽화들은 각 회의 중심 플롯과 무관한 독립된 이미지이거나 부차적인 모티프들로 새로운 스펙터클을 창조하는 데 집중하는 경향이 있다.[22]

이런 가운데 독자는 연애의 자유를 감각적인 이미지를 통해 자연스럽게 수용하게 된다. 헬렌 주는 아내나 남편을 직접 선택하는 미국의 연애 결혼 풍속이 "코리아의 썩은 풍속"과는 다른 것이라는 사실을 재차 강조하는데, 남학은 이를 '솔직함'이라고 해석하고 오히려 "감정의 발표 한번 변변히 못하고 항시 남자에게 리-드만 당하"는 한국여성들이 딱하다고 평한다.(3회, 160쪽) 남학은 헬렌과 설정녀, 미쓰 리, 손미렴 여사를 대상으로 자유롭게 연애 감정을 표현하고 데이트하는데 전혀 거리낌이 없는 모습을 보인다. 장정실도 마찬가지로 헬렌의 약혼자인 조지 최의 데이트 요구에 응하고, 워싱턴에서는 의대에 유학 온

---

22) 공성수, 《근대소설의 형성과 삽화 연구》, 서강대학교 대학원 박사학위논문, 2014, 92쪽. 이런 의미에서 근대라는 새로운 시공간을 시각화하는 목적에 충실했던 신소설 삽화의 기능과 유사하다고 할 수 있다.

인턴 박성호에게 먼저 데이트 신청을 하는 등 교제의 자유를 맘껏 누리는 모습을 보여준다. 정실은 조지 최를 통해 "정열이 무엇인지를 짐작"하고 진실된 사랑은 "시간도 공간도 초월"할 수 있다는 사실을 새삼 인식한다.(5회, 327쪽) 물론 정실은 끝내 남학에 대한 애정을 지켜내지만, 이는 정조와 지조라는 고루한 덕목에 구속된 결과가 아니라 자기감정의 발견과 자발적인 선택의 발로였다. 이렇게《방초탑》은 '자유'라는 기표에 덧씌운 부정과 퇴폐의 혐의를 벗겨내고 이를 긍정적 기호로 재배치한다.

이와 관련해 1950년대 후반 한국 사회의 연애·결혼 풍습을 상기할 필요가 있다. 당시 한국에서는 "전통적 정혼제도와 자유연애 사상이 착종"[23]된 채 소위 연애결혼에 성공하기 위한 조건들 −집안, 경제력, 학벌, 외모에 대한 기준이 어느 정도 공식화되어 있는 상황이었다.

《방초탑》의 여주인공 정실은 여학교 선생이라는 안정적 직업에 스칼라십으로 워싱턴대학에서 고등교육을 받기 위해 미국을 방문한 처지이다. 여타 연애소설의 여주인공들과 달리 정실의 외모는 전혀 아름답지 않고, 남학 역시 백마 탄 왕자가 아닌 바람둥이 시나리오 작가로 설정되어 있다. 두 사람의 이 같은 특징은 여성의 청순가련함과 남성의 경제력의 만남이라는 가치 교환의 형식을 취하는 낭만적 사랑의 가치체계[24]에 위배된다. 그러나 미국 땅에서 이런 조건은 부모와 집안의 영향력을 배제한 채 연애의 자율성과 배우자 선택의 의사결정권을 확보할 수 있는 기회를 제공한다. 남학이 "한국에서라면 절대 사귀지 않았을" 장정실에게 남다른 감정이 생긴 것도, 정실이 "허위의 탈바가지를 쓴 위선자들이 수두룩한 세상이라면 탕아의 낙인을 찍힌 남학이

23) 최미진, 〈1950년대 장덕조 소설에 나타난 연애와 결혼-《다정도 병이련가》를 중심으로〉,《현대문학이론연구》37권, 현대문학이론학회, 2009, 154쪽.
24) 최미진,《1960년대 대중소설의 서사전략 연구》, 푸른사상, 2006, 109쪽.

가 오히려 진실"하다고 판단할 수 있었던 것도 한국이 아니기 때문에
가능한 일이었다. 이렇게 《방초탑》은 결혼의 현실적인 제반 조건과 자
질을 괄호 친 상태에서 오롯이 두 사람의 정서적 교류와 취미의 공유,
감정의 추이에만 집중함으로써 평등하고 이상적인 연애의 필요충분조
건이 무엇인지 질문한다.

이처럼 미국이라는 배경은 당시 한국의 대중연애소설이 결코 담아
낼 수 없었던 연애의 판타지를 재생시켰다. 연애소설들 대부분이 "한
국의 구체적 현실과 특수한 상황을 전혀 고려하지 않은 채, 서구 사회
와 유사한 풍토에 놓여 있다는 환상"25)에 사로잡혀 있다는 비판에 직
면해 있었지만, 미국을 무대로 선택한 《방초탑》은 이 같은 비판을 정면
에서 돌파해버린 셈이 되었다.

《방초탑》은 연애를 이국의 풍경과 접속시켜 1950년대 아메리카니
즘이라는 새로운 통속의 욕망을 전유하고 대중의 연애 로망을 실현시
켜 준다. '정열'을 충분조건으로 삼아 자유와 결합하는 '진실된 사랑'의
신화, 이것은 당시 가부장 교양담론이 결코 포섭하고 통제할 수 없었
던 잉여의 감수성, 잉여의 욕망일 것이다.

3. 차이와 배제, 교양을 소환하는 여로 구조

《방초탑》의 서사를 견인해가는 또 다른 동력은 교양과 계몽에의 욕
망으로, 지리적 확대에 따른 동심원들의 확산이라는 여로 구조(travel

---

25) 김윤경, 〈1950년대 미국문화의 유입과 여성의 근대경험-최정희의 《끝없는 낭
만》을 중심으로〉, 《비평문학》 34호, 한국비평문학회, 2009.12, 59쪽.

structure)로 구현되고 있다. 즉 교양에의 욕망은 통속성과 배치되지 않은 채 통속성을 강화하는 기반이자 플롯을 이끌어가는 구심력으로 작용하고 있는 것이다.

이 소설에서 장정실은 플롯의 구심점으로 작용하는 엘리트 교양 주체로서, 김말봉이 지향하는 교양의 가치체계를 구현하고 있는 인물이다. 그리고 지리적 확대의 여정을 따라 혼종적이고 오염된 가짜 교양을 형상화한 여성 인물들이 배치되는데 이는 장정실과의 ‘차이’를 유표화해서 ‘배제’시키기 위한 장치라 할 수 있다. 즉 하와이에서 샌프란시스코, 워싱톤으로 이어지는 《방초탑》의 서사적 여정은 장정실이 대변하는 진짜 교양의 실체를 드러내고자 하는 작가의 심리적 경로에 대응한다.

하와이에 도착하자마자 남학은 헬렌 주의 서구적 이목구비와 적극적인 성격에 매혹되고 만다. 그러나 하와이에서 미쓰 주와 처음 어울려 클럽에 갔던 날 밤에 남학은 정실을 찾아와 사랑을 고백한다. “미쓰 주와 함께 얼려, 휘청거리던 풍기(風氣)”를 씻어버리고, “정열이 침범할 수 없는 경건한 위치”(3회 166쪽)로 숨어들어야 할 만큼 남학에게 미국 문화는 유혹적인 대상이었기 때문이다. 헬렌에 대한 남학의 모순되고 변덕스런 행동과 심경 변화는 헬렌과 나일클럽, 홀라댄스, 맘보로 표상되는 미국 문화가 “지옥의 정열”로 경계해야 할 만큼 낯설고도 매혹적인 것이었음을 반증하는 것이기도 하다. 때문에 이야기가 진행되는 내내 헬렌에 대한 마음을 여러 차례 번복하는 남학의 모습은 미국적인 것에 대한 매혹과 거부라는 한국 지식인 사회의 이중적 태도를 상기시킨다.

헬렌 주가 최종적으로 거부와 배제의 대상이 될 수밖에 없는 이유도 이 때문이다. 여기서 헬렌의 존재는 민족적 이질감과 혼종성이라는 부정적 기표로 이해된다. 헬렌 주라는 이름과 한인 2세라는 조건, 한국

어와 영어, 사투리까지 섞어 쓰는 잡종 화법은 헬렌의 혼종적 정체성
을 보여주는 징표들이다. 헬렌이 약혼자인 조지에게 "코리아 사람들
앞에 날 부끄럽게 만들었소"라며 화를 내는 장면은 헬렌 스스로가 '코
리안'과 구별된 위치에서 자신의 정체성을 규정하고 있음을 보여주는
대목이다.

이런 헬렌의 존재는 설정녀와의 '차이'를 통해 부정되고 배제된다.
샌프란시스코에서 남가주 대학 심리학과 유학생 설정녀를 만난 후 남
학은 하와이에서는 솔직하다고 느꼈던 헬렌의 '요염한 정열'을 성급하
고 불편하다고 느끼기 시작한다. 급기야 헬렌이 질투에 눈이 멀어 남
학의 옷깃과 넥타이를 잡아채는 등 당돌하고 과격한 행동을 하자 남학
은 질려 한다. 이에 비해 "단 한마디의 욕설이나 불평을 하지 않는"
설정녀의 모습은 남학에게 존경과 무서움의 감정을 불러일으킨다. 설
정녀의 청초한 용모와 지성이 '교양 있음'의 증거로 인식됨에 따라 헬
렌의 정열과 솔직함은 경박한 것으로, '교양 없음'의 근거로 가치절하
된다.

그러나 곧 설정녀가 대변하는 '지성'도 헬렌을 배제하기 위해 선택된
상대 우위의 가치였을 뿐임이 밝혀진다. 유학생 모임에서 만난 설정녀
는 일어서지 않고 앉은 채로 남학에게 손을 내밀면서 여자는 남자 앞에
일어서지 않고 앉아도 된다는 미국풍속을 알려준다. 이에 대해 남학은
"유학생인데 왜 미국풍속을 따르나?"라는 의문을 품는다. 무분별하게
양풍을 모방하는 여성들을 비판하는 남성적 시선과 겹치긴 하지만, 체
화되지 않은 미국 풍속을 보편적인 에티켓인 양 모방하고 답습하는
것을 경계하고자 하는 작가의 의도가 반영된 장면이라 볼 수 있다.
설정녀는 어설프게 서구를 추종하고 모방하는 부정적인 유학생의 표
본이자 오염된 가짜 교양을 표상하는 존재인 것이다.[26]

이처럼 헬렌과 설정녀가 연애서사의 궁극적 주인공이 되지 못한 것

은 그들의 존재가 서구 추종의 모방과 혼종의 산물이란 점과 관련이
깊다.

> "첫째 장정실에게는 뛰어난 미모가 아니더래도 그의 교양과 마음씨가
> 좋은가 하면 헬렌주의 도전적인 열정도 괜찮고 또 설정려의 깔끔하리만큼
> 지성적인 면도 퍽 매력적"   ― 6회(204쪽)

장정실의 교양과 마음씨, 헬렌의 열정, 설정녀의 지성을 끊임없이
저울질하던 남학은 결국 "싸늘하고 지성적"인 설정녀가 아닌 "봄날처
럼 따뜻한 겸손"을 갖춘 장정실을 선택한다. 때맞춰 설정녀를 짝사랑
하는 오광옥의 존재가 부상하고 헬렌의 방해로 설정녀와의 관계는 자
연스럽게 정리된다. 또 워싱턴으로 향하는 비행기 안에서 심경의 변화
를 보인 헬렌이 공항에 착륙하자마자 정실에게 화해를 청하고 남학에
게 이별을 고함에 따라 헬렌과의 갈등 역시 갑작스럽게 해결되어 버린
다.

이로써 헬렌과 설정녀가 장정실의 가치를 부각시키기 위해 동원된
기능적 인물이었다는 사실이 확인된다. 장정실의 존재가 헬렌과 설정
녀의 자질을 판단하는 준거로 작용하고 있는데서 볼 수 있듯, 다른
여성들은 장정실을 구심점으로 삼은 사이비 동심원들의 집합일 뿐이
다. 따라서 하와이에서 샌프란시스코로, 다시 워싱턴으로 확산되어 가
는 남학의 연애 행각과 여성 편력은 결국 장정실이라는 중심의 가치를
승인하기 위한 탐색의 과정에 불과했다고 할 수 있다.

그렇다면 장정실은 서구의 부정성에 대립하는 "외유내강한 한국 여
성의 인내와 결기를 겸비"해 "서구적 사랑을 초월하는 전통의 우수성

---

26) 김윤경, 〈1950년대 미국문화의 유입과 여성의 근대경험-최정희의《끝없는 낭
만》을 중심으로〉, 《비평문학》 34호, 한국비평문학회, 2009.12, 59쪽.

을 확인"27)시켜주는 인물일 뿐인가? 그보다는 장정실이 당시 여성 교양담론이 전파했던 '새로운 여성미'를 갖춘 인물이라는 점에서 접근할 필요가 있다. 장정실의 특징을 설명하는 단어들을 보면, '온유한 마음' '평정심' '인내성' '겸손' '예절' '사려깊음' '배려' 등 전통적으로 여성에게 부과되어 온 덕목뿐 아니라 '민첩한 기지' '세련' '영리' '총명함' 등의 항목이 추가되어 있다. 남학과 조지 최가 느끼는 장정실의 매력은 동양적 미덕에 서구적 매너와 교양과 센스를 갖췄다는 데 있다. 조지 최가 장정실에 대해 "연약하면서도 자기 할 말은 다하"는 "코리아의 좋은 부인"으로 '존경'과 '신뢰'를 표하는 것도 이런 맥락에서이다. 다시 말해 장정실은 전통적인 동양적 가치와 미덕을 바탕으로 서구적 교양과 매너, 선진의식을 내면화한 여성상을 대변하고 있는 것이다.

장정실이 표상하는 여성상이 무엇인지는 그녀의 옷차림에서도 나타난다. 미국 방문 중에 장정실은 기본적으로 한복을 베이스로 한 옷차림을 선보인다.28) 영남 부인회처럼 하와이 교포들이 주체하는 환영회에는 "분홍빛 저고리, 분홍 치마, 분홍 고무신"처럼 동양적 여성스러움이 극대화된 복장으로 참석하고, 워싱턴 손미렴 여사의 집에서 벌어진 미국식 댄스 파티에는 한복에 "뒷축 높은 검은신을 신고 검은빛 핸빽에 차빛 장갑을 낀" 양장을 조화시킨 옷차림을 선보인다. 이런 장정실

---

27) 김지영, 앞의 글, 363쪽.
28) 실제로 김말봉도 미국 방문 시 한복을 주로 입고 다녔다고 한다. 김말봉 스스로 〈아메리카 3개월 견문기〉에서 "새파랗게 하늘 빛으로 푸른 치마저고리에 굽은 낮으나 구두를 신고 게다가 나이론 양말" 차림으로 거리를 다녔다거나, 이에 대해 뉴욕 거리에서 만난 낯선 사람이 옷이 아름답다고 했다는 일화를 적고 있고, 〈미국에서 만난 사람들〉에서는 루즈벨트 부인이 자신이 입은 한복의 아름다움에 주목하더라고 진술한 바 있다. 지인들 역시 1950년대 뉴욕에서 만난 김말봉이 "종아리까지 오는 어두운 빛 한복 치마에 밝은 빛 저고리를 입은 모습"이었다거나(김도희, 〈한국의 펄벅〉, 정하은 편저, 앞의 책, 212쪽), "한국에서는 물론 미국 각지를 다니면서도 꼭 한복을 입고 다니셨다."(전숙희, 〈한국 문단의 큰 별〉, 같은 책, 214쪽)고 회상하고 있다.

의 옷차림에 대해 남학은 "동양의 어느 귀족집 영양처럼 고상하게 보"
인다며 동양미의 우월성을 부각시킨다. 그러나 이때 정실의 복장은 한
국적인 것과 미국적인 것의 혼종이 아니라 서구적인 것을 한국적인
것으로 소화한 '미국 속의 한국인'을 유표화한 것이라 할 수 있다.[29]

이런 정실의 특성은 당시 여성 교육이 양산하고자 했던 '현대여성'이
어떤 모습이었는지 잘 보여준다. 1950년대 중반 한국 사회가 여성에
게 요구하는 매력은 "겸손하고 상냥한 가운데 인광같이 은은한 미"와
함께 "부드러우면서도 조리가 닿는 말씨, 명랑하면서도 총명이 번득이
는 태도, 경쾌하면서도 예의에 벗어나지 않는 범절"[30]을 갖추는 것이
었다. 다시 말해 동양 전통의 미덕을 갱신하여 미국식 에티켓과 조화
를 이루게 하는 것, 이것이 1950년대 한국 사회가 요청하는 '새로운
여성미'이며, 여성 교양담론이 주조한 규범적 여성상이었던 것이다.[31]

그런데 이때 '교양인'으로서 장정실의 가치 긍정이 '여성스러움'이라
는 젠더 규정을 전제로 이루어지고 있다는 점은 주목을 요한다. 남학
과 조지 최가 발견한 장정실의 결정적 매력은 헬렌과 달리 "남자를
쉽게 해주는" "천사"와 같은 여성이라는 점이다. 장정실은 모든 상황
을 해석하고 판단하는 주체로 어떤 상황에서도 평정심을 잃지 않은
채 갈등 상황에서 '민첩한 기지'를 발휘해 조지 최의 불필요한 오해를
풀어주고, 남학이 벌이는 이중 삼중의 애정 행각을 "철없는 동생을 걱

29) 해방 후 미국식 스타일이 유행하면서 한국의 젊은 여성들 사이에서는 미국 유명
    배우의 패션 따라잡기가 유행이었다. 50년대 중반 이후 유행한 '(오드리) 헵번
    스타일', '맘보 스타일' 등이 그것인데, 이런 무분별한 모방과 따라하기가 비판과
    혐오의 대상이었던 점을 상기한다면, 장정실의 옷차림이 시사하는 의미가 무엇
    인지 쉽게 알 수 있다.
30) 전진우, 〈새로운 여성미를〉, 《여원》, 여원사, 1956.3, 권두언.
31) 이중적 규범이 혼재되어 이질적이고 분열적인 현대여성상은 미국화가 노골적으
    로 정책화되던 정치적 상황과 이승만 정권의 민족주의가 미국 문화의 영향력을
    통제하는 방식으로 작용했던 복합적인 정치적 성격이 그대로 반영되어 있다.(이
    선미, 앞의 글, 56쪽.)

정하는 것과 같은" 마음으로 포용한다. 참고 인내하기만 하는 정실에 대해 헬렌 주는 "남성의 노예"인 "동양여인"이라고 조롱했지만, 정작 정실의 인내심과 포용력에 정당성을 부여하는 것은 '동양여성'이라는 선험적 정체성이 아니라 "교양있는 여자로서의 체면"이었다. 교양있는 여자로서 장정실은 남성들에게 '피로'를 가중시키는 헬렌과 달리 남학과 조지 최의 남성성을 위협하지도 훼손하지도 않는 존재이다. 이런 장정실의 존재는 교양여성의 핵심적 미덕이 무엇인가를 새삼 확인시켜준다.

몇 개월의 미국 생활은 남학을 열등감과 상실감에 시달리게 만들었다. 외모나 언어에서의 '핸디캡'보다 남학의 열등감을 극심하게 자극하는 것은 연애에서의 주도권 상실이다. 데이트 제도의 핵심은 경제력을 무기로 한 남자의 권력을 승인하는 데 있다.[32] 그러나 남학이 한인 2세인 헬렌 주나 유학생 설정녀, 이민자인 손미렴 등과 데이트 하는 장면을 보면, 장소 선택이나 경제력, 언어의 유창성 등에서 남학이 결코 데이트 통제권과 주도권을 갖지 못했음을 알 수 있다. 이런 상황은 남학의 남성성에 심각한 위기를 초래한다.

> 서울에서는 어디까지나 자신만만 하던 자기의 용모가 미대륙으로 들어서면서부터 어딘지 모르게 지긋이 눌리우는 압박감을 어찌할 수가 없다.
>
> 거리로 나가나 집으로 들어오나, 백인들의 쭉쭉 뽑아 놓은듯한 다리들에 비해서 그리고 선이 확실한 백인의 눈과 코하며 두꺼운 어깨, 다리에 비해 훨씬 짧은 동체.
>
> 남학은 그들과는 정반대 되는 자기의 체구와 모습을 시간이 가는대로 긍정하지 않으면 안된다.
>
> 거기다가 서툴은 영어다. 자기 마음속에 생각하는 바를 열에 하나나 표

---

32) 베스 베일리(Bailey, Beth L.), 앞의 책, 58-62쪽.

시할까 말까.

이러한 '핸디캡'이 남학의 마음에서 어느정도 자신을 상실케 했는지도
모른다.   — 8회(128쪽)

해방 후 보수적 남성 담론은 무분별하게 미국식 스타일을 모방하는
아프레걸들에 대한 심리적 저항감을 공공연하게 표출하곤 했다. "여인
을 눈으로만 볼 수 있고 소유할 수 없는 곳 그것은 미국이다"라는 남학
의 말은 미국 땅에서 그의 남성성이 위협받고 있음을 고백한 것에 다름
없다. 젠더 범주를 모호하게 만드는 현실에서 남성성을 위협하는 여성
에 대한 거부감과 두려움은 남성과 여성의 차이를 증명하고 강화하는
행동방식에 집착하게 한다.[33] 그래서 교양이나 에티켓은 젠더에 적합
한 행동 규범을 제시함으로써 '숙녀-되기'와 '신사-되기'의 방법을 가
르치고 나아가 자신의 젠더 정체성을 증명하는 방법을 가르치는 코드
로 활용되었다.

장정실은 서구적 교양과 에티켓을 내면화한 순결하고 겸손한 '여성'
으로서 '민족주의적 고결함'[34]의 태도를 형상화한다. 남학이 미국식
자유를 방종으로 추종하는 아프레게르(Apres Guerre)[35]의 남성 버

---

33) 베스 베일리(Bailey, Beth L.), 앞의 책, 220-221쪽.
34) 고결함(respectability)은 '점잖고 올바른' 예절과 도덕을 가리키는 동시에 섹슈
    얼리티에 대한 특정한 태도를 지시하는 개념이다. 고결함과 결합한 민족주의는
    부르주아 사회가 성립한 19세기 후반에서 19세기에 자리잡아 국가의 예절 도덕
    및 섹슈얼리티를 통제하는 강력한 기제로 작용하였다. 특히 민족주의와 결합한
    여성적 고결함은 여성을 공적·사적 질서의 수호자, 아름다움과 예의바름의 구
    현체로 이상화한다.(조지 모스(George L. Mosse),《내셔널리즘과 섹슈얼리티》,
    서강여성문학연구회 옮김, 소명출판, 2004, 9-35쪽.)
35) 아프레게르는 연애를 '엔죠이'의 수단으로 삼고 인간이 가지고 있는 모든 감정을
    물질화하는, "머리가 좋은 불량성"(〈한국문화의 재검토, '아프레게르'라는 것〉,
    《한국일보》, 1958.1.30.-31.), "윤리도덕을 무시하고 행동하는 자유분방하고 건
    방"진 것(〈상식 콘사이스-아프레·게르(佛 Apres Guerre)〉,《여원》1957.4,
    95쪽) 등으로 설명되고 있다.

전이라면, 장정실은 여성적 고결함으로 공적 · 사적 질서, 민족 정체성
과 젠더 규범을 수호하는 인물에 해당한다. 젠더 위계를 전도시키는
이 같은 설정은 아메리카니즘과 연애를 여성과 결부시켜 아프레적인
것으로 폄하했던 보편적인 인식체계를 해체시킨다.[36]

　이런 과정을 거쳐 남학과 장정실의 사랑은 결실을 맺는다. 조지 최
의 갑작스런 자동차 사고와 죽음, 박성호와 이옥진의 약혼 등 소설은
급작스럽게 플롯을 선회해 남학과 정실의 결합을 지연시키던 요인들
을 일시에 제거해 버린다. 물론 이 같은 플롯의 급전과 결말방식은
멜로드라마의 속성이기도 하지만, 그보다는 통속적 욕망을 교양과 모
럴로 통제하고자 하는 교양주체로서 김말봉의 의도가 관철된 결과라
고 보아야 할 것이다.

　그래서 이 소설의 대미를 장식하는 장소가 아메리카니즘의 상징인
'방초탑'이란 사실은 의미심장하다. "남학의 등 뒤에는 '죠오지 워싱톤'
의 기념 방초탑이 높이 솟아있다."는 마지막 문장을 통해 사랑이 이루
어지는 장소가 '방초탑' 아래라는 사실이 부각되어 있다. 방초탑은 택
시 기사가 향수와 열등감에 지친 동양인 남학에게 가장 '미국적'인 것
을 보여주기 위해 데려간 곳이고, 재회한 정실과 남학의 첫 데이트
장소이자 청혼과 수락이 이루어지는 곳, 나아가 모든 서사가 종결되는
장소이다.

　김말봉은 미국의 중심이자 상징인 방초탑 아래서 이들의 사랑을 승
인함으로써 자유연애의 최종 승리를 공식화하고자 하는 의도를 드러
낸다. 그리고 낭만과 도덕, 통속과 교양이라는 교환 불가능한 가치를
'자유'라는 판타지로 봉합한다. 이로써 기존의 대중연애서사가 체화하

---

36) 여기에는 김말봉이라는 여성작가의 욕망이 개입되어 있다고 볼 수 있다. 임미진
　　에 따르면 김말봉의 해방기 소설에도 아메리카니즘과 결합한 기독교의 순결주의
　　를 대표하는 여성성, 오염되고 타락한 남성성이라는 젠더 구도가 설정되어 있다.
　　(임미진, 앞의 글, 46쪽.)

지 못했던 아메리카니즘을 체화 가능한 것으로, 불건전한 연애를 건전한 교양으로 치환시킨다. 미국으로 대변되는 이상세계에 대한 갈망을 바탕으로 통속과 교양의 결합이라는 새로운 로망을 소비하고 교양이 작동하는 메커니즘을 재생산하는 텍스트라는 점, 이런 관점에서 대중소설 《방초탑》의 의의를 적극적으로 발굴해낼 수 있을 것이다.

4. 대중의 욕망과 멜로드라마의 문법

김말봉의 《방초탑》은 1957년부터 1958년까지 《여원》에 연재된 대중연애소설로, 동시대에 거의 찾아보기 힘든 이국異國 배경의 멜로드라마라는 점에서 주목을 요한다. 이 연애서사는 연애와 여행의 로망스를 접속시키고 미국이라는 배경에 한국적 멜로드라마를 이식함으로써, 연애 모티프를 새로운 풍경 안에서 전유한다. 이 소설은 1950년대 미국 문화의 영향으로 새롭게 재편되어 가는 대중의 욕망과 교양담론의 성격을 확인하게 해준다는 점에서 흥미롭게 읽힐 수 있다.

《방초탑》이라는 텍스트의 좌표는 1950년대 후반 아메리카니즘에 대한 선망과 거부, 모방과 통제라는 시대적 맥락과 대중적 욕망을 충족/통제하는 교양 메커니즘이 교차하는 자리에 놓여 있다. 그리고 여기에는 김말봉이라는 여성 지식인의 교양주체로서의 윤리적 책임과 대중문학작가로서의 욕망이 복합적으로 투사되어 있다.

《방초탑》의 플롯은 연애와 여행의 메타포 안에 로망스 양식이 지니는 모험과 탐색의 구조로 설계되어 있다. 여기서 미국은 낭만성을 극대화하면서 자유연애의 판타지를 실현시키는 가능성의 공간으로 등장한다. 무엇보다 이 연애서사의 특별함은 '데이트'라는 새로운 연애 스타일을 적극적으로 도입하고 있다는 데 있다. 그리고 데이트 과정에 미국의 구체적 지명과 이국적인 풍경, 서구의 선진문명과 문화 기호들을 호출해 전면에 배치함으로써 연애의 낭만에 입체성을 부여하고 있다는 점이다. 시각적 · 청각적 · 촉각적 이미지들이 전방위적으로 동원되는 가운데 연애의 자유라는 추상적 가치는 감각적으로 경험된다. 《방초탑》은 이렇게 연애를 이국의 풍경과 접속시켜 아메리카니즘이라는 새로운 통속의 욕망을 전유하고 재배치함으로써 진실된 사랑이라는 1950년대 대중의 연애 로망을 실현시키고자 했다.

《방초탑》의 서사를 견인해가는 또 하나의 동력은 교양과 계몽에의 욕망이다. 이 소설에서 여성 인물들은 엘리트 교양 주체로서 작가가 지향하는 교양의 세계를 형상화하고 있다. '진짜 교양'의 실체를 탐색해가는 과정에서 모방과 오염, 혼종적인 가짜 교양들과의 차이와 배제가 이루어진다. 장정실은 전통적인 동양적 가치와 미덕을 바탕으로 서구적 교양과 에티켓을 내면화한 여성상을 대변한다. 장정실로 대변되는 교양있는 현대 여성은 남성성을 위협하거나 젠더 범주를 모호하게 하지 않으면서 '민족주의적 고결함'을 수호하는 여성상을 의미한다.

이처럼 《방초탑》은 멜로드라마의 문법에 기대어 낭만과 도덕, 통속과 교양이라는 양가적 가치 체계를 '연애의 자유'라는 판타지로 봉합함으로써 체화불가능한 아메리카니즘을 체화 가능한 것으로, 불건전한 연애를 건전한 교양으로 치환시킨다. 그리하여 아메리카니즘을 통속적으로 소비하고 재생산하는 1950년대 대중서사의 새로운 지형을 구축하는 데 기여한다. 이런 맥락에서 이국異國을 배경으로 한 대중소설로서 《방초탑》의 의의를 적극적으로 발굴할 필요가 있다.

기억의 토포스, 존재의 아토포스

1. 전혜린과 독일 토포필리아

전혜린을 어떻게 기억하는가? 이 질문은 한국 사회에서 전혜린이라는 텍스트가 어떻게 수용되고 독해되어 왔는가를 묻는 질문과 동의어이다.

전혜린은 두 권 분량의 에세이와 일기만을 남기고 1965년에 생을 마감했다. 그녀의 사후에 출간된 두 권의 산문집《그리고 아무 말도 하지 않았다》[1]와《이 모든 괴로움을 또 다시》[2]는 6, 70년대 베스트셀러 목록에 올랐고, 90년대까지도 스테디셀러로 대중 독서계에 건재했다.

한국 사회에서 전혜린이라는 존재가 수용되는 과정은 전혜린에 대한 상식과 오해가 동시에 구축되던 시간이기도 했다. '천재', '광기', '사랑' '죽음'과 같은 낭만적인 키워드들이 '전혜린적인 것'과 동의어가

---

1) 본고에서는 전혜린,《그리고 아무 말도 하지 않았다》, 민서출판, 2015년 판본을 사용하도록 한다.
2) 1966년 당시《미래 완료형의 시간 속에서》라는 이름으로 발간되었다. 본고에서는 전혜린,《이 모든 괴로움을 또 다시》, 민서출판, 2015년 출간본을 사용한다.

되고, 전혜린을 읽고 해석하고 다시 쓰는 2차 텍스트들3)은 전혜린이라는 기호를 신화화하는 데 일조했다.

전혜린에 대한 학계의 연구는 '전혜린이라는 텍스트'를 추상화하는 저작들과 다른 방향에서 진행되었다. 김윤식을 필두로 한 일련의 연구는 일기와 수필을 통해 전혜린 개인의 내면 의식과 감수성의 특이 지점을 탈역사의식, 소녀취향, 이국취향, 낭만주의, 허무주의 등의 항목으로 수렴하거나,4) 엘렉트라 콤플렉스, 히스테리 등의 병리적 증상으로 접근했다.5) 전혜린을 따라다니는 이런 꼬리표들은 전혜린에 대한 대중의 상식적 오해와 신화화가 어떤 지점에서 발생했는지를 보여준다.

최근 몇 년간은 전혜린이라는 개인이 아니라 전혜린 현상 혹은 전혜린 신화에 메타적으로 접근하고자 한 논문들이 제출되었다. 대중의 오해를 불식시키고자 전혜린 유행 현상의 당대적 의미를 주목하고 신화화 과정을 추적한 성과들이다. 전혜린의 서구적 정신주의와 금욕주의가 당대 한국 사회의 속물성에 저항하는 방어기제였다거나,6) 전혜린 에세이의 독서열풍에 주목해 전혜린을 개별적 인간 이전에 하나의 시대적 기호로 읽어내고, 이상이 좌초된 1960년대 청년문화의 실존적 경험의 산물로 보거나,7) 전혜린의 비극적 낭만주의가 전후와 60년대

---

3) 이덕희,《전혜린》, 나비꿈, 2012; 정공채,《아! 전혜린-불꽃처럼 사랑하고 사랑하며 죽어가리》, 문학예술사, 1982; 서충원,《스물넷에 만난 전혜린》, 이회, 1999; 정도상,《그 여자 전혜린》, 두리, 1993.

4) 김윤식,〈침묵하기 위해 말해진 언어-전혜린 論〉,《수필문학》, 수필문학사, 1973.12.; 김윤식,〈전혜린 재론-60년대 문학인식의 종언〉,《작가와의 대화》, 문학동네, 1996.

5) 이규동,〈정신분석학적으로 본 전혜린〉,《위대한 콤플렉스》, 문학과 현실사, 1992; 장순란,〈한국 최초의 여성 독문학자 전혜린의 삶과 글쓰기에 대한 조명〉,《독일어문학》 21권, 한국독일어문학회, 2003.

6) 서은주,〈경계 밖의 문학인-전혜린이라는 텍스트〉,《여성문학연구》 11호, 한국여성문학학회, 2004.

7) 박숙자,〈여성은 번역될 수 있는가-1960년대 전혜린의 죽음을 둘러싼 대중적 애도를 중심으로〉,《서강인문논총》 38집, 서강대학교 인문과학연구소, 2013.

가속화되는 근대화에 대한 반발이자 청소년들의 성장통과 관련된 보편적 경험이라는 해석[8] 등이 이에 해당한다. 이런 맥락에서 전혜린이 아닌 전혜린 현상은 당대 한국 사회의 결핍과 결락을 투사하는 지표로 적극적인 의미를 부여받을 수 있었다.

그러나 아이러니하게도 전혜린을 거시적 맥락에 배치하는 이 같은 접근법은 전혜린이라는 개인의 특수성을 소거함으로써 전혜린이라는 존재와 그의 글쓰기가 맺는 상관관계를 정밀하게 포착하지 못하게 하는 결과를 낳았다. 따라서 이 글은 환원론적 시도의 위험을 무릅쓰고서라도, 그리고 "역사적 시대적 징후와 증상을 지워"[9]낼지도 모를 우려를 감수하고서라도 전혜린이라는 현상 이전에 전혜린이라는 개인이 당대 매우 '예외적인' 존재였다는 사실을 상기하면서 논의를 시작하고자 한다.

전혜린이 예외적 인물이라는 객관적 증거는 그가 한국 최초의 '여성' '독일' '유학생'이며,[10] 독일문학 '번역가'였다는 사실에 있다. 그 중심에 '독일 체험'이 존재한다. 전혜린은 서울 법대 재학 중인 1955년 10월 미지의 땅 독일로 유학을 떠나 1959년까지 약 4년 간 뮌헨에 머문다. 전혜린이 대중 앞에 모습을 드러낸 것은 독일 유학 중이던 1958년 3월 《한국일보》에서 현상 공모했던 '해외 유학생의 편지'에 〈뮌헨의 몽마르트르〉라는 글로 입선, 같은 해 《사상계》 11월호에 〈회색의 포도와 레몬빛 가스등〉이라는 글을 기고하면서부터이다. 이후 일기와 편지

---

8) 정은경, 〈전혜린 신화와 평전 연구〉, 《우리문학연구》 44집, 우리문학회, 2014.
9) 박숙자, 앞의 글, 22쪽.
10) 1950년대 중반에 '여성'이 '자비'로 그것도 미국이 아닌 '독일'로 유학을 떠날 수 있었던 것은 매우 이례적인 경우가 아닐 수 없다. 전혜린이 유학을 떠난 1954년부터 1955년까지 해외유학생은 한국전쟁 후 다른 해에 비해 약 2배가 많아졌다. 1971년 문교부에서 제시한 '해외유학생 실태조사'에 따르면, 외국 여행과 유학, 이민 등이 자유롭지 않았던 1953부터 1971년까지 전체 유학생의 87.6%가 관비 유학생으로 미국에서 교육을 받았고, 그 다음이 서독이었는데 전체의 3.3%로 미비한 수치였음을 알 수 있다.(김영모, 〈해외유학과 신엘리트의 등장〉, 《아카데미논총》 Vol.13, No.1, 세계평화교수협의회, 1985, 162-163쪽.)

를 포함해 그가 남긴 두 권 분량의 글 중 상당수가 독일에서의 체류 경험을 직간접적으로 다루고 있다. 뿐만 아니라 귀국 후 독문학자로서 전혜린은 독일문학의 불모지나 다름없던 한국에 독일문학을 소개하고, 헤르만 헤세의《데미안》, 루이제 린저의《생의 한가운데》, 하인리히 뵐의《그리고 아무 말도 하지 않았다》등의 독일 작품을 번역했다. 전혜린이 소개하고 번역한 독일과 독일문학을 통해 당대 대중들은 미국 중심의 심상지리에서 벗어나 유럽과 독일의 지리학적 표상을 형성할 수 있었다. 전혜린의 번역 작업은 단순히 독일어를 한국어로 옮기는 언어 번역의 성취를 넘어 독일이라는 심상지리적 표상과 독일이라는 기호에 대한 문화 번역 행위로서도 재고해 볼 만한 것임에 분명하다.

그럼에도 불구하고 그동안 전혜린의 독일 체험은 엑조티시즘의 근거로 취급되거나, 귀국 후 한국에 안착하지 못하고 방황하는 이유 혹은 대가로 설명되는 정도였다. 전혜린에 의해 독일이 지상의 유토피아로 재구성되어 한국의 불모성을 드러내는 지표가 되었다든지,[11] 한국 현실에 눈 돌리고 뮌헨에 대한 향수에만 매몰[12]된 결과 대중들에게 독일을 도달할 수 없는 진공의 공간으로 신비화[13]하고 서양을 동일화의 지향점으로 설정[14]함으로써 한국에 대한 퇴행적 부정에 이르렀다는 식이다. 이처럼 전혜린과 독일의 관계에 대해서는 부정적인 평가가

---

11) 김미영, 앞의 글, 21쪽.
12) 정은경, 앞의 글, 771쪽.
13) 김기란, 〈1960년대 전혜린의 수필에 나타난 독일 체험 연구-퍼포먼스(performance) 개념을 통한 도시 체험의 드라마투르기적 분석-〉,《대중서사연구》23호, 대중서사학회, 2010, 94쪽. 이 논문은 거의 유일하게 전혜린의 독일 체험과 그것이 반영된 글쓰기의 관계를 정면에서 다루고 있는 논문이지만, 이를 연극학적 개념으로 접근하여 '연출된 공간'의 공연으로 이해하고자 한다는 점에서 접근방법이나 도출된 결론에서 본고와 차이가 있다.
14) 서은주, 앞의 글, 52쪽.

지배적이었는데, 그 비난의 핵심은 전혜린이 독일과 한국을 각각 토포 필리아(topophilia)[15]와 토포포비아(topophobia)[16]로 대상화하고 서열화했다는 점에 있다.

그러나 이것은 전혜린의 독일 토포필리아의 의미를 정확히 파악하지 못한 때문이라 생각된다. 전혜린의 글에서 독일과 한국은 위계적으로 배치되거나 서로 길항, 갈등하기보다 상호 보완적으로 전혜린이라는 존재와 관계 맺는다. 그리고 전혜린의 글쓰기는 이 두 개의 장소 '사이'를 진동하면서 존재의 좌표를 모색해가는 도정에서 탄생한다.

본고의 이 같은 접근법은 인문지리학의 입장에서 물적 '공간'이 아니라 존재의 '장소'로서 독일이라는 텍스트를 읽어보려는 시도에 해당한다.[17] 인문지리학의 관점을 원용하자면, 특정 장소에의 '거주 (Wohnen)'는 인간만의 고유한 실존의 방식이며, 인간이 어떤 장소에 머무르며 세계와 사물과 관계를 맺는 존재 방식을 의미한다.[18] 전혜린은 독일 뮌헨에서 만 4년을 '거주'했다. 이 거주의 경험은 전혜린으로

---

15) 토포필리아는 이푸 투안의 용어로 '장소애'를 일컫는 용어이다. 이푸 투안은 토포 필리아를 인간을 둘러싼 자연적(물리적, 지리적) 인공적 환경을 장소로 만들고자 하는 인간 본연의 성향으로 설명한다. 아무 의미 없는 자연 환경을 의미 있게 체계 화하고 가치를 부여하는 지각활동, 정서적 활동, 상징적 활동을 의미한다.(이푸 투안(Yi-Fu Tuan), 《토포필리아》, 이옥진 역, 에코리브르, 2011, 16-17쪽.)

16) 토포포비아(topophobia)는 에드워드 렐프가 이푸 투안의 《토포필리아》의 서평 에서 사용한 용어로 '장소혐오'로 번역된다. 이것을 렐프의 용어로 다시 말하자 면, '비진정한 장소경험'이라고 할 수 있다.(심승희, 〈장소의 진정성과 현대 경 관〉, 에드워드 렐프(Edward Relph), 《장소와 장소상실》, 김덕현·김현주 외 역, 논형, 2005, 312쪽)

17) 인간주의 지리학 혹은 인문지리학은 실증주의 지리학이 물리적이고 기하학적인 '공간'에 관심을 두고 공간을 인간 활동의 배경으로 대상화하는 것을 비판하면 서, 인간의 경험이나 감정 등 인간의 의식 세계를 부각시키고자 하는데 그 핵심에 '장소' 개념이 있다. 이런 입장에서 인문주의 지리학은 현상학, 해석학, 실존주의 등과 통섭을 시도해 토포스, 토포필리아, 토폴로지 등의 개념을 생산해낸다.(정 진원, 〈인간주의 지리학의 이념과 방법〉, 《지리학논총》 11집, 서울대학교 국토문 제연구소, 1984, 79쪽.)

18) 강학순, 《존재와 공간》, 한길사, 378-380쪽.

하여금 일시적이나마 독일에 대한 소속감을 가지고 실존한다는 것의 의미를 사유하게 했다.

　이런 관점에서 이 글은 두 권의 유고집을 대상으로 전혜린의 글쓰기에 나타난 독일 토포필리아 양상과 독일이라는 장소의 의미를 파악하고자 한다. 전혜린과 독일의 관계에 대한 본고의 관심은 전혜린이 독일을 어떻게 사유하고 있으며 독일이 전혜린에게 어떻게 토포스(topos)[19]와 아토포스(atopos)[20]로 기능하는가에 있다. 이 같은 질문에 답하는 것은 전혜린이 세계 내 자신의 존재 좌표를 어떻게 설정하고 있는지를 확인하는 일과 다르지 않을 것이다. 이 글이 '장소'와 '장소애' 대신 존재론적 의미를 담지하는 '토포스(topos)'와 '토포필리아(topophilia)'라는 용어를 내세우는 이유도 이 때문이다.

2. 기억의 토포스, '슈바빙적인 것'의 의미

　전혜린이 남긴 글 도처에는 독일과 뮌헨 슈바빙에 대한 그리움과

---

19) 본래 장소를 뜻하는 그리스어인 토포스는 중세 시대 '논거의 장소'로 번역되었다. 현대 공간 담론의 핵심용어로 부상하는 토포스는 위상학(topology), 장소애(topophilia), 하부장소(subtopia) 개념들의 어근을 이루는데, 특히 하이데거가 사용하는 토포스는 장소(Ort) 개념으로 존재 자신의 본질장소, 존재의 진리가 일어나고 모이는 근원적 장소, 존재의 장소를 지칭한다.(강학순, 〈하이데거에 있어서 '존재의 토폴로지'에 관하여〉,《존재론연구》23권, 한국하이데거학회, 2010, 2-3쪽.)
20) 아토포스(atopos)는 부정의 접두사 a와 장소 topos의 합성어로 장소 없음, 무장소성을 의미한다.(마루타 하지메(丸田一),《'장소'론》, 박화리·윤상현 역, 심산, 2011, 260쪽.) 플라톤의 향연에서 사회의 일반적 관습에 적응하지 않고 예기치 않은 방식으로 행동하는 소크라테스를 가리키는 말로 사용된 이래 분류할 수 없음, 규정할 수 없음, 형언할 수 없음, 탁월성, 유일무이한 독창성 등의 의미로 활용되고 있다.

향수가 도사리고 있다. 전혜린의 글쓰기는 '독일', 더 구체적으로는 뮌헨의 '슈바빙'이라는 장소를 기억하기 위한 텍스트이다. 전혜린의 글쓰기에서 슈바빙이라는 장소는 모든 기억의 근원적인 토포스(topos)를 이루고 있다고 할 수 있다.

> 언제나 생각나는, 그리고 언제나 그리운 '나의' 도시는 내가 만 4년을 살았던 뮌헨이고 그 중에서도 내가 만 3년을 기거했던 뮌헨의 일구(一區) 슈바빙이다.
>
> 슈바빙에서처럼 내가 자유로운 느낌으로 숨을 쉬고 활보할 수 있는 장소는 아마 세계 아무 데도 없을 것 같다. 고향 도시인 서울은 더구나 그것과는 거리가 있다.
>
> ― 〈일기-1961년 6월 27일〉(《에세이2》, 215쪽)[21]

> 더욱 짙어진 안개와 어둑어둑한 모색 속에서 그 등이 하나씩 켜지던 광경은 지금도 잊을 수 없다. 짙은 잿빛 베일을 뚫고 엷게 비치던 레몬색 불빛은 언제까지나 내 마음속에 남아 있다. 내가 구라파를 그리워 한다면 안개와 가스등 때문인 것이다.
>
> ― 〈회색의 포도와 레몬빛 가스등〉(《에세이1》, 19쪽)

전혜린이 살았던 뮌헨 북부의 슈바빙 구는 미국이나 여타 유럽 도시와도 다른 독특한 개성을 지닌 곳으로, 학생, 시인, 작가, 화가, 교수, 음악가 등 예술가와 지성인들이 거주하며 반시민적이고 비인습적인 생활양식을 고수하던 곳이었다. 전혜린은 〈다시 나의 전설 슈바빙〉,

---

21) 이하 인용문은 《그리고 아무 말도 하지 않았다》와 《이 모든 괴로움을 또 다시》를 출전으로 하며, 이하 인용문에 《그리고 아무 말도 하지 않았다》 수록 글은 《에세이1》로, 《이 모든 괴로움을 또 다시》 수록 글은 《에세이2》로 표기한다. 이 가운데 일기는 모두 《이 모든 괴로움을 또 다시》에 수록되어 있다.

〈와이셔츠 단추를 푼 분위기〉 등의 글에서 슈바빙을 독일의 다른 도시와 다른 "독특한 도시이면서도 또 파리 같은 유럽의 도시와는 또 다른 분위기를 가"진 "특수한 풍토를 만들어내고 유지하고 있는 곳"으로 묘사하고 있다.

슈바빙의 이러한 분위기로 인해 '슈바빙적인 것'은 낭만과 꿈, 자유, 청춘, 예술, 사랑 등을 표상하는 기호로 고유명사화 된다. 〈회색의 포도와 레몬빛 가스등〉에서 슈바빙에 대한 장소기억은 "온갖 빛깔의 낙엽으로 뒤덮인 레오폴드 가도와 어스레한 박명 속에 흰 백조떼가 외롭게 떠다니는 호수가 있는 안개 자욱한" 영국 공원에 대한 묘사처럼 압도적인 심상으로 채워져 있다. 독일을 감각적으로 공간화 하는 이런 기억 방식으로 인해 뮌헨은 한국의 청춘들에게 매혹적인 신화의 장소로 남았지만, 전혜린의 센티멘털한 감수성은 비판의 타깃이 될 수밖에 없었다. 무엇보다 〈뮌헨의 몽마르트르〉라는 글의 제목에서 짐작하듯 전혜린은 슈바빙을 한국 예술가들의 이상향이던 파리 몽마르트르로 전치시키는 수사법을 통해 슈바빙을 '한국적인 것'과 대비시키고 있다. '한국적인 것'에 결핍되어 있는 청춘과 보헴과 천재에의 꿈을 일상사로 누리는 곳이라는, 슈바빙에 대한 적나라한 예찬의 글쓰기는 오해를 불러일으킬 만한 소지가 다분하다.

그러나 이 같은 기억 방식만을 문제 삼는 것은 전혜린과 독일의 관계를 피상적으로 이해한 결과에 불과하다. 전혜린에게 독일의 의미가 무엇이었는지를 밝히기 위해서는 독일행이 어떤 계기로 이루어졌는지부터 살펴볼 필요가 있을 것 같다. 〈독일로 가는 길〉에서 전혜린이 직접 언급한 바에 따르면, 독일 유학은 절친했던 친구 주혜의 권고에 의한 "막연"하고 "우연의 별의 지배"[22]때문이었다. 그러나 이어지는

---

22) 전혜린, 〈독일로 가는 길〉,《그리고 아무말도 하지 않았다》, 앞의 책, 65쪽.

글에서 당시 그녀의 마음속에 "관료적 점수주의적 암기식 교육에 대한 맹렬한 반발과 자유로운 학문에 대한 끝없는 갈망"이 있었다는 사실을 고백한다.

이는 전혜린이 자신의 아버지에 대해 가졌던 일종의 엘렉트라 콤플렉스와 무관하지 않다. 전혜린은 아버지 전봉덕[23]의 그늘 아래 식민지 최상층 엘리트의 문화자본과 교양주의의 세례를 받으며 자랐다.[24] 아버지는 숭배와 두려움의 양가적 존재였고, 그녀에게는 늘상 그런 아버지로부터의 인정욕망이 의식의 심층에 남아 있었다. 그런 그녀에게 독일행은 아버지와 아버지로 대표되는 가부장제도로부터의 탈주이며, 한국이라는 공간이 강요하는 단일한 정체성을 거부하는 일과 같았으리라. 즉 한국 사회의 억압적 분위기와 가부장제의 폭력성에 대한 거부감, 상대적 결핍감이 그녀의 독일유학을 우연에서 필연으로 바꾸어 놓은 것이다.

그렇다고는 해도 독일행을 추동한 계기를 당시 전혜린이 처했던 상황에서 찾는 것만으로는 충분치 않아 보인다. 1955년 8월 24일 기록을 보면, 전혜린은 "떠나기 위해서 떠난다"[25]는 시구를 인용해 독일로 떠나던 당시의 심경을 진술하고 있는데, 이를 단서 삼아 추정해보면

---

23) 전혜린의 아버지 전봉덕은 1910년 경성제국대학 법문학부 재학 시절 고등문관시험 사법과 및 행정과에 합격한 후 식민지 경찰관료로 초고속 승진을 거듭하다 해방 후 군인으로 신분을 바꿔 육군 소령으로 임관되었다. 육군 헌병대 사령이던 당시 국회 프락치 사건과 김구 암살 사건의 배후로 알려지기도 했던 전봉관은 1950년대 이후 변호사와 고급공무원. 서울 변호사회 회장, 대한변협 회장 등을 역임했다.

24) 이를 두고 천정환은 전혜린이 지닌 천재성과 예외성의 사회적 가정적 토대가 바로바로 이 같은 "출세주의와 교양주의의 모순적 절합"에 있다고 보고, 그녀의 삶과 죽음이 '교양'(인문주의)과 '처세'(세속주의)의 1960대적 결합 양상을 보여주는 것이라 비판하였다.(권보드래·천정환,《1960년을 묻다》, 천년의상상, 2012, 406-413쪽.)

25) 전혜린,〈서간-독일로 떠나며, 서울, 1955년 8월 24일〉,《이 모든 괴로움을 또 다시》, 앞의 책, 297쪽.

그녀의 내면을 사로잡고 있던 충동이 실향失鄕의식과 무관하지 않음을 알게 된다.

먼 데에 대한 그리움(Fernweh), 어디든지 멀리 멀리 미지의 곳으로 가고 싶은 충동은 그때부터 내 마음속에 싹튼 것 같다.

그때부터 내 눈은 실향병(dieHeimatlosen)의 눈, 슬픈 눈으로 된 것 같다.

어쩌면 내 천성에 유랑 민족 집시의 피가 한 방울 섞여 있는지 모르고, 그것이 이국적 도시에서 보낸 유년기로 인해 눈뜨게 된 것인지도 모른다. (중략)

영원한 그리움, 그것은 고향에 대한 것이다. 원류에 대한 동경, 영원의 고향에 대한 거리감에 앓는 것, 그리고 그곳으로 귀향하려는 노력을 플라톤은 향수라 했다.

― 〈홀로 걸어온 길〉(《에세이1》, 30쪽)

먼 곳에의 그리움(Fernweh)! 모르는 얼굴과 마음과 언어 사이에서 혼자이고 싶은 마음! 텅 빈 위와 향수를 안고 돌로 포장된 음습한 길을 거닐고 싶은 욕망. 아무튼 낯익은 곳이 아닌 다른 곳, 모르는 곳에 존재하고 싶은 욕구가 나에게는 있다.

― 〈먼 곳에의 그리움〉(《에세이1》, 143-144쪽)

위의 인용문에서도 볼 수 있듯, 전혜린은 독일어 'Fernweh'과 'Heimatlosen'라는 단어를 몇 차례에 걸쳐 등장시키고 있다. 특히 존재에 대한 고민을 토로하거나 자신의 내면을 설명할 때 '먼 곳에의 그리움(Fernweh)'을 '실향병(Heimatlosen)'과 결부시키고 있음을 알수 있다. 그녀의 진술대로라면 그리움과 실향의식은 전혜린이라는 자아의 발생론적 기원을 이루는 근원적 의식에 해당한다.

독일행을 추동시킨 근본적인 계기 역시 '먼 곳에의 그리움'과 관련 있다고 볼 수 있다. 이때 '먼 곳에의 그리움'은 영원의 고향 '하이마트(Heimat)'로 '귀향'하려는 '향수'와 동의어이다. 더군다나 전혜린이 독일로 유학하고자 했던 일차적 목적은 '철학'을 공부하는 데 있었다. 하이데거에 의하면 철학은 고향에 대한 향수, 즉 정신의 근원을 찾아가는 것, 본질적 의미에서 일종의 '향수병'에 해당한다.[26] 결국 전혜린은 자신을 독일로 이끈 정서적 내면과 근본적 충동을 'Fernweh'와 'dieHeimatlosen'로 번역해낸 것이다. 전혜린에게 독일은 '하이마트(Heimat)'로, 그 가운데서도 철학적 정신이 살아 있는 슈바빙은 전혜린이 지향했던 '먼 곳'이 구현된 장소로서 존재의 거주를 위한 존재의 토포스로 인식되었던 것이다. 이것이 독일에 대한 전혜린의 장소애와 장소기억을 단순히 이국취향으로 치부해 버릴 수 없는 이유이기도 하다.

전혜린에게 슈바빙은 단순한 장소가 아니라 '슈바빙적인 것'을 함축하고 있는 고유명사였다.

슈바빙적인 것은 어떤 얘기 속에도 얘기 그 자체가 아니라 행간에 놓여 있다. 말해지지 않은 속에 억제된 감동, 욕망, 기대가 스며있다. 돈, 시간표, 소시민 근성, 인습에 대한 철저한 무관심과 그들로부터 자유로움의 의식이 어떤 화제 사이에도 그들을 침묵 속에 굳게 맺어서 일종의 분위기를 빚어내고 있는 것이다.

— 〈뮌헨의 몽마르트르〉(《에세이1》, 50쪽)

---

26) 하이데거의 고향(Heimat)개념은 존재의 근저, 근원에 가까운 곳을 의미한다. 개념은 물리적 실재라기보다 이데아적인 것으로, 지리적 고향이 아니라 인간이 인간답게 사유하며 체류할 수 있는 사유와 삶의 영역, 거점을 의미한다. 귀향은 자기의 근원에로의 복귀이고 자기 동일성에의 환원이라 할 때, 철학은 고향에의 향수이며 귀향과 동의어가 된다.(윤병렬, 〈하이데거의 존재사유에서 고향상실과 귀향의 의미〉, 《존재론연구》16권, 한국하이데거학회, 2007, 63-4쪽.

전혜린이 부여한 슈바빙의 장소 정체성은 '참된 예술의 카리카추어' '자유의 향기' '지적 모험의 산실'[27]등으로 요약된다. 무엇보다 슈바빙 은 "어떤 외국 사람에게도 정신적 고향만을 같이 한다면 지리적 고향 은 의식하지 않게 해주고 잊게 만드는 곳",[28] 즉 모든 자유를 동경하 는 이방인들의 집합소이자 무국적의 정신적 고향과 같은 곳이다. 슈바 빙의 이 같은 보헤미안적 기질과 자유로운 지성에 전혜린 또한 쉽게 매료될 수밖에 없었다.

그러나 전혜린을 매혹시킨 핵심 요인은 슈바빙에 "그것이 없으면 절대로 안 되는 것, 궁극적인 것, 유일의 것"인 정신(Geist)이 살아 있기 때문이었다. 그리고 슈바빙적인 정신을 체현하는 존재로 전혜린 이 주목한 대상은 바로 '대학생'이었다.

> 정말로 스토익하다고 평할 수 있을 만큼 물질 경멸과 극단적 빈곤을 감 수하면서(즐기고 있는 것같이도 보였다) '정신'만을 찾고 이념에 굶주리 고 살고 있는 것이 그들인 것 같았다. (중략)
> 온갖 물질의 결핍과 가난과 노동, 식사 부족, 수면 부족에도 불구하고 그들의 그 하늘을 찌를 듯한 패기, 오만한 죽음, 순수한 정신, 촌음을 아끼 지 않고 인식에 바쳐지는 정열과 성의, 조금도 외계나 속물과 타협하려고 들지 않는 자기 유지와 노력, 정말로 이러한 모든 것으로 이루어진 팽팽한 세계가 뮌헨 대학생의 세계인 것 같았다.
> ― 〈나에게 옮겨준 반항적 낙인〉(《에세이1》, 72쪽)

전혜린이 발견한 '대학생'의 본질은 "비속화작용을 막으려는" "실존 적 성실에서 우러나온 반항"의 정신에서 찾을 수 있다. 물질 경멸과

---

27) 김미영, 앞의 글, 20쪽.
28) 전혜린, 〈뮌헨의 몽마르트르〉, 《그리고 아무말도 하지 않았다》, 앞의 책, 51쪽.

극단적 빈곤을 감수하는 '스토익'한 생활방식, 초연하고 순수한 정신과 자기극복, 모든 비속화에 저항하는 존재로서 대학생은 '속물'과 대척점에 놓이게 된다.29) "나의 생활을 시작하면 곧 등장할 내 속의 속물(俗物)을 미리 공포스럽게 혐오하자. 언제나 너 자신이어야 한다."는 일기(1961.1.11.)의 한 구절에서처럼 전혜린은 속물성을 자기 자신(참자기)이 되는 것을 방해하는 '타협'의 결과로, 비본질적이고 순수하지 못한 '생활'의 부산물로 여기고 자신의 속물됨을 경계하고자 했다. 반면 대학생은 "영혼에의 고향에의 향수"를 위해 "현실이나 일상적인 것과는 아무 타협 없"는 존재로 이해했다. 전혜린이 유학 시절 동생 채린에게 보낸 다음 편지를 보면 그녀가 이런 대학생의 정신과 본질을 자신의 자아와 동일시하고자 했음을 알 수 있다.

> 채린이의 대학생활을 채린이는 다만 '인식을 위해서 온갖 것을 바치겠다'는 생각 밑에서 살기 바란다. 채린이 자신의 참 모습만이 비치고 있는 채린이의 영혼의 고향에의 향수. 참 자기와 진리(인생과 우주에 대한)와 미의 인식을 위해서 현실이나 일상적인 것과는 아무 타협 없이 맑은 눈동자를 그대로 지닌 채 열심히 열심히 살아 줘! 예술과 학문과 자기 완성에의 끊임없는 정진으로 덮어 버려, 아무런 다른 틈이 남아 있지 않는 정말의 학생(독일이나 프랑스의 학생 같은 학생)이 되어줘!
> ― 〈서간-채린이에게, 뮌헨에서, 1957년 10월 2일〉(《에세이2》, 300쪽)

---

29) 독일에서 '속물'은 대학생들의 은어에서 유래하며, 대학생 신분이 아니거나 대학생들이 누리는 자유분방함을 누리지 못한 채 평범한 소시민적 삶에 파묻혀 있는 전직 대학생들을 경멸적으로 부르는 말이었다. 특히 독일 낭만주의자들은 유용성을 전적으로 맹신하는 사람을 속물이라 불렀다. 속물과 자신을 구분하려 했던 낭만주의자들에게 속물은 무엇보다 평범한 인간의 전형으로, 상상력이 부족하고 동일한 궤도를 걸어가려고 늘 중도(中道)를 유지한다는 점에서 혐오스런 존재이다.(뤼디거 자프란스키(Rudiger Safranski), 〈속물 비판〉, 《낭만주의, 판타지의 뿌리》, 임우영 외 역, 한국외대출판부, 2012, 208-209쪽.)

전혜린에게 대학생은 단순히 지위나 신분이 아니라 그 자체로 '슈바빙적인 것'을 표상하는 존재였으며, 그녀가 발견한 실존적 자아의 '이념형(Idea-blid)'이었다. 그러므로 전혜린이 독일을 기억하는 것은 자기의 흔적을 더듬는 일과 다르지 않다.

전혜린의 글이 지속적으로 호출하고 있는 것은 슈바빙이라는 지명이 아니라, '먼 곳에의 그리움'이며 그것이 구현된 장소로서의 슈바빙이다. 그렇기에 전혜린의 기억과 글쓰기는 슈바빙에서 출발한다. 그의 글은 슈바빙에 '대한' 기록이 아니라 슈바빙으로부터의 말하기, 슈바빙이 가능하게 했던 실존의 기록이다. 슈바빙과 슈바빙적인 것의 글쓰기를 통해 전혜린은 자신의 실존을 흔적으로 남겼다. 그래서 슈바빙은 전혜린에게 기억과 존재의 토포스로 기능한다고 할 수 있는 것이다.

3. 존재의 아토포스, 고향 상실의 징후들

전혜린의 독일행이 고향을 찾아가는 '귀향'의 행위였다고 한다면, 그녀는 그곳에서 고향을 발견했을까? 고향이 근원으로서 이데아를 뜻한다고 할 때 역설적으로 고향은 아무 곳에도 없는 곳, 즉 '아토포스(atopos)'란 의미를 내포하게 된다. 그래서 '귀향'은 불가능성을 전제로 고향을 찾아가는 행위인 것이다. 이렇게 본다면 독일에서의 생활이나 이후 한국에서의 삶은 사실상 '고향 상실'[30]의 시기에 해당한다고

---

30) 하이데거에 의하면 인간 존재가 자신의 고유한 실존에 이르지 못하는 경우 '고향 상실(Heimatlosigkeit)'의 상태에 처하게 되는데, 이런 의미에서 현대인은 고향을 상실하고 정처 없이 떠도는 방랑자이자 영원한 실향민이다.(윤병렬, 앞의 글, 65쪽.)

할 수 있을 것이다. 전혜린의 글쓰기에서 고향 상실의 징후를 찾아내기는 어렵지 않다.

전혜린이 귀국 후 1960년대 한국의 분위기와 풍토를 못 견뎌 했다는 사실에 대해서는 알려진 바대로다. 때문에 이 상실감이 현재의 장소와 과거의 장소 사이의 괴리감, 구체적으로는 독일에 대한 장소애에서 비롯된 것이라는 식의 해석이 지배적이었다. 독일이라는 이상적 공간이 한국의 지금-이곳을 비추는 거울이 되어 전혜린으로 하여금 한국의 억압적이고 폭력적인 현실을 더 비판적으로 바라보게 했다는 것이다.

과연 그러한가? 사실상 '상실'은 독일에 대한 첫인상을 제외하고 전혜린의 글쓰기 전체를 관통하고 있는 공통된 감각이라 할 수 있다. 이는 전혜린의 상실감이 단순히 독일을 떠났기 때문이 아니라 자발적 소외자의 위치에서 독일과 한국 두 곳을 모두 부유했기에 비롯된 감정임을 의미한다. 실제로도 그녀는 독일이라는 나라를 무조건 찬미하거나 독일 생활을 더 가치 있는 것으로 여기지 않았다.

> 스물 두 살 때 온갖 공상과 정열을 가지고 뛰어 들어갔던 완전한 미지의 나라, 릴케나 괴테나 베토벤을 통해서밖에 몰랐던 거대한 나라를 약 5년간 살아 보니 그것은 내가 소녀 때부터 공상해 온 나라와는 전연 아무 관련 없는 나라였음을 놀라움을 가지고 발견하게 된 것이다. 한마디로 실망이라고는 말할 수 없다. 그렇다고 전적인 찬미도 물론 아니다.
>
> ─ 〈레오폴드 가의 낙엽 소리〉(《에세이1》, 105-106쪽)

전혜린은 이 글에서 자신이 이국을 보는 시각이 그 나라에 동화되지도 맹신하지도 않는 상태, 즉 "중간지대─외국의 나쁜 점을 비판하고 자기 나라의 미점을 새삼스럽게 발견하는 한편 그와 반대로 외국의 좋은 면을 시도하는데 있어 인색하지 않는 평범한 지대"에 있다고 스

스로도 밝힌 바 있다. 전혜린의 눈에 비친 독일은 자신의 상상 속의
공간이 아니라 패전의 그늘이 드리워 있고, 미국 자본주의에 물들어
개성이 사라진 나라였다.

　뿐만 아니라 전혜린은 독일에서도 '당신은 어디에서부터 왔는가'라
는 질문에서 벗어날 수 없었고, 떠나온 곳으로부터의 '거리감'을 앓을
수밖에 없었다.

　　영원한 물음 '당신은 어디에서부터 왔는가(WohersindSie)?'에서 도망
　하고 싶었고 황색 비전을 나는 좇고 있었다. 낮이나 밤이나 우울한 회색과
　안개비와 백일몽의 연속이었다. 악몽처럼 혼자라는 생각이 나를 따라다녔
　고 절망적인 '고국까지의 거리감(PathosderDistanz)'에 나는 앓고 있었
　다.
　　　　　　　　　— 〈회색의 포도와 레몬빛 가스등〉(《에세이1》, 25-26쪽)

　위의 글에서 전혜린은 독일어 'PathosderDistanz'를 '고국까지의
거리감'으로 번역하고 있는데, 이 때문에 전혜린의 상실감이 독일에
대한 실망 혹은 이국 공간이 주는 배타성이나 한국에 대한 향수라고
이해하기 쉽다. 그러나 이 'PathosderDistanz'란 표현이 다음 문장에
서는 다른 의미로 전환되어 사용되고 있음을 볼 수 있다.

　　독한 술이나 짙은 시가가 그리울 때가 많다. 모두가 울분 때문인 것이다.
　또는 자기 불만, 더 철학적으로 말하면 자기와 참 자기(일상인으로서가
　아닌 실존하는 참 자기) 사이의 '거리감(PathosderDistanz)'이라고 철학
　용어로는 말한다. 그 때문에 발광 상태에 가까운 상황 속에 살고 있다.
　　　　　— 〈서간-채린이에게, 뮌헨에서, 1957년 10월 2일〉(《에세이2》, 299쪽)

독일 체류 중 동생 채린에게 보낸 편지에서 전혜린은 하이데거의 용어를 빌려 자신이 자기와 참 자기 사이의 '거리감(Pathosder Distanz)' 때문에 '발광 상태' 속에 살고 있다고 절망적으로 말한다. 이럴 때 '거리감'은 실존적 상실감을 내포하는 용어라 볼 수 있을 것이다. 그녀는 독일에서 보낸 다른 서간에서 "정신은 온갖 구름을 타고 훨훨 자유로 날아다니는데 몸은 날개를 꺾이고 땅 속에 묶여 있어야 하는" 괴로움이 자신을 '미치게' 한다[31]고 토로하기도 했다.

그렇다면 이 같은 실존적 상실감은 어디서 비롯되는가. 다음 글에서 이 의문에 대한 실마리를 얻을 수 있을 것 같다.

지금도 나는 뮌헨의 가을하면 내가 처음 도착한 해의 가을이 생각나고 그때의 심연 속을 헤매던 느낌과 모든 것이 회색이던 인상에서 벗어날 수 없다.

아무 것에도 자신이 없었고 막막했고 완전히 고독했던 내가 겪은 뮌헨의 첫가을이 그런데도 가끔 생각나고 그리운 것은 웬일일까? 뮌헨이 그때의 나에게는 미지의 것으로 가득차 있었기 때문인지 또는 내가 뮌헨에 대해 신선한 호기심에 넘쳐 있었기 때문인지도 모른다.

안개비와 구라파적 가스등과 함께 내가 그리워하는 것은 그때의 나의 젊은 호기심이었는지도 모른다. 나의 다시없이 절실했던 고독인지도 모른다.

— 〈회색의 포도와 레몬빛 가스등〉(《에세이1》, 26쪽)

---

31) 전혜린, 〈서간-1958년 12월 28일〉,《그리고 아무말도 하지 않았다》, 앞의 책, 352쪽. 이와 관련해 전혜린이 유학시절 가장 심취했던 작가 프란츠 그릴파르처 (Franz Grillparzer)를 주목해볼 만하다. 오스트리아 출신의 독일문학자 극작가로 그릴파르처에 대해 전혜린은 지속적으로 연구하고 귀국 후 강단에서 강의하기도 했다. 그릴파르처는 법률가 출신의 부친과 예술가 집안의 모친 사이에서 자라 법률 전공으로 공직생활을 하면서도 평생 시인으로 살고자 했던 인물이다. 그는 극단적인 공상의 시인과 지극히 냉엄한 이성적 인간이라는 "완전히 분리된 두 개의 본질"로 살았고, 전혜린은 이 같은 그릴파르처의 실존적 비극성에 매료되어 어느 정도 자신을 동일시했으리라 짐작해볼 수 있다.

독일에 거주한 지 3년 만인 1958년 발표한 〈회색의 포도와 레몬빛 가스등〉에서 전혜린은 독일에 처음 도착했던 시절에 대한 그리움을 드러낸다. 그도 그럴 것이 전혜린은 독일 유학생활 중 첫 6개월을 제외하고 나머지 기간을 결혼, 임신, 출산으로 이어지는 지극히 일상적인 시간을 살았다. 말하자면 전혜린의 그리움은 미지의 생 앞에 선 호기심에 가득한 자신의 모습과 그녀가 최초로 맞닥뜨린 아득한 고독의 기억을 향해 있다. 이 고독은 오롯이 자신에게 집중하고 온전히 자기 자신으로 살 수 있었던 '실존'의 경험에서 비롯된 것이었다. 그러나 결혼생활로 접어든 후부터 '참자기'로 살았던 순간은 뮌헨의 안개비와 가스등의 풍경처럼 짧고 강렬한 향수로만 남게 된다.

> 무엇이든지 꽉 잡고 싶다, 유지하고 싶다, 반복하여 습관화하고 싶다, 이런 고정 관념이 있어야 하는데, 그래야 자기 자신을 어떤 곳에 집착시킬 수 있을 것인데, 어떤 곳이란 결국 이 세상에서의 어느 한 위치이겠지요 (어느 의미로든지). 저는 그런 포착하고 유지하고 길들이는 이런 온갖 개념에 혐오를 느끼고 있습니다. (중략) 제가 원하는 것은 생명이 유동하는 것, 매일매일 변하는 것, 어떤 새로운 것, 습관적인 것인데! 미칠 듯한 순간, 세계와 자아가 합일되는 느낌을 주는 찰나, 충만한 가득찬 순간 등 손에 영원히 안 잡히는 것들이 나의 갈망의 대상입니다.
> — 〈서간-박인수 교수께 보낸 편지〉(《에세이1》, 361쪽)

전혜린이 늘 그리워하는 "세계와 자아가 합일되는" 충만한 순간은 영원한 결핍과 갈망의 대상으로 남아 일상에 대한 '낯설음(unheimli)'을 가중시킬 뿐이었다. 전혜린은 일상인으로서의 자기를 낯설어 했고 이런 낯설음이 실존적 거리감(PathosderDistanz)을 생성한 것이다.

일상에 대한 낯설음은 권태와 지루함에 대한 공포로 이어진다. 전혜

린에게 '권태'는 '평범함'과 호환되는 단어로, 둘 모두 "기하학적으로
계산된"[32] 삶과 관련 있다. 이것이 공포와 혐오의 대상이 되는 이유는
예측 가능한 삶과 그것이 불러들이는 지루함과 권태가 바로 속물성의
증거이기 때문이다.

> 모든 평범한 것, 사소한 것, 게으른 것, 목적 없는 것, 무기력한 것, 비굴
> 한 것을 나는 증오한다! 자기 성장에 대해 아무 사고도 지출하지 않는 나무
> 를 나는 증오한다. 경멸한다.
> 모든 유동하지 않는 것, 정지한 것은 퇴폐(Dekadenz)다.
> ─〈일기-1959년 1월 15일〉(《에세이2》, 71쪽)

> 우울하고 지루한 일요일. (중략) 권태, 권태… 단조, 획일… (중략) 권태
> 가 나를 죽인다.
> ─〈일기-1959년 2월 23일〉(《에세이2》, 121쪽)

> 권태와 어느 안정감, 소시민성 속에 자기를 고정시키려는 의도와 또 그
> 의도의 무용(無用)함과 번거로움을 의식하는 데서 오는 텅 빈 공허감이
> 내 가슴을 찬바람 불 듯 지나간다.
> ─〈일기-1964년 1월 19일〉(《에세이2》, 279쪽)

그러므로 전혜린 생전에 자주 입에 올렸던 '광기(Wahnsinn)'란 단
어는 권태와 공허와 세속에 대항하기 위한 불가결한 자위自衛의 태
도[33]를 일컫는 말에 다름없다. 한국에서 목격된 그녀의 기형적 방식의
'반항'[34] 역시 존재론적 실향 상태에서 자기를 잃지 않으려는 자구책

---

32) 뤼디거 자프란스키, 앞의 책, 212쪽.
33) 이덕희, 앞의 책, 194쪽.

이었을지 모른다.

　그녀가 독일에서도 한국에서도 정주할 수 없었던 이유는 두 곳이 모두 '생활'의 공간이란 사실과 관련 있다. 일상인으로서 전혜린에게 독일이나 서울에서의 생활은 모두 장소상실 혹은 무장소성35)의 시간이었다. 자기가 거주하는 장소에 대한 상실감은 뿌리내림의 실패, 공동체 속에서 정체성과 소속감을 결여한 결과36)이다. 이때 잃어버린 장소를 되찾기 위해서는 존재망각을 넘어서서 존재를 회상하는 사유가 요구된다.37) 전혜린에게 이 같은 사유는 글쓰기를 통해 실현되었다.

　실제로 전혜린의 글쓰기는 독일에서나 한국에서나 결혼과 육아라는 일상생활 한 가운데서 이루어졌다. 전혜린의 〈육아일기〉는 그녀가 아내, 엄마, 직업인으로 사는 일상 가운데도 글쓰기를 통해 자신의 존재를 망각하지 않으려 분투하고 있었음을 보여주는 증거일 것이다.38) 육아일기의 첫 머리 '나의 딸 정화에게'의 다음 구절에는 이런 상실과

---

34) 이봉구의 글에 따르면, 전혜린은 항상 검은 옷에 화장기 없는 얼굴에 눈가만을 검게 그리고 다녔다고 한다.(이봉구, 《명동백작》, 일빛, 2004)이는 전혜린이 묘사한 "마리나 블라디 또는 브리짓드 바르도식 머리를 한, 화장은 안하고 눈가만을 검게 그리고 올린" 뮌헨 대학 여대생의 모습과 정확히 일치한다.

35) 렐프는 현대의 공간이 장소감과 장소성을 상실해가는 것을 무장소성(Placelessness)이라고 설명한다. 장소상실은 무장소성과 같은 개념으로 이해해볼 수 있는데, 렐프의 설명에 따르면 무장소성은 의미 있는 장소를 가지지 못한 환경과 장소가 가진 의미를 인정하지 않는 잠재적인 태도, 양자를 기술하는 말이다.(에드워드 렐프(Edward Relph), 앞의 책, 290쪽.)

36) 렐프에 의하면 한 장소에 뿌리를 내리는 것은 세상을 내다보는 안전지대를 가지는 것이며, 사물의 질서 속에서 자신의 입장을 확고하게 파악하는 것이며, 그리고 특정 한 어딘가에 의미 있는 정정신적이고 심리적 애착을 가지는 것이다.(에드워드 렐프(Edward Relph), 앞의 책, 95쪽), 이러한 장소는 하이데거에 의하면 세계-내-존재(Being-in-the-World)로 세계 '안'에 존재하는 방식이다.(마르틴 하이데거(Martin Heidegger), 이기상 역,《존재와 시간》, 까치, 1998, 59쪽.)

37) 강학순, 앞의 책, 512쪽.

38) 전혜린의 육아일기는 딸 정화를 출산하던 1959년 3월 15일의 기록에서 시작해 정화가 만 4세가 되던 1963년 3월까지 이어진다. 즉 육아일기의 대부분이 귀국 후 서울에서 엄마로서의 삶을 기록하고 있다는 점에서 육아일기는 이 시기 전혜린의 내면을 고향상실과 결부지어 읽을 수 있는 단초가 된다.

방황의 흔적이 그대로 남아 있다.

> 우리 영혼의 모든 고뇌가 우리가 다시는 유년기로 돌아갈 수 없다는 인
> 식과 또다시 돌아갈 수 없는 유년기에의 절망적인 향수에 기인하는 것이라
> 한다. 유년기와 나와 외계가 일체를 이루고 있었고 즉 자(自)와 타자(他
> 者) 사이에 아무런 모순이 없었던 천국적인 시대인 것이며 우리의 존재에
> 는 죄의 때가 묻어 있지 않았었다. 후환이 없었다. 괴로움도 원한도 이 시
> 대를 우리의 영혼은 일생 동안 그리워한다. 이 시대의 잃어버린 기억을
> 더듬어서 우리의 영혼은 언제나 방황하고 있는 것이다.
> ― 〈육아일기-나의 딸 정화에게〉(《에세이1》, 254쪽)

이 글을 통해 알 수 있듯, 전혜린은 자신이 '절망적인 향수' 속에서
'잃어버린 기억'을 찾아나서는 '방황'의 상태에 놓여 있음을 자각하고,
그것이 또한 인간의 실존적 조건임을 인식하고 있었다. 전혜린은 평범
함에 질식되기를 거부하고 자신의 존재를 잃어버리지 않기 위해 멈춤
없이 글을 썼다. 그리하여 그녀는 글쓰기를 통해 슈바빙을 끊임없이
소환하여 '슈바빙적인 것'과 유기적으로 관계 맺으면서 '존재망각'을
'존재회상'으로 극복함으로써 실존적 고향(topos)을 재탈환하고자 한
것이다.

전혜린의 삶과 죽음, 유학과 사랑, 결혼의 서사는 통속성과 구체성
을 결락한 대가로 풍문 혹은 신화로 떠돌았다. 그리고 한국과 독일,
두 세계를 부정한 대가로 "그 어느 곳과도 화해하지 못한 채 균열하는
불안한 존재"[39]로 실패한 삶을 살았다는 오명을 끝내 지우지 못했다.

그러나 전혜린이 보여준 불안과 낯설음, 권태와 광기가 고향 상실의

---

39) 서은주, 앞의 글, 47쪽.

징후들이었다면 이야기는 달라질 수 있다. "나에게는 고향이 없다"[40)]
는 전혜린의 고백은 연구자들에 의해 "고향은 언제나 슈바빙이었
다"[41)]거나 "마음의 조국을 찾아 헤매는 젊은 세대들의 도착 향수"[42)]
라고 해석되곤 했지만, 이것은 "나는 모든 곳에 존재하며, 아무 곳에도
없다"[43)]는 하이데거의 말로 재번역될 필요가 있다. 전혜린은 예측할
수 없는 독창성으로 모든 규범으로부터 빠져나가고 모든 규정되지 않
은 공간에 흘러들어 좌표 없음(atopos)을 통해 역설적으로 자신의 실
존을 증명해 보인 것이라 할 수 있기 때문이다.

4. 독일 토폴로지와 귀향으로서의 글쓰기

　본고의 문제의식은 전혜린이라는 개인과 독일이라는 장소가 인연
맺고 영향을 주고받는 양상을 세심하게 살핌으로써 독일체험과 관련
해 전혜린에게 가해진 악의적인 비난이나 오인을 바로잡고 변명의 여
지를 마련하고자 하는 데서 출발했다. 이를 위해 본고는 인문지리학적
관점과 하이데거의 용어를 빌려 독일이라는 장소의 장소기억과 장소
상실을 전혜린의 존재론적 사유와 결부시켜 보고자 했다. 즉 독일이라
는 장소의 토포스(topos)로서의 기능과 전혜린이라는 존재의 좌표

---

40) 전혜린, 〈홀로 걸어온 길〉,《그리고 아무말도 하지 않았다》, 앞의 책, 27쪽.
41) 서은주, 앞의 글, 11쪽.
42) 표문태, 〈전혜린과 전혜린의 글에 대하여〉, 전혜린,《이 모든 괴로움을 또 다시》,
　　앞의 책, 15-6쪽.
43) 강학순은 하이데거의 이 말이 자신의 정주성을 상실한 채 좌표 위를 떠도는 익명
　　적 홈리스로서 동시대인을 기술한 것이라 설명한다.(강학순, 앞의 책, 357쪽.)

(atopos)를 탐색하고 이를 통해 궁극적으로 전혜린의 글쓰기가 지니는 의미를 재고해 보고자 한 것이다. 이런 의미에서 이 글은 전혜린의 글쓰기에 나타난 독일의 위상학적 탐구이며, 독일을 통해 전혜린이라는 존재의 토폴로지(topologie)[44]를 써 보려는 시도였다고 할 수 있을 것이다.

독일에 대한 적나라한 예찬과 향수를 드러내는 전혜린의 글은 독일과 한국을 각각 토포필리아와 토포포비아로 대상화하고 서열화한다는 비판을 받아왔다. 이국취미, 무국적성, 도착된 향수 등의 부정적인 수식어도 이 같은 공간 배치 방식에서 비롯된 것이라 할 수 있다. 그러나 전혜린의 글쓰기는 두 공간을 모두 유기하고 부유하면서 존재의 좌표를 모색해 가는 도정에서 탄생한다는 것이 본고의 기본 입장이다.

전혜린의 글쓰기는 슈바빙이라는 장소에 대한 기억에서 출발한다. 그래서 슈바빙은 전혜린의 기억과 글쓰기의 근원적인 토포스(topos)가 된다. 전혜린의 독일행을 추동한 것은 전혜린의 내면에 깊숙이 자리잡고 있던 '먼 곳에의 그리움(Fernweh)'과 충동이었다. 그렇기에 전혜린에게 슈바빙은 근원적인 향수와 충동이 구현된 장소로 인식된다. 그곳에서 전혜린은 뮌헨 대학생의 '정신'과 '슈바빙적인 것'을 실존의 증거로 삼고 진정한 '자기'와 대면하고자 했다. 즉 독일에서의 '거주'경험은 전혜린으로 하여금 '참 자기'에 대한 사유를 가능하게 했다. 전혜린의 글쓰기가 독일에 '대한' 것이 아니라 독일이라는 장소 사유이며, 독일로부터 비롯된 존재 사유라 할 수 있다면 이 때문이다.

그러나 '귀향'이 불가능성을 전제로 고향을 찾아가는 행위라 한다면

---

44) 존재의 토폴로지는 존재의 장소 및 존재자의 거주에 대한 위상학적 탐구이다. 하이데거는 존재의 토포스에 대한 사유를 '존재의 토폴로지'로 표기한다. '존재의 토폴로지'는 인간의 참된 거주지인 근원적 토포스를 잃고 표류하는 정신적 홈리스들이 존재가 깃든 고향의 품으로 돌아가게 하는 '귀향의 철학'이다.(강학순, 앞의 책, 530-531쪽.)

어떤 장소에서도 존재의 완전한 정주는 불가능하다. 전혜린의 글에서 발견되는 일상에 대한 낯설음, 권태와 광기, 반항과 방황 등은 바로 고향 상실의 징후들로서, 이 상실감은 근본적으로 자기와 참자기 사이의 실존적 거리감에서 비롯된다. 다시 말해 이것은 단순히 독일에 대한 장소애에서 비롯된 결핍의 감정이 아니라 일상인으로서 평범하고 속물적인 삶을 살아야 하는 데 대한 저항감에서 비롯된 정서적 반응이라 할 수 있다. 그렇다면 전혜린의 광기와 반항 또한 실향 상태에 대항하여 자신을 지키기 위한 실존의 방식 혹은 삶의 태도로 이해될 수 있을 것이다.

전혜린은 글쓰기를 통해 슈바빙을 지속적으로 소환함으로써 '슈바빙적인 것'과 유기적으로 관계맺으면서 존재회상을 통해 존재망각에 저항하고자 했다. 전혜린의 글쓰기는 자신의 삶을 위협하는 권태와 상실에 대항해 자신을 정서적으로 고양시키는 정서 자극술이면서, 실존적 고향(topos)을 재탈환하려는 분투의 흔적인 셈이다. 전혜린은 예측할 수 없는 독창성으로 모든 규범으로부터 빠져나가고 모든 규정되지 않은 공간에 흘러들어 '좌표 없음(atopos)'을 통해 역설적으로 자신의 실존을 증명해 보이고자 했던 것이다.

귀향이 자기 근원과 자기 동일성에로의 환원이라고 할 때, 전혜린에게 독일행은 먼 곳에의 그리움을 따라 나선 근원적 충동의 여로였고, 글쓰기는 자기 동일성을 회복하고자 하는 귀향의 글쓰기였다고 할 수 있을 것이다.

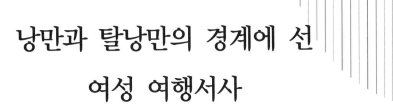

낭만과 탈낭만의 경계에 선
여성 여행서사

1. 여성의 여행과 여행서사의 젠더성

　이 글은 여성 여행서사[1])에 나타난 이국異國 체험과 장소 감수성의 젠더적 특성을 밝히는 연구의 일환으로 기획되었다.[2) 1950년대부터 1980년대까지 해외여행을 핵심 모티프로 하는 여성소설에서 장소에 대한 경험과 지리적 감수성이 어떠한 양상으로 드러나는지를 분석한다. 그리하여 궁극적으로 젠더 정체성과 장소 정체성이 맺는 상호 관련성을 규명함으로써 여성 여행서사의 특수성을 확인하는 것을 목적

　1）이혜순에 따르면 여행자 문학은 한 나라의 사람이 자기 나라의 언어적 또는 정치적 국경선을 넘은 타국에서의 일시적 유람이나 거주를 통해 갖게 된 직접 체험의 문학적 표현을 의미한다.(이혜순, 〈여행자 문학론 시고-비교문학적 관점에서〉, 《비교문학》 24권, 한국비교문학회, 1999, 65쪽.) 본고는 이국체험을 핵심 모티프로 한 소설을 연구 대상으로 하므로, 이 텍스트들을 '여행서사'라고 일컫고자 한다.
　2）이 논문은 한국 여성의 여행서사에 나타난 이국체험과 장소 감수성의 관계를 탐구하는 프로젝트의 1차년도 연구이다. 이 논문이 1950년대-80년대를 대상으로 한 것도 1989년 해외여행 자유화와 여행문학 증가라는 문학 안팎의 사실을 중심으로 1차년도 연구와 2차년도 연구의 주제를 구별한 데 따른 것이다.

으로 한다.

여행은 본질적으로 대상에 대한 발견과 자아 정체성 확인이라는 두 가지 방향에서 추동된다. 특히 국경이라는 장소의 경계를 넘어 이루어 지는 외국 여행은 세계에 대한 지식을 구성하고 세계 내 존재로서 나의 위치를 발견하는 핵심적인 계기가 된다. 즉 이국체험은 다양한 인종과 계급, 여타의 성적 지향과 관계를 맺는 특별한 방식을 생산함으로써 여행자의 정체성을 새롭게 구성할 수 있게 한다. 정체성은 '동질성'의 확인을 통해서가 아니라 경계 바깥에서 '이질성'을 통해 익숙하게 수용해 왔던 '이곳'의 관습과 규범을 낯설게 볼 수 있을 때 확인된다. 그렇기 때문에 이국체험은 민족과 국가의 경계 안에서 개인에게 부과되었던 고정된 정체성의 폭력적 양상을 환기하기에 적합한 주제가 될 수 있다.

그렇다면 여행서사가 젠더적 성격을 띤다는 것은 어떤 의미인가.

이 글은 장소와 젠더가 상호 구성적이라는 젠더지리학의 시각에 입각해 여성과 남성이 장소와 공간의 의미를 다르게 체험한다는 점을 전제로 논의를 전개한다.3) 이 말은 여성들의 여행 경험이 형상화된 여성 여행서사 역시 남성들의 그것과는 다른 젠더적 차이를 내장하고 있음을 시사한다. 그 차이는 무엇보다 여성이 여행 장소를 기억하고 의미화하는 방식과 깊은 관련이 있다. 그리고 장소에 대한 기억은 그곳에서 여성이 무엇을 보는가, 그리고 이를 통해 어떻게 자기 정체성에 가해진 억압과 폭력을 확인하는가의 문제와 관련이 있다.

이때 '장소 감수성(sensitivity of place)' 개념은 여성과 장소의 관계맺음 방식에 효과적으로 접근할 수 있게 해준다. 일반적으로 장소는 곧 장소 정체성이며, 한 장소의 정체성은 그 장소와 장소경험의 주체

---

3) 린다 맥도웰(Linda McDowel), 《젠더, 정체성, 장소-페미니스트 지리학의 이해》, 여성과공간연구회 역, 한울, 2010, 38-39쪽.

인 사람과의 상호작용을 통해 만들어지는 고유한 이미지로 구성된
다.[4] 즉 그 장소의 고유한 공간성과 그에 대한 내적인 감각이 상호작
용해 공간의 의미가 새롭게 창출되는데 이를 장소 감수성이라 한다.[5]
그러므로 장소 감수성은 여행 장소에 대한 현실 인식과 감성 작용을
통해 새로운 의미를 산출해가는 여성의 여행방식을 설명하는 데 유의
미한 분석도구가 될 수 있을 것이다.

  더욱이 이 같은 접근법은 1950년대 이후 여성 여행서사를 연구하는
데 의미 있는 입지점을 제공해준다. 지금까지 여성의 여행 기록에 대
한 연구는 주로 일제강점기 기행문에 제한되어 식민지인의 심상지리
와 로컬의식을 분리하는 데 초점이 맞춰져 있었다.[6] 그도 그럴 것이
해방 이전 해외여행은 주로 지식인의 민족 문화운동이나 일제 국책사
업의 일환으로 기획되는 경우가 대부분이었고 이런 기록에서 여행 장
소는 식민지인의 복합적인 내면과 심리적 경로를 거쳐 해석되고 번역
된 대상일 수밖에 없기 때문이다. 더욱이 이국체험을 한 여성이라 해
봐야 나혜석, 강경애, 박화성, 백신애, 허정숙, 박인덕, 최승희 등 손
에 꼽을 수 있는 수준이었고,[7] 이 가운데서도 나혜석, 허정숙, 박인덕

---

 4) 이은숙, 〈문학지리학 서설〉, 《문화역사지리》 4호, 문화역사지리학회, 1992,
    156-157쪽.
 5) 장소 감수성 개념에 대해서는 에드워드 렐프(Edward Relph), 《장소와 장소상
    실》, 김덕현·김현주·심승희 역, 논형, 2005, 김덕현, 〈장소와 장소상실, 그리고
    지리적 감수성〉, 《배달말》 43권, 배달말학회, 2008 참조.
 6) 여성 기행문을 분석한 연구 가운데 이 논문에 주요한 참조점을 제시해준 논문은
    다음과 같다. 우미영, 〈서양 체험을 통한 신여성의 자기 구성 방식〉, 《여성문학연
    구》 12호, 한국여성문학학회, 2004.; 김효중, 〈여행자 문학의 시각에서 본 나혜
    석 문학-그의 구미시찰기를 중심으로〉, 《세계문학비교연구》 16권16호, 세계문
    학비교학회, 2006; 손유경, 〈나혜석의 구미만유기에 나타난 여성 산책자의 시선
    과 지리적 상상력〉, 《민족문학사연구》 36호, 민족문학사학회, 2008; 김성은, 〈일
    제시기 박인덕의 세계인식〉, 《여성과 역사》 15권, 한국여성사학회, 2011.
 7) 조선 밖 이국의 풍경이 실제적 체험을 통해 여성 문학에 삽입된 것은 1920년대부
    터라 할 수 있다. 남성들의 전유물이었던 이국체험이 여성을 통해 이루어졌고,
    그 결과 간도와 만주, 신경, 상해, 모스크바 등을 배경으로 한 소설이 등장했다.

정도만이 세계여행을 경험하고 이를 여행기 형식으로 남기고 있다.[8] 일본이 아닌 외국 땅을 밟는다는 자체가 특수한 경험이고 특권인 식민지 상황에서 과연 일본을 경유하지 않고 다른 나라를 사유한다는 게 가능한가. 게다가 이들의 여행 기록에서 기행문이 아닌 소설을 찾아보기 힘들다는 점은 아직 개인적인 체험을 형상화할 수 있는 서사적 거리가 형성되지 못했음을 말해준다. 그러므로 일제강점기 여성 여행 연구가 기행문 중심으로 심상지리와 로컬의식 혹은 특정 국가와 도시의 표상 내용을 밝히는 데 주력할 수밖에 없는 것도 당연한 수순이었다고 본다.

그러나 해방 후부터 1980년대까지 여성 여행서사에 대한 연구가 여전히 공백 상태라는 점은 다소 의문이 아닐 수 없다.[9] 물론 이 기간에는 해외여행 경험에 비해 그 경험이 서사화된 사례가 많지 않고 본격적인 여행소설이라 할 만한 작품을 찾기 힘들다는 문학사적 판단이 전제되었으리라 생각한다. 해외여행이 전면 자유화되는 1989년 이전까지 외국 여행은 여전히 특정 계층과 직업에만 허용된 특권화된 경험이었다.[10] 이국체험의 기회와 경로가 여전히 제한적이고 외국에 대한 지식과 정보를 직접적인 형태로 전파하는 목적이 우선하는 상황에서

---

8) 나혜석은 1927년 6월부터 1929년 3월까지 외교관 남편과 유럽에 머물면서 유럽과 미국을 여행하고 《삼천리》에 여행기를 지속적으로 게재하였다. 허정숙은 1926년 5월 아버지인 변호사 허헌을 따라 세계 일주 여행과 미국 유학을 하고 〈올 줄 아는 人形의 女子國-北美印象記-〉(《별건곤》,1927.12) 등의 기록을 남겼다. 박인덕의 《세계일주기》(조선출판사, 1941)는 1926년 여름 미국 유학길에 오른 때부터 1937년 가을까지 두 차례에 걸쳐 약 5년간 35개국을 여행한 기록이다.

9) 1950년대 여성의 세계여행기와 소설을 대상으로 로컬의 심상지리를 분석한 김양선의 연구가 유일하다고 할 수 있다.(김양선, 〈1950년대 세계여행기와 소설에 나타난 로컬의 심상지리〉,《한국근대문학연구》22호, 한국근대문학회, 2010.)

10) 우리나라에서 개별적인 여행 자유화가 전면적으로 실시된 것은 1989년이다. 그 이전에 여행의 형태는 조직적이고 대규모적인 관광 형태를 취하고 있다. 특히 해방 이후부터 1950년대까지 해외여행은 특권계층에 한해서만 허용되었다.(인태정,《관광의 사회학》, 한울, 2007, 106-139쪽.)

이국체험이 기행문 형태로 출현할 수밖에 없었던 사정도 이해된다. 더 군다나 해방 후 한국 지식인들의 핵심 과제가 세계의 표상을 만들고 지정학적 지식을 구성하는 것이었다는 점을 상기할 때 여행 기록은 발생론적으로 "정치적 기획이자 정치적 판타지"[11]로서 한계를 가질 수밖에 없다는 사실을 인정하게 된다.

그러나 그런 점을 감안하더라도 이 시기 여성의 여행기록은 몇 가지 사실에서 여행과 젠더의 관계를 연구하는 데 중요한 시사점을 제공해 준다. 무엇보다 1950년대 이후 여성들은 비로소 일본이라는 프리즘 없이 세계를 볼 수 있는 시선을 소유하게 된 여행주체란 점이다. 또한 여성들은 민족 공동체를 대표한다는 대변자 의식에서 상대적으로 자유롭다는 점이다. 여성의 여행 기록은 반드시 '한국적'인 것으로 복귀하거나 민족 정체성을 회복하는 방향으로 귀결되지는 않는다. 개인의 체험에 따라 각 장소의 의미가 어떻게 산정되는지 장소 감수성을 파악하는 것이 필요한 이유이기도 하다.

따라서 본고는 1950년대부터 1980년대까지 각 시기별 여행의 성격과 배경을 검토하면서 여성 여행서사만의 특수성이 발현되는 지점에 주목하고자 한다.[12] 2장에서는 1950년대 김말봉 소설을 중심으로 여성이 여행을 통해 모국과 이국을 대상화하고 젠더 관계를 재사유하게

---

11) 황호덕, 〈여행과 근대, 한국 근대 형성기의 세계 견문과 표상권의 근대〉,《인문과학》46집, 성균관대학교 인문학연구원, 2010, 19쪽.
12) 소설의 경우 대부분이 미국과 유럽을 중심으로 하고 있어 '이국'을 '서구'라는 지역에 한정해야 하는 한계가 있다. 중국이나 북만주를 제외하고는 인도를 배경으로 한 소설로 드물게 송원희의 〈아물강의 철조망〉(《월간문학》, 1979.6)과 같은 작품이 있다.
또한 이 시기에 김의정의 《인간의 길》(1961)처럼 교양여행이 아닌, 개인적인 이국체험을 서사화한 사례도 있다. 이 소설의 경우 프랑스를 배경으로 떠남과 돌아옴이라는 여로를 따르는 전형적인 여행소설이되, 여행이 종교적 구도의 성격을 띠고 있어 장소 정체성이나 젠더문제가 예각화되어 있지 않으므로 논의의 대상에서 제외하기로 한다.

되는 계기와 양상을 분석한다. 3장에서는 1970-80년대 유럽여행을
모티프로 한 소설에서 각 장소의 대중적 이미지가 어떻게 해체되고
재구성되는지를 파악하고 여성 여행서사의 젠더적 특성을 탐색하고자
한다.

2. 교양여행, 시선의 외부성과 젠더구도의 재배치

해방 후 여성의 이국체험은 최상층 엘리트 여성들의 관광 형식으로
처음 등장한다. 이들의 여행은 대부분 시찰이나 견문, 방문과 행사 참
가 등 공적인 목적에 의해 기획되고 진행되는 '교양여행'의 성격을 지
니고 있었다.13)13) 최상위 교육을 받은 한국 사회의 지도층 인사가
참여하는 이 같은 여행은 대부분 시찰과 탐방, UN총회나 국제펜클럽
대회 참석 등의 공적 일정으로 이루어졌다.

특히 이 시기 미국 정부의 초청을 받아 이루어진 미국여행은 당연히
미국이라는 '최고 선진문명의 보편세계'14)를 보고 듣고 배우는 '견문'
과 '답습'이라는 목적에 종속될 수밖에 없었다. 그래서 이 여행은 정해
진 장소를 안내에 따라 '관광'하고, 미국의 지도층이나 유명인사들, 한
인 단체 지도부와 공식적인 접촉을 하는 매우 제한적인 일정을 소화하

---

13) 교양여행(Bildungsreise)은 18, 19세기 유럽여행의 가장 큰 특징을 이룬다. 이
  것은 일종의 연구 여행이자 체험 여행으로서 지배자와 귀족, 또 그들의 자제들이
  여행지의 역사, 철학, 문화를 이해하고 그 사회를 체화하는 '그랑 투르(grand
  tour)'는 나라를 통치하는 기반이 되었다.(빈프리트 뢰쉬부르크(Winfried
  Loschburg), 《여행의 역사》, 이민수 역, 효형, 2003, 89-119쪽.)
14) 임종명, 〈해방 이후 한국 전쟁 이전 미국기행문의 미국 표상과 대한민족의 구성〉,
  《사총》 67권, 고려대학교 역사연구소, 2008.

게 된다. 이런 성격의 미국여행은 일차적으로 미국이라는 상상된 장소에 대한 선험적인 지식을 확인하는 수순을 밟을 수밖에 없다.15) 모윤숙, 김말봉 등 이 시기에 미국여행 기록을 남긴 여성들이 미국과 유착한 보수 우익 단체의 회원으로16) 이들의 미국여행기가 기본적으로 선진적인 문화 문명에 대한 압도적인 경외감과 소외감에 기반하고 있다는 점도 이와 무관하지 않다.

그러나 한편으로 이러한 성격의 여행은 한국 사회 내부의 모순과 젠더 문제의 불평등 문제를 성찰할 수 있는 시선의 '외부성'을 경험하는 계기가 된다. 엘리트 지식인 여성들은 한국이라는 장소의 경계를 넘는 순간 민족을 대변하는 한국 지식인으로서 남성과 동등한 위치와 시선을 소유하게 된다. 이를 계기로 여성은 일방적으로 '보이는' 대상이 아닌 '보는' 주체의 위치로 이동한다. 이처럼 민족의 경계를 벗어나는 곳에 위치와 시선을 이동함으로써 여성 지식인은 은폐되었던 젠더 정체성이 호출되는 경험을 한다.

김말봉은 해방 후 미국을 몇 차례 방문한 경험17)과 1952년 이탈리

---

15) 1950년대 한국 지식인들은 미국을 자유 민주주의의 대명사로 풍요로운 물질문명을 이룩한 경제대국 혹은 문화선진국이라는 '현대화'의 표상으로 인식하였다. 미국에 대한 이런 이미지는 1950년대 담론형성의 장이었던 잡지매체를 통해 유포되었고 독자로 하여금 미국을 꿈의 나라로 선망하게 유도했다.(강소연, 〈1950년대 여성잡지에 표상된 미국문화와 여성담론〉, 상허학회 편, 《1950년대 미디어와 미국표상》, 깊은샘, 2006, 108쪽.)

16) 모윤숙과 김말봉은 미군정하에서 전국문화단체총연합회를 거쳐 해방 후 한국문학가협회에 참여한 대표적인 우익 성향의 문인으로 알려져 있다. 뿐만 아니라 이들은 우익 여성단체들의 총합 조직인 대한 부인회에서 활동했다. 특히 김말봉은 우리나라 최초의 여성 장로를 거친 기독교계의 거물이었다. 당시 여성 단체와 기독교 단체들은 이승만 정권과 미국과의 유착관계를 통해 체제유지적이고 친미적인 보수 성향을 보이고 있었다.

17) 김말봉은 1949년 하와이 시찰을 시작으로 미국무성 초청으로 미국을 몇 차례에 걸쳐 방문하고 〈하와이의 야화〉(《신천지》, 1952.3), 〈아메리카 3개월 견문기〉(《한국일보》, 1955.12.8.-12.13.), 〈미국기행〉(《연합신문》, 1956.11.26.-12.6.), 〈남의 나라에서 부러웠던 몇 가지 사실들〉(《예술원보》, 1958.12) 등의 기행 기록을 남겼다.

아 베니스 세계예술가 대회에 참석한 경험을 각각 장편소설 《방초탑》과 단편소설 〈바퀴소리〉에 담아냈다. 이 두 소설은 장소의 이동이 사유와 성찰의 가능성을 열어놓을 수 있음을 보여준다. 무엇보다 이 소설들은 작가가 민족의 테두리 밖에서 한국 남성을 응시하고 탐색함으로써 여성의 지위와 정체성을 재설정하려는 욕망을 드러낸다는 점에서 흥미로운 텍스트라 할 수 있다.

김말봉은 〈바퀴소리〉[18])에서 한국 여성을 열등한 존재로 타자화하는 남성을 통해 서구와 동양을 서열화하는 관습적 시선에 의문을 제기하고 있다. 이 소설은 유네스코 한국 대표로 베니스에 가게 된 정수가 순애라는 여성을 통역자로 동반하면서 시작된 비극적 사건을 소재로 하고 있다. 정수는 비행기라는 "한 개의 축소된 세계"에서 순애와 이틀 밤낮을 동석하다 애정을 느끼게 된다. 그러나 베니스에 도착하면서부터 순애의 신통치 않은 어학실력이며 순애의 얼굴이 서양사람의 그것과 같지 않음을 트집 잡고, 코, 입술, 이마가 '파키스탄'이나 '이란'에서 온 사람 같이 보일까봐 노심초사하더니 급기야 "이런 여인이 자기와 같은 피로 태여난 동족"이라는 사실에 분노하기에 이른다.

"코리아에서 왔노라."
하면 그들은 곧,
"싸움하는 나라 코리아."
하고 눈이 휘둥그레지는 것이었다.
단지 이런 경우의 순애의 얼굴이 좀더 입체적이고 그리고 그의 목덜미가 좀 더 깨끗하였더라면 정수의 자랑스러운 마음은 훨씬 더 만족할 수 있었겠지만, 순애의 넓죽한 코와 두터운 입술 그리고 거무튀튀한 이맛전은 파키스탄이나 이라크에서 온 사람같이 보이지 않나 싶어 정수는 약간 불쾌

---

18) 김말봉, 〈바퀴소리〉, 《문예》, 1953.2.

하였으나 어찌할 수 없는 일이었다. (중략)

사람들의 시선이 순애에게 쏠리는 돗수를 따라 정수가 순애에게 가졌던 호젓한 감정은 사라지기 시작하였다. 순애는 옆에 있는 정수를 무시하고 아무 사나이라도 말을 건네기만 하면 거침없이 대답을 하는 것이, 그리고 길게 이야기하는 것이 정수 자신이 놀림을 당하는 것 같아서 불쾌하지 않을 수 없었다.

— 〈바퀴소리〉(《문예》, 1953.2, 149쪽)

서양과 구별되는 동양적 표식으로서 순애의 외모와 복장은 정수에게 이중적인 감정을 불러일으키고 있다. 동양적 아름다움에 대한 자부심과 "싸움하는 나라" 코리아의 대표라는 열등감, 그것이 순애에 대한 자랑스러움과 부끄러움, 질투와 거부감이라는 양가적 감정으로 전이되어 나타난다. 정수는 곧 이탈리아 여류조각가 이사벨라에게 '흥미와 매력'을 느끼는데, 그 이유는 이사벨라의 외모가 서구적일 뿐 아니라 동양적인 친밀감을 준다는 점 때문이었다.

결국 이런 와중에 순애에 대한 사소한 오해와 다툼이 벌어지고 순애가 버스 바퀴에 깔려 사망하는 사건이 발생한다. 설상가상으로 이사벨라는 약혼자와 함께 실의와 충격에 빠진 정수 옆을 지나치며 정수를 이름도 없는 '코리아'로 호명하면서 정수의 소속이 어디인지를 확인시켜 준다. 순애를 폄하하고 홀대함으로써 정수가 감추고자 한 것이 사실은 자기 안의 열등감이었음이 드러나는 순간이다. 여기서 베니스는 한국 남성의 자존심과 열등감이라는 모순된 자기 인식이 노출되는 장소이다.

《방초탑》[19]은 미국무성의 초청을 받아 미국 시찰 및 유학을 떠나는

---

19) 김말봉, 《방초탑》, 《여원》, 1957.2-1958.2.

음악학교 여선생 장정실과 시나리오 작가 남학의 연애담이다. 이 소설에서 주목할 것은 하와이, 샌프란시스코, 워싱턴으로 이동하는 여정을 따라 서사가 진행될수록 정실과 남학이 장소에 대한 대응 방식과 적응력에서 차이를 보인다는 점이다.

비행기의 중간 기착지였던 동경에서의 하룻밤 동안 남학은 한국에 서라면 절대 사귀지 않았을 장정실에게 남다른 감정이 생기지만, 하와이에 도착하자마자 남학은 "감정의 발표 한번 변변히 못하고 항시 남자에게 리―드만 당하고 있는" 답답하고 한심한 한국여자 대신 미국의 한인 2세 헬렌 주의 서구적 이목구비와 적극적 성격에 매혹되고 만다. 미국식 사고에 동화된 헬렌 주 역시 '동양여인'을 '남성의 노예'라고 폄하한다. 그러나 작가는 한인 2세인 조지 최의 시선을 빌어 한국 여성이 "겸손하고 예절"있고 '인내성'과 '온유한 마음'을 지녔다는 사실을 부각시킨다. 연인이던 헬렌 주 대신 정실에게 매혹되는 조지 최를 통해 작가는 미국 땅에서 '한국 여성'을 긍정적인 기표로 위치짓고 있는 것이다.

이 소설의 무대는 하와이에서 시작해 샌프란시스코를 거쳐 워싱턴으로, 점점 미국 본토의 중심부로 진입해가는 양상을 띠는데 이 과정에서 남학은 점점 적응력을 잃어가며 '핸디캡'과 '나그네' 의식에 시달린다. 이와는 달리 장정실은 미국을 '파라다이스'로 인식하고 미국의 중심 워싱턴에서 오히려 자유와 해방감을 만끽하고 있어 선명한 대조를 이룬다.

㉠ 서울에서는 어디까지나 자신만만 하던 자기의 용모가 미대륙으로 들어서면서부터 어딘지 모르게 지긋이 눌리우는 압박감을 어찌할 수가 없다. 거리로 나가나 집으로 들어오나, 백인들의 쭉쭉 뽑아 놓은듯한 다리들에 비해서 그리고 선이 확실한 백인의 눈과 코하며 두꺼운 어깨, 다리에 비해

훨씬 짧은 동체. 남학은 그들과는 정반대 되는 자기의 체구와 모습을 시간이 가는대로 긍정하지 않으면 안된다. 기다가 서툴은 영어다. 자기 마음속에 생각하는 바를 열에 하나나 표시할까 말까. 이러한 '핸듸캡'이 남학의 마음에서 어느정도 자신을 상실케 했는지도 모른다.

— 《방초탑》(《여원》, 8회, 128쪽)

ⓛ 가을이 차츰 깊어 오는대로, 장정실은 워싱톤 생활이 뼈에 사무치게 정다워진다. (중략) 워싱톤의 방초탑이나 '제퍼슨'의 기념각이나 링컨의 사랑이 있어 그런 것이 아니라 정정실은 워싱톤 거리를 감싸고 있는 휘늘어진 고목의 가지들이 좋았다. 풍성한 잎사귀에서 오는 짙은 녹음은 장정실의 매마른 정서에 한없는 윤택을 부어준다. (중략) 조금만 두각을 나타내면 깎고 저미고 꼬집고 흔드는 일은 절대로 없는 미국사람들의 생리가 장정실을 날마다 그의 연륜보다 젊게 만들어 준다.

— 《방초탑》(《여원》, 8회, 129쪽)

남학의 열등감은 언어와 용모의 '차이'에서 비롯된다. 즉 서양과 동양의 극복할 수 없는 차이가 남학의 인종적 열등감을 자극하고 있는 것이다. 자신의 매력을 자신하던 남학에게 미국이 주는 열등감은 "여인을 눈으로만 볼 수 있고 소유할 수 없는 곳"이란 말 속에 함축되어 있다. 소유할 수 없다는 사실은 한국 남성인 남학의 자괴감을 심화시킨다.(㉠)

반면 장정실은 미국의 풍경과 풍속을 정서적으로 향유한다. 워싱턴이 상징하는 자유와 평등이 장정실에게는 매우 세련되고 매혹적인 가치인 것이다. 정실은 워싱턴이라는 장소성에 자신을 적극적으로 동화시키고자 한다.(㉡) 한복차림과 양장이 뒤섞인 복장으로 워싱턴 거리를 걷는 정실의 존재가 보여주듯 여성은 미국식 문명과 동양적 가치를

양가적으로 향유하고 교배할 수 있는 적극적인 문화 매개자 역할을 한다.[20]

결국 이 소설은 도시 이동에 따라 장정실에서 헬렌 주로, 다시 설정려와 손미렴에게로 옮겨가던 남학의 애정행각이 장정실에게 정착함으로써 끝을 맺는 전형적인 멜로드라마의 문법을 따르고 있다. "언어며 풍속이 다르면 다를수록, 그런 것은 오히려 두 사람의 애정의 '스릴'인지도 모른다"는 장정실의 대사에서 짐작하듯 이 소설에서 하와이의 구체적 지명들, 코카콜라와 디저트가 동반되는 데이트 장면, 외국 "영화 장면에서 볼 수 있는" 정열적이고 노골적인 애정표현과 같은 이국의 풍속이 로맨틱한 연애서사를 위해 도구적으로 소비되고 있다. 뿐만 아니라 한국 이민자들 및 유학생 커뮤니티와 접촉하는 과정에서 작가가 제시한 '미국식' 풍속과 풍요의 증거들은 독자 입장에서 "한국의 빈곤, 미개와는 상이한, 로컬의 결핍을 확인하는 역할"[21]을 하기도 한다.

그렇지만 단순히 서구 중심의 로컬 감각이 작용한 결과로 보기에 아메리카니즘의 상징인 방초탑 아래서 두 사람의 사랑이 결실을 맺는 마지막 장면은 자못 의미심장하다. 작가는 한국적 멜로드라마에 이국 풍경을 접속시킴으로써 남녀 관계의 서열이 역전될 수 있는 가능성을 열어놓고 있기 때문이다. 김말봉은 서양식 풍요와 동양식 미덕, 우월한 남성과 열등한 여성이라는 지리적, 젠더적 이항대립 관계를 재배치(repositioning)하는 방식으로 미국의 장소성을 재현하고자 했다.

여행자는 근본적으로 무엇인가를 주시하고 관찰하는 존재이지만,

---

20) '원주민 따라하기(going native)'는 여성 여행기의 젠더적 특성 중 하나이다. 본래 이것은 유럽여행가들이 식민지 사람들의 옷과 습관을 취하는 것인데, 이를 남성중심성과 식민주의 담론을 극복하려는 의도로 해석해 왔다. 그러나 동시에 이것은 여성이 다른 나라와 민족에 대해 남성들과는 다른 형태의 지식을 구성하려는 행위로 해석될 수 있다.(박지향, 〈여행기에 나타난 식민주의 담론의 남성성과 여성성〉,《영국연구》 4호, 영국사학회, 2000, 152-153쪽.)

21) 김양선, 앞의 글, 222쪽.

동시에 자신을 주시하는 시선에 노출되어 있음을 자각함으로써 자신을 관조할 수 있게 된다.[22] 김말봉의 소설은 여성 주체가 동양 여성으로서 관찰과 응시의 대상이 됨과 동시에 그런 자기를 응시하는 이중의 시선을 갖게 되었음을 보여준다. 때문에 김말봉 소설에서 미국과 베니스는 '동양 여성'을 유표화해 소속과 경계를 고정시키는 공간이기도 하지만[23], 동시에 고정된 젠더 질서와 관계의 역전을 시도하는 가능성의 공간이라고도 할 수 있다.

이처럼 젠더 관계에 초점을 맞춰 이국체험을 서사화하는 것은 한국 사회의 왜곡된 성 의식에 대한 김말봉의 비판적 시선을 반영한 것이라 할 수 있다.[24] 1950년대 한국 사회는 미국 문화의 급속한 유입으로 '양공주'와 '자유부인'으로 표상되는 자유로운 성 풍조가 유행하는 한편 이에 대한 반동으로 성도덕의 보수성이 강화되고 있던 상황이었다. 물론 이때 여성의 자유와 방종에 대한 부정적 인식은 미국으로 대표되는 서구 문화권력에 대한 남성들의 거부감이나 두려움과 밀접한 관련이 있다. 그러나 한국 전쟁 및 분단의 고착화라는 위기상황으로 인해 당시 한국 사회에 이런 문제를 제기할 수 있는 문화적 풍토가 조성되기는 힘들었다.

김말봉은 이국의 장소를 배경으로 남성들의 가부장적인 보수성이 한국 밖의 외부 공간에서 편협한 민족관념으로 변질되는 상황을 보여

---

22) 이진홍,《여행 이야기》, 살림, 2004, 76쪽.
23) 동양여성에 대한 서양인의 호기심과 관심은 모든 여성 여행기에 등장한다. 박인덕은《세계일주기》에서 동양 여자인 자신이 사람들에 둘러싸여 구경거리가 되었던 나폴리에서의 경험을 이야기했고, 손소희 역시《노르웨이 오슬로로 갔다가》에서 동양여성에게 과도한 호의와 친절을 베풀려는 서양 남자를 만났던 경험을 서술했다.
24) 이와 관련해 김말봉이《화려한 지옥》등의 소설에서 일제의 잔재인 공창제 폐지의 당위성을 강조했던 사실을 상기해볼 수 있다. 김말봉은 성매매 여성들의 인권과 갱생에 앞장서는 등 가부장제도의 폐단과 여성의 지위 향상을 위해 목소리를 높였다.

주고 있다. 이국 공간에서 드러나는 남성의 무기력과 여성에 대한 소유욕을 통해 한국 사회의 이중적이고 왜곡된 젠더 문제를 비판적으로 재현하고 있는 것이다. 그런 의미에서 김말봉의 여행서사에 투사된 젠더 관계는 한국 내부의 모순과 불협화음을 환기시키는 지표라 할 수 있을 것이다.

3. 산책과 만유漫遊, 대중적 표상의 감각적 해체

해방 후 한국에서 세계는 미국과 유럽을 중심으로 한 심상지리에 의존해 사유되어 왔다. 이때 각 국가는 개별 도시의 이미지로 표상되는 경우가 많다. 도시 자체가 하나의 장소이며 의미의 중심이자 하나의 상징25)으로, '대중적 장소성'을 획득하고 있는 것이다. 각 도시에 대한 대중적 장소성은 해방 후 교양교육의 자장 안에서 부과된 것이다.26) 여성교양을 주도해간 여성잡지들과 책, 영화와 같은 대중매체는 각 나라와 도시에 대한 고정적인 지식을 양산하고 유포하는 전위 역할을 했다.

그러나 1970-80년대 여성 여행서사에서는 유럽 도시에 대한 대중적 표상을 해체하고 자신의 감각으로 재구성하려는 경향이 발견된다. 여성 여행자는 선험적인 지식에 의존하기보다 자신의 경험을 통해 각

---

25) 이푸 투안(Yi-Fu Tuan),《공간과 장소》, 구동회 · 심승희 역, 대윤, 2011, 278쪽.
26) 195, 60년대 교양교육에서 여성의 교양은 결국 서구적인 문화, 예술, 에티켓을 전범으로 여성을 계몽하고 제도화하려는 의도와 밀접한 관련이 있다. 이와 관련해서는 김복순, 〈전후여성교양의 재배치와 젠더정치〉,《여성문학연구》18호, 한국여성문학학회, 2007. 참조.

장소마다 새로운 의미를 부여하거나 감각적으로 기억하고자 하는 모습을 보인다.

이것은 1970년대 이후 해외여행 규제 완화로 선회한 관광 정책27)과 중산층의 증가라는 사회적 지표와 맞물리는 결과이다. 70년대 들어 교육받은 중산층 여성들에게 해외 경험은 교양의 또 다른 증거가 되었다. 문인들의 경우에도 여전히 국제펜클럽 대회나 한중작가회의 같은 국제적인 문학행사 참여가 주목적이긴 하지만 창작활동을 위한 자료 수집처럼 사적인 이유로 출국하는 경우가 많아졌다.28) 이런 배경 하에서 여성들에게는 비교적 다양한 경로로 미국이나 일본 외에도 유럽 각국으로 사적인 여행을 할 수 있는 기회가 확대되었다.

따라서 이 시기 여성작가들은 자신의 즐거움을 위해 미지의 장소를 탐험하는 자발적인 여행의 주체로서의 경험을 드러내고 있다.29) 이들

---

27) 한국 관광의 전개과정을 볼 때 1970년대는 근대 국민관광의 발아기라 할 수 있다. 1970년대 들어 정부는 무역 외수지를 높이기 위해 관광산업을 주요 전략산업의 하나로 육성시키고자 했다. 이에 따라 유럽 나라들과 항공협정 체결을 확대해 미·일 중심에서 유럽까지 관광시장을 다변화하는 등 해외여행 정책에도 변화가 생겼다.(인태정, 앞의 책, 122-127쪽.)

28) 〈문인들의 해외여행 잦아졌다〉라는 《동아일보》 기사(1981.7.9)는 80년대 초 외국과의 교류 창구로 문인들의 해외여행이 이미 보편적인 현상이었음을 시사한다. 그럼에도 불구하고 거론되는 문인 가운데 여성작가들의 이름은 상대적으로 찾아보기 힘들고, 소설가로는 손소희와 송원희 정도가 언급되고 있어 여전히 외국 여행이라는 특권을 누릴 수 있는 여성은 한정적이었음을 알 수 있다. 실제로 두 사람은 국제펜클럽과 문인단체의 임원으로 활동하면서 해외여행의 기회를 가졌었다. 손소희의 경우는 1960-1974년까지 한국펜클럽 중앙위원을 비롯해, 여류문인협회장(1974), 펜클럽한국본부 부회장(1981) 등을 역임했고, 송원희 역시 국제펩클럽 한국본부 이사(1986-1994), 한국여성문학인회 회장(1992-1994), 한국문인협회 이사(1997) 등을 맡아 활동했다.

29) 이를테면 손장순은 1974년에서 1975년 사이에 아시아, 아프리카, 유럽, 미주를 경유하는 세계일주를 한다. 손장순의 세계여행기 《나의 꿈 센티멘탈 저니》(문리사,1977)에는 이 여행의 목적이 "인생을 재정리하고 새로운 방향을 모색"하기 위한 "일상으로부터의 엑소더스"와 "혼자 떠나는 긴 여정의 로맨틱한 외로움에의 기대"라고 명시되어 있다. 이런 경우 특별한 목적지가 정해져 있지 않으므로 비교적 자유로운 여행 방식을 취할 수 있다. 손장순은 스스로 이런 자신의 여행이 관광이 목적인 'tour', 'trip', 'travel'이 아니라 'journey'라는 형식을 취한다고

은 무엇보다 상상한 장소와 목격한 장소의 차이, 상상과 실재의 낙차
에 주목한다. 피상적이고 일시적인 관광(travel)이 아닌 주유周遊
(journey) 혹은 만유漫遊 형태의 여행을 통해 각 장소와 좀 더 친밀한
접촉을 함으로써 장소 경험에 다채로운 감수성을 덧입히고자 한다. 이
장에서 다루는 송원희, 정연희, 손소희의 소설이 유럽 도시들을 재현
하는 방식 역시 이 같은 자장 안에서 이해될 수 있을 것이다.

송원희의 〈나폴리 유정〉30)은 20여 일간 혼자 파리, 스페인 등지를
여행한 미영이 이탈리아에서 겪은 하루 동안의 에피소드를 담고 있다.
미영은 이탈리아 로마에서 나폴리로, 나폴리에서 카프리로 향하는 길
에서 자신에게 길을 안내하고 동행하겠다며 친절을 베푸는 이탈리아
남성을 만나지만 그의 저의를 의심하고 경계한다. "여자 혼자서 이태
리에 가면 십중팔구 이태리 남자가 따라 붙는다"는 '가이드 책'의 충고
때문이다. 그러나 미영은 기차의 같은 칸에 동승했던 이탈리아 모자의
책 읽는 모습에서 이탈리아의 문화적 유산과 저력을 발견한다. 그리고
자신에게 호의를 베푼 남자의 진심을 오해했다는 사실을 뒤늦게 깨닫
고 이탈리아에 대한 자신의 그릇된 지식과 선입견을 교정하려는 태도
를 보인다.

가난…낙천적인 성격이 가난을 못 면하는 이유일까. 이태리는 확실히
구라파 어느 나라보다도 가난하고, 거리는 지저분하며, 호텔은 곰팡이 냄
새가 나고, 사기꾼과 스리군이 많으며, 관광객은 택시값에서부터 엄청난
바가지를 쓰게 된다. 10분 거리의 택시값을 1만 리라를 달라고 떼쓰는 이
태리인. 물건값도 절반은 깎아야 한다. 다 스러지고 기둥뿌리만 남아 있는
1천 5백 년 전 조상들의 영화의 잔해로 돈을 버는 이태리. 이런 것만 생각

밝혔다.
30) 송원희, 〈나폴리 유정〉, 《월간문학》, 1982.1.

하면 두 번 다시 오고 싶지 않은 곳이 이태리이기도 하다. 그러나 웬지 이들은 밉지가 않다. 약속 시간에 바람을 맞고도 출발 시간까지 따라와 여전히 미소로 인사하는 프라아코가 꼭 부도덕한 바람장이로만 보여지지 않는 그 이유는 무엇일까.

— 〈나폴리 유정〉(《월간문학》, 1982.1, 77쪽)

이탈리아에 대한 부정적인 이미지는 책이나 영화를 통해 만들어지고 가이드 책을 거쳐 확정된 사실(fact)로 유포되었다. 그러나 미영은 이를 무턱대고 믿은 자신의 무비판적 수용태도를 성찰한다.[31] 여기서 미영은 '코스모폴리탄적 여성 산책자'[32]의 모습을 재현하는 인물이라 할 수 있다. 산책자는 특정 나라와 도시를 하나의 표상에 가두기보다 직접 관찰하고 교유하면서 역동적인 의미로 재구성해간다.

이처럼 여성 여행서사에서 특정 도시와 국가의 이미지는 반드시 긍정적이거나 부정적인 방향으로 고정되지 않는다. 기존의 심상지리적 표상을 따르기보다 오히려 각 도시들에는 구체적인 경험을 거쳐 발견된 새로운 장소성이 부여된다. 정연희의 〈암스텔담에서 시작된 일〉[33]에서도 파리와 암스테르담의 이미지는 추악한 기억으로 얼룩져 있다. 남편에게 "등을 떠밀리다시피 유럽여행을 떠"났던 아내는 여행에서 돌

---

31) 가난하고 더러운 나라, 바람둥이 남자들과 같이 부정적인 이미지는 해방 후 여성 지식인들이 이탈리아를 사유하는 보편적인 방식이었던 듯하다. 손소희의 기행문 〈노르웨이의 오슬로에 갔다가〉나 손장순의 《나의 센티멘탈 저니》에도 이와 유사한 시각이 보인다. 손소희는 기행문에서 이탈리아를 '자전거 도둑'이나 '쌀'과 같은 영화를 통해 접한 후 매우 가난하다고 알고 있었으나 "상상했던 바와는 딴판으로 부자나라 같았다"라고 자신의 편견이 잘못되었음을 고백하였다.
32) 손유경은 신여성 나혜석의 여행 양상을 '코스모폴리탄적 여성 산책자'의 시선과 감수성으로 규명한 바 있다. 이 같은 해석은 데보라 파슨스의 분석을 참고한 것으로, 데보라 파슨스에 의하면 코스모폴리탄적 인물은 세계 어느 도시에서건 고정된 장소를 점유한 부동의 정체성을 견지하기보다 이질적인 것을 뒤섞음으로써 탈중심화된 주변인의 특성을 띤다.(손유경, 앞의 글, 178쪽.)
33) 정연희, 〈암스텔담에서 시작된 일〉, 《동서문학》, 1986.3.

아온 후 파리에서 지인으로부터 편지와 사진 몇 장을 받고는 두드러기 발작 증세를 보인다. 원인은 파리와 암스테르담에서 목격한 '수간獸姦' 장면 때문이었다.

> 방금 전까지 그토록 아름답게 빛나던 숲은 갑자기 빛을 잃었다. 아무 일도 없는 듯 제멋대로 서 있는 사람들로 괴물의 형상을 감춘 뻣뻣한 팔(假免)같기만 했다. 세상 모든 것이 가면 같았다. 그중에 자기 하나만 자기의 가면을 잃어버리고 발가벗은 꼴을 하고 그들 앞에 서 있는 것 같았다. (중략)
>
> 모든 게 야단스러웠다. 포도주 칭찬, 샐러드 드렛씽 칭찬, 스테이크 칭찬… 그들의 야단스러움은 무엇인가를 감추기 위한 것이 아니었을까. 그들은 분명 무엇인가를 감추고 있었다. 끼리끼리 뻔하게 알고 있는 무엇을 그렇게 은폐하고 있다는 느낌이 들었다. (중략)
>
> 그리고 그 순간 여자는 암스텔담 뒷골목에서 잠깐 스쳐 본 수녀와 당나귀의 교합(交合) 장면을 떠올렸다. 그 다음 순간 여자의 전신이 흉하게 일그러지며 부풀어 오르기 시작했다. 삽시간에 전신으로 두드러기가 번졌고 숨이 가빠져 금방 질식할 상태에 빠졌다.
> ― 〈암스텔담에서 시작된 일〉(《동서문학》, 1986.3, 172-173쪽)

암스테르담과 파리에 대한 아내의 첫인상은 "게으른 감미로움으로 잠에서 덜 깨어난 꿈결 같은 속삭임"과 "찻잔 부딪는 소리, 커피의 향기, 크로와쌍이나 바르프의 입맛"과 같이 대중적 장소성에 근거해 있다. 그러나 그녀는 암스테르담과 파리를 여행하며 그런 화려한 외양 뒤에 은폐되어 있는 추악한 욕망의 맨얼굴을 목격한다. 이때 아내의 '알레르기'는 암스테르담과 파리라는 장소와 그 장소에 대한 기억을 거부하는 저항의 증거다. 일반적으로 여행은 기억이라는 경로를 거쳐 향수와 동경이라는 과거지향적인 시간성을 가짐으로써 '낭만적'인 성격을 띠게 되지만, 이 소설에서 아내는 그 기억에 필사적으로 저항한다. 낭만적 환상이 제거된 암스테르담과 파리는 회복불가능하고 모호한, 해석할 수 없는 장소가 된다.

손소희의 〈저축된 행복〉34)은 스페인 마드리드를 배경으로 '행복'의 환영과 망상에 사로잡힌 한국 여성의 모습을 비판적 시선에서 그려내고 있다. 여기서 마드리드는 난무하는 위조와 사기 가운데 행복을 저당 잡힌 곳으로 이미지화되고 있다.35) 한국인 여성 한영자는 로마 여행 중에 여권과 비행기표, 돈을 소매치기 당한 후 여행 경비를 벌기 위해 스페인 마드리드 바에서 '낸시'로 이름을 바꾸고 삼류 술집의 바걸로 일한다. 그러던 중 자신을 '일본 여자'로 오해하고 동양여인에 대한 호의를 노골적으로 드러내며 접근하는 외국 남성 피이터에게 유혹되고 만다. 자신의 신분을 속이면서까지 그가 던져 준 엄청난 액수의 돈으로 막연한 행복을 사고자 했던 영자 앞에 나타난 것은 스페인 형사로, 그는 피이터가 사실은 포르투칼 사기꾼이며 영자가 쇼핑에 지불했던 그 돈이 모두 위조지폐였다는 사실을 전해준다.

'인제 그만 인제는 다야.'
부르짖으며 그녀는 고개를 쳐들고는 눈물을 속으로 흐르게 했다. 모든 지배자와 그 주변의 사람들은 물론이고 인간이란 이름의 영물들은 한결같

---

34) 손소희, 〈저축된 행복〉, 《한양》, 1972.2.
35) 마드리드는 스페인에 대한 국가이미지를 표상하는 도시이다. 나혜석은 구미여행기에서 스페인을 "米國을 發明한 콜놈브스가 西班牙人이오 오페라로 有名한 칼멘이 西班牙女子다."며 문화적 유산을 강조하였다(나혜석, 〈熱情의 西班牙行〉, 《삼천리》, 6(5), 1934). 그러나 1950년대 이전 한국 잡지에서 스페인을 다룬 정치기사를 분석한 글에 따르면, 스페인은 스페인 내란과 프랑코 정권에 대한 부정적인 평가를 중심으로 세계 평화를 위협하는 비민주주의적이고 무능력하며 복잡한 나라라는 부정적인 이미지가 일반적이었던 것으로 보인다.(강태진, 〈한국잡지에 소개된 스페인 이미지-1950년까지의 정치 기사를 중심으로〉, 《스페인어문학》 55권 56호, 한국스페인어문학회, 2010, 178-179쪽.)

이 네로 시대의 로마 귀족하고 달라져 있지 않았다. 희고 긴 이빨과 윤이 흐르는 웃음과 머리칼과 우아한 옷과 우유빛 살결과 고가한 향수와 이런 것들로 꾸며지는 현대의 귀족들. 아니 상류사회의 인간은 물론이고 거리에서 함께 값싼 술 한잔씩을 놓고라도 희안한 상식으로 높은 이상과 인류의 미래를 이야기하던 선배님들은 역시 네로시대의 귀족 어른들하고 다를 바가 없지 않았다. 그렇다면 희망을 어디다 걸어봐야 한단 말인가.

— 〈저축된 행복〉(《한양》, 1972.2, 94~95쪽)

영자는 삼류 바걸로 이름을 숨기고 복장을 바꿈으로써 '한국 여성'이라는 정체성을 자발적으로 은폐하고자 했다.[36] 그러나 자신을 보는 외국 남성의 시선을 알아차리지 못했기에 응시의 주체가 되는 데 실패했다. 그 결과 영자는 어느 곳에도 정착할 수 없는 고향 상실의 상태에 이른다. 영자는 장소를 상실한 '집 잃은 존재(homeless)'로서 여성의 모습을 보여준다. 영자의 잃어버린 '신분증'과 '여권'이 은유하듯 마드리드는 침묵과 추방, 결핍과 상실의 '부재공간'[37]이라 할 수 있다.

1970년대 이후 여성 여행서사의 이 같은 특징은 이 시기 해외여행 정책의 변화에 따른 여성들의 이국체험 기회 확대라는 외부적 변화 요인과 관련이 있다. 이런 변화는 여성들로 하여금 젠더 불평등을 세계 보편의 전지구적 문제로 이해하는 계기를 제공하고 여성 정체성에 대한 실존적인 자각을 가능하게 했다.

그러나 더 근본적으로 이런 특징은 장소를 경험하는 젠더의 차이를

---

36) 여성이 민족 정체성을 숨기는 방법 중 하나가 이국적인 이미지와 타락한 이미지를 시도하는 것이다.(린다 맥도웰(Linda McDowell), 앞의 책, 371쪽.)

37) 세르토는 모든 지식/권력의 공간을 떠나 영구적 이탈운동을 통해 발견하는 공간을 '부재공간'이라고 명명하고 있다. 이곳은 타자의 공간이지만 여기서 주체는 물론 타자도 절대화되지 않는다는 점에서 혼종성의 공간이라고도 볼 수 있다.(장세용, 〈미셸 드 세르토의 공간이론〉, 류지석 편, 《공간의 사유와 공간이론의 사회적 전유》, 소명출판, 2013, 69~73쪽.)

구현한 결과라고 할 수 있다. 즉 선험적인 지식에 의존해서 장소를 점유하거나 장소의 의미를 고정시키지 않고 그 장소와 구체적으로 접촉하는 여성의 여행 방식과 밀접한 관련이 있다.38) 이로 인해 여성 여행서사에서 장소는 표상이 해체된, 덧없고 무질서하고 불안정한 '헤테로토피아(hétérotopia)'39)의 성격을 띠게 되는 것이다. 헤테로토피아적 공간에서 모든 장소의 정체성은 이야기를 매개로 구성되고, 이 정체성은 또 다른 이야기에 의해 형성되어 간다.

따라서 떠남과 돌아옴의 양상이 드러나는 일반적인 여행서사와 달리 여성 여행서사는 일상의 회복과 복귀라는 공식을 따르지 않는다. 여성의 여행은 반드시 '돌아옴'이라는 형태로 귀결되지 않는다. 귀향을 꿈꾸지 않는 여성, 장소에 대한 기억을 거부하거나 불투명하게 만드는 여성 인물들을 통해 여성 여행서사는 영구적인 이탈과 탈장소성(displacement)을 지향한다. "자아는 공간 속의 특정한 위치를 확인하고 나서야 자신을 동일한 존재로 파악할 수 있는 고정성을 획득"40)한다고 할 때, 공간의 내부에 결속되지 못하고 끊임없이 미끄러지는 여성에게 고정된 귀속 공간은 존재하지 않는다. 여성은 이렇게 자신의 소속을 은폐하고 모든 장소에 동일시되기를 거부함으로써 모국과 이국 두 개의 공간에 대한 이중적인 비판 기능을 수행한다. 그리고 그

---

38) 여성작가들은 다른 문화권 사람들과의 접촉에서 '국민'이나 '인종'의 대표로서가 아니라 '개인'으로서 접촉하는 경향을 보이며 개인적 개입과 관계를 강조한다.(박지향, 앞의 글, 151쪽.)

39) 헤테로토피아(heteroyopia)는 푸코가 《말과 사물》 서문에서 '낯선, 다양한, 혼종된, 이질적인'이란 뜻의 'hetero'와 '장소'란 뜻의 'topia'가 합쳐진 개념으로 사용한 용어이다. 이것은 이상향이라는 '유토피아'와 상반된 개념으로 서로 상관없는 사물들을 묶는 하나의 허구적 질서이며 하나의 장소에 복수의 공간이 병치되는 상태를 의미한다.(미셸 푸코(Michel Foucault), 《말과 사물》, 이광래 역, 민음사, 1987, 13-14쪽.)

40) 오토 프리드리히 볼노(Otto Friedrich Bollnow), 《인간과 공간》, 이기숙 역, 에코리브르, 235쪽.

틈새에서 민족과 국가의 경계를 지우고 무국적의 정체성을 지향하는 새로운 여행주체로서 여성 젠더의 가능성을 모색할 수 있게 한다.

4. 무국적의 정체성과 탈장소성

이 글은 한국 여성 여행서사에 나타난 이국異國 체험과 장소 감수성의 젠더적 특성을 밝히는 연구의 일환으로 기획되었다. 여기서는 젠더 정체성과 장소 정체성이 맺는 상호 관련성을 규명하기 위한 예비적 고찰로 우선 1950-1980년대 해외여행 모티프 소설을 분석하였다. 이것은 이 시기 소설에서 탈장소성과 무국적성이라는 여성 글쓰기의 공통적 지향점에 대한 흔적과 징후를 읽어냄으로써 여성 여행서사를 계통적으로 독해하기 위한 시도라고 할 수 있다.

1950년대 여성의 이국체험은 시찰과 견문이라는 공적 목적에 종속된 '교양여행'의 형식으로 이루어졌다. 이국체험은 여성을 일방적으로 '보이는' 대상이 아닌 '보는' 주체의 위치로 이동시켜 한국 사회의 모순과 젠더 불평등을 성찰할 수 있는 계기를 제공한다. 자기와 타자를 응시하는 시선의 외부성을 소유하게 됨에 따라 이국은 여성에게 고정된 젠더 질서와 체계를 역전시킬 수 있는 가능성의 공간으로 사유된다. 김말봉은 〈바퀴소리〉와 《방초탑》에서 서양식 풍요와 동양식 미덕, 우월한 남성과 열등한 여성이라는 지리적, 젠더적 이항대립 관계를 역전, 재배치(repositioning)하고 있다.

다양한 경로를 통한 해외여행이 가능해진 1970년대 이후 여성 여행서사에는 소속과 정체성을 숨기고 자유롭게 거리를 활보하는 여성 산책자가 등장한다. 송원희, 정연희, 손소희 등의 소설에서 여성들은 자유로운 감수성으로 유럽 도시에 대한 대중적 표상을 해체하고 자신의 감각으로 재구성하려는 경향을 보였다. 이들은 장소에 대한 기억을 거부하거나 소속을 은폐하고 불투명하게 함으로써 모든 장소를 무질서하고 불안정한 헤테로토피아(hétérotopia)의 공간으로 만든다.

　장소와 젠더가 상호 구성적이라는 젠더지리학의 관점에서 볼 때 여성과 남성은 장소와 공간의 의미를 다르게 체험한다. 이국체험은 경계 '밖'을 보는 시선을 가지는 경험이면서 경계 '안'의 억압과 폭력적 현실을 환기하고 사유하는 성찰의 경험이다. 여성은 이국이라는 장소경험을 통해 국가와 민족의 경계를 횡단해 젠더적 정체성을 확인하고 탐색한다. 그리고 탈장소성과 무국적성이라는 젠더적 글쓰기를 통해 여성 여행서사는 모국과 이국에 대한 이중적인 비판 기능을 수행하게 된다.

거주와 이주 사이, 탈경계적 공간인식

1. 손장순과 김지원의 유학 · 이민 서사

　　이 글은 해외 거주 경험에 기입된 여성의 공간 인식 양상과 특징을 파악하려는 목적을 지닌다. 즉 유학과 이민을 '이주'가 아니라 '거주'라는 관점에서 접근해 해외 거주 공간에서 여성의 자아의식과 젠더 정체성 형성 과정을 살펴보고자 한 것이다. 이를 위해 여성작가 손장순과 김지원의 소설을 대상으로 유학과 이민이라는 거주 경험이 파리와 뉴욕의 장소성과 상호 결합하는 방식 및 양상을 분석한다. 손장순과 김지원의 소설은 각각 파리 여자 유학생 서사와 기혼여성의 뉴욕 이민 서사에 속하면서 개별 작가의 고유성 파악에 앞서 해외 거주에 대한 젠더적 독해를 가능하게 하는 텍스트로 의미가 있다.

　　인간의 실존은 거주(dwelling)를 통해 확인된다고 할 때, 거주는 장소를 가지는 것[1]이라 할 수 있다. 그래서 하이데거의 표현처럼 하나

---

1) 김덕현, 〈장소와 장소상실, 그리고 지리적 감수성〉,《배달말》43권, 배달말학회, 2008, 7쪽.

의 장소는 "인간 실존이 외부와 맺는 유대를 드러내는 동시에 인간의
자유와 실재성의 깊이를 확인하는 방식으로 인간을 위치"[2]시킨다. 한
편 공간은 누가, 언제 어느 장소에 놓이느냐에 따라 다르게 존재한
다.[3] 즉 그 장소가 가진 고유의 조건과 특성뿐 아니라 그 장소를 점유
하는 존재의 위치나 방향에 따라 다른 특성을 드러낸다.[4] 누가 어떻게
관계 맺는가, 즉 거주의 주체와 거주 형태에 따라 존재가 장소를 경험
하는 양상이 달라질 수 있음을 의미한다.

유학과 이민은 일시적인 관광이나 여행과는 다른 차원에서 외부 공
간을 경험하는 사건이다. 유학과 이민은 한 장소의 내부에 점진적으로
진입해 그 장소의 이면을 해부하고 심층에 접근할 수 있는 기회를 제공
한다. 즉 유학생과 이민자는 여행자와는 다른 시선과 위치에서 그 도
시의 장소성을 경험하고 재구성함으로써 자아 정체성을 확인해간다.
장기간 수학하거나 이주해 살면서 동질성 혹은 차이를 발견하는 과정
에서 그 장소와 물리적, 정서적 거리를 조절할 수 있게 되기 때문이다.
이런 관점에서 볼 때 유학과 이민은 뿌리 뽑힘의 사건이 아니라 새로운
장소에 뿌리를 내리는 계기가 될 수 있다.

그런데 실존적 외부성[5]에 근거한 여성과 장소의 특별한 관계 맺기

---

2) 에드워드 렐프(Edward Relph), 《장소와 장소상실》, 김덕현 · 김현주 · 심승희
역, 논형, 2005, 25쪽.
3) 이푸 투안은 장소와 공간의 의미를 구분해 설명하였다. 그에 따르면 공간은 장소
보다 추상적이다. 무차별적인 공간에서 출발하여 우리가 공간을 더 잘 알게 되고
공간에 가치를 부여하게 됨에 따라 공간은 장소가 된다. 또한 공간이 움직임이
일어나는 곳이라면 장소는 정지(멈춤)이다.(나카무라 유지로(中村雄二郎), 《토
포스: 장소의 철학》, 박철은 역, 그린, 2012, 20쪽.)
4) 이명수, 〈존재의 공간과 로컬리티〉, 류지석 편, 《공간의 사유와 공간이론의 사회
적 전유》, 소명출판, 2013, 131쪽.
5) 실존적 외부성(existential outsideness)은 장소에 대한 무관심, 소외, 돌아갈
집의 상실, 세계에 대한 비현실감과 소속감의 상실을 포괄하는 개념이다. 이런
관점에서 볼 때 장소는 실존의 중심이 아니며 모든 장소가 똑같이 의미 없는 정체
성을 가지는 것으로 간주된다.(에드워드 렐프(Edward Relph), 앞의 책,
119-120쪽.)

방식을 상기해 보면, 여성에게 거주는 또 다른 이주를 발생시키는 동
력으로 작용하는 측면이 있다. 여성은 근본적으로 장소를 점유하는 동
시에 '탈장소'6)화함으로써 추상적 젠더 공간을 생산하기 때문이다. 때
문에 본고는 유학과 이민이 서로 다른 거주 형태라는 점을 전제하되,
이 차이에 주목하기보다 해외 거주라는 공통항이 발생시키는 젠더적
의미에 집중하고자 했다. 유학과 이민으로 점유한 장소가 여성에게 억
압의 공간이 되는 동시에 남성중심성을 해체하는 인식론적 계기가 되
는 전략적 공간이 될 수 있는 가능성에 주목하고자 한 것이다.

  이런 관점에서 본고는 손장순과 김지원 소설에 나타난 파리와 뉴욕
의 고유한 장소성에 여성으로서의 차별화된 경험과 인식이 어떻게 입
력되어 있는지 살펴보고자 한다. 손장순7)과 김지원8)은 각각 유학생과
이민자의 신분으로 파리와 뉴욕이라는 대도시를 경험하고, 이때의 체
험을 소설로 형상화한 작가들이다. 손장순이 파리 유학을 떠나고 김지
원이 도미한 196, 70년대는 한국에 엄청난 유학 열풍이 불고 이민자
가 급증했던 시기였다. "출세를 하려면 유학을 다녀와야지"라는 말이
유행했을 정도로 유학은 일시적인 현상을 넘어 하나의 풍속이 되고
있었다.9) 식민지시기 외국 유학이 조선 지식인들에게 구국의 결단이

---

  6) 탈장소(displacement)는 디아스포라 담론에서 이주, 이민, 유배 등을 통해 조국
    을 떠나 새로운 국가에 이주했으나 고향으로 돌아갈 희망이나 욕망을 가지고 있
    는 이산자들의 상황을 의미하는 용어이다. 이 같은 디아스포라의 경험과 이들의
    혼종적 정체성은 여성과 장소 이동간의 관계를 설명하기에 적합한 개념이 될 수
    있다. 여성과 탈장소성의 개념에 대해서는 린다 맥도웰(Linda McDowell), 《젠
    더, 정체성, 장소》, 여성과공간연구회 역, 한울, 2010, 347-379쪽 참조.
  7) 손장순은 1958년 서울대 불문과를 졸업하고 프랑스 소르본느 대학원에서 유학
    생활을 했다. 이후 1974년 프랑스 정부 초청으로 다시 프랑스 소르본느 대학원에
    서 연수하며 현대 프랑스 문학을 연구한 바 있다.
  8) 김지원은 1973년 미국 뉴욕으로 이민을 간 후, 1975년 〈사랑의 기쁨〉과 〈어떤
    시작〉이 황순원의 추천을 받아 등단했다. 이후 2013년 1월 30일 뉴욕 맨해튼
    자택에서 타계하기까지 평생 미국에 살면서 작품활동을 했다.
  9) 통계에 따르면, 1954년경부터 해외 유학생 수는 급속도로 늘어나 1960년대 후반
    에 이르면 대략 만 명을 웃도는 수준에 이르렀다. 유학국은 대개 미국, 서독, 프랑

라는 거시적 차원에서 요청된 당위였다면, 해방 후 구미 유학은 사회
적 상승이동을 위한 첩경으로 인식되었다. 해외 이민이 급증한 것도
이 즈음인데, 특히 1965년 이민법이 바뀐 후 한국에서 미국 이민은
이상향으로 가는 통로로 인식되었다.[10] 해방 후 한국인의 미국지향성
은 대중매체가 만들어낸 미국표상에 힘입은 결과이지만,[11] 196, 70
년대 이후에는 한국의 암울한 정치·경제적 상황이 경제적 풍요와 정
치적 자유의 나라 미국을 지향하는 동력이 되었다고 할 수 있다.

　파리와 뉴욕은 그 중심에 있었다. 파리와 뉴욕은 그 자체로 고유성
과 독특함을 지닌 일종의 '집합적 상징자본'[12]을 축적한 대표적 도시
라 할 수 있을 것이다. 특히 1970년대 한국에서 파리는 유럽의 선진
문화와 예술, 낭만을 표상하는 도시로, 뉴욕은 자유롭고 풍요로운 미

스, 캐나다 등 자유진영 서방국가였고, 여성 유학생 비율도 30% 가까이를 차지했
다. 1960년대까지만 해도 미국 정부기관이나 대학의 장학금 제도로 진행되었던
유학이 1970년대 이후에는 거의 자비 유학으로 전환된 것만 봐도 해외 유학이
출세의 첩경으로 인식되었다는 사실을 확인할 수 있다. 실제로도 해외 유학생들
은 귀국 후 각계에서 권력 엘리트로 한국 사회의 지배적 역할을 수행했다.(김영
모, 〈해외유학과 신엘리트 등장〉,《아카데미논총》Vol.13, No.1, 세계평화교수
협의회, 1985, 162-173쪽.

10) 미국이민은 1900년대 초 하와이 사탕수수밭 노동자들의 노동 이민에서 시작되었
지만 해방 이후 꾸준히 진행되다 1965년 자유로운 이민을 허용한 미국이민법이
바뀌면서 급증했다. 이민 초기인 1968년 이전까지는 연간 4천 명 이하였으나
1970년 9,314명, 1973년 22,230명, 1980년 32,320명으로, 1970년대에 이민자
수가 급격히 증가했음을 알 수 있다.(민경희,《미국 이민의 역사 이론과 실제》,
개신, 2008, 13쪽, 237쪽.)

11) 1950년대 담론형성의 장이었던 잡지매체는 선진화된 미국의 교육제도나 자유로
운 문화풍토를 경쟁적으로 소개함으로써 독자로 하여금 미국을 꿈의 나라로 선망
하게 유도했다. 특히 미국 문화를 선호한 여성독자들을 상대하는 잡지《여원》
등에서는 여성문화와 가정문화의 모델로 미국 문화를 소개하여 천편일률적인 미
국 표상이 만들어졌다.(이선미, 〈미국이민 서사의 '고향' 표상과 '민족' 담론의
관계〉,《상허학보》20권, 상허학회, 2007, 454-455쪽.)

12) 데이비드 하비는 브르디외의 상징자본 개념을 도시 분석으로 확장시켜, 그 도시
가 축적해온 고유성과 독특한 성격을 '집합적 상징자본'이라 표현했다.(탁선호,
〈뉴욕과 뉴요커에 대한 이야기들〉,《인물과 사상》Vol.137, 인물과사상사, 2009,
114-115쪽 참조.)

국을 상징하는 최첨단 대도시라는 고정된 이미지와 담론들이 끊임없이 생산되었다. 때문에 대부분의 소설에서 파리와 뉴욕은 하나의 이미지로 소비되었고, 유학과 이민 모티프 또한 "일상적 체험의 차원이 아니라 이상을 실현하는 관념의 차원"[13)]에서 동원되는 경우가 많았다.

물론 196,70년대에도 유럽으로 유학한 여성은 여전히 소수였고, 미국이민이 허용된 계층도 한정적[14)]이었다는 사실을 상기해볼 때, 손장순과 김지원의 경험은 일종의 특혜이면서 특권이었다고 할 수 있다. 그럼에도 불구하고 손장순과 김지원의 텍스트는 이 같은 특권적 체험의 표현에 그치지 않는다. 오히려 이들은 여성과 장소가 관계 맺는 젠더화된 특징들을 고스란히 드러내고 있다. 즉 이들 소설에서 유학과 이민 서사는 연애와 결혼, 성이라는 사적 영역에서의 관계 맺기 양상을 통해 형상화되고, 여성 자아가 세계와 부딪치고 존재를 확인해가는 복합적인 과정을 보여주는 계기로 작용한다. 이로 인해 파리와 뉴욕의 고유한 장소 이미지는 상실되고 일상적인 생활공간으로, 다시 추상적인 젠더 공간으로 의미화된다.

즉 손장순과 김지원은 배타적 남성 공간의 안과 밖, 중심과 주변을 동시에 점유하는 유학생과 이민자 여성을 통해 파리와 뉴욕을 모순이 중첩된 '역설적 공간'[15)]으로 탐색해간다. 손장순과 김지원의 소설이

---

13) 최기숙, 〈교육 주체로서의 여성과 서구 유학의 문제〉, 《여성문학연구》 12호, 한국여성문학학회, 2004, 121쪽.

14) 선진사회의 주체가 되기 위해 선택된 이민으로서 미국이민은 1965년 이후 고학력 중산층이 주를 이루었다. (윤인진, 《코리안 디아스포라》, 고려대출판부, 2004, 200쪽.)

15) 페미니즘 지리학자 로즈에 따르면 '역설적 공간(paradoxical space)'은 동일자/타자 영역의 교란, 분리된 동시에 연결되기, 중심과 주변의 동시적 점유, 안과 밖에 동시에 존재하는 모순이 중첩된 공간이다. 이 공간은 남성중심의 질서와 권위를 비판하는 전복적 전략을 수립하고 경계 너머를 상상하게 페미니즘적 저항 공간이 될 수 있다. (질리언 로즈(Gillian Rose), 《페미니즘과 지리학》, 정현주 역, 한길사, 2011, 339-349쪽.)

경계를 넘나드는 거주/이주 경험과 여성 젠더의 정체성 이행 과정을 탐색하기에 적합한 텍스트가 될 수 있다면 이런 이유에서라 할 수 있을 것이다.

2. 동일성/타자성의 동시경험, 표류공간으로서의 파리

손장순은 프랑스 파리에서 수학한 경험을 바탕으로 유학 모티프와 '유학생 세대'16)의 초상을 구체적으로 형상화한 소설을 발표했다. 손장순의 소설은 민족 정체성과 젠더 정체성이 상호 연동되는 가운데 여성 인물이 새롭게 자아 정체성을 구성해가는 과정을 보여준다. 그 가운데 〈우울한 빠리〉17)와 〈빈 청사진〉18), 〈거대한 물결〉19), 〈도시일기〉20) 등은 한국 여성 유학생의 시각에서 프랑스 파리의 이면과 속살을 냉정하게 해부한 흥미로운 사례로 읽힐 수 있다.

손장순은 여행기에서 파리의 자유로움과 세련된 감각에 대한 자신의 동경과 선망을 고백하기도 했지만,21) 소설에서는 〈우울한 빠리〉와

---

16) 손장순은 유학과 출신 지식인들을 일컬어 '유학생 세대'라는 표현을 사용하였다. (손장순, 〈동과 서의 만남〉, 《손장순 문학전집》 12, 푸른사상사, 2009, 317쪽.)

17) 손장순, 〈우울한 빠리〉, 《현대문학》, 1976.1, 《손장순 문학전집》 13, 푸른사상사, 2009, 17-41쪽 재수록.

18) 손장순, 〈빈 청사진〉, 《신동아》, 1976.3. 이 작품은 《손장순 문학전집》에 빠져 있어 《신동아》 게재본(404-418쪽)을 사용하였다.

19) 손장순, 〈거대한 물결〉, 《월간문학》, 1980.1, 《손장순 문학전집》 14, 푸른사상사, 2009, 291-306쪽 재수록.

20) 손장순, 《도시일기》(원제: 뿌리 없는 가지), 《현대문학》, 1983.9, 《손장순문학전집》 13, 푸른사상사, 2009, 327-388쪽 재수록.

21) 손장순은 세계여행기 《나의 꿈 센티멘탈 져니》(문리사, 1977)에서 프랑스에 대해 "첫인상은 무질서해보이고 잘 정리되어 있지 않은 말괄량이 같지만 사귈수록

〈빈 청사진〉 등의 제목이 말해주듯, 자유와 관용, 예술과 문화, 낭만과 매혹이라는 프랑스 파리의 장소 표상을 해체하고 파리를 '빈' 환영뿐인 '우울'하고 비정한 도시로 재현하고 있다.

이것은 파리에 대한 상상과 경험적 실체 사이의 낙차에서 비롯된 바, 이 차이와 다름이 손장순 유학생 서사의 주요 갈등 요인으로 작용한다. 더 구체적으로 이 차이는 '한국인' '여성' '유학생'이라는 세 가지 범주가 중첩되는 지점에서 환기된다. 특히 인종, 민족, 젠더 간에 잠재되었던 충돌과 차이를 드러내는 중요한 모티프는 바로 성과 연애 문제이다. 그도 그럴 것이 프랑스인의 자유로운 성 생활과 개방적 성문화는 한국 유학생들로 하여금 파리가 표상하는 자유와 관용이라는 가치를 체감하고 고국과의 차이를 확인시키는 지표였던 것이다. 그런데 이에 대해서도 한국의 남녀 유학생은 서로 다른 반응을 보인다.

〈거대한 물결〉에서 성화는 파리 유학 5년 만에 "여자의 순결에 대한 한국적인 고정관념"이 "지성과 감각으로 극복"해야 할 대상이란 사실을 인정한다. 반면 인환은 한국 여자들이 빠리 여자를 닮아가는 것을 '변질'이라고 못마땅해 한다. 여성들이 성 욕망을 '거대한 물결'과 같이 거부할 수 없는 본능으로 재발견하는 데 반해 한국 남성들은 여전한 거부감을 보이고 있는 것이다. 이 때문에 성화는 섹스에 관계를 구속시키지 않으려 하면서 성에 대한 태도에서 의식적인 '탈바꿈'을 시도한다. 이때 성에 대한 여성의 의도적 적극성이나 남성들의 거부감은 모두 한국 사회의 보수적 성 관념에서 연원하고 있다.

주목할 것은 성화에게는 성적 자유를 추구하는 행위가 한국이 아닌 서구의 가치에 자신을 대입해 동일성을 확인하는 증거로 인식되고 있다는 점이다. 그러나 손장순은 서구 사회에 동화되려고 했던 성화의

─────────

풍부한 매력이 끊임없이 샘솟아 나오는 개방적이면서 신비스런 여자"같다면서 애정을 드러낸 바 있다.

모습을 통해 동양여성과 '다름'이 곧바로 서양인과 '같음'을 의미하지 않는다는 사실을 강조한다. 작가는 다음과 같은 인환의 말을 통해 탈바꿈에 대한 여성들의 강박이 또 다른 고정관념이나 피해의식에 다름 아님을 지적한다.

> 그보다 내가 너에게 묻고 싶은 말이 있는데 너는 결혼에 완전히 초연할 수 있을 만큼 여성 해방주의자는 아니지. 말하자면 섹스 앞에 남녀는 동등하니까라는 식으로. 그렇지만 마음으로 사랑하는 남자와 꼭 결혼하고 싶은 것과 섹스를 했으니까 결혼해야겠다는 것과 무엇이 다르냐. 도덕적인 고정관념이나 피해의식에 사로잡힌 점은 마찬가지야.
> ― 〈거대한 물결〉(《손장순 문학전집》 14, 303-304쪽) 22))

이처럼 손장순은 파리의 '한국 여성 유학생'이라는 존재를 통해 한국 사회 내부의 모순과 억압뿐 아니라 여성 스스로 내면화한 가부장적 폭력의 보편성을 문제 삼고자 했다.

〈우울한 빠리〉는 소르본느 대학에 재학 중인 한국인 유학생 묘선과 프랑스 남성 쟝, 알제리 출신 모하멧의 관계를 중심으로 '여성 유학생'의 위치와 정체성을 성찰한 소설이다. 작가는 첫 대목부터 을씨년스럽고 습기찬 파리의 날씨를 묘사함으로써 파리에 대한 낭만적 판타지에 기대어 서사를 진행시키지 않겠다는 의도를 내비친다. 묘선은 유학생활 몇 년에 파리 생활이 익숙해져 프랑스 남성 쟝과 연애 관계를 유지하는 한편, 한국인 커뮤니티 특히 한국 남성집단과는 의식적으로 거리를 두고 살아간다. 묘선의 눈에 비친 한국 남성들은 경제적으로 궁색하게 살아 소극적이고 소심하지만, 자의식과잉으로 자존심만 내세우

---

22) 이하 인용 페이지는 《손장순 문학전집》(푸른사상사, 2009) 수록본으로 제시한다.

는 한심한 모습이다.

　데이트 자금이 넉넉하지 못하다보니 이래저래 소극적이 되어버린 한국
남학생들은 여자의 눈치를 보기가 일쑤다. (중략)
　그 후 빠리 유학생간에는 묘선이가 경민에게 채였다는 소문이 파다했다.
변명하기에는 너무나 치졸하고 구질구질한 생각이 들다보니 그녀는 혼자
를 고수할 뿐이었다. 한국 학생들과 어울리지 않는 것이다.
　그녀의 한국 남자들에 대한 반발이 외국 남자들과 가까워지는 것으로
사출(射出)되고, 외국 남자들에 대한 경계와 경원감은 소리없이 무너져내
렸다.
— 〈우울한 빠리〉(《현대문학》, 1976.1, 89-91쪽)[23]

　이렇게 묘선이 한국 남성을 판단하고 평가하는 장면은 매우 시사적
이다. 그것은 한국 내에서 오로지 관찰과 감시의 '대상'이었던 여성이
한국 남성을 바라보는 '시선'과 '거리'를 갖게 되었다는 의미이기 때문
이다. 외부에서 바라본 한국 남성은 무능하고 배타적이면서 자존심만
내세워 스스로 격리되고 고립된 모습이었다.
　이와 관련해 〈빈 청사진〉의 수정과 한국 남성의 다음 대화를 주목해
볼 필요가 있다.

　"성선생님, 이곳 생활에 아직 적응이 되지 않은 것 같아요. 빠리에 오셨
으면 한국 사람만 찾아다니지 말고 외국인과 사귀어 보세요. 그래야 언어
도 늘고 새로운 것을 많이 알게 되지 않아요."
　"학교에서 이따금 외국인들과 어울려 차도 마시고 이야기를 나누지만

---

23) 이 소설을 재수록한 《손장순 문학전집》에는 한국 남성 경민과의 만남을 회상하는
　　이 장면이 빠져 있다. 이 부분은 처음 발표된 《현대문학》 텍스트로 제시한다.

그럴수록 가슴은 답답하고 외로워지는 걸요. 정서적인 소통이 없어서 그런
가 보아요. 우리나라 사람과 우리나라 말을 하고 싶어서요."(중략)

　"한국이 무어가 좋아요. 집에서 나의 인생의 청사진을 알고 싶다는 둥
아버지가 귀국을 재촉하는 편지를 성화같이 보내지만 가면 무얼해요. 빠리
는 나가면 볼 것 천지이고 보아도보아도 무궁무진해서 자극의 연속에서
살고 있지만."

　"그래 보아야 남의 나라 문화가 아닙니까. 보고 배우면 제 고장에 돌아
가서 그것을 피력해야 보람이 있죠."

　　　　　　　　　　　　　― 〈빈 청사진〉(《신동아》, 1976.3, 406쪽)

　수정이 프랑스 문화에 쉽게 동화되고 적극적으로 이를 수용하려는
태도를 보이는 반면, 성선생에게 프랑스 문화는 기껏해야 '남의 나라
문화', 이국 생활은 '객지생활'일 뿐이고, 궁극적으론 고국으로 환원해
야 할 문화자산을 축적하는 과정일 뿐이다.24) 한국여성의 서구 친연성
을 이국취미나 사대주의쯤으로 폄하해 왔던 남성들의 논리적 근거도
여기에 있다. 한국남성은 한국 가부장 권력의 수호자 혹은 감시자를
자처하며 한국여성의 삶을 구속하고 감시한다. 프랑스 남성과 연애하
는 한국여성에 대한 비난 역시 외국에서 더욱 강화되는 한국남성의
보수적 민족관념에서 기인한다고 볼 수 있다.

　〈우울한 빠리〉의 묘선과 〈빈 청사진〉의 수정 모두 한국여성의 성적
순결성을 감시하고 구속하는 한국남성 커뮤니티의 낡은 가부장 의식
과 집단적 횡포에 히스테리적 거부감을 보인다. 이들의 모순적이고 분
열적인 의식구조는 한국 사회의 보수성과 구속력을 반증하는 것이다.

---

24) 남성들에게 여행을 비롯해 시야를 넓힌다는 외국 체험은 문화자산의 축적을 목적
　　으로 하는 민족중심적 시각에서 벗어나지 않는다.(린다 맥도웰(Linda
　　McDowell), 앞의 책, 354쪽.)

그러니 "한국인들이 한국인에게 가하는 제약과 구속"을 병적으로 거부하는 수정의 행동이 프랑스 친구에게 노이로제와 피해망상으로 비춰지는 것은 당연한 일이다.

그러나 손장순은 한국 사회가 여성에게 강요해 온 정체성 폭력을 단순히 남성들의 보수성 문제로 돌리는데 그치지 않는다. 작가는 한국 남성을 대상화하는 데서 나아가 한국여성이 스스로를 대상화하고 성찰할 수 있는 계기를 제공하고자 했다. 서사가 진행될수록 묘선과 수정은 한국 남성의 열등함을 추출해내는 시선이 철저히 '서구인'의 눈에 맞춰 있었다는 사실을 자각함과 동시에 같은 기준에 의해 자신들 역시 스스로 타자화되고 있었음을 깨닫는다.

〈우울한 빠리〉에서 쟝과 하룻밤 정사로 임신을 한 묘선은 쟝의 냉담한 반응에 크게 상처를 받는다. 이 사건으로 묘선은 '동양적 사고방식'과 '동양 여자의 피해의식'을 탈피해야 한다는 강박이 자신의 열등감에서 비롯되었다는 사실을 알게 된다.

> 만약에 쟝에게 도움을 청했다면 어떻게 나왔을까.
>
> 보나마나 뻔한 일이다. 그 후 쟝은 한 번도 묘선을 찾아오지 않는 것이다. 그는 임신의 사실을 알게 된 다음날 음악회에 가자고 청했으나 그녀는 또 거절을 했다. 자유가 사회주의 대신에 신앙인 그의 에고이즘은 묘선에게 비정을 느끼게 한다.
>
> 역시 나는 동양의 촌뜨기인가.
>
> ― 〈우울한 빠리〉(《전집》 13, 36쪽.)

결국 낙태가 허용되는 영국까지 건너가 수술을 하고 돌아오면서 묘선은 동양 여성인 자신과 서양 남자인 쟝 사이에 극복할 수 없는 거리를 확인한다. 쟝의 '자유로움'이 '에고이즘'으로 모습을 드러낸 순간,

묘선은 자신이 그토록 동경하고 선망하던 파리가 실체 없는 환영이었
음을 깨닫는다. 이 과정에서 묘선이 위로 받는 대상이 프랑스 식민지
였던 알제리 국적의 모하멧이란 사실은 시사하는 바가 크다. 그동안
제3세계 아랍인을 바라보던 묘선의 시선이 제1세계 프랑스인의 그것
을 모방한 결과라는 사실을 깨닫는 계기가 되기 때문이다.

따라서 이 소설에서 낙태는 한국에서 습득했던 서구=근대에 대한
지식, 즉 '인권'이나 '자유'라는 단어에 기입된 이율 배반성25)이 여성
육체의 훼손으로 가시화되는 사건이라 할 수 있다. 결국 낙태 사건은
그녀에게 "한국인으로서의" "도덕적인 감각"을 환기시키는 동시에 자
신을 옭아매는 억압기제의 정체를 확인하게 해준다. 불문학을 공부하
고 프랑스인과 연애를 하는 것으로 정체성의 '탈바꿈'을 시도했으나,
묘선과 프랑스 남성 사이에는 결코 동질화될 수 없는 '차이'가 존재한
다. 그 차이를 자각함으로써 묘선은 비로소 주류적 시선에서 분리되어
자신의 위치를 이동시키는 성찰적 거리를 확보하게 된다.

그런데 이런 경우 대개 남성들의 서사는 서구와의 대척점에서 자신
의 민족 정체성을 확인하는 절차를 거쳐 한국으로 회귀하는 경로를
거친다. 그러나 손장순의 소설에서 이 '차이'에 대한 인식이 반드시 회
복이나 귀향으로 귀결되지 않는다는 점은 주목할 만하다. 다시 말해
남성들의 이국체험이 본질적으로 자신의 소속을 확인하고 일상을 회
복하려는 욕망과 관련되어 있는 반면 여성에게 그것은 집(home)으로
의 귀환을 전제하지 않는다. 오히려 손장순 소설의 결말은 이 같은
'차이'가 여성에게 또 다른 이주를 발생시키는 계기로 작용할 수 있음
을 보여준다.

---

25) 전소영, 〈'유학생' 표상, 착종된 현대의 투시도-손장순의 1970-1980년대 단편
   소설을 중심으로〉, 방민호 외, 《아프레게르와 손장순 문학》, 서울대학교출판문화
   원, 2012, 335쪽.

〈빈 청사진〉의 수정은 박사학위와 결혼이라는 두 가지 선택 사이에서 강박관념에 시달리다 아버지 사망과 한국 귀국이라는 두 개의 현실을 모두 부정하고 의식 분열 상태에 이른다. 영원히 미완인 박사논문처럼 수정에게 파리는 결코 닿을 수 없는 이방의 공간, 텅 비어 있는 '청사진'으로만 남게 된 것이다. 수정은 '빠리식' 몸과 '한국식' 사고 사이에 '낀-존재(in-between)'[26]로 프랑스와 한국, 그 어디에서도 고정된 장소를 점유하지 못하고 각 장소 '사이'를 진동하다 자기 분열 상태에 이르고 만다.

〈도시일기〉에서는 귀국 후 '국외자'로 서성거리는 승연의 모습을 통해 파리에서도 한국에서도 정박할 수 없는 엘리트 여성의 이중적인 소외 문제를 제기한다. 승연은 파리 유학시절 많은 어려움을 극복하고 "착실히 공부를 하여" 불문학 박사학위까지 받았다. 그러나 파리의 공기 속에서 지극히 자연스럽게 누리던 성의 자유는 한국에서 승연을 죄의식과 자책감으로 옭아매는 '콤플렉스'로 작용했다. 또 파리 유학 전력이 만들어낸 성적 추문 때문에 승연은 한국에서 겨우 얻은 대학의 전임 자리를 박탈당하고 만다. 유학 전력은 결혼 문제에서도 경력에서도 족쇄가 되었고, 승연은 정신 질환 증세를 보이는데 이른다. 이처럼 자유로운 서구 문화를 경험한 여자 유학생들은 보수적이고 남성 중심적인 한국의 풍토에서 배척당할 뿐 아니라, 스스로 자유로워질 수도 없었던 것이다. 육체를 매개하지 않으면 서구 문화에 진입하지 못하고 한국 사회로 온전히 흡수되지도 못하는 여성 유학생의 존재는 그 자체로 근대와 전근대, 진보적 사고와 보수적 가치관이 공존하는 당시 한국 사회의 알레고리라 할 수 있을 것이다.

그러나 이렇게 스스로를 '국외자'로 인식하는 순간 파리라는 고유명

---

26) 장성규, 〈프랑스 문학사상 수용과 손장순 문학〉, 방민호 외, 위의 책, 93쪽.

사는 새로운 의미로 전유되기에 이른다. 낙원이나 마음의 고향으로서의 파리를 부인하고 자신의 "오류"를 인정하는 틈새에서 파리라는 중심에 대한 상상이 해체되기 시작한다.

> 승연은 파리의 가을이 향수처럼 떠오르곤 했으나 이젠 파리의 모든 풍경들이 하나의 정물화를 바라보듯 담담한 기억으로 남아 있다. 파리 그곳은 그녀의 젊음을 차압했던 암담한 낙원이요, 영원한 외곽지대이다. 한때 그곳을 마음의 고향처럼 생각하고 공부하던 대학시절부터 그녀의 오류는 시작된 듯하다.
>
> — 〈도시일기〉(《전집》 13, 387쪽)

이렇게 손장순 소설에서 파리는 서구라는 국가 권력과 한국 가부장의 망령이 구성원들과 구성원들의 관계를 파편화하는 분열의 공간으로 제시된다. 그러나 손장순은 이 '차이'를 통해 파리라는 장소에 내재된 공간적 폭력성을 탐색하는 동시에 여기에 잠재된 전복과 저항의 전략적 가능성을 제시한다. 이렇게 하여 인종, 민족, 젠더의 중심 파리는 유동적이고 탈중심적인 '표류공간'27)으로 재맥락화된다. 이때 여성 유학생은 서구 동일성과 타자성을 동시에 경험하고 탈장소성을 실천하는 여성 젠더의 정체성을 표상하는 존재라 할 수 있다.

---

27) 세르토의 공간 개념을 차용하였다. 세르토의 이론에 따르면, 폐쇄적인 권력이 작용하는 '절대공간'과 차이화 · 파편화 전략을 구사하는 '표류공간', 기존 틀을 전복시키고 거부하는 '부재공간'으로 나눌 수 있다. 이때 '표류공간'이란 지배권력이 통제하지 못하는 해방구이자 대안공간으로, 차이와 파편화, 거리화 전략으로 미시반란이나 미시전복을 도모할 수 있는 공간이다.(장세용, 〈미셸 드 세르토의 공간이론〉, 류지석 편, 앞의 책, 54-77쪽.)

3. 집(home)/집없음(homeless)의 경계 넘기, 부재 공간으로서의 뉴욕

김지원의 소설은 대다수가 미국 뉴욕을 배경으로 하고 있다. 하지만 등장인물들의 '이민'이 서사적 전제일 뿐 구체적인 사건으로 형상화되어 있지 않기 때문인지 소설의 장소적 배경에 주목한 경우는 많지 않다. 김지원 소설에 접근하는 관점은 대부분 인간 삶의 근원성과 인간 존재의 실체에 대한 탐구[28]라는 테마와 관련되어 있다. 그러나 김지원 소설에 나타난 여성인물들의 존재론적 갈등은 '뉴욕'이라는 장소가 제공하는 삶의 양식과 밀접하게 결부되어 있다. 또한 김지원 소설은 인종 간 관계 구조나 문화적 갈등 상황을 통해 민족 정체성 문제를 탐색하는 여타의 이민서사[29]와 다른 지형에서 이민 여성의 정체성과 자의식 문제를 다루고 있다.

김지원이 도미한 1970년대 한국에서 미국 뉴욕은 이국 판타지의 진원지였다. 당시 유행했던 '뉴욕병'이란 단어는 억압과 통제의 시대를 사는 한국인에게 뉴욕과 뉴요커가 얼마나 매력적인 기호였는지를 짐작하게 해준다. 특히나 한국 가부장제의 모순 가운데 있는 여성들에게 미국 여성의 주체적 삶에 대한 낭만적인 소문들은 미국 열병을 부추기기에 충분했다.[30] 이런 가운데 미국의 가장 자유롭고 풍요로운 도시

---

28) 홍정은, 해설 〈폐쇄적 자기인식과 의식의 공간화〉,《알마덴》, 동아출판사, 1988, 358쪽.

29) 일반적으로 이민 서사는 자유롭고 풍요로운 미국을 기대하며 이민을 감행했던 초기 이민자들이 미국의 실체를 목격하고 느낀 충격과 갈등이 주요 내용을 이룬다. 이 경우 인물들은 나를 고향으로, 고향을 고국으로 환원하는 관계를 통해 정체성을 구성하고, 이러는 사이에 나라는 개별적 존재의 차이는 무화되고 나는 곧 고국이라는 국적 문제로 추상화된다.(이선미(2007), 앞의 글, 447쪽.)

30) 1950년대-1960년대 여성 잡지들에는 유독 뉴욕 소식을 전하는 난이 많은데, 뉴욕의 한국인들을 통해 뉴욕을 이상화하는《여원》의 '뉴욕통신'이 대표적이다.

뉴욕은 사랑과 결혼, 섹슈얼리티의 동등한 주체로 살고 싶은 여성들의 희망을 실현시켜줄 수 있는 이상향으로 추상되었다. 여성들의 '뉴욕병' 현상은 단순히 사대주의적인 취향이나 유행의 문제가 아니라 여성들의 절박한 자기 인식과 관련되어 있는 것이다.31) 그러나 실제로 이민자들이 경험한 뉴욕은 "솟아날 수 없는 사람들에겐 바로 지옥"32)과 같은 곳이다. 뉴욕은 너무 많은 것이 세계 최고이기 때문에 역설적인 결핍과 소외를 불러일으키는, 결코 닿을 수 없는 이방인의 땅이었다.

이런 시각에서 김지원은 기혼 여성 서사를 통해 주체적인 자아를 향한 비상구로 여겼던 뉴욕이 이민 여성의 삶을 어떻게 구속하고 소외시키는지를 탐색해간다. 〈한밤 나그네〉33)에는 한국에서 미국으로 떠밀려온 하옥이란 인물이 있다. 하옥은 서울에서 연애 실패로 세 번의 유산을 하고 '로엔그린'34) 같은 구원의 손길을 기대하며 도미를 결심한다. 물론 하옥이 자발적으로 선택한 이민이지만, 하옥을 낯선 땅으로 밀어낸 것은 불평등하고 모순된 한국적 상황이었다고도 볼 수 있다. 당시 한국의 보수적인 성 윤리에 의하면 낙태와 유산으로 훼손된 하옥의 '불결한' 육체는 죄의식과 비난에서 자유로울 수 없고, 섹슈얼리티의 금기를 위반한 대가로 하옥의 미래는 부정당할 수밖에 없었기 때문이다.35) 이때 자유와 진보로 대변되는 미국은 하옥을 용인해줄

31) 이선미, 〈1960년대 여성지식인의 '자유'담론과 미국〉, 《현대문학의 연구》 29권, 한국문학연구학회, 2006, 437-438쪽.
32) 김채원, 〈나이애가라〉, 《초록빛 모자》, 나남, 1984, 155쪽. 김지원과 같이 도미한 동생 김채원의 소설에도 이 같은 인식이 잘 드러나 있다.
33) 김지원, 〈한밤 나그네〉, 《폭설》, 수상사, 1978. 여기서는 《김지원 소설 선집》 2 (작가정신, 2014)를 텍스트로 삼았다.
34) 〈로엔그린〉은 바그너의 오페라로, 동생 살해 혐의를 받은 엘자가 심문을 당하면서 꿈에서 자신을 구해준 로엔그린을 노래하자, 로엔그린이 백조를 타고 나타나 엘자를 구해내는 이야기다.
35) 196, 70년대 한국의 보수적 성담론은 피임이나 낙태를 불법으로 규정했다. 낙태는 1973년 모자보건법이 제정되면서 일정한 경우에 허용되었다고는 하지만, 피임 기구의 수출입이 금지되어 있는 상황에서 사실상 피임은 불법이나 마찬가지였

수 있는 유일한 공간으로 상상되었다. 미국에서라면 "전혀 다른 사람
이 될 수 있"을 거라며 하옥이 존재의 변신을 기대했던 것도 이런 이유
에서다.

그러나 미국에 온 하옥을 기다리는 것은 "지루하고 갇힌 생활"이다.
하옥은 이모집에서 조카를 돌보고 편물가게에서 점원으로 일하며 그
저 반복적인 일상을 견디며 살 뿐이다. 그 와중에 만난 경수는 목공소
에서 최저임금을 받고 잡일을 하는 인물이지만, 하옥은 막막한 감정을
공유하며 그를 "여로의 동반자" 삼아 폐허 같은 현실을 견디고자 한다.
그러나 경제 활동이 제한되어 있는 이민자 신분으로는 풍족한 삶을
영위할 수도, '로엔그린' 같은 왕자와 결혼해 구원을 얻을 수도 없었다.
그런 미국은 하옥에게 더 이상 기회의 땅이 아니었다.[36]

더욱이 경수는 영주권이 있는 하옥과 결혼한 뒤 이기적이고 자기중
심적이며 가부장적인 남편의 모습을 보여준다. 아침으로 된장찌개와
동태구이를 원하는 남편과 "침묵의 밥"을 먹고, 빨래와 설거지를 하거
나 "백점 받는 아이들을 가진 이웃 여자들과 잡담"을 하는 일밖에는
할 수 없는 "누에고치 안에 갇힌 삶"은 한국에서의 그것과 다르지 않
다. 작가는 하옥의 이런 뉴욕 생활의 실체를 남편 경수 뒤로 보이는
"막힌 벽"과 "어둡게 내려앉은 뉴욕 하늘"로 상징하고 있다.

이처럼 김지원 소설에서 여성들이 겪는 갈등은 우선적으로 '관계 맺
기'의 실패에서 비롯된다. 여성 인물들은 남성과의 친밀한 관계를 통해

다.(배은경, 〈출산통제와 페미니스트 정치〉, 심영희 · 정진성 · 윤정로 편,《모성
　의 담론과 현실》, 나남, 1999, 139-140쪽 각주 4번 참조.)
36) 1965년 이후 미국 이민은 중산층이 중심이 되었지만, 미국에 적응하는 과정에서
　이들은 대체로 직업 하위의 하향이동을 경험한다. 미국의 교육과 전문적 자격증
　갖지 못한 대다수 한인들은 백인사회의 편견과 장벽 때문에 미국의 노동시장에서
　하위 직업들에 종사하며 경제적 지위의 취약성을 보이고 있다. 그래서 재미한인
　의 압도적 다수가 노동직이나 소규모 자영업, 서비스업종에 종사할 수밖에 없었
　다.(최협,《다민족사회, 소수민족, 코리안 아메리칸》, 전남대학교출판부, 2011,
　212-213쪽.)

안정적인 삶을 꿈꾸는 반면, 남성들은 이기적일 정도로 가부장적이거나 비현실적일 만큼 자유를 추구하는 경향을 보이고 있기 때문이다. 〈한밤 나그네〉의 하옥과 경수처럼 〈폭설〉의 진주와 정섭, 〈잠과 꿈〉의 혜기와 남편 순구, 〈지나갈 어느 날〉의 하옥과 남편의 관계는 서로 어긋나 있다. 이들의 어긋남은 뉴욕에서 꿈꾸는 삶이 서로 다른 지점에 있다는 데서 비롯된다. 〈폭설〉[37]에서처럼 서로 학비를 벌어가며 공부하던 "배고프고 고단하지만 좋은 동무"였던 진주와 정섭은 결혼 후에 "서로 다른 방향으로 자라" "감정 전달이 어려"운 관계가 되어 1년 반 만에 별거를 하고 정섭은 출장을 핑계로 집을 떠난다. 〈잠과 꿈〉[38]에도 출장이 잦아 늘 집을 비우는 남편으로 인해 홀로 아이를 키우며 낯선 도시에서 살아가는 주부 혜기가 등장한다. 그녀는 항상 "남편은 모호하게 느껴지고, 자기 자신은 가치없이 느껴"지는 "축축한 그늘 같은 감정" 가운데 살고 있다.

  갈수록 순구는 혜기에게 모호한 존재였다. 그가 무엇을 생각하는지, 아내와 아이는 어느 정도 그 마음을 차지하고 있는지, 혜기처럼 그도 이 가정을 속박으로 느끼고 바람에 나부끼는 깃발 같은 자유와 독립을 꿈꾸는 때가 있는지.

— 〈잠과 꿈〉(《김지원 소설선집》 1, 139쪽)

〈지나갈 어느 날〉[39]에서 연자 역시 "무명의 이방인으로 살 수 있는" 자유로움을 즐기는 남편과 달리 무의미로 점철된 주부의 삶을 견디며

37) 김지원, 〈폭설〉, 《세대》, 1979, 《김지원 소설선집》 1, 작가정신, 2014, 25-127쪽 재수록. 이하 인용 페이지는 《김지원 소설선집》을 기준으로 제시한다.
38) 김지원, 〈잠과 꿈〉, 《김지원 소설선집》 1, 작가정신, 2014, 131-257쪽 재수록.
39) 김지원, 〈지나갈 어느 날〉, 《문예중앙》, 1984. 《김지원 소설선집》 2, 작가정신, 2014, 297-347쪽 재수록.

사막 같은 결혼생활 속에서 고립되어 가고 있다. 여성들은 '집 안의 이방인' 같은 남편의 존재를 통해 이방의 삶을 실감하고 있는 것이다. 물론 연자의 남편처럼 자유를 추구하면서 가정에 무책임한 남성들의 모습은 한국 사회가 요구하는 '성공한' 가장의 평균적인 의무와 책임이 얼마나 무거운 것이었나를 반증한다. 그러나 그 자유가 아내의 열등감을 자극할 뿐 아니라 아내를 가정에 구속시키는 결과를 낳게 된다면 그것은 남편의 무책임과 방종에 대한 변명에 불과할 것이다.

〈폭설〉에서 진주는 바라보는 방향이 어긋난 남편을 떠나보낸 후, 자유로운 영혼의 소유자 기를 만나 매력을 느끼고 그와 같이 살고 싶어 부양하던 엄마를 한국으로 돌려보내기까지 한다. 그러나 "갑옷 입고 투구 쓰고 방패가 되어"주는 가정을 원하는 진주와 '자유롭게 살 권리'를 주장하는 기 사이에는 "넘실대는 망망한 바다"만큼의 거리가 있다. 기는 진주에게 스스로 금기를 깨고 자유로워지라고 하지만 자신이 무엇을 원하는지조차 모르는 진주에게 기가 허용한 자유는 일종의 폭력이 될 수 있다.

> 약속대로 거침없이 기는 자기의 생을 사는 것 같았지만 진주 자신은 손님 같았다. 진주는 끊임없이 기의 기분을 살피고 기의 마음에 드는 여자가 되려고 애썼다. (중략)
>
> 기가 혼자 여행을 떠나버리든가 외박을 하면 진주는 밥을 하지 않고 아무거나 먹었다. 그럴 때 진주는 재미있게 사는 듯 보이는 기를 질투하며 자신을 무시당하고 매력 없고 찌꺼기인 듯 느꼈다. 자신의 인생은 자기 것이 아니고 기 또한 물론 자기 것이 아니었다. 자기 것이라고는 아무것도 없는듯했다.
>
> ― 〈폭설〉(《선집》 1, 54-55쪽)

동거 끝에 결혼을 하지만 기의 생활은 변함이 없고, 심지어 중국 여성과의 데이트를 위해 진주의 외출을 종용하기도 한다. 자유와 진보를 우월한 가치로 여기는 기 앞에서 진주는 열등감과 자괴감에 빠지고, 결국 정신 분열 증세를 보인다.

이처럼 고향에서 이탈한 남성들은 미국이라는 새로운 공간에서 책임을 벗어던지는 동시에 낯선 사회에서 자신의 존재를 증명할 수 있는 가정(home)을 요구하는 모순된 의식을 드러낸다.[40) 이 때문에 여성들은 여전히 가정 내에서 가부장적 관습에 따른 전통적인 성역할을 요구받게 된다. 그러나 남편들이 누리는 자유가 아내의 선택권을 박탈한 상태에서 가능하다는 점에서 가정은 가부장제의 보편적 폭력이 행사되는 공간이라 할 수 있다.

이 같은 남편들의 무책임과 무관심을 견딜 수 없는 아내들은 "제발 내게 좀 무슨 일이든 일어나기"만을 바라며 은밀하게 연애 혹은 정사를 꿈꾸지만, 그 '무슨 일'은 잠시 동안의 외도나 일탈에 불과한 경우가 대부분이다. 하옥은 경수와 별거하고 독립적인 삶을 도모했지만 임신이라는 굴레에 갇혀 경수를 다시 받아들이고, 연자 역시 연애대상인 찬준을 떠나 가족에게 돌아오기 때문이다. 물론 진주처럼 기의 느닷없는 죽음 앞에서 타의로 돌아갈 곳을 상실하는 경우도 있지만, 하옥과 연자의 귀가는 자발적인 선택에 따른 것이다.

그럼에도 불구하고 이런 결말에 주목해야 하는 이유는 이것이 새로운 이주의 가능성을 열어놓고 있다는 점 때문이다. 김지원 소설에서

---

40) 이런 맥락에서 민족주의자 남성들이 가정이라는 여성적 공간을 피식민인이 식민 지배에 저항할 수 있는 공간으로 생각하면서 여성에게 전통을 수호할 의무를 부과하고 여성들이 서구화되는 것에 반대한다는 지적을 상기해볼 수 있다.(싱 자스팔 카우르(Singh Jaspal Kaur), "Globalization, Transnationalism and Identity Politics in South Asian Women's Texts", Michigan Academician 35. 2, pp.171-188, 2003; 이승은, 〈초국가적 의식과 여성 공간〉, 김민정 외,《미국이민 소설의 초국가적 역동성》, 이화여자대학교출판부, 2011, 124쪽 재인용.

여성들의 귀가는 "지금은 전쟁하고 싶어도 전쟁할 때가 아니"(〈지나갈 어느 날〉)므로 혼자 떠날 수 있을 만큼 "힘이 좀 붙은 후"(〈한밤 나그네〉)를 기다리자는 현실적인 판단에 따른 결과로 해석된다. 떠남을 유예시킨 귀가라는 점에서 완전한 정착이나 영구적 거주라 볼 수 없는 것이다. 또한 이것은 고향에 대한 향수로 전환되거나 귀국의 계기가 되지도 않는다. 오히려 "앉지 않고 왔다 갔다 하는" 하옥의 모습은 모국과 이국, 그 어느 공간에도 정착하지 못하는 여성들의 삶을 은유하고 있다.

이와 같이 김지원은 자유와 풍요의 기호였던 뉴욕을 침묵과 추방, 결핍과 상실의 '부재공간'[41]으로 형상화했다. 김지원 소설에서 뉴욕이라는 기표는 관계맺기의 실패로 자신의 타자성을 확인하는 여성인물들을 통해 일상적인 무의미의 공간으로 환치되고 있다. 여성들은 뉴욕이라는 도시와 그 도시가 만들어준 가정에 뿌리내리지 못하고 떠남을 꿈꾼다. 그러나 이런 뿌리 없음의 상태를 단순히 정체성 혹은 근원의 상실이라고 파악할 필요는 없다. 오히려 언제든 떠날 수 있는 가능성을 열어놓는 이런 결말은 '넘나듦의 삶(dwelling-in-displacement)'[42]의 가능성을 제시한다. 이렇게 김지원 소설은 고착성에 대한 모든 시도와 욕망이 폐기된 지점에서 유목민으로서 여성 젠더의 새로운 정체성과 가능성을 타진하게 한다.

---

41) 세르토는 모든 지식/권력의 공간을 떠나 영구적 이탈운동을 통해 발견하는 공간을 '부재공간'이라고 명명하고 있다. 이곳은 타자의 공간이지만 여기서 주체는 물론 타자도 절대화되지 않는다는 점에서 혼종성의 공간이라고도 볼 수 있다.(장세용, 앞의 글, 69-73쪽.)
42) 최윤영, 〈초국가적 이산 가정과 여성〉, 김민정 외 편, 앞의 책, 268쪽.

4. 이주와 거주의 탈경계성

이 글의 목적은 여성의 해외 거주 경험에 기입된 여성의 공간 인식 양상과 특징을 파악하는 것이다. 즉 유학과 이민을 '이주'가 아니라 '거주'라는 관점에서 접근해 거주 공간에서 여성의 자아의식과 젠더 정체성 형성 과정을 살펴본 것이다. 이를 위해 여성작가 손장순과 김지원의 소설을 대상으로 각각 유학과 이민이라는 거주 경험이 파리와 뉴욕의 장소성과 상호 결합하는 방식 및 양상을 분석했다.

유학생과 이민자에게는 여행자와는 다른 시선과 위치에서 그 도시의 장소성을 경험함으로써 자아 정체성을 확인할 수 있는 기회가 제공된다. 손장순과 김지원은 이를 연애와 결혼, 성이라는 사적 영역에서의 관계 맺기를 통해 서사화한다. 이를 통해 손장순과 김지원은 여성들로 하여금 서구 중심의 남성 공간의 안과 밖, 중심과 주변을 동시에 점유하게 함으로써 파리와 뉴욕을 모순이 중첩된 역설적 공간으로 탐색해간다.

손장순은 자유와 관용, 예술과 문학, 낭만과 매혹이라는 프랑스 파리의 장소 표상을 해체한 지점에서 유학 모티프와 유학생 세대의 초상을 구체적으로 형상화한다. 손장순 소설에서 파리에 대한 상상과 실상의 차이는 '한국인' '여성' '유학생'이라는 세 가지 범주가 중첩되는 지점에서 환기된다. 이때 성과 연애의 문제는 인종, 민족, 젠더 간에 잠재되었던 충돌과 차이를 드러내는 중요한 모티프이다. 손장순 소설은 이 '차이'가 또 다른 이주를 발생시키는 계기가 될 수 있는 가능성을 타진하면서 파리를 탈중심적 '표류공간'으로 제시하고 있다.

김지원 소설은 여타의 이민서사와 다른 지형에서 이민 여성의 정체성과 자의식 문제에 접근한다. 김지원 소설에서 여성인물들의 존재 탐색과정은 미국 뉴욕이라는 장소가 제공하는 삶의 양식과 밀접하게 결부되어 있다. 그의 소설에서 여성들이 겪는 갈등은 남성들과 관계 맺기의 실패에서 비롯된다. 관계 맺기의 실패로 타자성을 확인함으로써 뉴욕이라는 기표는 일상적인 무의미의 기호가 되고, 뉴욕은 여성에게 침묵과 추방, 결핍과 상실의 '부재 공간'이 된다. 김지원은 이처럼 모국과 이국, 집의 안과 밖, 그 어느 공간에도 정착하지 못하는 여성의 모습을 통해 새로운 이주, 혹은 경계 넘나듦의 가능성을 열어놓고 있다.

이처럼 손장순과 김지원 소설에서 유학과 이민이라는 해외 거주 경험은 젠더적 독해를 위한 의미있는 단서를 제공해준다. 이들 소설에서 유학과 이민은 여성에게 젠더 정체성을 확인하는 사건으로 재의미화되고, 파리와 뉴욕은 거주와 이주 사이의 경계 공간으로 재표상된다. 나아가 동일성과 타자성, 집과 집 없음의 고정된 위치 사이를 진동하며 경계를 넘어서는 여성의 탈경계적 공간 의식을 형상화함으로써 여성이 모든 장소에서 이탈하는 탈장소성을 실천하는 존재란 사실을 확인시켜 준다. 이는 여성을 유목민이라는 새로운 이산 주체로 호명할 수 있는 가능성을 열어놓는다는 점에서 차별화된 젠더 공간과 젠더 정체성을 사유하게 하는 설득력 있는 지표가 될 수 있을 것이다.

Ⅲ
장소를 전유하다

: 1990-2000년대 여행 내러티브의

장소 배치와 재배치

GENDER

PIER

PARCEL

TRAVAIL

금기를 넘어 미지를 탐색하는
90년대 여행 서사

1. 집 떠나는 헤스티아와 페넬로페

1990년대는 여행문화의 확산과 대중화로 다양한 형태의 이국체험기가 쏟아져 나왔던 시기이다. 작가들이 여행을 하고 여행문학을 남기는 것은 세계사적으로도 보편적인 일이지만, 이렇게 일군의 작가들이 대거 국경을 넘는 여행을 하고 서사적 상상력을 세계로 확장해 간 것은 한국문학사에서도 특기할만한 현상이 아닐 수 없다.[1] 이 같은 상황은 일차적으로는 1989년 여행 자유화로 여행의 자율 형식이 보장되고 여행 체험이 보편화·일상화되었던 물리적 조건에 힘입은 바 크다. 또한

---

1) 1990년대 들어 해외여행 및 이국체험을 소재로 한 소설들이 풍부하게 양산되었음에도 불구하고, 몇몇 연구를 제외하고 이를 집중적으로 논의한 경우는 드물다. 더군다나 젠더적 시각에서 접근한 사례는 찾아보기 힘들다. 다음 논의들을 참고해볼 수 있다.(황국명, 〈90년대 여행소설과 공간 전위〉,《오늘의 문예비평》22호, 산지니, 1996.; 이미림, 〈여성해방 지표로서의 여행〉,《우리시대의 여행소설》, 태학사, 2006; 이미림, 〈1990년대 여행소설의 탈근대적 사유와 타자성〉,《세계한국어문학》1호, 세계한국어문학회, 2009;. 김옥선, 〈여행 서사에 나타난 오리엔탈리즘과 지역 식민지-1990년대 여행 서사를 중심으로〉,《로컬리티 인문학》14호, 부산대학교 한국민족문화연구소, 2015.

이런 현상은 1990년대 변화된 세계의 정치 지형을 반영한 결과이기도 하다. 소위 탈냉전 시대 현실 사회주의의 몰락과 중동 지역의 정세 변화는 한국 외교사에도 많은 변화를 가져온 바, 여행서사의 문화 지형도를 바꾸어 놓는데 영향을 미쳤다. 그러나 무엇보다 이 시기 여행 서사가 이전 시기와 다른 특성을 보인다고 하면 이는 여행의 방향이 탈중심, 탈근대, 탈국가, 탈이데올로기라는 90년대 시대정신에 의해 추동되고 있다는 점일 것이다.

더불어 주목할 만한 특징은 90년대 하나의 '군(群)'으로 응집될 만큼 수적으로 우세했던 여성작가들이 거의 예외 없이 다양한 형태의 해외 여행·유학·체류 등의 거주(dwelling) 경험을 서사화하고 있다는 점이다. 물론 여성들의 이국체험과 여행은 근대 이후부터 꾸준히 이어졌고, 여성이 여행기와 여행서사를 남기는 사례 역시 특별한 것은 아니었다. 그럼에도 불구하고 해외여행이 자유롭지 않았던 1980년대까지 여성의 여행은 특정 계급과 계층에게만 허용된 특권의 산물이었던 만큼 어느 정도는 공식적이거나 관제적인 성격을 띨 수밖에 없었고 이것이 여행의 성격과 여행자의 계급, 네이션, 젠더 인식을 구속하는 한계로 작용했던 것도 사실이다. 그러나 90년대 여성 여행서사에서는 여행목적, 여정, 타문화에 대한 시각과 태도에서 일정한 변화가 감지된다. 즉 90년대 여성 여행서사는 새롭게 재편되는 정치 문화지형과 변화된 젠더인식이 맞물리는 지점에서 산출된 것이다. 이런 의미에서 이 글은 '젠더 감수성'을 90년대 여행서사에 접근하기 위한 입지점이자 핵심 방법론으로 삼고자 한다.[2]

---

2) 이제까지 1990년대 여성작가의 여행서사만을 조명한 논의는 거의 전무하다고 할 수 있다. 본고는 젠더 지리학에 바탕해 필자가 수행했던 다음 연구와 이론적인 전제를 공유하면서 그 연장선상에서 90년대 여행서사의 젠더적 성격을 파악하고자 한다.(임정연, 〈1950-80년대 여성 여행서사에 나타난 이국체험과 장소 감수성〉,《국제어문》61집, 2014; 〈여성의 이국 체험과 감성의 지리학:1950-70년대

1990년대 여행서사의 젠더 감수성을 밝히는 첫 번째 단서는 '왜 떠났는가'의 문제와 관련 있다. 이것은 동 시기 여성소설에서 흔히 발견되는 출가(出家) 모티프를 통해 해명될 수 있다. 일반적으로 여성소설에서 출가는 가부장 이데올로기에 불응하는 여성들의 반란과 일탈을 서사화하는 장치로 활용되어왔다. 90년대 여성소설에서 가출과 여행은 동일한 이념적 정체성을 갖는다. 해외여행은 가출의 상징성을 국경을 넘어 관철시킨 경우에 해당한다. 여성의 여행이 가부장 이데올로기에 위배되는 일탈의 사건인 이유는 여성들에게 '집 밖'의 여행자 정체성을 부여함으로써 '집 안'에서의 젠더 정체성을 성찰하게 하기 때문일 것이다. 여행은 여성에게 부과된 '헤스티아(Hestia)'3)나 '페넬로페(Penelope)'의 정체성을 거부하고 국경을 넘는 '자발적 추방'을 선택하는 데서 시작된다. 그리고 여성에게 여행은 자신의 젠더 정체성에 가해진 억압과 폭력을 확인하고 새로운 정체성을 탐색하는 계기가 된다. 따라서 90년대 여성의 해외여행서사는 '집 안의 여성'에서 '길 위의 여성'으로 여성 정체성의 변모를 가장 적극적으로 추인하고 반영하는 서사 양식이라 할 수 있을 것이다. 1990년대 여성 여행서사의 의의는 여기에 있다.

그렇다면 여행서사의 젠더 감수성을 파악하는 또 다른 단서는 무엇일까. 이것은 '어디서 무엇을 보는가'의 문제와 결부되어 있다. 이와 관련해 1990년대 이후 여성 여행서사에 나타난 이국체험의 세 가지 특징을 주목해볼 수 있을 것이다. 첫째, 여행 장소의 확대와 다양성이다. 여행 지역이 중국과 일본, 미국이나 유럽 주요 국가에 한정되었던

해외기행문을 중심으로),《이화어문논집》33집, 이화어문학회, 2014)
3) 헤스티아는 그리스 신화에 나오는 불과 화로의 여신으로, 부엌의 화로를 지키며 방금 조리한 음식과 따뜻한 잠자리를 제공하는 가정의 수호신이자 '기다리는 여성'이다.(김희옥, 〈여성의 관점에서 본 여행〉,《한국관광정책》22호, 한국문화관광연구원, 2005, 48쪽.)

전 시대와 달리 호주(김인숙, 《시드니, 그 푸른 바다에 서다》), 아르헨
티나(김승희, 〈산타페로 가는 사람〉), 동유럽(김지수, 《나는 흐르고 싶
다》; 권현숙, 《루마니아의 연인》), 러시아(공지영, 〈모스끄바에는 아무
도 없다〉; 이나미, 《얼음가시》), 인도(강석경, 《세상의 별은 다, 라사에
뜬다》), 중동과 아프리카(서영은, 《꿈길에서 꿈길로》; 권현숙, 《인샬
라》; 강규, 《베두윈 찻집》) 등 다양한 대륙과 국가로 확대되고 있음을
볼 수 있다. 둘째는 거주 경험의 세분화로 이민과 같이 단·장기적
해외체류나 유학 경험을 다룬 작품이 많아졌다는 점이다. 마지막으로
는 고유의 장소성이 삭제된 국경 지대 혹은 국적 불명의 장소들이 등장
하고 있다는 점을 들 수 있다.[4]

　이렇게 거주방식이나 체류형태의 다양화는 여행서사의 젠더 감수성
을 파악하는 마지막 단서와 직결된다. 그것은 '어떻게 보는가'의 문제
와 관련되는 바, 장소의 위상 변화에 따라 장소 정체성은 다르게 구성
되며 여성과 남성은 장소와 공간의 의미를 다르게 체험하고 재현하기
때문이다.[5] 여성들은 자신이 속해 있던 국가와 지역을 벗어나 기존의
지배질서가 작용하지 않는 새로운 공간으로 이동했을 때 기존과는 다
른 타자들과 관계를 맺고 다른 사회문화질서에서 새롭게 위치성을 구
성해가며 주체를 생성한다.[6] 그리고 이렇게 내부자의 위치와 시선을
빌림으로써 여성 여행서사는 새로운 감수성과 윤리성을 담보할 수 있
게 된다.

　이에 본고는 모스크바와 베를린, 중동 및 아프리카 지역을 배경으로

---

4) 김승희의 〈회색고래 바다여행〉, 〈아마도〉 등에는 지역성이 전혀 부각되지 않고
　국적이 불분명한 공간이 등장한다. 그러나 이는 2000년대 이후 집중적으로 등장
　하는 특징이므로 여기서는 참고사항으로만 제시하기로 한다.
5) 린다 맥도웰(Linda McDowel), 《젠더, 정체성, 장소-페미니스트 지리학의 이해》,
　여성과공간연구회 역, 한울, 2010, 38-39쪽.
6) 최랑, 《미혼여성의 여행: 경험과 의미를 중심으로》, 이화여자대학교 석사학위논
　문, 2012, 20쪽.

한 작품을 대상으로 여행을 추동시킨 계기, 여행 주제의 위치와 시선, 내부 구성원들에 대한 태도 등을 분석함으로써 여성주의 여행의 새로운 감수성과 윤리적 함의를 규명해 보고자 한다. 모스크바와 베를린, 중동 및 아프리카는 1990년대 새롭게 발견된 여행지들로, 탈이념·탈국가라는 정치·문화지형의 변화와 재편 상황을 가장 잘 반영하고 있는 장소라고 판단했기 때문이다. 이 장소들은 한때 접근이 금지되었던 '금기'의 땅이거나 아직 가보지 못한 '미지'의 땅으로, 1990년대 여행 서사에 새롭게 등재된 장소들이다. 이렇게 금기와 미지를 가로지르는 새로운 감수성이야말로 90년대 여행서사의 특징을 대변한다고 할 수 있을 것이다.

2. 금기의 장소를 탈신화화하는 여로의 후일담
: 모스크바와 베를린

러시아 모스크바와 독일 동베를린은 사회주의 이념의 표상 공간으로 한국에서는 오랫동안 접근이 금지된 금기의 구역이었다. 한국문학에서 모스크바와 베를린의 장소 정체성은 '붉은 광장'과 '베를린 장벽'으로 알레고리화 되어 80년대 한국 사회의 집단 기억을 구성하고 개인의 정체성을 귀속시켜 왔다.7)

공지영의 〈모스끄바에는 아무도 없다〉8)와 이나미의 《얼음가시》

---

7) 개인적 기억과 정체성이 장소와 지역에 직결된 것처럼, 문화적 '기억'과 정체성 역시 풍경와 물리적 환경에 묶여 있다.(제프 말파스(Jeff Malpas),《장소와 경험》, 김지혜 역, 에코리브르, 2014, 242쪽.)

(〈자오선〉, 〈바비에 레토〉, 〈얼음가시〉)9)에서 모스크바는 혁명의 정체성과 신화적 의미를 상실한 혼돈과 부재의 장소로 그려지고, 김지수의 《나는 흐르고 싶다》10)에서 냉전 종식 이후 베를린은 혁명의 대의와 명분을 상실한 허상의 도시로 등장한다.

공지영의 〈모스끄바에는 아무도 없다〉에서 '나'는 학생 운동 시절 동지들을 만나기 위해 남편의 모스크바 영화 촬영 일정에 동행한다. 나에게 모스크바는 "살아서는 아마도 밟지 못할거라고 상상했던 땅. 몰래 읽은 혁명사와 레닌전기 속에서 살아 숨쉬던" 신화화된 공간이었다. 그러나 막상 눈앞에 펼쳐진 '이데올로기의 고향' 모스크바 광장은 "텅 비어 있었"고 어깨동무를 하고 '스뗀까 라진'을 외치며 밤거리를 걷게 될지도 모른다는 낭만적 기대는 실현되지 못한다.

　　남편의 걱정에도 불구하고 이곳까지 자신있게 따라온 것은 사실 그들이 있었기 때문이라고 해도 과언은 아니었다. C와 B와 그리고 K. 게다가 여기는 모스끄바가 아닌가 말이다. 빠리도 뉴욕도 동경도 아닌 곳, 살아서는 아마도 밟지 못할 거라고 상상했던 땅, 몰래 읽은 혁명사와 레닌 전기 속에서 살아숨쉬던 곳이었다. 우리는 어쩌면 예전처럼 어깨동무를 하고 스뗀까 라진, 스뗀까 라진, 노래를 부르며 모스끄바의 밤거리를 걷게 될지도 몰랐다. 하지만 아직 나는 C와 통화하지 못하고 있었다.
　　　　　　　　　　　　　　　　　　— 〈모스끄바에는 아무도 없다〉(242쪽)

지인들과 계속해서 연락이 닿지 않거나 길이 엇갈리면서 나는 결국

---

8) 공지영, 〈모스끄바에는 아무도 없다〉, 《창작과 비평》, 1995. 겨울, 《존재는 눈물을 흘린다》, 창작과비평사, 1999 재수록.
9) 이나미, 《얼음가시》, 자인, 2000.
10) 김지수, 《나는 흐르고 싶다》, 웅진출판사, 1995. 여기서는 E-book 김지수, 《나는 흐르고 싶다》((주)바로북닷컴, 2010)를 텍스트로 한다.

아무도 만나지 못한 채 낯선 모스크바에서 갈 곳도, 할 일도 없는 상태로 지내게 된다. 좌표와 방향을 잃은 내가 목격한 것은 모스크바의 위대한 과거가 아니라 자본주의 일상에 결박당한 초라한 현재일 뿐이었다. 사회주의 몰락 이후 모스크바의 도시 정체성을 대변하는 곳은 코카콜라와 맥도날드가 지배하는 텅 빈 광장과 인터걸과의 섹스가 상품으로 거래되는 호텔의 밀실이다. 대학병원 외과의사나 국립연구소 화학박사 같은 인텔리 여성들이 밤에는 식당에서 웨이트레스로 일하며 돈을 벌고, 그런 러시아 여자들을 스타킹이나 라디오 같은 물건으로 살 수 있는 곳, 이제 그곳에서 학생운동 전력을 자랑하던 김기자처럼 남성들은 순수한 혁명의 기억을 금발 미녀들과의 값싼 하룻밤으로 소비해 버린다. 이처럼 작가의 젠더 감수성은 시장경제체제 모스크바의 궁핍함과 도덕적 타락을 여성 육체의 매매라는 살풍경한 현실을 통해 함축하면서 이념적 동지였던 남성들을 비판적으로 대상화하는 데 이른다.

> 모스끄바에는 새가 없대, 모스끄바에는 산도 없고, 모스끄바에는 아파트뿐, 단독주택이 단 한 채도 없지……택시도 없고, 영어를 알아듣는 종업원들도 없는 호텔, 창녀는 없지만 인터걸이 있고 산은 없지만 언덕이 하나 있고, 이제 여기 죽은 레닌이 있다…
> 김이 나의 시선을 피해 고개를 떨구었다. 빅또르 박이 천천히 대열을 인솔하고 있었다. 살아 있는 우리는 죽은 레닌을 거기 남겨둔 채 지하의 어두운 묘지를 빠져 나왔다.
> ― 〈모스끄바에는 아무도 없다〉(290-291쪽)

따라서 화자가 자본주의가 점령한 모스크바에 부재하는 것만을 확인한 채 "죽은 레닌"의 지하 묘지를 빠져 나오는 위의 장면은 자신의 과거와 자신의 세대가 간직했던 장소기억에 종언을 고하는 통과의례로 해석할 수 있다. 이런 맥락에서 이 소설은 '청산의 후일담'[11]으로 읽히기도 하지만, 모스크바의 현재를 젠더적 시선에서 전경화한다는 점에서 관계의 청산과 젠더 분리가 동시에 수행되고 있음을 감지할 수 있다.

공지영이 여행자의 시선에서 모스크바에 접근했다면, 이나미는 〈바비에 레토〉에서 러시아 유학생의 시선에 포착된 90년대 모스크바의 "혼란과 배타와 황폐와 무방비와 이로 인해 도처에서 겪는 이방인들의 무기력"[12]을 진술한다. 러시아 거주 경험은 작가로 하여금 '루스키'[13] 들의 절망과 분노를 그들의 목소리에 실어 전달함으로써 모스크바의 혼란과 무기력의 실체에 한발 더 접근할 수 있게 하였다.

> 아르바트 거리는 외무성 건물과 대형 지구본을 머리에 인 극장식당 사잇길에서 시작돼 우스꽝스런 광대인형이 서 있는 맥도날드 햄버거점을 지나 푸슈킨이 신혼시절을 보냈던 집이 있는 골목을 지나고 수많은 기념품점과 카페와 베네통 의류매장을 거쳐, 즐비한 코닥 속성사진 입간판과 환전소를 지나 우리나라 가전제품 회사 입간판이 보일 때쯤에서야 끝난다.
>
> 가게만큼 노점상도 많다. 소비에트 시절의 붉은 군대 군복과 군모, 손목시계를 양손에 들고 서 있는 사나운 눈빛의 청년들. 그들보다 장삿속이 더 트인 사내들은 최신 할리우드의 에로물 비디오 테이프 해적판을 늘어놓고 최신! 최신!을 외쳐댔다.
>
> ── 〈바비에 레토〉(162-163쪽)

---

11) 1990년대 공지영의 대다수 후일담에서 과거가 집단적 추억을 소비하는 대상이 되고, 과거의 기억을 통해 과거를 낭만적으로 복원하고 이상화하는 '기억의 후일담' 형식을 취하고 있다는 것과 다르게 이 소설은 모스크바에서 과거를 '청산'하고 고국으로 돌아가는 '청산의 후일담'에 가깝다. 후일담의 두 유형에 대해서는 박은태 · 고현철, 〈공지영과 김영하의 후일담 소설 연구〉, 《한국문학논총》 44집, 한국문학회, 2006 참조.

12) 이나미, 〈작가의 말-내 안의 그 시절〉, 《얼음가시》, 2000.

13) 러시아 국명의 영어 머리글자인 Ru와 스키를 합친 단어인 '루스키(RuSki, pу́сский)'는 러시아 사람과 말을 가리키는 단어이다.

유학생 '은엽'의 눈에 비친 모스크바의 거리 풍경인데, 혁명의 상징 붉은광장이 있는 아르바트 거리에는 푸슈킨의 집과 기념품점, 맥도날드 햄버거점과 카페, 베네통 의류매장이 공존하고 있다. 이처럼 영광스런 과거를 상징하는 기념비적 건물과 자본주의 상표들이 난무한 물리적 풍경이 혼재되어 있는 아르바트 거리는 90년대 러시아의 축소판이라 할 수 있다.14) 작가는 이런 모스크바의 거리 풍경을 하숙집 주인 '레냐'의 고독하고 궁핍한 삶과 대비하면서 러시아의 무질서와 부조화, 과잉과 결핍을 효과적으로 표백해내고 있다.

〈바비에 레토〉는 모스크바를 감싸고도는 이 같은 부재와 상실의 정서를 '옛 사랑' 모티프와 결부시킨다. 러시아 유학생 은엽은 어느 날 모스크바 출장을 온 옛 연인의 전화 한 통을 받는다. 미래를 기약할 수 없어 도망치듯 러시아로 유학을 왔지만 은엽에게 그의 존재는 마치 제출하지 못한 졸업논문처럼 "풀어낼 길 없는 열정과 상실감"으로 남아 있었다. 모스크바의 새로운 도시 풍경을 배경으로 그들은 몇 차례의 만남을 갖고, 이로 인해 은엽은 잠시 감정적으로 동요한다. 그러나 그는 마지막 날 크레믈린 궁전과 스파스카야 탑이 내다보이는 모스크바 강변 호텔 라운지에서 자신의 결혼 소식을 전한 뒤 한국으로 돌아간다. 상실감에 힘들어하던 은엽은 레냐가 들려주는 '바비에 레토' 이야

---

14) 1991년 소련 해체 이후 러시아 연방으로 새롭게 출범한 러시아는 옐친 집권 전반기에 역사 다시쓰기와 민족정체성 재정립 차원에서 소비에트의 과거 유산을 전면적으로 부정하거나 거부하는 양상을 보였다. 그리하여 모스크바 시내 레닌, 스탈린, 드제르쥔스키 등 상징적 인물들의 기념 동상을 무차별적으로 파괴하고 철거했다. 이후 루쉬코프의 모스크바 재건은 모스크바를 포스트소비에트 시대 '새로운' 러시아의 수도로 거듭나게 하기 위해 한편으로는 본연의 정체성을 유지·회복하고 다른 한편으로는 자본주의 첨단도시로 탈바꿈시키고자 했다. 그 결과 구세주사원, 표트르 대제 기념 건축물, 전승기념공원 등 소위 기념비적 건축물들과 트라이엄프-펠리스, 60개의 고급 아파트, 연방 타워, 러시아 타워 등 초고층 초호화 건물들이 들어섰다.(라승도, 〈공간의 문화정치학: 포스트소비에트 시대 모스크바 재건의 문화적 함의〉,《슬라브연구》 22권2호, 한국외국어대학교 러시아연구소, 2006, 175-181쪽.)

기를 통해 이 짧은 재회가 자신에게 어떤 의미였는지 깨닫게 된다.

> "리챠, 지난주까지 날씨가 심상찮다 싶을 만큼 맑았지? 러시아에선 매년 구월 초순이면 일 주일쯤 신기할 정도로 날씨가 좋아. 일 년 중 가장 아름다운 시절이지. 가는 여름을 아쉬워하는 여성들을 위해 조물주가 내려준 선물이라고 할까? 가을이 오기 직전의 며칠을 '농사짓는 아낙네들의 여름'이라는 뜻으로 바비에 레토라고 불러. 그때만큼은 정말 비오고 찌푸리고 변덕스럽던 날씨가 언제 그랬냐는 듯 고요해지고, 맑은 햇살이 쏟아지면서 다시 여름으로 돌아간 것 같아. 춥지도 덥지도 않고 아주 안성맞춤이지. 그러면 여자들은 생기가 돌고 달뜨기 시작해." (중략) 그래, 너와 함께했던 시간은 내 인생에 있어서 바비에 레토였어. 가장 빛나고, 유리알처럼 명징하면서 고요 속에서 싱싱하게 파닥이는 의식을 손으로 건져올릴 수 있었으니까!
> ― 〈바비에 레토〉(188-203쪽)

춥고 스산한 가을과 겨울을 앞두고 찾아오는 짧은 여름 햇빛 같은 '바비에 레토'는 '얼음가시' 같은 혹독한 추위를 견뎌야 하는 러시아에 계절적인 통과제의와도 같다. 은엽에게 그와의 짧은 재회는 옛 사랑과의 이별 의례이자 미처 청산하지 못한 과거를 통과하기 위한 제의인 것이다. 이 의식을 통해 은엽은 모스크바를 과거의 낭만적 망명지가 아닌 구체적 삶의 장소로 직시할 수 있게 된다. 이런 의미에서 바비에 레토는 사라질 운명에 처한 은엽의 옛사랑과 모스크바의 옛 영광을 애도하고 새로운 전환을 암시하는 이중적 은유라 할 수 있다.

이처럼 공지영과 이나미의 작품은 부재와 상실을 애도하고 옛 관계를 청산하는 통과제의의 장소로 모스크바를 호출한다. 따라서 두 소설이 모스크바의 변화를 전경화하는 맥락에는 내적인 변화를 모색하고 새로운 관계를 추진하고자 하는 여성들의 갈망이 반영되어 있다고 볼 수 있다. 즉 90년대적 문맥에서 모스크바의 장소 정체성은 여성 여행자의 젠더 정체성과 긴밀하게 상호작용하고 있는 것이다.

김지수의 《나는 흐르고 싶다》는 탈/냉전의 상징인 베를린을 좀더 적극적인 변화 가능성을 전망하는 장소로 호명하고 이를 '실종' 모티프로 형상화하였다. 이 소설은 액자식 구성을 취하고 있는데, 80년대 후반부터 90년대 초 독일에서 역사적 격동기를 보낸 뒤 실종된 김승혜의 편지 내용이 중심을 이룬다. 그리고 승혜를 찾아달라는 이미혜의 부탁을 받고 베를린의 무의탁 행려병자 보호소에서 편지를 찾기까지 대사관 직원 '나'의 이야기가 프롤로그와 에필로그를 구성한다.

과격한 운동권 여대생이었던 승혜는 수감된 애인을 버리고 '괜찮은 조건'의 안정된 직업을 가진 상사맨 남편을 따라 도독(渡獨)한다. 과거를 지운 채 평온한 주부의 일상을 기대했던 승혜에게 격동의 변화를 겪고 있는 독일은 국적과 민족이 뒤섞인 사람들과 다양한 삶이 교차되는 혼돈의 장소로 다가왔다. 승혜의 삶은 주재원 부인들과 어울리며 중산층의 평온한 일상을 이어가는 한편 정치 토론회에 참석하고 사회주의자와 교류하는 등 안일한 삶에 침체되기를 거부하는 이중적인 양상을 보인다. 그리고 그곳에서 승혜는 베를린 장벽이 무너지고 냉전이 종식되는 독일 통일의 목격자가 된다.

그리고 10월 3일, 나는 베를린에 있었다. 문자(文字) 그대로 열광적인 축제의 현장이었다. 거리는 사람들로 넘쳐 발 디딜 틈도 없었다. 0시가 되자 방방곡곡 교회의 종이 일제히 울리면서 독일은 명실상부한 하나의 통일된 나라를 이루었다. 동서독은 지도에서 사라지고 거대한 '독일 연방 공화국'이 새로 탄생했다. 철학의 나라답게 한 방울의 피도 혁명도 필요로 하지 않고, 조용하게 혁신적인 대과업을 이루어 낸 것이다. (중략) 그러나 그 같은 축제는 어디까지나 남의 것이었다. 나는 생각보다 심한 허탈감에 빠졌다. 역사적이고 모범적인 과업을 마침내 이루어내고 만 그들의 끈기와 노력과 인내와 여유가 부러웠다. 너무도 부럽고 부러워서 목을 놓아 울어 버리고 싶을 지경이었다.

—《나는 흐르고 싶다》(261-262쪽)

그러나 베를린 장벽이 무너지는 '축제'가 어디까지나 '남의 것'이었 듯이 베를린에서의 생활 역시 온전히 자기 것이 될 수 없었다. 남편 과 미혜의 밀월관계를 알게 된 승혜는 허울뿐이던 남편과의 결혼생 활을 청산하고 독일 진보당원인 로베르트와 동거를 시작하지만, 혁 명가가 아닌 '공상가'에 불과한 로베르트에게서 자신이 좇던 열정과 미련이 허상이었음을 깨닫는다. 안정된 현재와 뜨거웠던 과거를 향 한 이중적 욕망의 실체는 바로 "혁명가를 택한 내 안의 '나'와 문 밖 의 그 거친 혁명적 분위기를 못 견뎌하는 또 다른 내 안의 '나'의 이중적인 갈등"이었음을 알게 된 것이다. 관철되지 못한 욕망의 실 체를 깨달은 승혜는 스스로를 누군가의 옆자리에서 해방시키기로 결 심한다. 현실과 이상 속에서 방황하던 승혜는 과거 자신을 사로잡았 던 열정과 혁명의 기운을 씻어내고 오로지 자기만의 삶을 찾아 나선 다.

그대여.

그러나 나는 지금 이 마지막 글로 내게 남아 있을지도 모를 불완전한 혁명 의 기운을 말끔히 씻고 싶다. 그리하여 신새벽 다시 홀홀히 길을 떠나고 싶 다. 내게 있어서 출발은 언제나 영원하고 새로운 화두(話頭)이다.

이 편지를 마치면 어쩌면 나는 그것들을 한꺼번에 태워 버릴지도 모른 다. 희게 빛나는 한줌의 재로, 나의 푸른 젊음을 송두리째 붙잡았던 모든 아름다움과 모든 추악함과 모든 절망에 대한 마지막 뜨거운 이별 의식을 대신할지도 모르겠다.

　　　　　　　　　　　　　　　　　　　－《나는 흐르고 싶다》(21쪽)

　　독일 통일이 '남의 것'이듯 운동권 애인에서 안정된 샐러리맨 남편
으로, 다시 사회주의 혁명가로 남성에게 의탁하며 살아온 삶 역시 '남
의 것'임을 깨달은 승혜가 찾아낸 새로운 삶의 방식은 "벌판에 서듯"
'빈손'으로 "혼자 결정하고 혼자 비틀거리며 걸어가"는 삶이다. 그래
서 승혜의 '실종'은 자기 존중을 바탕으로 한 실존적 결단인 동시에
여성 주체로서 정체성 회복을 암시하는 선언으로 이해되기도 한다. 승
혜가 추구하는 '흐르는 삶'이 궁극적으로 귀환할 수도 정착할 수도 없
는 망명자의 존재 형식이라는 점에서 '실종'이라는 사건은 자발적 망명
을 추인하는 서사적 장치로 기능한다고 할 수 있을 것이다.

　　앞에서 살펴본 공지영, 이나미, 김지수의 작품들은 공통적으로 모스
크바와 베를린에 대한 집단적 장소기억을 심미화[15]하는 대신 이를 해
체하고 탈신화화하고자 한다. 그리하여 이 장소들은 90년대 이후 여성
의 실존적 삶을 모색하게 하는 새로운 가능성의 공간이 된다. 그러나
과거 청산이 곧바로 자본주의적 일상에 대한 승인으로 연결되기보다
정착하지 않는 자발적 망명자의 삶을 내정한다는 점에서 이들 여행서
사를 '여로의 후일담'으로 명명할 수 있을 것이다.

---

15) 기억이 개인적인 것이 아니라 사회적이며 정체적인 것이라는 점에서 집단 기억은
　　기념비, 기념물, 기념사업 등 기억의 공간을 구성하는 문제와 밀접한 관련이 있
　　다. 이때 과거는 조각난 이미지의 형태로 회상되기 때문에 기억은 재구성의 문제
　　를 발생시킨다. 흔히 장소 기억의 심미화는 노스텔지어와 연결되어 부정적 차원
　　이 희석되고 상품화될 수 있다.(한지은,《도시와 장소 기억》, 서울대학교출판문
　　화원, 2014. 7-9쪽.)

3. 미지의 장소를 월경하는 로드로망: 북아프리카 및 중동

1990년대 탈식민주의 담론이 활성화되고 오리엔트 문명에 대한 관심이 높아지면서 아프리카 및 중동[16] 지역에 대한 탐색도 활발하게 이루어졌다. 한국문학에 낯선 지명들이 등록되고, 여행서사가 미지의 장소를 탐색하기 시작한 것도 이때부터이다.

권현숙의 《인샬라》,[17] 서영은의 《꿈길에서 꿈길로》,[18] 강규의 《베두윈 찻집》[19]은 알제리, 이라크, 이집트를 배경으로 하여 타만라셋(타만라세트-연구자), 알제, 암만, 바그다드, 카이로, 누에바(누웨바-연구자) 등의 이국 지명들을 90년대 여행서사의 새로운 무대로 호출한다. 지정학적으로 보자면 알제리와 이집트는 북아프리카에, 이라크는 서남아시아 지역에 속하지만 세 국가 모두 국민 대다수가 이슬람교를 믿는 아랍 국가이다. 즉 알제리, 이집트, 이라크는 중동의 지역성과 이슬람 문명과 아랍 문화가 중첩되고 교차하는 장소라는 공통점이 있다.[20]

그런데 정치적, 인종적, 문화적, 역사적으로 다양하고 복합적인 정체성에도 불구하고, 당시만 해도 이 지역에 대한 대중적 심상지리는

---

16) 중동과 아프리카는 서로 다른 지정학적 정체성을 가지고 있지만, 문화적으로는 상호 중첩되는 개념이다. 중동(Middle East)은 원래 근동(Near East)으로 불리며 인도를 비롯한 남부 아시아 및 동남아지역을 일컬었으나, 2차 세계대전 이후 오늘의 중동지역을 지칭하는 용어로 정착되었다. 오늘날 중동은 아시아, 아프리카, 구주의 3개 대륙에 걸쳐진 접속지역이고, 정치적, 인종적, 문화적, 역사적으로 다양하고 복합적인 정체성을 가지고 있다.(서재만, 〈한국과 중동〉, 《국제정치논총》 22권, 한국국제정치학회, 1982, 124쪽.)

17) 권현숙, 《인샬라》 상 · 하, 한겨레출판사, 1995.

18) 서영은, 《꿈길에서 꿈길로》, 청아출판사, 1995. 여기서는 E-book 서영은, 《꿈길에서 꿈길로》((주)바로북닷컴, 2010)를 텍스트로 사용한다.

19) 강규, 《베두윈 찻집》, 문학동네, 1997.

20) 여기서 아랍(Arab)은 아랍어를 모국어로 하는 민족 개념이라 할 수 있는데, 지역적으로는 아시아 대륙 서남부 북아프리카 국가인 아랍 연합, 수단, 리비아, 튀니지, 알제리, 모로코 등을 포함한다.

'사막'이나 '아라비안나이트'로 대표되는 낯설고 신비한 이미지로만 고정되어 있었다. 《인샬라》에서 타만라셋은 남한과 수교를 맺지도 않은 사회주의 국가의 남쪽 사하라 사막의 오지 마을이고, 《꿈길에서 꿈길로》의 바그다드는 걸프전 이후 국제사회에서 고립된 이라크의 수도이며, 《베두윈 찻집》의 카이로는 스핑크스와 미이라가 있는 북아프리카의 고대 도시이다. 어린 시절 꿈꾸던 '먼 나라의 그림'처럼 이들 지역은 끝없이 펼쳐지는 황금빛 모래언덕과 오아시스, 종려나무와 모스크, 날아다니는 양탄자들이 있는 신비로운 땅으로 상상된다.

> 그 한 장의 사하라를 처음 본 순간 언젠가는 내가 그 곳에 가리라는 사실을 알았다. 나는 첫눈에 운명을 직감하는 영화 속의 여주인공처럼 처음 보는 사하라에게서 눈을 떼지 못했다. 파도와도 같은 황금빛 모래언덕들이 끝없이 펼쳐져 있었다.
>
> 낮달처럼 새하얀 태양. 아무도 디뎌본 적이라고는 없는 순결한 모래. 칼로 벤 듯 나뉜 빛과 어둠. 극명한 사구(砂丘)의 명암은 미처 우리가 깨닫지 못한 생의 음지와 양지, 어쩌면 이승과 저승을 한눈에 보여주는 것 같았다. 처연한 외경심마저 느껴졌다. (중략) 어느 때 나는 저 곳에 살지 않았을까. 저 사막에는 아직도 나를 기다리는 누군가가 있지 않을까⋯⋯. 나는 오래도록 사하라를 바라보았다. 그러자 전생의 연(緣)으로 첫눈에 서로를 알아보는 사랑하던 사람들처럼 그 순간 사하라가 내 안으로 걸어 들어왔다.
> —《인샬라》상(40-41쪽)

문제는 여성들이 왜 이런 미지의 장소를 일상에 호출하게 되었는가일 것이다. 첫 눈에 반한 사진 한 장으로 시작된 '처연한 외경심'에서든(《인샬라》), 어린 시절 꿈꾸던 '먼 나라의 그림'이든(《꿈길에서 꿈길로》), 미지를 향한 탈출과 망명이든(《베두윈 찻집》) 그 밑바닥에는 생의 일상성과 속물성에 대한 환멸과 권태가 도사리고 있다. 미답지로서의 사막과 미지로의 생을 동일시함으로써 여성들은 일상화된 환멸과 권태에서 벗어나고자 하는 갈망을 드러낸 것이다.

그래서 사막에 대한 판타지는 자연스럽게 연애 로망과 결부된다. 세 소설에서 여성 인물은 모두 여행 중에 셰에라자드의 이야기처럼 신비롭고 비밀스런 사랑과 맞닥뜨리게 되는데, 이로써 타만라셋, 바그다드, 카이로는 금단의 사랑을 꿈꾸고 낭만적인 일탈을 몽상하는 무대가 된다.

권현숙의 《인샬라》는 "환상적인 사하라와 냉전시대의 분위기를 배경으로" 남한 여자와 북한 남자의 사랑을 다루고 있다. 한국과 알제리가 수교도 맺기 전인 1988년, 이향 일행은 사막 여행 중에 길을 잃고 "웬만한 지도에는 나오지 않는" 알제리 남부의 사막 도시 타만라셋에 억류된다. 남한과 북한을 구별하지 못하는 타만라셋 경찰과 공무원의 행정 처리 미숙으로 이향은 북한 외교관 출신의 엘리트 군인 한승엽의 도움을 받게 되고 둘은 서로에게 매료된다. "한반도의 남과 북에서 남남으로 살다가 각각 다른 일, 다른 시간에 출발하여 지구를 몇 바퀴씩이나 돌고 돌아 무수한 도시들을 거치고 수천 킬로미터의 다른 도로를 달려와 마침내 땅끝 사하라의 한 점에서 부딪친" 것이다. 한승엽의 존재로 인해 이향에게 '거칠고 낯선 나라'일 뿐이던 알제리는 모든 이념과 편견, 경계의 장벽을 뛰어넘는 초월적 장소가 된다.

강규의 《베두윈 찻집》은 이집트 카이로를 배경으로 일영과 유부남인 '그'의 사랑을 그리고 있는 작품이다. 일영은 한 장의 사진에 매료되어 무료하고 권태로운 도서관 사서 일을 그만두고 무작정 이집트 카이로로 건너와 여행 가이드 생활을 하는 인물이다. 아테네에서 유학생활을 하는 '그'와 카이로의 피라밋 앞에서 부딪친 뒤 강렬하게 서로에게 끌리게 되고, 시나이 반도와 아라비아 사막을 거쳐 국경 도시 누에바까지 서로의 인연을 이어간다. 서울이 둘 사이에 놓인 금기를 상기시키는 현실적 공간이라면 사막 가운데 '베두윈 찻집'은 신기루 같은 희망과 위안, 사랑을 가능케 하는 신화적 공간이라 할 수 있다.

서영은의 《꿈길에서 꿈길로》의 주인공 박희주는 결혼생활의 권태와 남편과의 불화를 견디고 있는 인물로, 우연한 기회에 바빌론 축제 참석차 바그다드로 여행을 떠나게 된다. 요르단 암만을 경유해 이라크 수도 바그다드로 향하는 여정에서 박희주는 요르단 대사관 직원 아델의 프로포즈를 받고 갈등한다. 결과적으로 일탈을 감행하지는 않았지만 희주는 이국적인 풍경 속에서 아델과의 낭만적인 저녁식사와 데이트, 돌발적인 키스를 수용함으로써 예측불가능성이라는 여행로망을 실현하고 있다.

그러나 여성의 여행은 낭만적인 일탈에 머물지 않는다. 오히려 여성은 타자의 장소를 능동적으로 탐색하고 구성원들과 교섭하면서 여행자의 정체성과 젠더 정체성을 새롭게 구성해간다.

《인샬라》에서 이향은 3개월여의 강제 체류 기간 동안 '바라보는 여행자'의 위치에서 '보여지는 여성'으로 타자성의 경험을 하게 된다. 빈털터리가 된 이향은 구걸하는 아이와 "계급을 바꾸는 일이나 진배없"는 상황에 이르러서야 비로소 자신이 구걸하는 아이를 "나와는 다른 세계의 사람쯤으로 여기고 적선"한 관광객의 우월한 위치에 있었음을 깨닫게 된다. 이 소설의 시작 부분이 조난당한 이향 일행을 구조한 알제리 남자 모하멧과 마노에 초점을 맞춰 진술되고 있음을 주목할 필요가 있다. 모하멧과 마노의 눈에 관광객들은 하룻밤 숙박비로 자신들의 두달치 품삯이 넘는 돈을 지불하는 이해할 수 없는 존재들로 비친다. 게다가 모하멧은 호텔에서 짐을 들어준 자신에게 팁을 내미는 이향의 행동에 불쾌감까지 느끼고 있다. 순수한 호의에 물질로 답례하는 서양식 팁 문화가 알제리에서는 무례로 받아들여질 수 있다는 사실을 깨닫는 것, 작가는 현지인의 목소리를 빌려 타문화에 대한 인정이라는 여행자의 윤리를 환기시키고 있다.

무엇보다 이들 서사에는 '인정의 에토스'[21]에 입각해 아랍인의 생활과 이슬람 문화를 이해하려는 태도가 곳곳에 배어 있다. 이것이 가능한 이유는 현지인들과 피상적인 관계에 머무는 남성 여행자들과 달리 여성들은 친밀감을 바탕으로 상호 소통하고 교섭하는 태도를 취하기 때문이다. 세 작품에는 공통적으로 여성 인물에게 호감을 보이는 선량한 아랍 남성 조력자가 등장한다.《인샬라》의 모하멧,《꿈길에서 꿈길로》의 아델,《베두윈 찻집》의 데미인데, 이들은 여성 인물의 곤란한 처지를 돕거나 교감을 나누는 친구로 곁을 지켜준다. 이 아랍 남성과의 관계는 살라(기도), 라마단(금식월) 등 이슬람 문화에 대해 가졌던 막연한 터부와 편견을 버리게 하는 계기가 되기도 한다.

이슬람 여인에 대해서도 히잡과 아바야[22] 뒤에 감춰진 그들의 고통과 욕망을 읽어냄으로써 생명력 있는 존재로 이해하려는 태도를 보인다.

> 그 중 분홍색 히잡과 아바야(이집트 여인들이 두르는 머릿수건과 숄)를

---

21) 인정의 에토스는 다문화사회 타문화에 대한 윤리적 태도이자 지구화시대 여성주의적 대안 가치로 이해된다.(이상화, 〈지구화 시대의 지역 공동체와 여성주의적 가치〉, 한국여성연구원 편,《지구화 시대 여성주의 대안가치》, 푸른사상, 2005, 49쪽.)

22) 여성 억압의 상징으로 꼽히는 히잡(Hijab)과 아바야(Abaya)는 다양한 문화와 역사적인 시기에 따라 형태와 작용, 의미가 변화되어 왔다. 본래 히잡은 중동지방에서 전해져 내려온 토착풍습 중의 하나이고 종교적 믿음보다 문화적 전통에 기초한다. 초기에는 여성에게만 국한된 것이 아니었는데 점차 여성들의 몸과 섹슈얼리티를 통제하려는 남성적인 권력으로 변화했다. 이슬람 여성들의 '베일'은 패션의 문제가 아니라 독특한 이슬람 사회 구조 내에서 '여성의 지위와 인권', 그리고 '문화적 상대주의, '서구와 근대' 등과 관련된 문제를 어떻게 볼 것인가 하는 포괄적인 문제를 상징화한 화두라 할 수 있다.(김현주 · 김혜연 · 한설아, 〈중동의 사회문화적 배경에 따른 무슬림 여성 패션 연구〉,《디자인학연구》101호, 한국디자인학회, 2012, 155쪽; 오은경, 〈이슬람 여성의 몸과 섹슈얼리티-민족주의와의 연관성을 중심으로〉,《국제지역연구》11권1호, 한국외국어대학교 국제지역연구센터, 2007, 124쪽.)

쓴 여자가 힐끗 이쪽을 돌아본다. (중략) 그러려고 의도한 것은 아니겠지만 그 미소는 육감적인 것이었다. 저 깊은 보자기 속엔 호기심에 찬 눈빛이 숨겨져 있을 것이다. 그 눈빛은 짙고 눈썹은 무성했다. 그것은 가톨릭 수녀처럼 둘러쓴 머리 보자기와 묘한 대조를 이루며 이방 남자들의 눈길을 끌 것이다. 그것은 실론의 홍차밭에서 찻잎을 따거나 수마트라 섬에서 바틱을 하고 있는 남양 여자의 건강미하고는 또다른 것이었다.

— 《베두윈 찻집》(25쪽)

　특히 《인샬라》는 '푸른방의 여인들'이라는 독립된 장을 설정해 이슬람 여성을 '관찰'의 대상이 아닌 '공감'의 대상[23]으로 전환시켰다. 억류 기간에 이향은 마노의 어머니와 누이, 사촌, 친척들이 모여 사는 마노의 집에 머물면서 이들과 접촉할 기회를 얻게 된다. 이향을 통해 그녀들의 서사는 각자의 사연을 지닌 입체적인 이야기로 형상화되어 독자에게 전달된다. 강인한 투르레그족의 기품을 이어온 가모장(家母長) 마노 어머니의 고단함, 어린 나이에 남편을 잃고 일생을 불필요한 가구처럼 살아가는 아마니의 슬픔에서 이향은 운명의 비극적 보편성을 깨닫는다. 또한 지성을 갖춘 마노의 누이 마브르까가 드러내는 결핍과 "비틀린 오만함"이 이슬람 여인에게 무학無學의 운명을 강요하는 부당한 억압과 폭력의 결과임을 간파하기도 한다.

　《꿈길에서 꿈길로》에서 미세스 가잘의 어머니가 십년 째 입고 있는 검은 상복처럼 이슬람 여성의 수난은 민족주의의 전략적인 도구로 활용되어 왔다.[24] 이라크 정부가 아메리아 추모관에 전쟁으로 아들을 잃은

---

23) 아프리카는 오랫동안 공감의 대상이 아니라 관찰의 대상이 되어왔다.(고인환, 〈한국소설 속의 아프리카-《인샬라》《아프리카의 별》《아프리카의 뿔》을 중심으로〉, 《한민족문화연구》 49집, 한민족문화학회, 2015, 508쪽.)

24) 여성이나 어머니를 주권을 상실한 조국, 수난받는 민족의 알레고리로 보는 것은 보편적 독법에 해당한다. 이때 이슬람 여성들이 착용하는 베일은 민족 정체성

어머니의 슬픔을 전시함으로써 '민족의 수난'을 선전하는 것도 이런 맥락에서다. 그곳에서 박희주와 한진옥은 이라크 정부가 "보여주려고 한" 정책적 메시지가 아닌, 한 여성의 '보이지 않는' 슬픔을 읽어낸다.

> "그들이 정책적으로 보여주려고 하는 장소라는 말이지요. 아메리아에는 미사일 투척으로 일곱 명의 자식을 잃은 어머니가 검은 수의 차림으로, 열일곱 살 된 죽은 아들의 사진이 들어 있는 펜던트를 목에 걸고, 방문객들에게 그때의 참상을 설명해 주고 있었어요. 그곳은 폭격 당시의 상황을 그대로 보존한 채로 희생자들의 추모관이 되어 있었어요. (중략)
>
> 그런데 보고 나오니 말할 수 없이 기분이 언짢아요. 이라크 정부가 그곳을 선전용으로 이용하고 있는 것. 특히 그 어머니는 이제 그 슬픔의 무덤에서 밝은 세상으로 나와 자기 삶을 살아야 하지 않겠어요? 그런데 정부에 의해서 슬픔과 악몽의 순간을 거듭거듭 되풀이 살아야 한다는 게 얼마나 잔인한 일이에요."
>
> ─《꿈길에서 꿈길로》(130-131쪽)

또한 서로 따뜻한 교감으로 상처를 보듬고 포용하는 자매애적 유대감을 보여주는 인물들이 등장하는데, 일영과 대만인 류(《베두윈 찻집》), 박희주와 한진옥(《꿈길에서 꿈길로》)이 그들이다. 나아가 이 같은 자매애적 유대는 계급과 네이션의 경계를 넘어 전쟁으로 가족을 잃은 이라크의 여인들과 술집의 이름 모를 무희까지를 포용하며 이들 모두 여성 보편의 운명을 수임(受任)한 존재들이라는 동류의식으로 확대되고 있음을 볼 수 있다.

혹은 이슬람 문화 정체성의 기표로 서구와의 대립적 관계 속에서 이슬람 전통을 고수하고 서구에 저항하고자 하는 저항의 코드이며, 문화적 표상이 되기도 한다. 오은경, 앞의 글, 131쪽.

한편 서영은의 《꿈길에서 꿈길로》가 결국 '지붕 아래의 삶'으로 회귀
하는 보수적 결말을 보여주면서 젠더 의식의 일정한 한계를 노출하고
있는 반면[25], 《인샬라》와 《베두윈 찻집》은 결말에서도 '길 위의 삶'을
이어가는 여로형 서사구조를 택하고 있어 주목된다. 《인샬라》의 러브
스토리는 알제리 국경탈출을 시도하다 사막 한가운데 조난당한 두 사
람이 서로의 뜨거운 사랑을 확인하며 죽음을 기다리는 장면에서 멈춘
다. 그리고 이후 6년의 시간을 뛰어넘어 승엽을 찾아 알제에 도착하는
이향의 새로운 여정을 에필로그로 제시한다.

《베두윈 찻집》에서 일영은 또 다른 미지의 생을 찾아 이집트와 이스
라엘의 국경을 넘는다. 그와 재회하게 될지는 알 수 없으나 사랑의
성취는 중요하지 않아 보인다. 사랑은 베두윈족처럼 정착하지 않고 끊
임없이 경계를 넘는 도정에 존재하는 것이며, 베두윈 찻집의 존재처럼
환영이자 추구 그 자체란 사실을 깨달았기 때문이다. 소설 속 일영이
써내려가는 소설 제목 '국경의 사랑'이 내포하는 의미도 이와 다르지
않을 것이다.

분명 이 세상 어딘가에 있던 것. 하지만 너무 멀리 있던 것. 잠시 후 고개
를 돌렸을 때 그가 있던 자취는 신기루처럼 사라졌던 것이다. 그는 저 사막
의 푸른 호수같이 신기루같이 멀어져갔다. 그렇다면…그렇다면…이라고
나는 말하고 있었다. 그렇다면 아주 없었던 것은 아니었지. 다만 너무 멀리
있었을 뿐. 그러니 진정 있지 않았던 것은 아니다. 그는 어느날 내 생 앞에
나타나 이 세상 어딘가의 또 한 생, 상처받고 외로운 또 한 생을 되비치고

---

25) 이 작품에서 한진옥이 '남장'을 하는 장면은 젠더의식의 한계를 그대로 드러낸다.
한진옥의 남장은 여성과의 동등한 연대를 추구하기보다 "남성이 되어 시린 여성들
을 보살피고 위로하"겠다는 의도에 바탕한 행위로, 작가는 이런 한진옥을 통해 젠
더 표지를 지우고 남성과 여성을 모두 포용하는 '제 3의 성'의 가능성을 시사함으
로써 갈등을 손쉽게 봉합하고자 한 측면이 있다. '길' 위에서 갈등을 해소하고 '집'
으로 돌아가는 회귀형 서사구조 역시 이런 연장선상에서 비판적 해석이 가능하다.

있었던 것이지. 내 걸음이 닿기에는 너무 멀리 있었던 것이지.

— 《베두윈 찻집》(279쪽)

이렇게 본다면 역설적으로 "붙박이같은 사랑"(《베두윈 찻집》)이나 "지붕 아래의 삶"(《꿈길에서 꿈길로》)을 갈망하는 것은 인간의 본질적 정체성이 여행객이자 유목민임을 반증한다고 할 수 있다. 경계를 넘어 미지를 여행하는 여성 유목민의 삶은 이념, 계급, 인종 간의 수직성을 거부하고 수평적인 관계윤리를 실천하는 삶이기도 하다. 이렇게 여성 여행서사는 일상의 무기력과 권태, 생의 고독과 상처를 넘어서기 위해 미지의 장소를 탐색하는 여성들의 고투를 기록함으로써 젠더 밖으로 월경하는 호모 노마드적 삶에 대한 보편적 공감과 윤리적 성취를 이끌어 낸다.

4. 90년대 여성 여행서사의 윤리적 함의

인간은 여행을 통해 예측 가능한 일상에서 벗어나 새로운 것을 보고 경험하고자 하는 인간의 욕망을 발현시켜왔다.[26] 다시 말해 탈일상성과 예측불가능성이 여행 로망의 핵심을 이룬다고 할 수 있다.

여성의 여행은 '집 안'의 존재가 일상성과 고정성을 거부하고 예측불가능한 '집 밖'의 세상으로 탈주를 감행하는 사건이다. 여성의 여행이 그 자체로 가부장 이데올로기에 대한 도전이 되는 이유는 이 때문이

---

26) 최랑, 앞의 글, 47쪽.

다. 여성주의 역사를 '집 밖으로의 여행'이라는 은유로 설명27)하듯 여행은 여성의 도전과 성장의 역사를 증언하는 가장 명백한 징후라 할 수 있다.

1990년대 여성 여행서사는 금지와 미지의 장소들을 탐색하는 도전과 성장의 기록이라 할 만하다. 이들로 인해 모스크바와 베를린은 '금기'가 풀린 땅으로, 아프리카 · 중동은 '미지'를 넘어선 땅으로 여행서사에 새롭게 등재될 수 있었다. 이전까지 모스크바와 베를린은 지명 자체가 하나의 이념적 표상이었다. 그러나 공지영의 〈모스끄바에는 아무도 없다〉와 이나미의 《얼음가시》에서 모스크바는 혁명의 정체성과 신화적 의미를 상실한 혼돈과 부재의 장소이고, 김지수의 《나는 흐르고 싶다》에서 베를린은 혁명의 대의와 명분을 상실한 허상의 도시일 뿐이다. 여성들은 이곳에서 과거의 사랑 혹은 열정의 자취를 좇지만, 실제와 환상의 낙차를 경험한 뒤 새로운 삶을 모색해 간다. 이로써 탈이념 시대 모스크바와 베를린은 과거와 작별하는 의례가 행해지는 공간이자 90년대 이후의 삶을 모색하게 하는 통과제의적 장소라는 새로운 정체성을 부여받는다.

권현숙의 《인샬라》, 서영은의 《꿈길에서 꿈길로》, 강규의 《베두윈 찻집》은 알제리, 이라크, 이집트라는 낯선 공간을 서사의 무대로 호출하였다. 이곳으로의 여정은 '사막'으로 대표되는 미지의 세계에 대한 향수와 동경을 바탕으로 고착된 일상을 탈피하고 관계의 상처를 회복하려는 목적에서 추동된다. 그래서 이 낯선 지명들은 로드로망, 즉 금단의 사랑과 낭만적인 일탈을 몽상할 수 있는 가능성의 조건으로 작용한다. 그러나 여성은 여행자의 위치에 머물지 않고 타자의 장소들을 능동적으로 탐색하고 그 장소의 구성원들과 적극적으로 교섭함으로써 내부자의 시선에

---

27) 김미현, 《한국여성소설과 페미니즘》, 신구문화사, 1996, 263쪽.

서 타자의 문화를 이해하고 인정하는 다원적 인식을 드러낸다. 이런 상호주관성의 태도는 타지역 여성들과 여성 보편의 삶과 운명을 공유함으로써 자매애와 동류의식을 드러내는 데로 나아간다. 이를 통해 여성 여행자들은 자아와 타자, 구성원과 이방인의 이원적 구도를 해체할 뿐 아니라 이념, 계급, 인종 간에 수직성을 거부하고 수평적인 관계 윤리를 실천하고자 한다. 이렇게 하여 이 미지의 장소는 일상의 무기력과 권태, 생의 고독과 상처를 넘어서는 월경의 땅이 될 수 있었다.

여성에게 여행은 상실과 결핍, 향수와 동경에서 추동되는 자발적인 망명이자 낭만적인 도피의 여로이다. 그러나 여성 여행서사는 타자에 대한 인정과 수평적 상호 소통을 지향하는 여성들을 통해 젠더의 경계를 넘어 젠더 밖으로 월경하는 호모 노마드적 삶에 대한 보편적 공감과 윤리적 성취를 이끌어낸다. 비록 90년대 여행주체는 여전히 국가와 민족, 인종에서 완전히 자유롭지 못하지만, 자발적 망명과 월경을 꿈꾸는 이들의 존재는 2000년대 출현하는 여성 디아스포라의 가능성을 예고한다는 점에서 유의미하게 재고되어야 할 것이다. 이것이 탈근대 여성 여행서사의 새로운 감수성이자 여성주의 여행의 윤리적 함의라 할 것이다.

인도여행기의 지리적 상상력과
로컬 재현의 계보

1. '인도적인 것'의 상상

이 글에서는 1920년대부터 1990년대까지 제출된 인도여행기를 대상으로 인도 로컬리티의 기원과 전개 과정을 재구하는 계보학적 탐색을 시도한다. 한국 대중의 심상지리와 지리적 지식이 '인도적인 것'을 어떻게 상상하고 구성해왔는지, 그리고 이 과정에서 무엇을 '인도적인 것'으로 포섭하고 배제하려 했는지 성찰하고자 하는 것이다.

1973년 인도와 수교한 이래 한국 사회에서 인도에 대한 대중적 관심이 집중적으로 발화하기 시작한 것은 1990년대 들어서이다. 식민지 시대부터 해방기, 전후 냉전기를 거치는 동안 한국과 인도의 관계는 국제 정세에 따라 변모해 왔고,[1] 인도 방문이나 여행도 한국의 문화 엘리트를 중심으로 산발적으로 이루어지다가 인도가 대중적 여행지로

---

1) 인도는 해방 이전 식민지 경험과 반제국주의 운동을 공유한 동질감 때문에 한국 지식인들에게 관심의 대상으로 급부상했지만, 이후 중립국의 입장을 고수한 인도와 정식 수교는 1973년에 이르러서야 이루어졌다.

부상한 것은 1990년대 이후라 할 수 있다. 1989년 해외여행 자유화와 1991년 인도 경제자유화를 배경으로 인도는 한국의 주요 여행지로 급성장했다.[2] 인도여행 열풍에 발맞춰 90년대 후반부터 쏟아져 나온 대중 여행서들은 인도가 자신의 인생에 끼친 특별하고 예외적인 영향력을 앞다투어 고백한다. 여행자들은 인도에서 방황하면서 행복을 꿈꾸고(《인도에서 행복을 꿈꾸다》), 먹고 기도하고 사랑하는 법을 배우면서(《나는 그곳에서 사랑을 배웠다》), 눈물을 두고 오기도 하고(《인도에 두고 온 눈물》), 여행을 멈추기도(《인도에서 여행을 멈추다》), 다시 떠나가기도(《나는 다시 인도로 떠난다》) 한다. 이처럼 특정 지역으로의 여행이 '유행'이나 '열풍'이란 이름으로 집중되었던 사례가 또 있었던가. 이 열풍의 실체 혹은 허상을 파악하는 것, 인도 로컬리티가 형성된 연원을 성찰해야 하는 첫 번째 이유이다.

　두 번째는 인도가 포스트 식민주의 혹은 포스트 오리엔탈리즘 시대 한국의 타자 인식을 비판적으로 살펴볼 수 있는 대상이라는 점이다. 대부분의 대중 인도여행기에서 인도는 신화성, 초월성, 원시성이라는 상투적인 이미지와 표상체계에 갇혀 재현되고 있다. 신비한 정신세계를 가진 이상향과 불결하고 무질서한 야만이라는 모순된 표상이 오랫동안 여러 매체를 통해 반복적으로 재생산되고 무의식적으로 인용되면서 한국 사회에 인도의 이미지를 고착시켜 왔다. 20세기 초 헤세와 포스터가 인도를 표상한 방식― "일체의 인간적인 존재의 근원과 일체의 생명의 어두운 원천이 도사"린 "어떤 신비로운 장소",[3] '세상 저편

---

2) 1991년 3,967명이던 인도방문객은 5년 후인 1996년에 16,173명, 10년 후인 2011년에는 108,680명으로 비약적으로 증가했다.(김유하, 〈진정성 기획으로서의 인도여행〉, 《문화와 사회》, 22권, 한국문화사회학회, 2016, 109쪽.)

3) 헤르만 헤세(Herman Hesse), 《인도기행》, 박환덕 역, 범우사, 2013, 39쪽. 헤세는 1911년 여름 화가 한스 슈트르 에거와 함께 아시아 여행을 떠났다. 유럽으로부터의 도주라고 스스로 일컬은 이 여행은 유럽의 시끄러운 상업주의, 불안, 쾌락벽에 대한 증오, 인도에 대한 동경이 계기가 되었다. 그러나 사실상 헤세는 인도

의 이상향'이면서 '신비'와 '혼돈'의 "향기로운 동양"4)−에서 한 발자국
도 더 나아가지 못하고 있는 셈이다. 인도는 식민주의 이후에도 여전
히 우리 안에 '동양'으로 잔존하고 있었다고 할 수 있다.

　이런 이유로 그간의 인도 관련 연구들은 대개가 오리엔탈리즘 비판
이라는 측면에 초점을 맞춰 왔다.5) 그러나 여행기는 "자신이 속한 사
회 속에 창출하고자 하는 이념 혹은 이상과 불과분의 관계"6)에 놓여
있는 만큼 그 자체로 상상력과 지식의 복합적 결과물이다. 더군다나
한국에서 인도여행기의 상상력과 지식은 소수 문화 엘리트의 특권적
위치와 제한된 통로를 통해 구조화된 것이라 할 수 있다.7)

　그런 의미에서 인도는 우리의 인문지리적 교양의 부족 혹은 '지리적
문맹'을 심문할 수 있는 대상이다. 세계를 공간/장소로 바라보는 지리

본토에는 들르지 않은 채 말레이시아, 수마트라, 실론에서 인도를 간접체험한 후
식민지 문화에 대한 실망과 피로를 표하고 있다.
 4) 에드워드 모건 포스터(E. M. Forster), 《인도로 가는 길》, 민승남 역, 열린책들,
2006, 351쪽. 포스터는 1912년 6개월 동안 인도 여행을 하고 영국으로 돌아가
인도에 관한 소설을 쓴다. 이후 1921년 두 번째로 인도를 방문해 9개월가량을
체류했다. 대표작 《인도로 가는 길》은 첫 인도 여행 후 10년 동안의 집필 기간을
거쳐 1924년 출간되었다.
 5) 박주현, 〈21세기 한국 여행기에 드러나는 오리엔탈리즘- 인도 여행기와 뉴욕
여행기를 중심으로〉(《비교문학》 45집, 한국비교문학회 2008)와 김유하, 〈진정
성 기획으로서의 인도여행〉(《문화와 사회》 22권, 한국문화사회학회, 2016)은
이런 관점에서 2000년대 인도여행과 여행기의 성격을 고찰한 논문이고, 인도사
를 전공한 이옥순의 일련의 저작들-《여성적인 동양이 남성적인 서양을 만났을
때》(푸른역사, 1999), 《우리 안의 오리엔탈리즘》(푸른역사, 2002), 《식민지 조
선의 희망과 절망, 인도》(푸른역사, 2006), 《인도에는 카레가 없다》(책세상,
2007)는 인도에 대한 왜곡되고 편향된 시선을 비판적으로 성찰하고, 인도의 삶
과 예술, 역사와 문화, 종교와 관습 등을 연구함으로써 인도의 실체를 조명하고자
한 시도들이다.
 6) 황호덕, 〈여행과 근대, 한국 근대 형성기의 세계 견문과 표상권의 근대〉, 《인문과
학》 46집, 성균관대학교 인문학연구원, 2010, 7쪽.
 7) 르페브르에 의하면 공간의 재현은 전문가에 의해 기호, 상징, 전문어, 서문화 등
에 의해 의도적으로 구성된 추상적 공간으로서 특정한 이데올로기나 지식을 내장
한 채 특수한 영향력을 가진다.(전종한 · 서민철 · 장의선 · 박승규, 《인문지리학
의 시선》, 사회평론, 2012, 36쪽.)

학8)의 핵심은 로컬리티에 대한 이해이며, 지리적 교양이란 "그 지역에 대해 잘 알고 그 언어를 말하며, 그들의 관습과 삶의 리듬을 이해하고 그들의 감정의 깊이를 파악하는"9) 능력이라 할 수 있다. 특히 인문지리학10)의 관점에서 장소는 정태적인 것이 아니라 '흔적'의 지속적인 구성물로 이해된다. 다시 말해 한 장소는 물질적 비물질적 흔적, 감정, 관념 등이 어우러져 한 시점의 특정한 장소를 구성하는 공간적 맥락을 형성해 나간다. 이런 입장에서 인도 역시 중층적이고 다양한 흔적이 결합된 '모순적' 장소임을 전제하고11) 식민과 탈식민, 근대와 탈근대를 넘나드는 지평에서 '인도적인 것'이 상상되고 번역된 경위와 흔적을 포괄적으로 탐색할 필요가 있다. 이 또한 왜 지금 인도인가라는 질문에 대한 답이 될 수 있을 것이다.

이에 본고는 인도여행기를 대상으로 한 본격적인 연구가 전무한 상황에서 1920년대부터 1990년대까지 대표적인 인도여행 기록들을 중심으로, 인도에 대한 상상-지식 체계가 지배하게 된 경위와 방식을 통시적으로 이해해 보고자 한다. 물론 본고는 인도여행기의 특성상 이미 다음 두 가지 한계를 내정하고 있다. 첫째는 광범위한 시기를 아우르지만 사실상 특정 시기를 제외하고 본격적인 인도기행문의 양은 많

---

8) 지리학은 '공간'이라는 커다란 우산 아래 공간적으로 표현되는 과정, 체계, 기타 수많은 현상을 연구하고 분석하는 다양성의 학문으로, 자연과 인간세계가 배열되고 서로 연결되며 상호작용하는 방식에 관한 연구이다. 그런 의미에서 지리학은 정치학, 사회학, 역사학, 경제학, 인류학, 문학 등과 결합해 새로운 연구 영역을 개척해가는 융합 학문의 성격을 띤다고 할 수 있다.(하름 데 블레이(Harm de Blij), 《왜 지금 지리학인가》, 유나영 역, 사회평론, 2017, 24—25쪽.)

9) 하름 데 블레이(Harm de Blij), 앞의 책, 49쪽.

10) 간(間)학문적이고 초(超)학문적인 접근의 일환으로서 인문지리학은 포스트모던 전환이나 문화적 전환 이후의 지리학적 개념을 일컫는다. 이것은 장소의 기원과 장소의 정체성에 대한 사회적 연구라 할 수 있다.(전종환·서민철·장의선·박승규, 앞의 책, 28-32쪽.)

11) 존 앤더슨(Jon Anderson), 《문화·장소·흔적》, 이영민·이종희 옮김, 한울, 2013, 23-25쪽.

지 않다는 점이다. 해방 전후의 인식을 살펴볼 수 있는 1920년대부터 40년대의 경우 '인도기행'을 표제로 한 글들을 대부분 검토했지만, 이후 90년 이전까지는 인도라는 장소를 특정해서 여행한 경우가 많지 않아 세계여행기 속에서 해당 부분을 스크랩하는 방식을 취할 수밖에 없었다. 90년대 이후 발표된 여행기 중에서는 인도에 대한 대중심상을 형성하는데 영향을 끼쳤다고 판단된 대표적 여행기를 취사선택했다. 둘째는 각 시기별로 여행주체들의 개별적인 인식에서 큰 차이를 보이는 징후를 발견하기 힘들다는 점이다. 따라서 여행주체들의 개별적인 의식이나 정치적 지향, 문화적 취향의 차이를 부각시키기보다 각 시기 여행주체의 전반적인 의식 수준을 추출하는 것에 초점을 맞췄다. 그리하여 각 시기 한국과 인도의 관계지형과 여행주체의 욕망에 따라 '인도적인 것'이 어떻게 상상되고 재현되어 왔는지를 분석하고자 했다. 이렇게 매 시기 조각된 이미지들이 경합하고 상호작용하면서 응축하는 과정에서 인도의 장소신화는 점점 견고해져 갔던 것이다.

2. 텍스트로 정의된 세계, 이중적 집합표상

1920년대부터 1940년대 인도 방문 및 여행은 식민지-해방-냉전으로 이어지는 한국의 국내 정세와 국제 정치의 역학 속에서 공식적인 목적으로 시도되었다. 따라서 인도여행기 역시 조선 민족을 향한 민족 대표의 공적이고 집단적인 발화의 장으로 기능했다고 볼 수 있다.

그러나 이 시기에 인도는 관찰과 경험에 토대를 두지 않은 텍스트적 세계에 갇혀 있었다.[12] 식민지 인도에 대한 상상과 지식의 발원지로

기능했던 신문·잡지의 기사와 칼럼을 보면13) 인도의 이미지는 양분화
되어 있다. 한편에서는 '미신'이나 '기습奇習'과 같은 부정적 수사를 동원
해 인도 고유의 결혼제도와 종교, 풍속 등에 관한 부정적 기사들이
끊임없이 쏟아지고 있고,14) 다른 한편에서는 민족운동, 교육정책, 반종
교투쟁 등을 중심으로 동시대 인도의 정치·문화·사회·경제 문제를
아우르는 뉴스가 전해진다. 인물로는 시성詩聖 타고르(Rabindranath
Tagore), 여성 지도자이자 독립운동가 나이두(Sarojini Naidu), 간디
(Mohandas K. Gandhi) 관련 글들이 절대 다수를 차지한다.

　해방 전 식민지 지식인의 인도여행은 동시대 인도의 사회 정치 상황
에 대한 관심에서 출발한다. 애초에 인도를 방문한 경위나 목적 자체
가 식민지 인도의 '반영反英 운동'에 대한 관심에서 비롯되는 경우가
대부분이다. 그러다 보니 여행의 성격도 짧은 기간 인도의 특정 도시
만을 방문하거나 간디와 나이두를 만나는 경험에 한정되었다. 여행기
역시 전체상을 조감하거나 세부를 조명하기보다 독립운동국가로서 정
체성을 부각시키는 방향으로 귀결되곤 했다.

　　上海와 香港을 거처 二十餘日 前에 印度의 西海岸에 있는 有名한 貿易港
　　孟買(봄베이-필자)에 到着아혓나이다. 目的한 歐羅巴를 가자면 西伯利亞

---

12) 조앤 샤프(Joanne P. Sharp),《포스트식민주의의 지리》, 이영민·박경환 역, 여
　　이연, 2011, 32쪽.
13) 1920-40년대《조선일보》,《동아일보》에 인도 관련 기사는 각 신문별로 2,000여
　　건을 넘어서고,《삼천리》,《신천지》를 위시한 잡지에 인도를 표제로 한 여러 건의
　　글들-기사, 르포, 논설, 인터뷰, 기행문, 방문기 등-이 발견된다.《삼천리》(1931.
　　성하호),《신천지》(1947.7),《민성》(1950.1) 등에서는 인도의 동향을 다방면에
　　서 살피기 위해〈인도 특집〉을 기획하기도 했다.
14) 특히《삼천리》나《별건곤》과 같은 대중 잡지는 인도 에피소드를 대중적 흥미에
　　부합하는 방식으로 소개했다. 이런 가운데 인도의 남성중심적 결혼제도나 '사티
　　(sati)'와 같은 풍습, 힌두-이슬람 종교 갈등과 카스트 제도 등은 대중에게 그저
　　먼 나라의 진귀하고 흥미로운 이야기로 소비되었다. 식민지 시기 인도 관련 담론
　　은 이옥순,〈식민지 조선의 인도-憧憬과 同情의 나라〉,《한국민족운동사연구》
　　43호, 한국민족운동사학회, 2005, 참조.

鐵道도 잇고 또한 北米 大陸도 觀光 兼 太平洋 橫斷의 方法도 잇겟으나, 最近 反英運動의 巨象 '印度'를 보고십허 일부러 이 航路를 擇한 것은 이 孟買市를 一覽함으로부터 果然 잘 왓구나 하는 感歎을 禁할 길이 업나이다.15)

위 글의 저자인 김추관의 경우처럼 식민지 시기 인도 체험은 대부분 유럽·미주 여행 중 시베리아 철도나 비행기로 태평양을 건너는 루트 대신 인도를 경유하는 '선로船路'를 택함으로써 이루어진다. 이 글에서 김추관은 "대동맥을 치는" "반영운동의 거상"으로서의 인도에 대한 선험적인 기대 때문인지 첫 관문인 '孟買'(봄베이, 현재 지명으로는 뭄바이—필자)'의 면모를 확인하는 것만으로 쉽게 만족감을 드러내고 있다. "틈틈이 인도여행기의 뒤를 이어" 쓰겠다는 다짐과 달리 여행기는 이어지지 못했지만 짧은 글에서나마 인도의 사회 개량 운동과 급변하는 정세를 전하면서 인도의 역동성을 부각시키려는 의도를 관철시키고 있다.

최영숙은 〈인도유람〉의 첫머리에서부터 국제도시 봄베이의 활기찬 면모를 묘사하면서 평소 동경하던 나라 인도에 대한 기대를 드러낸다. 8년간의 스웨덴 유학을 마치고 귀국하는 길에 일부러 인도를 방문해 4개월가량을 체류한 이유이기도 하다.16)

이태리(伊太利) 배 '악퀄니아'에 몸을 실고 쏨베이에 이르니 째는 륙월 초순, 구라파와 아세아(亞細亞)의 중간 요새에 잇서 국제 해운의 관문이

---

15) 김추관, 〈인도유기〉, 《삼천리》 17호, 1931.7.1. 59쪽.
16) 최영숙은 1931년 2월 스톡홀름 대학을 졸업하고 11월 26일 귀국하기 전 10개월 가까운 기간 동안 덴마크, 러시아, 독일, 프랑스, 등의 유럽과 이집트, 인도, 베트남 등 20여 개국을 여행했다. 최영숙의 인도여행기는 〈인도 간디와 나이두 회견기〉(《삼천리》)와 《조선일보》에 연재한 〈인도유람〉(《조선일보》 1932.2.3.-2.7)에서 확인할 수 있다. 그러나 〈인도유람〉이 5회에서 중단되어 4개월의 체류 기간에 비해 인도의 다양한 모습을 담아내고 있지는 못했다.

되어 잇는 '쏨베이'의 항구는 번창도 하다.

각국의 상선(商船)은 슨임업시 들고나고 각국 상인들의 분규한 왕래는 국제시장의 본색을 충분히 발휘하고 잇다.

인도는 자연물산이 실로 풍부한 나라이다. 그 야말로 젓과 꿀이 흐르는 쌍이다.17)

최영숙은 뒤이어 간디와 나이두 여사와의 회견, 인도의 정세와 풍속, 국민운동과 여성들의 선진적 사상, 계급타파운동 등을 전하며 고무된 감정을 숨기지 않는다. 이 글에서 인도는 '상고문명국上古文明國'으로서의 위상을 잃지 않는 동시에 유럽과 아시아를 잇는 관문으로 활기와 생동감이 넘치는 아시아의 표본으로 부조되어 있다.

김추관과 최영숙이 노골적으로 드러내는 긍정과 호감은 식민지 인도와의 역사ㆍ정치적 경험의 동질성에서 비롯되는 것이라 할 수 있다. 이들에게 인도의 미래는 식민지 조선의 현실을 역전시킬 수 있는 비전이 된다. 인도를 아시아 민족주의 연대라는 집합적 표상18)으로 이해함으로써 조선과 인도의 공동 과제를 환기하려는 의도가 반영되어 있는 것이다. 이처럼 김추관과 최영숙의 기행문에서 인도라는 텍스트는 반제국주의 운동의 선봉으로 정의 내려져 있다.

해방 직후 인도 방문 역시 순수한 여행의 성격보다는 국제 대회 참석과 같은 공식 행사의 일환으로 이루어졌다. 그런데 해방 후 여행기

---

17) 최영숙, 〈인도유람〉 1회, 《조선일보》, 1932.2.3.
18) 당시 식민지 조선의 언론이 아시아를 담론화하는 방식은 첫째, 아시아, 서남아시아, 아프리카 지역의 소위 '약소민족' '소약민족'의 독립운동을 배치하거나 둘째, 일본이 제기한 아시아민족회의에 대한 격렬한 반대운동을 통해 제국 주도의 아시아상을 거부하고 피압박민족 연대를 구상하는 방식이다. 이런 가운데 인도를 위시한 아시아 국가의 상은 집합적으로 상상된다.(차혜영, 〈3post 시기 식민지조선인의 유럽항로 여행기와 피식민지 아시아연대론〉, 《서강인문논총》 47집, 서강대학교 인문과학연구소, 2016, 14-15쪽.

를 보면 인도와의 심리적 친연성을 강조하던 이전과 달리 한국과의 내부적 '차이'를 강조하려는 의도가 더 부각되어 있음을 볼 수 있다.

⊙ 새악시가 곱게 절을 하듯이 이번에는 돌지 않고 사뿟이 直下해서 着 陸한 것은 칼카타의 덤덤(Dum Dum)이라고 하는 비행장이었다. (중략) 끓는 물 속에 들어간 菜蔬 모양으로 후주군해진 몸은 飛行機에서 내릴 기 운조차 없었는데 무슨 일일가 精神을 차려 알고 보니 朝鮮서 三伏 중 第一 더운 날도 좀처럼 到達하지 않는 華氏 百度를 가리키는 칼카타 暑氣 속에 서울 氣候 三月에 맞는 冬服과 外套를 입고 있는지라 금방 몸은 땀 속에 떠버리고 瞬間에 急變하는 그 溫度에 조절되지 못한 몸은 暫時동안 自由로 움직일 수조차 없었던 까닭이다.[19]

ⓛ 필자는 회의 관계로 뉴델리로부터 다시 봄배이 마라스를 경유하여 인도 반도의 최첨단 지방에서 체류하였는데 이 지방은 열대 삼림이 울창하 고 각종 화초목이 사시절 끊임없이 무성한 곳입니다. 중류나 하류계급은 식탁에서 수저를 쓰지 않고 대개는 맨손으로 백반을 각종 양념을 섞어서 집어 먹는 것이 보통입니다. (중략) 기후가 더운 고로 농촌의 남자와 노동 계급은 상의를 입지 않으며 보통은 裸足입니다. 호텔의 종업원도 의복은 대단 화려하게 차려입었으나 나족이고 순사 역시 대개는 나족입니다.[20]

⊙은 1947년 3월 뉴델리 범아세아대회 대표로 인도땅을 밟은 고황 경의 글이고, ⓛ은 같은 해 5월 인도에서 열린 동양 미곡 연구회에

19) 고황경, 《인도기행》, 을유문화사, 1949, 97쪽. 당시 미군정 보건후생부 부녀국장이 었던 고황경은 여성계 대표로 뉴델리에서 개최된 1회 범아세아 대회에 참석했다.
20) 현근, 〈인도 인상기〉, 《신천지》, 1947.7. 현근은 미군정처 농무부 농산국장 재직시 1947년 5월 인도에서 열린 '세계 미곡 소비국 회의' 미국측 고문으로 참석한 후 〈인도 인상기〉와 〈여인잡기〉(1950.1 《민성》)를 남겼다.

참석한 현근의 글이다. 미군 비행기를 이용해 도쿄를 거쳐 캘커타(현
재 명칭은 콜카타—연구자) 공항으로 입국한 고황경에게 인도의 첫인
상은 비현실적으로 높은 기온으로 낯설고 불쾌감을 주는 곳이었다.
(㉠) 고황경의 머릿속에서 이 열대 기후는 "검"고 "창백한" '얼굴'과
'영양부족'인 팔다리와 같은 인도인의 열등한 신체를 드러내는 기호들
로 연쇄작용을 일으킨다.21) 인도인을 "살이라고는 없고 뼈에 그냥 가
죽을 씌워 놓은" "죽은 사람도 아니고 살아 있는 사람처럼 느껴지지
않는 육체"22)로 묘사하는 시선은 모윤숙의 글에서도 발견된다. 모윤
숙은 열대 기후를 "동작을 싫어하고 명상적이고 사색적인 생활"23)을
하는 인도인의 특성과 연결해 게으르고 열등한 육체를 폄하한다. 기후
와 풍토라는 변경 불가능한 조건을 가난과 나태의 주범으로 지목함으
로써 본래 '인도적인 것'을 열등하고 낙후된 이미지와 동일시하고 있는
것이다.

현근은 기후뿐 아니라 의식주 문화와 제도에서 후진성의 증거를 찾
는다.(㉡) 수저를 사용하지 않고 손으로 음식을 먹는 식문화나 신발을
신지 않는 의생활은 위생적인 선진문화와 대비되는 비위생적인 후진
성의 지표로 이해된다. 현근에 따르면 이것은 인도의 카스트 제도와
밀접한 연관이 있다. "독특의 종교 의전과 극도의 봉건 사회를 형성하
고 있음으로 인하여 금일에 이루어서도 아직껏 엄격한 계급이 주다하
며 따라서 그간의 문화와 생활 정도가 극심한 차이"24)를 보인다는 것
이다. 현근이 파악하는 인도의 전근대성은 계급과 종교의 봉건성에서
비롯된다.

---

21) 고황경, 앞의 책, 102쪽.
22) 김형도, 〈인도기행〉, 《기독교가정》, 1949.4, 17쪽.
23) 모윤숙, 〈인도의 여성 문제〉, 《조선일보》, 1949.2.10.
24) 현근, 앞의 글, 48쪽.

　　이처럼 타 문화의 기후와 풍토, 종교와 제도의 이질성을 강조하고
신체적 특징과 사회 관습을 왜곡 변형25)하는 것은 식민주의 권력이
작동하는 방식과 다르지 않다. 사실상 여기에 인도라는 로컬에 대한
개별적 관심이나 감수성은 부재한다. 여행의 공적인 성격상 인도는 여
전히 탈식민 아시아 독립국의 모델로 주목되지만, 실제로 여행기에 새
겨 넣은 인도의 모습은 기이한 이야기와 풍문으로 소비되었던 이미지
를 그대로 재생해낸 것에 불과했다. 익숙한 지식을 소환해 인도를 통
제 가능한 텍스트 안에 가둠으로써 지리적 차이를 정당화하려는 시도
인 것이다. 이런 재현방식은 한국의 정상성과 대비되는 인도의 비정상
성을 부각시키면서 한국과 인도 간의 위계를 형성한다.26) 이처럼 신생
대한민국을 꿈꾸는 엘리트 관료들의 욕망에 따라 인도는 근대 독립국
가의 모델인 동시에 아시아의 전근대성을 표상하는 이중적인 메타포
로 번역되었다.

3. 구경꾼-관망자(spectator), 분할된 스펙터클

　　냉전 체제 하 미국 중심의 세계질서에 편입된 한국이 비동맹국이었
던 인도와 정식으로 수교한 것은 1973년에 이르러서이다.27) 이 때문

---

25) 이것은 비유럽인들의 타자성과 유럽인의 정상성을 대비시키는 전형적인 재현방
식이었다.(조앤 샤프(Joanne P. Sharp), 앞의 책, 33-35쪽.)
26) 태평양 전쟁 시기 대동아 공영 프레임 안에서 일제가 만들어낸 '남방'의 열등한
이미지는 이후 한국 사회가 동남아시아를 재현하고 소비해온 주류적 방식이 되었
다.(장세진, 《슬픈 아시아-한국 지식인들의 아시아 기행(1945~1966)》, 푸른역
사, 2012, 55-63쪽.)
27) 한국 전쟁을 거치는 동안 인도는 비동맹 중립주의 노선을 취함으로써 '반공'을

에 6,70년대 인도는 여행의 목적지로 등재되는 경우는 거의 없었지만, 김찬삼, 손장순, 손소희 등 당대 문화 엘리트들의 기행산문집에 종종 이름을 올리곤 했다. '세계 일주' 여정에서 아시아, 아프리카와 같은 비미주 지역으로 여행 범위를 확장할 때 인도를 경유지로 포함시키는 경우가 있었기 때문이다.

그러나 사실상 자유로운 해외여행이 불가능했을 뿐 아니라 인도와의 국가 간 교류도 활발하지 않았던 탓인지 이 시기 여행주체의 인도 이해는 매우 정태적인 수준에 머물러 있다. 이들에게 인도는 찬란한 문화유산을 지닌 고대 문명국이라는 과거 이미지에 고착되어 있다. 여행주체는 여행 책자에 소개된 관광 인도의 화려한 이미지를 좇아 인도의 현실을 스펙터클로 소비함으로써 구경꾼 혹은 관망자(spector)의 정체성을 드러낸다.[28]

기대를 배반하는 현실풍경 앞에서 당혹스러움과 불편함을 드러내는 장면은 이들의 시선이 어디에 위치하고 있었는지를 확인시켜 준다. 국제펜클럽대회에 참석하고 6개월간 세계 각국을 여행했던 손소희는 인도에 도착하자마자 봄베이 공항 매점원과 거리 청년의 옷차림이 초라함을 보고 곧바로 "한국보다 가난한 나라"로 인도의 정체성을 규정지어버린다. 손소희가 발견한 '인도다움'은 불편함을 초래하는 현실 인도의 풍경이 아니라 오히려 여성의 전통적인 옷차림이 주는 '신비한' 기운에 있었다.[29] 심지어 손장순은 전체 여정에서 인도를 의도적으로

보편으로 상정하는 한국 사회의 담론 속에서 배제의 대상이 되었다.(정재석, 〈타자의 초상과 신생 대한민국의 자화상〉,《한국문학연구》37호, 동국대학교 한국문학연구소, 2009, 404쪽.

28) 스펙터클은 구경꾼에게 체험 가능한 구경거리를 제공하고 구경꾼의 존재에 의해 스펙터클이 구성된다. 구경꾼의 존재가 시각적 스펙터클을 구성하기 위한 필수 조건이다.(김기란, 〈근대 계몽기 스펙터클의 사회·문화적 기능 고찰〉,《현대문학의 연구》23권, 한국문학연구학회, 2004, 326쪽.)

29) 손소희, 〈노르웨이 오슬로에 갔다가〉,《현대문학》, 1965.7-1966.1.

건너뛰어 버린다. 1974년부터 1년여에 걸쳐 아시아, 아프리카, 유럽, 미주를 돌아보고 네팔 카투만두에 이른 손장순은 "인도의 사람 모습과 분위기부터 딱 질색이라 뉴우델리에서 멈추지 않고" 다음 일정지인 테헤란으로 직행하기로 결정한다. 그가 인도에서 머문 시간은 뉴델리공항 대기실에서 비행기를 기다리던 2시간이 전부인데, 이 와중에 공항에서 목격한 "인도 거지들"에 대한 혐오를 "인도 사람들에 대한 까닭없는 두려움"으로 확대해 간다. 손장순에게 인도는 "동물처럼" "미개하고 원시적"인 "20세기에 남아 있을 유일한 원시의 표본"인 네팔과 마찬가지로 '한국의 정신적 야만성'과 '잃어버린 모럴'을 되비추는 외부경관으로만 소모되고 있다.30)

위 두 경우에 비해《김찬삼의 세계여행 제 3권—아시아》31) 편에서 김찬삼은 비교적 긴 분량을 할애해 도시별 여정을 상세히 기록하고 있다. 그런데 상세한 기록에도 불구하고 김찬삼은 막상 인도의 현실과 인도인에 대해서는 무관심과 거리두기로 일관하고 있다. 그 역시 구경꾼—관망자의 위치를 고수하는데 이런 그의 태도는 '인도를 떠나면서' 남긴 다음 진술에 함축되어 있다.

인도의 팜플렛이나 포스터를 보면 해외적으로 굉장한 관광 선전을 팔지만, 막상 여행을 하고 보니, 여행하기가 너무나 힘들다. 여행 제한 구역이

---

30) 손장순,《나의 꿈 센티멘탈 져니》, 문리사, 1977,《손장순 문학전집》11, 푸른사상
   사, 2009, 357-359쪽.
31) 김찬삼, 〈고대에 사는 인도〉,《김찬삼의 세계여행 제 3권—아시아》, 삼중당, 1973.
   김찬삼은 1958년 9월에 세계여행을 시작해 12차례에 걸쳐 130여 개국을 여행했
   다. 1차 세계여행(1958.9-1961.6)에서 인도는 경유지로서《세계일주무전여행
   기》(집문당, 1961)에 '봄베이'에 대한 2페이지 분량의 간단한 인상기로만 남아
   있다. 따라서 여기서는 1973년 발간된《김찬삼의 세계여행》6권 중에서 3권 아시
   아편 〈고대에 사는 인도〉(157-227)를 텍스트로 삼는다. 이것은 2차
   (1963.1-1964.8)와 3차(1969.12-1970.12) 여행을 마치고 남긴 기록이라 인
   도여행이 비교적 상세히 기록되어 있다.

너무나 많고, 국민들이 무지하고 빈곤한 때문에 좋지 못한 인상을 받게 된다. (중략) 인도의 고대 미술이나 자연에선 흐뭇한 느낌을 받았을 뿐, 오늘날의 인도 시민에게서는 너무나 환멸을 느꼈다.[32)]

　　지리학자 김찬삼이 몰두하는 대상은 오로지 고대 인도의 유물과 유적뿐이다. 인도편을 아우르는 제목이 〈고대古代에 사는 인도〉인데서 알 수 있듯 그가 그토록 "그리워했"다던 인도는 역사책이나 세계사 교과서에 박제되어 있는 고대 인도의 모습이었다. 그는 인도의 주요 도시와 유명 유적지를 두루 다니면서 유물과 유적, 신화와 역사 속에 박제된 고대 인도의 이미지만을 뒤좇는다. 그리고 불교 유적으로 이름 높은 사르나드(Sarnath)나 마우리아 왕조 아쇼카 왕의 유물이 전시된 박물관, 산치 불탑과 아잔타 석굴, 엘로라 석굴, 엘레판타 석굴, 그리고 우다이푸르 궁전 등에서 지리학자답게 해박한 지식을 드러내며 인도의 신화와 역사, 전설을 풍성하게 풀어놓는다.

　　이에 비해 인도인의 현재 삶과 현실 풍경을 묘사할 때의 진술 태도는 앞의 기술과 현격한 차이를 보인다. 예를 들어 바라나시의 갠지스 강변에서 힌두교 장례풍습을 목격한 김찬삼은 이를 "무지無知한 장례식"이라 평한다. 한쪽에서는 장례 의식인 화장火葬이 치러지고 다른 한쪽에서는 돈을 구걸하거나 화장 보험을 들라고 재촉하는 것이 바라나시의 일상적 풍경이며 삶과 죽음을 동일시하는 것이 힌두교의 사생관임을 모르지 않을 텐데도, 김찬삼은 힌두교의 성지 바라나시를 "거지와 병신의 거리"로 폄하한다. 뿐만 아니라 "인도인들은 거의 다 미이라처럼 여위어 있기 때문인지 타기도 잘 탄다"거나 "뉴우기니아의 식인종들이 이 냄새를 맡는다면, 혹시 '인간 불고기' 냄새라 미각을 돋"울

---

32) 김찬삼, 위의 책, 226쪽.

것이라는 식의 발언도 서슴치 않는다.33) 인도의 장례 풍습에 아프리카 식인종을 환치시키는 이런 연상법은 인도의 현실을 한낱 시각적 볼거리로 전락시킨다.

인도의 이미지를 과거에 고착화시키는 데는 사진 자료가 한 몫 하고 있다. 다양한 사진 자료가 전면에 배치되어 있는 이 전집에서34) 유독 인도편 사진들은 유물과 유적, 풍경이 주를 이루고 있다. 사람을 찍더라도 전통 의상을 입고 방직하는 벵갈 여인처럼 과거의 이미지만 근접 촬영할 뿐, 거리와 사람들의 표정을 담은 클로즈업 샷이나 수평 샷은 찾아보기 힘들다. 김찬삼은 자신이 인도라고 '믿고 싶은' 정물화된 이미지만 사진으로 현상해낸 것이다.

인도에서 장기 체류를 했음에도 불구하고 현지인과의 교류가 부재한 이유도 이런 태도와 무관하지 않을 것이다. 김찬삼은 미국, 독일, 칠레, 네델란드, 브라질, 노르웨이 출신 청년들과 손을 맞잡고 반가워하고 "생판 모르는 낯선 외국 사람인데도 몇 해 동안 사건 듯이 친하게 느"끼는 반면 인도인들은 귀찮거나, 뻔뻔스럽거나, 무지해서 여행을 방해하는 걸림돌로 여긴다. 구걸하는 박쉬쉬족을 보고 인도의 빈곤과 무지를 탓하고 조상들이 남긴 유산이 아니었다면 "더욱 빈곤 속에 허덕일지도 모를 일"이라고 한다거나35), 카주라호 칸다리야 사원의 성애 조각들이 뽐내는 풍만한 육체미를 굳이 "미이라와도 같이 빼빼 마르고 볼품없는 체격을 가진 현대의 인도 남녀"와 대비시키기도 한다.36) 대상에 대한 공감이 결여된 구경꾼–관망자의 위치에 있음을 확

---

33) 김찬삼, 앞의 책, 166-167쪽.
34) 김찬삼은 여행집을 사진집 형태로 만들어 문자만으로 상상하던 세계가 아닌, 시각화된 세계를 한국대중에게 제공하였다.(김미영, 〈1960-70년대에 간행된 한국 지식인들의 기행산문〉,《외국문화연구》50호, 한국외국어대학교 외국문학연구소, 2013, 17쪽.
35) 김찬삼, 앞의 책, 175-176쪽.
36) 김찬삼, 앞의 책, 181쪽.

인시켜주는 대목이 아닐 수 없다.

이런 사고 체계 안에서 인도의 시공간은 과거와 현재, 근대와 전근대로 분할된다.

> 인도에서 느낀 것은 동서남북으로 뻗친 수많은 철조망이며, 도로망을 비롯한 현대의 도시 문화가 모두 다 영국이 이룩한 것이며, 독립 이래 신생 인도가 이룩한 것은 이렇다 할 것이 없다는 점이다. (중략) 과거에는 간디 옹을 절대시했지만 그가 세상을 떠난 뒤엔 네루 수상을 절대시하며 신성시하고 있었다. 한편 힌두교로 인도가 뭉칠 수 있는 것도 결국 그들이 무지하기 때문이 아닐까 한다.37)

‘델리 게이트’와 ‘아즈메리 게이트’를 경계로 올드델리와 뉴델리의 경관이 확연하게 구별되는 델리에서 그는 현지인이 아닌 뉴델리 한국 공사 집에 머문다. 아스팔트 도로와 잘 정돈된 도시문화적 경관이 전개되는 뉴델리38)는 “영국이 통치에서 남긴 유산이라 좋”은데 반해 반면 “전형적인 인도 시민의 생활”이 펼쳐지는 거리는 “비좁고 더러우며, 가난한 군중들이 들끓고 있”어 불편하다는 것이다. 식민지의 유산으로 만들어진 인도의 현대문명과 달리 ‘인도적인 것’은 미개와 야만과 동일시된다. 고대와 현대라는 프레임에서는 ‘우월한 과거’와 ‘열등한 현재’로 위계화되었던 시간 분할 방식이 공간 체계에서는 악한 전통과 선한 근대라는 구도로 전이되고 있는 것이다. 김찬삼은 시선을 과거의 시간에 고정시키다 보니 현대 인도의 불균형한 경관에서 식민주의 정치의

---

37) 김찬삼, 앞의 책, 226쪽.
38) 식민지 도시 경관은 식민주의 권력이 작동하는 식민지프로젝트의 일환이다. 영국 식민지배자들의 새로운 수도 뉴델리에 세워진 스펙터클하고 웅장한 건축물들은 영국의 지배를 강화하고 인도인을 문명화하기 위한 의도적인 기획에 의한 것이다.(조앤 샤프(Joanne P. Sharp), 앞의 책, 108-111쪽.)

잔재와 부정적 유산을 읽어내지 못했고 이곳에 내재한 권력관계를 포착해내는 데도 둔감했다.

196, 70년대 여행주체는 유럽을 경유하는 중에 서구 사회와 극명히 대비되는 '동양'으로 인도를 재발견했다. 그러나 이미 따라잡아야 하는 서양의 상이 좌표로 설정되어 있는 상황에서 인도의 후진성은 '버리고 싶은' 혹은 '돌아보고 싶지 않은' 한국의 전근대성을 되비추는 잔상이었다. 그래서 그들은 '불순한' 잉여로서의 인도 현실을 괄호 치고, 보고 싶은 모습만을 표백함으로써 인도의 모든 풍경을 스펙터클로 소비했다. 이런 가운데 인도의 시공간은 과거와 현재, 전통과 근대로 분할되고 '인도적인 것'은 부재와 결핍의 이미지로 전유된다.

4. '순례'라는 로망, 자기 반영적 장소신화

인도에 대한 한국 대중의 관심이 재점화된 것은 1990년대 들어서이다. 점진적인 과정을 거쳐 해외여행 자유화가 이루어진 90년대에 인도는 특별한 체험을 원하는 여행자들에 의해 대체불가능한 여행지로 부상한다. 단일 여행지로는 드물게 1개월 이상의 장기 체류 형태라는 것도 인도여행의 특징이라 할 수 있다. 특히 이 시기 인도여행은 '순례'라는 여행 형식으로 새롭게 발명되고 특화되어 있다.[39]

이 같은 인도여행 열풍을 견인한 대표적 텍스트로 강석경의 《인도

---

39) 여기서 살펴볼 텍스트 외에도 법정 스님의 《인도 紀行》(샘터 1991), 이지상 《슬픈 인도: 인도 히말라야 방랑기》(북하우스, 2000) 등이 인도만을 본격적으로 다룬 텍스트들이다. 이들 역시 유사한 톤과 태도로 접근하고 있다.

기행》40)과 류시화의《하늘 호수로 떠난 여행》41)을 주목해볼 수 있다.
1990년에 발표된 강석경의 책은 시기적으로 90년대 인도여행기의 앞
자리에 놓이고, 류시화의 에세이는 인도를 대중적 여행지로 부상시키
는 결절점이 되었기 때문이다. 강석경과 류시화 모두 인도에 대한 편
벽한 애정을 바탕으로 소문과 풍문으로 존재하던 인도를 정신의 정향
으로 표상하는 데 결정적 역할을 했다.

> 언젠가부터 나는 인도를 꿈꾸어 왔다.. 인도는 내게 정신의 마지막 안식
> 처로서 보리수가 무성한 붓다의 고향, 지평선이 끝없이 이어지는 대륙, 타
> 지마할이 있는 환상의 땅으로 여러 영상들을 간직하고 있다.
> 지금도 순례자들의 행렬이 끊이지 않는 인도는 문명의 지구에서 여백과
> 같으며, 그 땅에서 다양한 삶들을 접하면서 내 의식의 눈도 크게 열렸다.
> ― 강석경,《인도 기행》(서문)

한국에서 "도망치고 싶어"하던 강석경에게 인도는 항상 "정신의 마
지막 안식처"이자 "환상의 땅", 문명의 '여백'으로 상상되던 곳이었다.
그녀의 시선에 포착된 인도는 영국의 지배를 3백 년 받았는데도 양장
한 여자들을 찾아볼 수 없고, 거리마다 힌두 음악만 울려 퍼져 팝송
한번 듣기 힘든 그런 곳이다. 이렇게 "선조의 고귀한 유산을 제대로
지"키며 "단 한 길만을 따르는 인도인"은 "자기 것이 없"고 급속도로
서구화된 한국인을 성찰하는 거울로 제시된다. 물론 서구화된 한국과

---

40) 강석경,《인도기행》(개정판), 민음사, 2000. 이 책은 1990년도에 처음 출간되었
    으나 본고에는 2000년 개정판을 텍스트로 삼는다. 강석경은 1989년 5개월간 처
    음으로 인도여행을 한 후 짧은 미국여행을 마치고 다시 93년까지 인도에 장기
    체류한다. 그는 개정판 서문(《《인도기행》을 다시 펴내며》)에서 그 뒤로도 많은
    나라를 여행했으나 "인도처럼 영적 충족을 준 나라는 없다"라며 여전한 인도 사
    랑을 드러낸 바 있다.
41) 류시화,《하늘호수로 떠난 여행》, 열림원, 1997.

동양적인 것을 고수하는 인도라는 대립적 이미지에는 이미 우열이 전제되어 있다.

　　여행을 하다 보니 선진국 사람과 후진국 사람이 확연히 구별된다. 인간이 앞선 나라가 선진국이고 뒤처진 나라가 후진국이다. 앞섰다는 것은 의식이 진화했다는 것이고, 선진국이란 진화한 사람이 많이 모여 사는 땅이다. 인도가 후진국인 것은 가난 때문이 아니라 국민들 다수가 의식이 무지하고 인격이 급이 낮다는 데서 나타난다. 행여나 나도 누군가의 눈에 후진국 사람으로 비치지 않을지.[42]

　선진국과 후진국이라는 도식은 인도에서 경험하는 모든 일들을 해석하는 데 적용되고 있다. 인도라는 곳에서 겪는 다채로운 해프닝은 "선진국을 여행할 땐 단 한번도" "겪지 않았"던 "오직 인도에서만" 벌어지는 '이상한 일'로, "이해할 수 없는 인도인들"의 '무지' 때문이다. 강석경은 인도인을 '야만인'으로 호명하는데 주저함이 없다. 이름난 유적지를 둘러볼 때도 풍경과 경관을 감상하는데도 '사람'은 방해가 될 뿐이다. 고대 유적에서 2천 년을 이어온 역사와 정신에 찬탄하고 불교 성지 바르샤바에서 삶과 죽음을 사유하고, 사막 한가운데서 아득한 우주의 신비에 황홀해할지언정 그 어디에도 인도에 대한 실감은 없다. 구체적인 현실이 소거된 인도는 그저 "거대한 정신"의 덩어리로 추상화되어 있을 뿐이다.

　류시화에 이르러 신비한 영적 이미지가 덧붙여지면서 정신 본위의 인도 이미지는 더욱 공고해졌다. 89년 이후 여러 차례 장기간에 걸쳐 인도를 방문·체류했던 시인 류시화의 인도 체험은《하늘 호수로 떠난

---

42) 강석경, 앞의 책, 166쪽.

여행》(1997)와《지구별 여행자》(2002) 두 권의 에세이에 집약되어 있다. 특히《하늘 호수로 떠난 여행》은 90년대 말부터 2000년대 초 인도 여행 붐을 견인한 베스트셀러로 대중들로 하여금 인도를 꿈꾸게 하는 데 결정적 역할을 했다.

류시화의 인도여행은 애초부터 명상센터 체험과 요가 수련을 통한 자아발견을 의도한 것이었다.[43] 그는 이미 한국에서 오쇼 라즈니쉬, 그리슈나무르띠, 까비르, 요가난다, 밀라레빠 등의 인도 신비주의 명상가들을 영적 지도자로 따르면서 명상과 선(禪)의 세계에 몰두[44]하고 있었다. 그런 그에게 "나 자신을 일깨워 주는 것들이 있"는 정신의 안식처이자 자유를 향한 여행의 종착지[45]로서 인도와의 만남은 숙명적인 것이었다.

돌이켜보면, 나의 인도 여행은 무엇이 진정한 행복인가에 대한 의문을 풀기 위한 과정에 다름아니었다. 진정한 행복이 무엇인가를 알기 위해 인도로 떠난 나는 차츰 어떤 결론에 이르렀다. '자신이 행복한 일을 하라. 그것이 신이 네게 준 사명이다!' 이것은 어느덧 내 가슴에 새겨진 첫 번째 계명이 되었다.[46]

---

43) 우리가 살고 있는 지구를 잠시 다녀가는 행성 '지구별'이라고 부르는 데서 알 수 있듯 류시화에게 삶은 여행이고, 자유와 방랑을 본질로 하는 여행자로 자신의 정체성으로 인식했다. 그는 여러 편의 글과 시를 통해 불우했던 어린시절 환경과 생래적인 기질에서 비롯된 고아의식에 대해 고백한 바 있다. 산문집《딱정벌레》, 《달새는 달만 생각한다》,《삶이 나에게 가르쳐 준 것들》의 공통된 주제는 한결같이 여행과 방랑, 자연에 대한 이야기이다.(이희춘, 〈류시화론〉,《교사교육연구》47권2호, 부산대학교 과학교육연구소, 2008, 31쪽.)

44) 1980년대 한국에는 인도의 수양 명상 뉴에이지 영성 운동이 유행했는데, 류시화는 백 권이 넘는 명상서적을 번역해 한국에 라즈니쉬 열풍을 불게 한 장본인이기도 하다.

45) 류시화, 〈인도에 가다〉,《삶이 나에게 가르쳐 준 것들》, 푸른숲, 2000, 31쪽.

46) 류시화,《지구별 여행자》, 김영사, 2002, 266-267쪽.

류시화의 인도여행기는 인도 사람들에 관한 이야기이기도 하다. 인력거꾼, 소매치기 소년, 화장터 인부, 짐꾼부터 성자와 탁발승까지 길거리에서 부딪친 수많은 사람들과의 만남이 에피소드별로 기록되어 있기 때문이다. 그는 역무원부터 기차에서 오다가다 만난 이들, 자신에게 말을 걸거나 길거리에서 구걸하는 아이들의 이름을 일일이 호명하며 그들 모두에게서 삶의 지혜와 신을 발견하고자 한다. 마음대로 되지 않는 제멋대로의 열차 시스템에서도 삶의 깨달음을 얻고, 1루피를 구걸하면서도 구원해줬으니 감사하라는 궤변을 늘어놓는 아이, 더러운 숙소 환경을 불평하는 저자에게 사과나 개선의 약속 대신 행복을 모르는 사람이라 질타하는 노인 등. 류시화는 이런 인도인들을 한마디로 "가진 게 없지만 결코 가난하지 않은 따뜻한 사람들"[47]로 표상한다. 이런 표상체계 안에서 이들의 무례함이나 비합리, 무질서는 '진정한 인간'다움으로 탈바꿈된다. "사람들이 사는 현실세계이지 결코 신비의 세계가 아"[48]님에도 불구하고 류시화의 글에서 인도는 "아직도 지구상에 동화의 나라처럼 존재하는"[49] 곳으로 표백된다.

그곳에서 나는 때로 당혹스러웠고, 어지러웠으며, 사기를 당하기도 했고, 무서워 도망치기도 했다. 허무하거나, 존재 밑바닥까지 행복하기도 했다. 눈을 똑바로 뜨고서 나 자신과 마주서본 적이 있는 곳, 그곳이 바로 인도였다.

어떤 이들은 인도는 자기 마음속에 존재하는 것이라고도 단언한다. 그러니 우리는 굳이 어디로 떠날 필요가 없다는 것이다. 그러나 그런 형이상학적 관념의 비약을 꾀하기 전에, 허름한 여인숙의 창문을 열어젖히고 아

---

47) 류시화, 《하늘 호수로 떠난 여행》, 앞의 책, 30쪽.
48) 정효구, 〈탈역사적 차원에 집착한 아쉬움-류시화의 《외눈박이 물고기의 사랑》을 읽고〉, 《출판저널》 Vol.223, 대한출판문화협회, 1997.
49) 류시화, 《하늘호수로 떠난 여행》, 앞의 책, 164쪽.

침의 인도와 마주하는 것이 나는 좋았다. 아열대의 공기, 이상한 새들, 꽃과 차의 향기, 신전의 인상적인 지붕들. 사리를 휘감고 광활한 들판 너머로 신기루처럼 사라져가던 여인들, 그러한 것이 나는 좋았다.

　내 인생의 황금기는 여행에 있었으며, 특히 인도 여행은 그 황금기의 열매와도 같은 것이었다. 그 속에서 나는 삶을 배웠고, 세상을 알았다.50)

　그러나 순수하고 너그럽고 오염되지 않은, 가진 것이 없어도 행복한 '그들'의 모습은 인도인의 삶을 추상화한 것에 지나지 않는다. 모든 인도인을 정신적 스승이나 성자로 격상시키고 '가난하지만 행복하다'는 역설을 강요함으로써 류시화는 인도에 대한 또 하나의 신화를 만들어 내고 있는 것이다.51)

　인도인에 대한 강석경의 무관심이나 류시화의 추상화는 모두 여행주체의 시선이 바깥이 아닌 자기 내부를 향해 있었던 데서 기인한다. 류시화에게 여행은 "무엇이 진정한 행복인가에 대한 의문을 풀기 위한 과정에 다름"52)이며, 그가 여행의 길마다 배운 것은 "나 자신을 사랑하는 법"이었다. 강석경도 다르지 않다. 〈나의 한가운데〉라는 부제가 붙어 있는 《인도 기행》의 서문에서 강석경은 인도 땅을 네 달 헤맨 끝에 결국 "인도에서 나의 한가운데로 걸어 들어갔다"고 고백한다. "목마른 순례자처럼" 길을 떠나 "결국은 내 속에서 찾아야 한다는" 진리를 깨달은 그녀는 "어떤 의미에서 나는 이번 여행으로 〈인도〉를 잃었"다고도 말한다. 강석경과 류시화의 인도여행은 자아 찾기라는 정신주의 프로젝트의

---

50) 류시화, 《하늘 호수로 떠난 여행》, 앞의 책, 208쪽.
51) 박주현, 〈21세기 한국 여행기에 드러나는 오리엔탈리즘〉, 《비교문학》 45집, 한국비교문학회, 2008, 171쪽.
52) 류시화, 《지구별 여행자》, 앞의 책, 266쪽.

일환으로, 이 여정을 추동한 것은 자아탐구라는 과제였던 것이다.

그런 의미에서 인도여행 열풍이라는 '현상'은 풍요로운 물질과 피폐한 영혼의 대립으로 대변되는 90년대 대중들의 정서구조와 무관하지 않다.53) 자아 찾기의 로망을 충족시켜 주는 '순례'의 여정은 세계화 구호와 자기 테크놀로지의 피로감을 상쇄하기 위해 발명된 새로운 여행 형식일 것이다. 그러나 이런 여행 형식 역시 자아의 문제에 그치지 않고 인도의 로컬리티를 신화적으로 재구축하고 위계화한다는 점에서 서구 오리엔탈리즘을 자신의 것으로 오인한 일종의 '전도된 글로벌리즘'54)으로 이해될 수 있다. 탈속화된 인도라는 거울에 잃어버린 자아를 투사한다는 낭만적 기획은 인도를 탈역사화하고 신비화함으로써 인도라는 장소의 신화를 새롭게 구축해 갔다.

5. 진정성이라는 상품 혹은 기획된 로컬감성

여행기는 대상에 대한 지리적 감각을 번역하는 글쓰기이다. 인도여행기는 인도에 대한 한국 대중의 지리적 상상력과 감수성의 산물이라 할 수 있다. 여행주체는 여행기를 통해 '인도'를 소환하고 '인도적인 것'을 상상해 왔다. 이것은 역설적으로 인도여행기에 진짜 인도는 없다

---

53) 전세계적으로 볼 때 인도가 정신적인 공간으로 표상된 것은 1960년대 히피들의 인도 행렬이 이어진 시기와 맞물린다. 이와 관련해서는 이옥순, 앞의 책, 참조.
54) 김옥선은 90년대 '모험을 찾아 미지의 세계로 떠나는' 한비야식의 여행이 표방하는 헌신과 봉사, 구호가 강대국의 오리엔탈리즘을 로컬의 입장에서 반복하는 전도된 글로벌리즘에 불과하다고 평가한다.(김옥선, 〈여행 서사에 나타난 오리엔탈리즘과 지역 식민화-1990년대 여행서사를 중심으로〉, 《로컬리티 인문학》 14호, 부산대학교 한국민족문화연구소, 2015, 90쪽.

는 의미이기도 하다. 근대 이후 인도는 언제나 공간적 타자로 존재했다. 다만 한국과 인도의 관계 지형과 여행주체의 욕망에 의해 '인도적인 것'이 새롭게 발견되고 변주되었을 뿐이다. 이런 맥락에서 "인도에 관한 모든 해석은 자서전적이다"55)라는 인도 역사학자의 통찰을 되새겨 볼 필요가 있을 것이다.

이 글은 1920년대부터 90년대까지 제출된 인도여행기를 대상으로 각 시기별로 한국 지식인들이 필요에 따라 공간적 타자로서 인도의 이미지와 '인도적인 것'을 어떻게 해석하고 전유해 왔는가를 재구하고자 했다. 식민지 시기 '인도적인 것'이 민족독립국가라는 근대성의 비전으로 구체화되었다면, 해방기와 한국전쟁을 거치면서 점차 인도적인 것은 한국의 우월감을 확인시켜주는 전근대성의 지표로 기능하거나 탈근대의 전도된 정신주의 신화로 재생했다. '신비한 야만'이라는 모순된 표상은 이렇게 인도의 복합적인 로컬리티가 다양한 방식으로 변주된 결과이다.

그렇다면 이후 2000년대 한국에서 인도는 어떻게 재현되고 있을까? 2000년대는 그동안 소수의 문화 엘리트들에 의해 간접적으로 생산 확대되었던 인도 재현이 대중의 직접적인 경험에 의해 확인되고 재생산56)되던 시기라 할 수 있다. 미스터리한 정신 본위의 인도 이미지는 대중의 진정성 욕망을 자극하는 여행 상품으로 기획되어 홍보문구 안에서 부활했다. '변치 않는' '느림의 미학'으로 '단순한 삶의 방식'으로 기획된 여행 상품으로서 인도는 종교적·철학적 사상의 고향으로 이상화된 파라다이스로 우리 앞에 모습을 드러냈다.57)

'나를 비우고' '치유와 소통을 위한' 체험으로 기획된 인도여행은 유

---

55) 이옥순, 앞의 글, 42쪽.
56) 김유하, 앞의 글, 110쪽.
57) 조앤 샤프(Joanne P. Sharp), 앞의 책, 169쪽.

일하고 독특하며 진정한 것을 추구하는 포스트-관광자들의 기대를 충족시키고 있다. 포스트-관광자들은 인도여행 경험을 삶의 의미나 자아를 찾는 '진정성 추구의 과정'으로 의미화한다.58) 그러나 이들이 인도여행에서 경험하는 것은 진정한 로컬 문화라기보다는 기획된 퍼포먼스와 복제된 로컬 감성이다. 2000년대 출간된 인도 대중 여행서에 은밀한 우월감과 함께 무언가를 찾아야 한다는 조급증과 강박이 혼재되어 있는 것도 이 때문이다.

성찰적 자아에 대한 강박은 '은둔'과 '침몰'이라는 새로운 여행기법으로 전개되기도 한다. 2000년대 대중들은 신자유주의 사회에서 살아가는 불안과 피로감, 사회시스템을 향한 절망과 적대감을 상쇄시켜주는 본질적 장소로 인도를 선택하고 추구한다. 이들은 반복적인 일상과 규범화된 삶의 패턴, 점점 가상 현실화하는 세상에서 이탈해 '진짜 자신'을 찾고 존재의 리얼리티를 확보59)하고자 하는 욕구를 인도에 투사한다. 포스트 관광 시대 인도는 은둔과 침몰, 자폐와 폐색의 로컬 표상을 재구축하는 중이다.

---

58) 김유하, 앞의 글, 132-133쪽.

59) 2000년대 중후반부터 일본에서는 흔히 '소토코모리(外こもり)'라 불리는 이런 여행자들이 등장했다. 히키코모리와 달리 소토(外) 즉 '밖'에 나가 은둔하는 '외유형 은둔외톨이' 정도로 번역되는 소토코모리는 동남아시아와 인도 등을 대상으로 장기간을 떠돌거나 현지에서 아무것도 하지 않은 채 은둔생활을 하는 새로운 여행자들을 지칭한다. 이에 대해서는 권숙인의 〈소토코모리, 일본 밖을 떠도는 젊은이들〉(《일본비평》 5호, 서울대학교 일본연구소, 2011)을 참조했다.

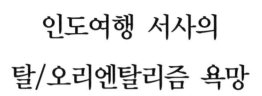

인도여행 서사의
탈/오리엔탈리즘 욕망

1. 인도 체험과 서사화 욕망

이 글은 현대소설에 나타난 인도의 재현방식과 서사적 의미를 통해 1990년대 이후 한국문학의 새로운 장소경험과 지형학적 감수성을 탐색하려는 시도이다. 이를 위해 인도를 공간에서 '장소', 상상에서 '체험', 표상에서 '재현'이라는 맥락에 재배치함으로써 새롭게 발생하는 결절 지점에 주목하고자 한다. 인도를 추상 공간이 아닌 실존의 장소로, 선험적으로 상상된 대상이 아닌 구체적 경험의 대상으로, 학습된 대중 표상이 아닌 서사적 재현 대상으로 재사유한다는 의미이다.

그렇다면 첫째, 왜 '인도'인가.

인도는 90년대 한국문학이 새롭게 발견한 서사의 배경이자 주제이다. 이제까지 인도 배경 소설에 대한 본격적인 논의는 찾아보기 힘들었다.[1] 일차적으로는 인도를 배경으로 한 소설이 많이 창작되지 못했기

---

1) 인도사를 전공한 이옥순이 《우리 안의 오리엔탈리즘》(푸른역사, 2003)에서 인도를 배경으로 한 한국소설들을 몇 편 다루기는 했으나, 이 글들은 본격적인 소설

때문일 것이다. 한국문학에서 인도가 무대 전면에 등장한 것은 1990년 이후라고 볼 수 있다. 90년대 세계정세의 변화와 자율적인 해외여행 체험을 바탕으로 한국문학에는 새로운 장소들이 등장했고, 이들로 인해 한국문학은 타자에 대한 시야를 변화 혹은 확장시킬 수 있었다. 우리에게 익숙한 타자로 치부되어 왔던 인도 역시 실은 90년대 문학의 자아 탐색과 "성찰 내면에 의해 발명된 지역"[2]이라 할 수 있다.

이런 소설의 행보를 견인한 것은 인도여행과 여행기인데, 90년대 인도여행 붐이 일면서 이에 발맞춰 다수의 대중 여행서가 쏟아져 나왔다.[3] 주지하다시피 이런 현상은 과거 6,70년대 유럽과 80년대 일본이 그랬던 것처럼 물질적 풍요가 가져온 정신의 피폐함을 성찰하고 위안을 얻으려는 90년대 한국의 사회문화적 환경에서 비롯된다. 다시 말해 신비한 정신주의 인도라는 대중 심상은 한국 사회가 "질적인 변화를 요구하는 국내적 도전을 외부의 타자를 향한 환영으로 전이"[4]한 결과인 것이다. 따라서 인도는 포스트 식민주의 문화지형에서 한국문학의 타자 인식과 감수성을 파악할 수 있는 의미 있는 텍스트이다. 뿐만 아니라 오리엔탈리즘 이후 포스트 오리엔탈리즘[5]의 견지에서 타자와의 관계

연구의 성격을 띠고 있지 않을 뿐 아니라, '오리엔탈리즘'의 자장 안에 모든 텍스트를 수렴해버려 소설 장르의 총체적이고 복합적인 재현방식을 이해하는 데는 한계가 있다.

2) 김옥선, 〈여행 서사에 나타난 오리엔탈리즘과 지역 식민화〉,《로컬리티 인문학》 13호, 부산대학교 한국민족문화연구소, 2015, 82쪽.

3) 강석경의 《인도 기행》(민음사, 1990)을 위시해 당대 베스트셀러가 된 류시화의 《하늘 호수로 떠난 여행》(1997), 법정 스님의 《인도 기행》(샘터, 1991), 이지상, 《슬픈 인도: 인도 히말라야 방랑기》(북하우스, 2000) 등이 대표적이며, 2000년대는 일반 여행자들의 여행 수기 및 여행기가 대거 출간되기도 했다.

4) 황국명, 〈90년대 여행소설과 공간 전위〉,《오늘의 문예비평》 22호, 산지니, 1996, 225쪽.

5) 이방의 타자에 대한 동경도 소멸해 버린 시대 문화의 세계화 현상은 다원적이고 중층적인 정체성을 생성하면서 세계가 새로운 형식으로 상호의존하는 관계를 지향하고 있다. 정진농은 과거와는 다른 이 같은 오리엔탈리즘을 혼종적 오리엔탈리즘 또는 포스트 오리엔탈리즘이라 부를 것을 제안한다. 본고에서는 이 개념과

와 상호 역학을 사유해볼 수 있는 흥미로운 텍스트가 될 수 있다.

둘째, 왜 인도 '체험'을 전제로 하는가.

본고는 작가의 여행이나 거주 경험을 전제로 '상상된' 인도가 아니라 '체험된' 인도를 분석한다. 90년대 이전까지 인도는 최인훈의 《광장》에서처럼 당대 사회의 특정한 이데올로기에 의해 표상된 심상지리의 공간, 르페브르(Henri Lefebvre)의 표현을 빌자면 '사회적으로 생산된 공간'6)으로 기능해왔다. 한국문학은 "고유명사가 아니라 일종의 추상명사"(송기원, 〈인도로 간 예수〉), 일상의 위기와 환멸을 벗어나기 위해 떠올리는 도피처나 이상향(은희경, 〈명백히 부도덕한 사랑〉)이라는 인도의 이미지를 무단 복제해왔다. 인도는 체험되기 이전에 이미 선험적인 텍스트에 갇혀 고정된 이미지로 반복 재생산되었던 것이다.7)

그러나 90년대 작가들의 잇따른 인도행8)으로 인도에 대한 인식은 조금씩 달라진다. 작가들은 대개 인도를 장기 여행하거나 체류한 뒤 기행문이나 여행에세이 등을 통해 인도에 대한 특별한 애정과 정서적 유대를 드러내곤 했다. 본고에서 다루는 작품의 작가인 강석경, 송기원, 오수연, 이화경, 하창수도 이런 경우에 해당한다.9) 작품에서 확인

용어를 차용하기로 한다.(정진농, 《오리엔탈리즘의 역사》, 살림, 2004, 87-90쪽.)

6) 전종환 · 서민철 · 장의선 · 박승규, 《인문지리학의 시선》, 사회평론, 2012, 35쪽.

7) 인도의 고정된 이미지에 대해서는 졸고 〈인도 여행기의 지리적 상상력과 로컬 재현의 계보〉(《국제어문》 74집, 2017)에서 이미 검토한 바 있다.

8) 1997년 7월 《동아일보》는 〈글을 캐러 인도로 간 사람들〉이라는 제하의 기사에서 당시 급속히 늘어난 문인들의 인도 행렬을 흥미로운 현상으로 보도하고 있다. 강석경을 필두로 송기원, 오수연, 박완서, 김주영, 구효서, 김영현, 안도현, 최성각 등 인도를 여행하거나 글을 쓰기 위해 인도로 떠나는 문인들이 줄을 잇고 있다는 소식을 전하면서, 이들의 인도여행이 우리 경쟁사회의 기본가치들을 전면적으로 반성할 기회를 마련해준다고 분석했다.(권기태, 〈글을 캐러 인도로 간 사람들〉, 《동아일보》, 1997.7.4.)

9) 1989년 5개월간 인도여행을 한 후, 《인도여행》(민음사, 1990)과 어른을 위한 장편동화 《인도로 간 또또》(한양출판, 1994)를 발표하고, 이후 다시 93년 여름까지 인도에 체류했다. 송기원은 1997년 8개월간의 인도 및 미얀마 여행을 한 뒤

할 수 있듯 이들은 '체험'을 통해 인도를 추상 공간이 아닌 실존 공간10)
으로 파악하는 인식의 전환을 이룰 수 있었던 것이다.

　셋째, 왜 인도 체험의 '서사적 재현'을 주목하는가.

　무단 복제되어 유포된 인도에 대한 고정관념으로 인해 인도를 서사
화하려는 작가들은 "과도하게 해석되고 탐색된 세계에서 출발해야 하
는 운명"11)에 처해 있었다. 그럼에도 불구하고 모든 이야기의 운명이
그러하듯 작가는 자신만의 경험을 특별한 서사로 만들어 낼 권리, 호
미 바바(Homi K. Bhabha) 식으로 말하자면 '서사화할 권리'를 지닌
다. 더군다나 인도는 사회역사적 배경과 문화지리의 측면에서 단일하
고 균질화된 질서에 포획되지 않은, 혼종적이고 미결정적인 복합 정체
성을 가진 장소이다. 일반적으로 인도여행자가 경험하는 상상(기대)과
현실(배반) 사이의 낙차, 이른바 '상상의 오류'는 바로 이 같은 인도의
복합적인 장소 정체성에서 비롯된다.12) 상상과 체험의 차이가 만들어
내는 특수한 장소경험이야말로 작가에게 서사 장악력과 재현 욕망을
자극하는 강력한 매개로 작용할 수 있다. 따라서 인도 재현 서사는
소설이라는 장르에서 보고 싶은 것(상상)과 경험한 것(현실) 사이의
'차이'를 극복하려는 작가적 욕망과 무의식13)이 어떻게 작동하는지 파

　불교에 심취하여 불교의 계를 받기도 했다. 오수연의 경우 1997년 3월부터 1999년
　8월까지 2년여의 시간을 인도에서 보낸 후 2002년 여름 다시 소설을 쓰기 위해
　인도로 떠나《부엌》을 발표한다. 이화경은 인도로 건너가 캘커타 대학 언어학과에
　서 인도 대학생들을 가르치기도 했으며, 여행에세이《울지 마라, 눈물이 네 몸을
　녹일 것이니》(2009)를 재출간한《나는 나만 생각하는 이기적인 시간이 필요했다》
　(상상출판, 2016)를 쓰기도 했다. 본고의 분석대상에선 제외했지만 작가 임헌갑
　역시《떠나는 자만이 인도를 꿈꿀 수 있다》(경당, 2001) 등의 여행집을 남겼다.
10)　추상공간이 반드시 경험적 관찰에 의존하지 않아도 설명할 수 있는, 상상력과
　　상징적 사유의 결과라 한다면, 실존 공간은 세계를 구체적으로 경험하는 과정에
　　서 드러나는 상호 주관적 공간을 의미한다.(에드워드 렐프(Edward Relph),《장
　　소와 장소상실》, 김덕현 · 김현주 · 심승희 역, 논형, 2005, 69쪽.)
11)　후칭팡(胡晴舫),《여행자》, 이점숙 역, 북노마드, 2014, 302쪽.
12)　김유하, 〈진정성 기획으로서의 인도여행〉,《문화와 사회》22권, 한국문화사회학
　　회, 2016, 119-121쪽.

악하기에 좋은 텍스트이다.

　이상에서 진술한 세 가지 요인은 90년대 이후 한국문학의 새로운 콘텐츠로서 인도 여행서사에 접근하는 기본 입장이자 전제 조건이라 할 수 있다. 즉 본고는 인도여행 서사가 인도의 장소성과 작가의 장소 체험, 소설 장르의 서사적 욕망이 상호작용해 산출되었다고 보고, 이 세 가지 요소가 작품 안에서 어떻게 상호작용하는지 살펴보고자 한다.

　본문에서 분석할 작품은 강석경의《세상의 별은 다, 라사에 뜬다》(1996), 송기원의《안으로의 여행》(1999), 오수연의《부엌》(2001), 이화경의《나비를 태우는 강》(2006), 하창수의《천국에서 돌아오다》(2016)이다.[14] 이 5편의 텍스트는 익숙한 심상지리와 장소신화를 어떻게 배치/재배치하는가에 따라 두 가지 양상으로 나뉠 수 있다. 인도의 장소 정체성을 이원화해 오리엔탈리즘의 구도 안에 배치하는 경우(2장)와 포스트 오리엔탈리즘의 전망 하에 인도 로컬리티를 새롭게 모색하는 경우(3장)이다.

2. 전경과 후경, 내부 식민화와 이원화된 장소성

　강석경의《세상의 별은 다, 라사에 뜬다》[15]와 송기원의《안으로의

---

13) 황호덕,〈여행과 근대, 한국 근대 형성기의 세계 견문과 표상권의 근대〉,《인문과학》46집, 성균관대학교 인문학연구원, 2010, 7쪽.
14) 인도가 상징적 맥락에서 활용된 경우를 제외하면 이제까지 인도 배경 소설은 여기서 언급한 5편 외에 송기원의《또 하나의 나》, 임헌갑의《Are you going with me?》(1996)와《인도로 가는 동안》(2013) 정도가 확인된다.
15) 강석경,《세상의 별은 다, 라사에 뜬다》, 살림, 1996.

여행》16)에서 인도는 개인의 구원과 구도를 위한 공간으로 추구된다. 제목이 암시하듯 이 두 작품에서 인도는 세상의 '별'과 내 '안'을 향한 여정에서 도달해야 할 최종 목적지로 표상된다. 그래서인지 소설이 진행되는 동안 강석경의 시선은 인도 자체가 아니라 자신의 고통을 치유하며 내적 성숙을 이루어가는 여성들의 내면에 초점이 맞춰져 있고, 송기원의 관심 또한 진정한 나와 대면하려는 인물의 자기수행 과정에 집중되고 있다.

이것은 인도행의 계기가 한국에서의 삶에 대한 환멸에서 비롯된다는 점과 무관하지 않다. 《안으로의 여행》에서 박연호는 10년 넘게 다니던 잡지사에 사표를 내고 아내에게 이혼서류를 넘겨준 뒤 해방감, 허탈감, 굶주림, 소화불량증에 시달리다 낯선 여관방에 누워 불현듯 인도를 떠올리고 무작정 짐을 꾸린다. 또 《세상의 별은 다, 라사에 뜬다》에서 인도행은 한국의 가부장제도 하에서 환멸과 회의를 느낀 여성들이 "허위적인 결혼 생활을 탈피"17)하기 위한 자구책이다. 외도를 한 남편과 이혼하고 의상실을 운영하며 살아가던 문희는 솔로라는 이유로 불필요한 오해와 의심의 눈초리에 둘러싸여 상처투성이가 된 상태에서 동생 주원이 있는 인도로 갈 결심을 한다. 결혼과 출산 과정에서 밀실 공포증에 시달리던 주원 역시 인도여행을 떠났다가 '명상과 성(聖)의 세계'에 사로잡혀 장기 체류 중에 있다.

　　주원을 만나러 오긴 했지만 문희도 인도라는 이름에서 순간 광채를 보았다. 여태 제가 살아온 삭막하고 허망한 도시, 사람들이 저마다 거친 말들을 내뱉고 그 말들이 먼지처럼 떠돌아 심정을 상하게 하는 도시, 혓바닥처럼 좁은 도시, 선(善)이 결여된 그 도시에서 인도로 떠나면서 문희는 구원을

---

16) 송기원, 《안으로의 여행》, 문이당, 1999.
17) 긴 인용문을 제외하고 본문 안에 구절 단위로 인용한 소설의 페이지 표기는 생략하기로 한다.

찾을지도 모른다고 생각했다.

— 《세상의 별은 다, 라사에 뜬다》(291쪽)

이렇게 가정과 직장과 같은 이른바 '존재의 장소'를 상실한 이들은 인도를 자신을 구원해줄 약속의 땅으로 기대한다. 물론 여기에는 "우주의 숨소리"와 "천상의 소리"처럼 인도에 대한 오래되고 통속적인 고정관념이 선험적으로 작용하고 있다.

그런데 두 소설의 주인공들은 도착 직후 기대와는 거리가 먼 인도의 현실 풍경에서 정신적 충격을 받는다. "아귀들이 우글거리는" '지옥'(송기원)을 본 듯한 당혹감과 낭패감, "몇 세기 전으로 돌아간 듯한 충격"(강석경) 등 두 소설은 비교적 긴 분량을 할애해서 상상과 현실 사이의 낙차에서 비롯되는 충격과 당혹감을 묘사한다. 그러나 많은 인도여행기가 증언하고 있듯 여행자 대다수가 처음엔 이런 혼란을 겪는다는 점에서 이 부분만 놓고 작가의 태도를 섣불리 판단할 수는 없다.

문제는 작가가 상상과 현실 사이의 불일치를 어떻게 통합해서 서사적으로 의미화하는가에 있다. 선험적 판타지와 경험적 현실의 대립을 어떻게 해소하는가의 문제는 이들이 오리엔탈리즘의 자장에서 얼만큼 벗어나 있는지를 가늠하게 해주기 때문이다. 여기서 강석경과 송기원은 선택과 배제에 의한 이원화 전략을 취한다. 즉 인도의 부정적 현실을 서사 밖으로 밀어내거나 괄호 안에 넣어 후경화하고, 정신주의 인도라는 통일된 이미지를 전경화하는 것이다. 이 점은 두 작품의 주요 배경이 인도의 현실 풍경과 동떨어져 있는 히말라야 지역이나 한적한 부촌에 한정되어 있다는 점만 봐도 쉽게 알 수 있다.

송기원 소설에서 박연호는 처음부터 힌두교 4대 성지가 몰려 있는 히말라야의 관문 '리시케시'를 향해 간다. 그는 "저 아래 사람이 사는 마을"과 구별되는 종교적 탈속 세계에서 밖의 풍경을 차단시킨 채 철저하게 자신과 대면하는 데만 몰두한다. 히말라야에서 만난 한태인, 제인과 같은 동료 구도자 혹은 인도 사두들과만 접촉하는 박연호의 의식에서 뉴델리나 바라나시의 현실은 사진 속 피사체처럼 대상화되어 있다. 이 가운데 인도의 전통 장례식 풍경, '사티(suttee)'[18]라는 과부화장 풍습, 지참금 제도 등이 열등함과 후진성의 증거로 소환된다. 박연호가 머무는 장소나 접촉하는 대상의 한계 때문인지 이런 피상적이고 배타적인 시각은 시간이 경과해도 수정될 기회를 갖지 못한다.

갤커타 인근 치와울라라는 부촌에 거주하는 강석경의 인물들도 마찬가지이다. 이들은 극소수의 인도 상류층과만 제한적으로 교류하고 하녀나 릭샤꾼 등의 기층민에 대해서는 "문명 이전의 본능적 생활을 영위"하는 "위생 관념이 없는", 나와는 무관한 객체로 인식한다. 이들은 갤커타 근처에 살면서도 세계에서 가장 가난한 도시라는 갤커타에는 관심조차 갖지 않는다. 주원의 경우만 봐도 "보기 드문 고상한 품격"을 지닌 전통음악 성악가 슈디슈다 부부에게 노래를 배우는 것이 유일한 현지인 접촉일 뿐이다.

> 일반적으로 인도인들은 본능적이고 신뢰하기 어렵지만 슈디슈다처럼 고상한 품격을 느끼게 하는 장년들을 드물게 만날 수 있다. 수렁 같은 미천한 민중들 속에서 간다나 타골, 네루 같은 위대한 혼들이 연꽃처럼 피어난다. 극소수지만 그들은 한국처럼 급변한 산업사회에선 보기 드문 고귀한 품격을 지니고 있다. 그 원천은 말할 것도 없이 인도의 유장한 전통과 정신이리라.
>
> ―《세상의 별은 다, 라사에 뜬다》(72쪽)

---

18) 고대 인도에서 남편이 죽는 경우 남편의 시체와 함께 아내를 산채로 불에 태워 죽이던 관습을 말한다. 서양에서 인도의 관습과 제도에 대해 혐오감과 경멸을 드러낼 때 대표적인 사례로 꼽힌다.

과거와 현재, 물질적 열등함과 정신적 우월함으로 인도를 이원화하는 사고체계에서 인도인들은 고귀한 성자와 야만적인 거지 두 부류로만 구분된다. 성자와 거지로 분류되었던 이들이 '인도인'이라는 공통분모로 묶이는 순간은 '무소유'라는 삶의 방식이 적용될 때뿐이다. 주원은 무소유 개념을 "성자도 거지같고 거지도 성자 같이 보"이게 하는 신비한 마법이자 인도인을 이해하는 불변의 진리인 양 자의적으로 해석하고 있다.

> 쵸비는 안뜰의 나무 그늘에 앉아 남편의 등에 코코넛 기름을 발라 마사지하고 있었다. 그들은 주원이 세들어 사는 집주인의 하인들이다. 카스트가 엄연히 존재하는 인도여서 하층계급인 그들은 안뜰 한쪽 구석에 만들어놓은 우리 같은 초가집에서 다섯 식구가 더불어 산다.
> 그래도 이 한낮 쵸비가 연출하는 평화로운 정경을 보면 그들이 불행하다고 느낄 수 없다. 식자우환의 반대급부로써 순수하게 생존 그 자체에 충실하고 만족한다면 그 삶도 실낙원이 될 수 있지 않을까. 지식, 의식, 이런 것들이 행복과 무슨 상관이랴.
> —《세상의 별은 다, 라사에 뜬다》(33쪽)

무소유로 인해 인도인들은 "가난과 무지 속에서도 만족감을 갖"고 "정신의 충족이 물질의 결핍을 잊게"한다는 것이다. 병문안 온 하녀의 남편이 코코넛을 두 손으로 바쳐 든 모습에서 "비천한 계급에서 순수한 인간의 한 형태를 보고 가슴이 뭉클했다"거나, 아기에게 젖을 물리는 여성에게서 '성녀'의 모습을 보고 "거지도 존중받아야 할 생명이고 사랑을 나누며 살아갈 권리가 있다는" 깨달음을 얻었다고 진술하는 부분도 같은 맥락이다. 송기원 소설에서 박연호는 태양빛 아래 뼈대만 앙상한 몸뚱아리를 남기고 죽어 있는 사내아이의 시체 앞에서 "더이상

아래로 떨어질 데가 없는 자들만이 지닌 어떤 평화"를 느꼈다고 고백
한다. 박연호는 심지어 이 상황을 "육체 안에 죽음을 완성함으로써 자
신에게서 해방됨과 동시에 존재의 본질인 영원한 생명에 이른" 인간
존재에 대한 깨달음의 순간으로 비약하기까지 한다.

　무소유라는 편리한 개념으로 인도인의 행불행을 일방적으로 재단해
버리고 어린 생명의 죽음을 깨달음의 도구로만 소비하는 모습은 이들
의 궁극적 관심이 자신의 성숙과 구원에 있다는 사실을 환기시킨다.
노골적인 적대와 폄하보다 인도의 현실을 바라보는 이 같은 자기중심
적 시각이 더 문제적일 수 있다. 이 과정에서 부와 가난, 종교와 계급,
삶과 죽음 등 인도의 다양한 현실 문제가 추상화되어 버리기 때문이
다. 뿐만 아니라 신비한 정신을 표상하는 상류층과 미개한 육체를 지
닌 하층민으로 이원화해 묘사하는 방식은 인도 내부의 차별과 차이를
강조하고 서열화하는 내부 식민화 과정을 답습하는 것에 불과하다. 이
같은 내부 식민화는 결국 '고귀한 야만'19)이라는 모순된 레토릭으로
인도의 장소 정체성을 고착화하고 공식화하는 데 기여한다.

　현지인과의 접촉을 최소화하는 대신 인도 내 서양인들과의 교류에
는 적극적이란 사실도 이 같은 추정을 신빙성 있게 한다. 《세상의 별은
다, 라사에 뜬다》에서 여성 인물들의 연애 상대는 유럽인들이다. 유럽
남자들은 하나같이 동양적 세계를 동경하는 정적이고 사려깊은 인물
로 그려진다. 이들은 한국 남자처럼 현실적인 야망에 사로잡히지도
"여자의 윤리를 요구"하지도 않을 뿐 아니라 여성들로 하여금 "인격적
으로 완전히 평등"하다고 느끼게 해준다. 소설 말미에 주원은 한국에
있는 남편에게 이혼을 통보하고 이태리 화가 파올로와 결혼을 약속한

---

19) 고귀한 야만(noble savage)은 산업화 이전 미개인의 형상에 대한 낭만적 이상을
　　반영한 표현으로, 장 자크 루소가 일련의 저작들에서 문명 이전의 행복하고 자유
　　로운 삶을 긍정하면서 보편화되었다. 주지하다시피 오리엔탈리즘에서는 서양과
　　대립되는 비서양의 표상으로 통용되어 왔다.

다. 영국인 죤과 동거 중이던 성자 역시 축복 속에 결혼식을 올린 후 영국으로 떠날 준비를 한다.

가부장제의 폭력성에 노출되어 왔던 한국 여성의 생래적 결핍감이 친절하고 매너 좋은 서양 남성에 대한 로망으로 발현되었으리라는 점은 충분히 짐작 가능하다. 그렇다면 인도인의 시선에서 이 결합은 어떻게 비춰질까. 이에 대해 작가는 등장인물의 입을 빌려 다음과 같이 항변한다.

> "나 아까 종희 말 듣고 열 받았어요. 종희랑 친한 인도 애들이 그러더래요, 한국 여자들이 서양 남자를 잘 잡는다고. 내가 죤하고 결혼하고 주원씨가 파올로랑 친한 것보고 그래요. 후진국 인간들은 생각하는 척도가 똑같아. 한국에서도 사람을 평가할 때 사회적 성공도나 인습의 잣대로 재면서 잘됐다, 못됐다 하잖아요. (중략) 걔들 눈엔 서양인들은 부자이고 흰 피부가 황인종보다 나아 보이니까. 서양인들이 더 낫긴 해. 적어도 그 따위 발상은 하지 않으니까"
>
> ─《세상의 별은 다, 라사에 뜬다》(209쪽)

위 대화에서 볼 수 있듯 한국 여성과 서양 남성의 결합을 부정적으로 보는 이들은 모두 '후진국 인간'으로 치부된다. 이 '후진국 인간'에는 대다수의 한국인과 인도인들이 포함되어 있다. 여기에는 서양 남성과의 결합이 특별한 지위를 획득하는 것인데다 그조차 선택받은 소수의 한국 여성에게만 허락되는 것이라는 우월감이 전제되어 있다. 그러나 파올로와 죤이 생각하는 주원과 성자의 이미지는 "모든 정신적 긴장을 풀"어내는 "동양화의 여백 같은 곳"이라는 인도의 장소성과 중첩된다. 다시 말해 한국여성을 바라보는 서양인의 시선은 동양에 대한 신비적 친화성과 분리되어 있지 않다.[20] 따라서 이들의 결혼은 한국 사회의 가부장적 억압과 폭력의 문제를 일거에 휘발시켜 버리고 동서양의 결합이라는 낭만적 메타포를 통해 익숙한 오리엔탈리즘의 신화를 반복 재생하는 것에 다름없다. 동양과 서양이 교차하는 인도가 한국 여성의 서구 판타지를 실현시키기에 적합한 장소인 동시에 문제적 장소인 이유가 여기에 있다.

인도를 낭만화하고 탈역사화하는 이 같은 시선은 개인적 구원과 구도에 대한 조급함 혹은 강박에서 비롯된 것이라 볼 수 있다. 그러나 외부의 경험과 균형을 이루지 못한 채 자신의 내부에만 집중하는 이런 여행 태도는 장소를 그 자신의 주관적 내면으로 창안하고 점유하려는 욕망에 지나지 않는다.

이들 소설에서 인도가 서사의 최종 목적지가 아닌 경유지에 불과했던 이유도 이 때문이다. 《안의로의 여행》은 나의 내면과 대면하기 위해 고행을 지속해가던 박연호가 "히말라야에 있으면서도 1년 내내 거의 비가 내리지 않는 유일한 곳"이라는 신비의 땅 '레'를 찾아 길을 떠나는 장면에서 끝난다.[21] 《세상의 별은 다, 라사에 뜬다》의 문희 역시 "자유와 평화가 숨쉬는 낙원, 천공을 가르고 은덩이 같은 별들이 떨어지는" 티베트 라사로 기약 없는 여행을 떠난다. 결국 두 소설은 현실에 '부재'하는 '인도'를 찾아 다시 길을 떠나는 이야기라 할 수 있다. 구원과 구도의 욕망에 의해 추동된 인도행은 레와 라사라는 신화적 공간을 재호출

---

20) 인도에 대한 서구의 관심은 유럽의 계몽사상과 신앙에 대한 환멸, 순진성의 추구와 완전성에 대한 환상, 인류와 자연에 대한 일체감을 회복하고자 하는 열망 등 형이상학적 갈망에서 생겨났다. 인도라는 장소는 유물론적 서양과는 대조적으로 고양된 정신성의 신화를 낳은 인도 철학과 동일시되면서 몽상가와 신비의 땅으로 서구의 상상력을 사로잡아왔다.(정진농, 앞의 책, 50-51쪽.)

21) 송기원의 또 다른 인도 배경 소설인 《또 하나의 나》의 배경도 히말라야이다. 인도를 배경으로 한 소설의 상당수가 히말라야를 무대로 하고 있다는 점은 특기할 만하지만, 이에 대해 인도 거리의 먼지와 더러움에 대한 혐오, 산이 많은 우리 땅과 비슷해서 향수를 느끼기 때문이라는 식의 이옥순의 해석은 과도한 해석이 아닐 수 없다.(이옥순, 앞의 책, 120-121쪽 참조.)

함으로써 지속된다. 그리고 이렇게 현실이 소거된 인도는 "지구상에 실제로 존재하는 지명이 아니라 자신이 찾아 헤매는 어떤 추상의 다른 이름"22)으로, 영원히 도달하지 못하는 미완의 공간으로 남게 된다.

3. 외존外存23)과 잉여, 재현불가능한 로컬리티

　오수연의 《부엌》24)과 이화경의 《나비를 태우는 강》25), 하창수의 《천국에서 돌아오다》26)는 2000년대 발표된 작품들로 타자와 경계의 윤리란 측면에서 오리엔탈리즘 이후를 사유할 수 있게 해준다.

　오수연의 《부엌》 연작은 나와 타자의 경계 문제를 '음식'이라는 프레임을 통해 사유하는 작품이다. 이 연작 소설을 아우르는 제목이기도 한 '부엌'은 먹고사는 문제에서 영원히 벗어날 수 없는 인간의 한계상황이자 인간 사이 경계와 권력이 은밀하게 작동하는 인도의 모순을

---

22) 송기원, 《인도로 간 예수》, 창작과비평사, 1995, 13쪽.
23) 모리스 블랑쇼와 장-뤽 낭시가 사용한 외존(外存, ex-position) 개념은 자신의 바깥·외부 혹은 타인을 향해 존재하거나 타인과의 관계 내에 존재하는 양태를 일컫는 말이다.(장 뤽 낭시(Jean-Luc Nancy), 《무위의 공동체》, 박준상 역, 인간사랑, 2012, 183-190쪽.) 본고에서는 경계를 인정하면서 상호의존적 관계를 지속하는 포스트 오리엔탈리즘 시대 윤리적 존재방식을 설명하기 위해 이 개념을 차용하고자 한다.
24) 오수연, 《부엌》, 강, 2001.
25) 이화경, 《나비를 태우는 강》, 민음사, 2006. 《부엌》 연작은 〈부엌에서 무슨 일이 일어나는가〉, 〈나는 음식이다〉, 〈땅 위의 영광〉 세 편으로 구성되어 있다. 사실 이 연작들에서 작가는 구체적인 지명과 인물들의 국적을 의도적으로 삭제하고 '이 나라' '이 동네' 등으로 표기하는 방식을 취하고 있지만, '부엌' 공간을 중심으로 펼쳐지는 다른 두 편에 비해 〈땅 위의 영광〉은 상대적으로 장소적 특성이 드러나 있다고 판단된다.
26) 하창수, 《천국에서 돌아오다》, 북인, 2016.

축소해 놓은 장소라고 볼 수 있다. 세 편의 연작 중 한국인 유학생 '나'가 갑자기 사라진 '다모'라는 인물의 행방을 좇는 3개월 여의 이야기를 담은 〈땅위의 영광〉은 힌두교와 카스트 제도의 금기를 "먹는 것과 먹히는 것, 피식자와 포식자, 가진 자와 빼앗긴 자의 대립구도의 경계"27)를 통해 해부한다.

　주인공이 거주하는 집의 안주인은 이방인인 나를 자식처럼 생각하는 반면 정작 인도인 하녀나 청소부와의 관계에서는 철저히 선을 긋는다. 이를 잘 보여주는 것이 요리인데, 안주인은 빨래와 청소는 하인들에게 맡기는 대신 요리는 반드시 스스로 한다. 요리는 주부들의 가장 중요한 임무이자 특권일 뿐 아니라 신분이 낮은 사람이 만든 음식을 먹으면 신분이 그 수준으로 낮아진다고 믿기 때문이다.

　　음식 금기에서 관건은 요리하는 사람이다. 그래서 사제들한테 공양을 바치거나 하층 신분이 상층에 음식을 돌릴 때는 익히기만 하면 되도록 다 듬어진 음식 재료들을 준다. 부부간에도 아내가 신분이 낮으면 재료 준비한 하고 남편이 자기 먹을 건 직접 볶거나 끓인다. 요리사는 신분에 따라 보수가 천지 차이라고도 책에는 씌어 있다. 웨이터들도 신분이 문제가 된다는 말 같은 건 없다. 음식을 나르는 사람의 신분은 상관이 없다. 그런데 왜 일층집은 누구한테 음식을 들려 보낼까 아줌마와 상의했을까. 금기 때문이 아니라 외국인에게는 예의를 어떻게 차려야 하느냐로 고민했는지도 모른다. 그렇다면 왜, 주인아줌마한테 조카딸을 지목받고도 하녀를 시켰을까.

　　　　　　　　　　　　　　　　　　　　　　　　─《부엌》(132쪽)

---

27) 유승준,《사랑을 먹고 싶다─유승준의 소설 속 음식남녀 이야기》, 작가정신, 2004, 113쪽.

처음에는 이런 안주인의 행동을 이상하게 생각하고 하녀와 그녀의 딸 라즈에게 친절을 베풀었던 나 역시 점점 선을 넘어오는 이들에게 혐오감을 느낀다. 하녀는 자녀들까지 대동하고 와서 TV를 보면서 한두 시간을 뭉개고, 청소부는 수시로 담배를 요구하거나 집안에 들어와 빵을 만들어 주겠다고 한다. 호의로 베푼 행위가 어느새 당연한 요구가 되어 돌아오는 지경에 이르자 나는 더 이상 참지 못하고 하녀를 해고하고 청소부의 출입을 막으려고 쓰레기통을 현관문 밖에 내놓아 그들을 자신의 영역 밖으로 밀어내버린다. "최하층민인 그녀가 나하고 친한 척하는 게 이제 기분 나쁘"고 자신은 그들의 '친구'가 아니라 '마스터, 고용주'라는 생각을 하게 되었기 때문이다. 계급이 존재하지 않는 한국에서 온 나조차도 "신분이 높은 척 가장하지 않으면 낮은 신분이 되고" 마는 이 나라의 권력 작동 방식에 포박되고 만 것이다. 그렇다면 이런 상황에서 타인의 삶에 대한 최소한의 윤리는 어디에서 찾을 수 있을까.

> 너를 위해서 울어줄게, 라고 나는 속으로 말했다. 그 여자가 나를 위해 울었듯이 나는 라즈를 위해 울 것이다. 내가 용서를 빌 수 있을지언정 도저히 용서를 해줄 수는 없는 이 아이 때문에 나는 두고두고 고통스러울 것이다. 미안하다고 사과를 하고 또 울어줄 수도 있지만, 이 아이의 작은 맨발이 내 방에 들어오는 것만은 끝끝내 싫은, 나는 그런 인간이다.
>
> ―《부엌》(202쪽)

라즈에 대한 혐오감의 근원을 더듬어보던 나는 그동안 자신이 라즈에게 베푼 것이 우월감에서 비롯된 시혜의식이란 사실을 깨닫는다. 이런 태도는 이방인의 입장에서 카스트 제도를 비판하는 것 못지않게 카스트가 남긴 상흔을 함부로 짐작하는 일 역시 위선일 수 있다는 성찰에서 기인한다. 중요한 것은 이 같은 성찰적 시선이 개인의 성숙을 확인하는 데 그치지 않고 외부의 타자를 향한 실천적 윤리로 확장될 수 있는 가능성을 제시하고 있다는 것이다. 작가는 이해나 관용을 내세워 나와 타자 사이에 존재하는 경계를 부정하기보다 그 경계를 인정하는 것이 윤리의 출발점이라는 사실을 시사한다. 나아가 나를 주시당하는 시선 가운데 위치시키는[28] 역전의 계기를 통해 관계의 상대성과 상호의존성을 탐문한다.

> 시장통에서 누군가 올려본다면 옥상에서 내밀어진 내 얼굴은 악마가 들어오지 말라고 걸어놓은 부적, 끼르띠무카처럼 보일 것이다. 울고 있는 끼르띠무카, 남한테 잡아먹힐까봐 두려워서 남을 먼저 삼켜버리려는 겁에 질린 얼굴로, 남을 먹고 살아남아 그 피식자의 운명을 짊어질 수밖에 없는 불쌍한 포식자로. 타오르는 석양빛에 거리를 가득 메운 행인들인 모두 황금빛 옷자락을 휘감고 있는 것처럼 보인다.
>
> ―《부엌》(205쪽)

이 소설의 마지막 장면에서 나는 옥상에서 내려다보는 내 얼굴이 누군가에게는 키르띠무카 혹은 포식자로 보일 수 있는 가능성에 대해 생각한다. '땅 위의 영광'이라는 소설 제목과도 관련 있는 '키르띠무카(kirtimukkha)'[29]는 굶주림의 화신으로 채워질 수 없는 욕망을 가진 존재를 의미한다. 나 또한 누군가를 죽이고 뭔가를 먹을 수밖에 없는 운명을 타고난 인간 존재라는 사실을 인정하는 순간 가해와 피해, 포

---

28) 이진홍,《여행이야기》, 살림, 2004, 76쪽.
29) '영광의 얼굴'이라는 뜻을 가진 키르띠무카는 눈에 띄는 무엇이든 먹어치우는 굶주림의 화신이다. 운명적으로 타고난 허기를 도저히 채울길이 없어 결국 자기 자신마저 먹어버리고, 입이 닿지 않는 머리통만 남은 채로 입을 벌리고 있는 괴물 같은 존재이다.(유승준, 앞의 책, 118쪽.)

식자와 피식자의 경계는 전도되어 상호의존적 관계를 형성한다. 이렇게 《부엌》은 자신의 모순을 통해 서벌턴의 존재를 인식하고 인도의 실체에 눈떠가는 인물을 그리고 있다는 점에서 자신의 성숙을 목표로 했던 앞선 소설들과 구별된다.

이화경의 소설에서도 한 개인의 고통은 타자의 존재를 인식하는 자원이 되고 있다. 《나비를 태우는 강》은 어린 시절 가족에 대한 트라우마를 간직한 세 인물의 엇갈린 사랑과 상처를 그린 소설로, 싱가포르 국적을 가진 첸과 한국인 여성 준하, 그리고 독일 남성 쿨만 등 국적과 인종, 나이와 성별이 제각각인 인물들이 등장한다. 이야기는 쿨만과의 관계에 갈증을 느끼고 인도로 온 첸이 콜카타30) 마더 테레사의 집에서 봉사를 하는 에피소드와 그런 첸을 찾아 온 준하의 사연을 중심으로 진행된다.

첸과 준하의 시선에 포착된 현대 인도의 모습은 자본의 침투로 세속화된 현실 공간에 불과하다. 전통 악기, 향과 차, 촛불과 명상 음악 등 인도스러운 분위기로 치장한 명상센터는 "이방인들을 위한 나름대로의 세련된 현대적 세팅"을 준비해놓고, 구루는 "영적 스승이라기보다 심리치료사와 같은 하나의 직업"이 되고 있는 실정이다.

⊙ 첸은 바깥으로 벽을 밀어, 바깥으로 나와 보니, 여전히 바깥이 벽이 되는 안에 들어와 있는 것 같은 심정이 들었다. 전쟁 같은 삶, 악을 쓰듯이 소리를 지르며 1미터의 길바닥을 차지하려는 생활의 전장 한복판을, 거리를 오가며 첸은 바라보았다. 생존의 본질적인 극한을 보며, 야생 생물처럼 뿜어내는 독한 가난의 냄새를 맡으며, 질척거리는 길바닥에서 잘린 팔다리를 떨어대며 구걸하는 거지가 내지르는 뜻 모를 벵갈어를 들으며, 첸은

---

30) 여전히 캘커타라는 명칭이 더 알려져 있지만 캘커타는 1995년에 전통명칭인 콜카타(Kolkata)로 개명했다. 오수연 소설에서처럼 여기서도 소설의 표기를 그대로 따른다.

고개를 먹고 주억거릴 수밖에 없었다. 삶이 그렇게 고상한 거냐고, 사는 것은 먹고 싸고 낳는 것 이상도 이하도 아니더냐고. 구루를 만나고 돌아가는 길인데도, 구루의 집에서 맡고 들었던 향과 음악과 촛불의 아름다운 아취가 그만 가짜처럼 느껴지고 말았다.

— 《나비를 태우는 강》(83-84쪽)

ⓒ 준하는 '노 프라블럼'이라는 그들의 외침 속에서 다른 이방인들이 보았다는 건강한 낙천성을 보지 못했다. 그들의 외침은 어쩌면 벵골 보리수처럼 징글징글하게 인생을 파고 들어가 몸통인지 뿌리인지 알 수 없을 정도로 얽히고설킨 카스트와 업으로부터 절대로 도망칠 수 없다는 한계상황에 대해 힘없는 자기 위안일지도 몰랐다.

— 《나비를 태우는 강》(123쪽)

그동안 타지 못했던 릭샤를 타며 준하는 "비록 찢어진 러닝셔츠 차림이지만 휘파람을 불어가며 사람들 사이를 요령 있게 달리는 릭샤꾼의 건강한 노동을 애먼 연민으로 바라볼 필요까지는 없지 싶었다."

— 《나비를 태우는 강》(206쪽)

㉠은 명상을 마치고 나온 첸이 만원 버스에서 1인치의 공간이라도 더 확보하려고 필사적으로 몸부림치는 사람들 틈에서 인간살이에 대한 혐오를 느끼는 장면이다. 마더 테레사의 집에서 수많은 죽음을 보고 구루를 찾아가 영적 지도를 받았음에도 불구하고 첸에게는 여전히 "들끓는 분노와 뜨거운 절망"이 남아 있다. 인도에서라고 삶의 터닝포인트가 그리 쉽게 찾아질 리 없는 것이다. ⓒ에서처럼 준하는 인도인이 습관처럼 입에 달고 사는 '노 프라블럼'을 "건강한 낙천성"의 증거로 보는 값싼 연민과 관습적 이해방식에 대해서 의문을 제기한다. 실체적

삶의 진실을 외면한 대가로 이방인이 인도에서 얻는 것은 거짓 위안에
불과하다. 작가는 이미 인도가 실패자들의 '신경안정제'로 소모되고,
21세기 '얼치기 히피들'의 정신적 해방구, 패배자들의 집합소, 마약
상인들의 밥줄로 전락하고 있는 현실을 간파하고 있는 것이다.

이화경은 이렇게 인도여행자들이 가지는 허위의식과 우월감의 정체
를 해부하면서 소설의 또 다른 주인공 슈크라와 그의 연인 크리슈나의
서사를 통해 오늘날의 인도를 지배하는 돈의 문제를 새롭게 조명한다.
브라만 계급의 크리슈나와 하위계급인 스케줄드 카스트31)인 슈크라는
사랑하는 연인이었으나 가난한 크리슈나의 처지로 둘은 맺어지지 못
하고 슈크라는 부모가 시키는 대로 같은 계급의 남자와 혼인한다. 부
를 축적한 후 신분 상승을 위해 극단적인 채식주의를 강요하는 시집에
서 슈크라가 "짐승처럼 고기를 뜯고 싶은 소중"을 숨긴 채 살아가는
동안 브라만 계급의 크리슈나는 돈을 벌려고 떠나왔던 한국땅에서 홀
로 죽어간다. 두 연인의 비극은 "돈이 계급보다 훨씬 우월한 가치가
되어버린" 시대, 자본과 결합한 카스트가 현실에서 어떻게 작동하는
지, 인도인에게 어떻게 여전한 상흔으로 작용하는지를 잘 보여주는 에
피소드라 할 수 있다.

이 이야기에서 주목할 지점은 준하와 슈크라, 한국에서 죽은 크리슈
나의 존재가 서로 연결되어 있다는 것이다. 준하는 슈크라의 남편이
운영하는 게스트하우스에서 우연히 슈크라를 만나 한국어로 된 크리

---

31) '출생'이라는 뜻을 가진 카스트(caste) 제도는 동족결혼을 기본으로 한 세습가족
집단을 의미한다. 브라만, 크랴트리야, 바이샤, 수드라의 네 계급과 최하층의 불
가촉천민으로 구성된 카스트 제도는 힌두교의 윤회 사상과 맞물려 오랫동안 인도
의 기본적 사회구조를 형성해왔다. 오늘날 법률적으로 카스트 제도는 존재하지
않고, 법률이 정한 쿼터제가 있어 불가촉천민도 대학 교육을 받을 수 있도록 제도
가 마련되어 있다. 그러나 여전히 카스트는 오늘날 인도인 개개인의 삶에 족쇄처
럼 채워져 있다.(허경희,《인문학으로 떠나는 인도여행》, 인문산책, 2013, 25-27
쪽.)

슈나의 사망증명서 번역을 부탁받으면서 그들의 안타까운 사연을 접하게 된다. 크리슈나의 죽음을 알리기 위해 그의 집까지 찾아가게 된 인연으로 준하는 두 연인의 사연에 한발 더 개입하게 되고, 이 이야기를 문학적 상상력으로 재탄생시키면서 그들의 삶과 사랑과 죽음의 증인을 자처한다. 이런 설정은 슈크라와 크리슈나의 서사를 먼 이국땅의 낭만적 신화가 아니라 삶의 실체적 진실로 수용할 수 있게 한다. 이 이야기가 인간의 상호의존성과 이에 따른 윤리적인 책임감에 대한 설득력 있는 우화로 기능할 수 있는 이유도 이 때문일 것이다.

더 나아가 작가는 나와 타자의 관계를 상호의존적인 동시에 환원불가능한 것으로 이해한다.[32] 이 소설의 제목 《나비를 태우는 강》에 등장하는 '나비'가 "화장한 뒤에 끝까지 태워지지 않는 것"을 의미한다는 사실 역시 이런 맥락에서 이해할 수 있을 것이다. 작가는 나비의 상징성을 통해 타자의 영역에 존재하는 잉여, 재현불가능하고 복원 불가능한 잉여적 삶이 존재한다는 사실을 환기시킨다. 따라서 준하가 크리슈나와 슈크라의 증언자를 자처하면서도 끝내 "수많은 다른 크리슈나와 다른 슈크라가 살고 있는 인도에 대해"서는 여전히 "알지 못한다"고 고백하는 대목은 중요한 의미가 있다. 이미 헤어진 첸과 준하가 인도 콜카타라는 같은 공간에 있으면서도 끝내 서로 조우하지 못하도록 한 것도 같은 이유에서일 것이다.

이처럼 이화경의 소설에서 인도여행은 문제가 해소되거나 결핍이 충족되는 계기로 작용하지 않는다. 다른 모든 여행과 마찬가지로 인도여행 역시 "예고 없이 부딪치는 것들과의 관계나 인연을 맺고 푸는 것 이상도 이하도 아"니다. 이화경은 재현 불가능함을 확인시키는 역설적인 재현방식을 통해 인도여행에 부가된 과도한 의미를 축소하고

---

32) 제프 말파스(Jeff Malpas), 《장소와 경험》, 김지혜 역, 에코리브르, 2014, 180-183쪽.

장소에 대한 허상을 해체하고자 한다.

> 도를 다녀갔던 사람들이 남긴 여행기에 있던 그 많던 성자와 현자들은
> 다 어디로 갔을까. 그녀는 인도를 성찰의 유토피아로 그려냈던 여행기의
> 위험을 알 것 같았다. 그녀 또한 이곳에 오지 않았을 때는 인도를 하나의
> 이상향, 매혹적인 미지의 공간으로 여겼다. 며칠 혹은 몇 달 동안의 인도
> 여행은 이국적인 정서를 여행자에게 선물할지도 모른다. 그러나 인도의
> 실제를 접하면 모든 것이 달라진다. 그녀는 이제 안다. 이곳이 게으르게
> 누워 한가한 명상이나 하는 나라가 아니라는 것을. 마지막 여행지라고 할
> 수 있는 관 바닥 말고는 게으르게 누울 수 있는 곳이, 지금 여기에는 없다
> 는 것을.
>
> ─《나비를 태우는 강》(206쪽)

최근작인 하창수의 《천국에서 돌아오다》 역시 인도의 장소 정체성을
재조합하려는 시도이다. 이 소설은 미국에서 인도사를 전공한 한국인
유학생 '나'가 스승 아함무라 박사의 권유에 따라 무굴 제국의 흔적을
찾아 인도 각지를 여행하는 이야기가 중심을 이룬다. 힌두교가 지워버
린 과거 무슬림의 흔적을 좇으며 나는 파편화되고 유동적인 이미지들
을 수집해간다. 그리고 그 끝에서 현대의 인도가 과연 "세계를 건져낼
위대한 질료를 숨"긴 곳인지 의문을 품는다. 그가 발견한 인도는 "신성
神聖과 속악俗惡이 극적으로 공생하는 거대한 공룡 같은" 곳이다.

> 사실 인도는 그 자체로 하나의 거대한 혼란이었다.
> 신성과 타락, 부와 빈곤, 최선과 최악, 정결과 추악, 화해와 다툼의 극단
> 적 양상을 고스란히 간직하고 있다는 점에 초점을 맞춘다면 너무도 이해하
> 기 쉬운 대목이다. 그러나 숱한 극단적 요소가 온전하게 존재한다는 사실

은 오히려 인도를 세상의 어느 곳보다 완벽하게 정돈된 나라로 만들어버린
다. 가령, 선진국이란 오직 신성함만으로, 부유함만으로, 지극한 선만으로,
깨끗함만으로, 다툼 없는 질서만으로 평가되는 듯하지만 그들에게 타락과
빈곤과 악조건과 추악과 무질서는 없는 것이 아니라 깊고 어두운 곳에,
사실은 그들의 몸 안에 고름덩이처럼 감추어져 있다. 밖으로 드러나지 않
는 한 여전히 선진국으로 존재할 수 있지만 그만큼 불완전한 국가인 것이
다. 그런 점에서 인도는 극단의 관념들을 생생하게 노출함으로서 카오스가
곧 코스모스라는 역설을 가능하게 한다.

—《천국에서 돌아오다》(84쪽)

위 인용문에서처럼 나는 해탈과 신비의 땅 혹은 제의적 공간으로서
인도의 이미지를 해체함으로써 '카오스'와 '코스모스'가 뒤섞인 혼종성
을 본질로 하는 인도의 맨 얼굴을 목격하게 된다. 나는 물질과 정신의
충돌, 과학과 철학의 대립, 관념과 현실의 불화, 천국과 지옥이 양립하
는 인도의 혼종성을 단일한 질서로 봉합하고 "하나로 묶어버리는 건
비열한 짓"이란 사실을 깨닫는다. 인도의 현재를 부정하고 찬란한 과
거의 흔적을 찾는 것 역시 허상을 구축하는 또 다른 방식일 뿐이다.
과거 영광의 흔적을 찾아 인도 곳곳을 헤매던 주인공은 이야기의 끝
에 자신이 거주하는 애틀란타로 돌아간다. 소설 안에 인용된 시처럼 "시
작과 끝은 없"고 "오직 중간뿐", 인도는 더 이상 구원의 출발점도 종착지
도 아니기 때문이다. 인도 역시 과거와 현재, 나와 타자, 계급과 계급이
공존하며 삶을 지속해가는 치열한 분투의 현장일 뿐이다. 따라서 이 소
설은 제목이 시사하듯 '천국'을 찾아 떠나는 이야기가 아니라 천국이라
여겼던 인도에서 집으로 '돌아오'는 귀환의 서사라 할 수 있다.
이상에서 살펴본 일련의 작품들은 이방인의 시선에서 결코 재현되
지 못하고 어떤 쪽으로도 온전히 환원되지 못하는 서사의 잉여 부분이

존재할 수 있는 가능성을 고려한다. 주인공들은 인도에서 자신의 내면을 확인하는 절차 대신, 내 고통을 관계 속에서 해소해가는 상호의존성 혹은 외존外存의 존재방식을 배우게 된다.

이들 소설에서 인도는 영원하고 초월적인 지혜의 터전이 아니라 다양하고 다층적인 문화적 요인과 여러 가지 다양한 역사적 조건을 발생33)시키는 장소이다. 이렇게 2000년대 이르러 인도는 포스트 오리엔탈리즘의 지형학적 상상력과 관계 윤리를 구현하는 새로운 활동 무대로 한국문학의 전면에 등장했다.

4. 인도 심상지리의 재/배치

인도는 1990년 이후 한국문학의 새로운 장소경험과 지형학적 상상력을 구현하는 서사 주제로 기능해 왔다. 이런 관점에서 본고는 인도를 서사화한다는 것의 의미를 재고하고, 또 다른 각도에서 인도 재현의 방향과 가능성을 타진해 보고자 했다.

이상에서 살핀 다섯 편의 작품을 기준으로 볼 때 인도 재현 서사는 인도에 대한 대중의 심상지리와 장소신화를 어떻게 배치/재배치하는가에 따라 다음 두 가지 양상으로 나뉠 수 있다.

첫째는 인도를 구도와 구원의 공간으로 인식하는 경우이다. 강석경의 《세상은 별은 다, 라사에 뜬다》, 송기원의 《내 안의 여행》에서 볼 수 있듯 한국 내에서 존재의 장소를 상실한 이들은 위안과 치유의 판타

---

33) 정진농, 앞의 책, 87쪽.

지 속에 인도를 상상한다. 그러나 인도 경험에는 필연적으로 상상과 현실 사이의 낙차가 존재하는 바, 이를 무화시키기 위해 작가는 외부의 현실을 자의적으로 차단하고 존재론적 공간으로 추상화함으로써 장소성을 이원화한다. 이것은 결과적으로 차별과 차이를 서열화하는 내부 식민화 과정을 답습하고 '고귀한 야만'이라는 모순된 레토릭으로 인도의 장소 정체성을 공식화하는 데 기여한다. 그리고 이렇게 실재하는 지명이 아니라 하나의 상징으로 추구된 인도는 영원히 도달하지 못하는 미답지로 남게 된다.

둘째는 인도를 삶의 모순이 집약되고 충돌하는 혼종성의 공간으로 재현함으로써 기존의 장소신화를 해체하고 탈코드화한 경우이다. 오수연의 《부엌》 연작, 이화경의 《나비를 태우는 강》, 하창수의 《천국에서 돌아오다》 등이 여기에 해당한다. 오수연은 '음식'의 금기를 매개로 권력과 계급이 은밀하게 작동하는 방식을 통해 카스트 제도의 모순과 서벌턴의 존재를 성찰하고, 이화경은 인도의 실체와 허상을 해부해 현대 인도를 지배하는 자본의 힘에 대해 통찰한다. 하창수 역시 인도가 구원의 출발점도 종착지도 아닌, 과거와 현재, 나와 타자, 계급과 계급이 공존하며 삶을 지속해가는 치열한 분투의 현장이란 사실을 상기시킨다. 세 작품의 주인공들은 인도에서 자신의 내면에 집중하기보다 타자를 향한 시야를 확보하며 관계 속에서 존재의 고통을 해소해가는 상호의존성 혹은 외존外存의 존재방식을 배우게 된다.

이들 작품은 인도인의 삶을 신화가 아닌 실체적 진실로 수용하게 하고 인도를 다층적 문화적 요인과 다양한 역사적 조건을 발생시키는 장소로 바라보게 한다. 동양과 서양의 이원성이라는 오리엔탈리즘의 구도가 해체되는 가운데 이제 인도는 포스트 오리엔탈리즘 시대 타자 이해와 관계의 윤리를 모색하는 장소로서 새로운 정체성을 부여받게 된 것이다.

지도 바깥의 여행, 유동하는 장소성

1. 21세기 여행법과 비장소성

'여정(旅程)의 철학자'로 알려진 가브리엘 마르셀은 무엇인가를 찾아 끊임없이 탐색하는 도상의 존재(être en route)로서의 인간을 'Homo Viator'(여행하는 인간)[1]로 표상했다. 여행이 인간의 본질적 속성이라면 그것은 여행이 떠남과 정착, 정주와 이동을 변증법적으로 매개하는 형식이면서 삶은 결국 그 양가적 욕망 사이에 존재한다는 사실을 함축하고 있기 때문일 것이다. 더욱이 디아스포라가 보편적 삶의 조건이 된 21세기에 이르러 여행은 이 같은 탈근대적 존재 방식에 대한 메타포로 이해되기에 이르렀다. 이 글은 이런 관점에서 2000년대 해외여행서사의 장소 전유방식과 내러티브 방식을 통해 여행이라는 형식에 21세기적 삶의 특수성이 어떻게 반영되어 있는지 규명해 보고자 했다.

---

1) Gabriel Marcel, *Homo Viator*, Paris: Aubier, 1945, 김형효,《가브리엘 마르셀의 구체철학과 여정의 형이상학》, 인간사랑, 1990, 169쪽.

　소설가에게 여행은 서사적 공간을 만드는 행위이다. 90년대 이후 국경을 넘는 작가들의 이동성 경험은 한국문학의 무대를 세계로 확장하는 성과로 나타났다.[2] 그로부터 30년, 이 과잉 이동의 시대에 한국소설에서 다양한 외국 도시의 지명을 발견하는 것은 더 이상 낯선 일이 아니다. 21세기 광범위한 이산 양상을 반영하듯 일본, 중국, 아시아 국가들이나 미국과 유럽의 주요 도시에 한정되었던 이국체험이 중앙아시아, 남아메리카, 아프리카, 오세아니아 그리고 유럽의 소도시들을 망라하며 전지구적으로 확산되고 있다.

　이전 세기 서사가 한국의 근대사와 직간접적으로 관련 있는 장소와 유명 관광지에 천착했다면, 2000년대 여행서사는 국가가 아닌 도시 단위의 지명을 중심으로 장소를 사적인 계기와 경험들로 재구성하는 양상을 보인다. 즉 작가들은 장소의 의미를 떠남-돌아옴이라는 이동 개념으로 소비하지 않고 '거주(dwelling)'의 감각으로 풀어내고자 한다. 그래서 작품 속 인물들은 이국의 도시를 배경으로 먹고 일하고 교류하기도 하지만 한편으로 아무 것도 하지 않으면서 여행을 일상화한다. 여행 체험이 보편화된 만큼 여행서사 역시 "한국과 그 지역이 가진 동시대적 연관성"[3]을 고려하지 않는 보편적 상상력을 보여주고 있는 것이다.

　특기할 만한 것은 장소가 다양화되고 세분화하는 데 반해 작품 안에

2） 90년대만 봐도 김지원, 김채원, 김연경, 권지예 등 해외 거주 작가들의 이국체험뿐 아니라 서영은, 최윤, 공지영, 김인숙, 전경린, 조경란, 함정임, 은희경, 배수아, 구효서, 김영하, 정영문, 김연수 등 많은 작가들이 여행과 유학, 단장기 해외체류 경험을 서사화한 바 있다. 2000년대의 경우는 일일이 열거하기 힘들 정도로 많은 작가의 작품에 외국 지명들이 등장한다.

3） 〈한국소설 '이젠 세계가 좁다'〉,《동아일보》, 2008.9.4. 이 기사에 따르면 외국에서의 일상을 다룬 소설들은 한국 사회의 고민을 넘어 공간에 구애받지 않는 상상력과 보편적 주제를 다룰 수 있다는 장점이 있다. 반면 문학 평론가 이광호처럼 한국과의 동시대적 연관성을 고려하지 않고 소재의 신선함만을 추구하는 것이 한계에 봉착할 수 있음을 지적하는 목소리도 있다.

서 장소들의 정체성은 점점 더 불투명해지고 있다는 점이다. 장소의 정체성이란 역사적 주체의 사회적 실천에 의해 점진적으로 누적 형성된 집단의 특성, 달리 말하면 다른 지역과 구분되는 그 장소의 고유한 특질이라고 할 수 있다.4) 그런데 2000년대 여행서사의 경우 내셔널의 층위가 아니라 소도시나 특정지역 단위에서 전개됨에도 불구하고 로컬 정체성이 더 선명하게 부각되리란 상식적 기대를 배반한다. 어떤 장소를 인식하는 방법이 이데올로기적 경관과 상징적 장소를 어떻게 이해하는가의 문제와 밀접한 관련이 있다고 할 때5), 상징적 장소의 고정된 정체성과 지위가 재규정되고 역전되는 최근의 서사 경향을 어떻게 이해해야 할까. 특히 장소 정체성을 인식하는 문제와 자아 정체성을 구성하는 과정이 긴밀히 연동되는 여행서사에서 이처럼 장소 정체성이 해체된다는 것은 무엇을 의미할까. 일반적으로 여행은 그 장소의 정체성을 공간적으로 실천하는 행위로, 여행서사의 내러티브는 장소를 경험한 자아가 정체성을 확인하고 '돌아옴'으로써 완성된다고 할 수 있기 때문이다. 그러나 이 이야기들은 '정착-떠남-정착'의 순환적 서사 전개6)를 따르지 않음으로써 여행소설의 장르 관습에서도 벗어나 있다. 그렇다면 떠남-돌아옴이라는 이동의 기본 구도를 따르지 않을 뿐 아니라 이동성 자체도 뚜렷하지 않고 무엇보다 목적지의 장소 정체성이 불투명하고 유동적이기까지 한 이 이야기들을 과연 '여행소설'이라는 범주에서 논하는 것이 가능할까.

이 글의 관심사는 2000년대 여행서사에 출현한 장소에 대한 새로운 감수성 혹은 장소를 경험하는 방식의 새로움을 통해 21세기 '유동적

---

4) 황국명, 〈90년대 여행소설과 공간 전위〉, 《오늘의 문예비평》 22호, 산지니, 1996, 217쪽.
5) 팀 에덴서(Tim Edensor), 《대중문화와 일상, 그리고 민족정체성》, 박성일 역, 이후, 2008, 117-119쪽.
6) 이미림 외, 《우리시대의 여행소설》, 태학사, 2006, 31쪽.

근대'7)의 징후를 발견하고자 하는 데 있다. 다시 말해 21세기적 삶의 방식과 여행의 공약수가 '유동성'이란 점에 착안하고자 한 것이다.

정식화된 명칭은 아니지만 여행주체의 유동성에 주목해 이런 경향의 여행 이야기를 "노마드 서사"8)로 명명하기도 한다. 노마드 서사는 근대인의 경험과 시각을 반영한 여로형 여행과 구별해 노마드적 세계관을 강조하기 위한 명칭이라 할 수 있다. 본고는 노마드 서사라 포괄적으로 명명되는 일련의 여행 이야기가 어떤 특징을 지니는지 좀더 구체적으로 해명하기 위해 장소의 속성에 주목하고자 한다.

'비장소(non-place)'라는 용어는 이 같은 논제를 이론적으로 뒷받침해줄 핵심 개념이라 할 수 있다. 프랑스의 인류학자 오제(Augé)가 제안한 '비장소'는 렐프의 '무장소'와 달리 장소가 없는 곳이 아니라 전통적인 장소가 아닌 곳으로, 특정한 공간을 이용하는 사람들 사이에 생겨나는 장소적 특성을 지칭하는 용어이다. 관계의 부재, 역사성의 부재, 고유한 정체성의 부재 등을 특징9)으로 하는 비장소는 개인의 정체성과 타자와의 유대가 새로운 국면으로 접어들었음을 보여주는 탈근대적인 아이콘10)이라 할 수 있다. 그런 의미에서 비장소 개념은

---

7) '유동적(liquid) 근대'라는 표현은 바우만이 근대의 견고한 고체성과 비교해 사회적 네트워크가 해체되고 효과적 집단행동의 주체들이 와해되며, 이동하고 미끄러지는 오늘날의 속성을 표현한 용어이다.(지그문트 바우만(Zygmunt Bauman), 《액체근대》, 이일수 역, 강, 2009, 7-26쪽.)

8) 노마드 서사는 정식화된 명칭은 아니지만, 기존의 여로형 소설과 구별해 어느 정도의 개념적 합의가 이루어진 명명법이라 볼 수 있다. 함정임은 노마드 서사를 "관광 수준의 낯선 풍광과 인물을 소설화한 기행소설"로 정의하고, "한 곳에 정주하지 않고 끊임없이 대상(공간)을 이동하는 노마드적 인물의 현실"을 그린다는 점을 특징으로 꼽은 적이 있다.(함정임, 〈그리고 길은 비로소 소설이 되었다〉, 《신동아》 654호, 신동아, 2014.2, 538-541쪽.)

9) 비장소의 전형에 해당하는 곳으로 공항, 대형쇼핑몰, 영화관 등이 있다. 비장소는 과거가 없고 오직 지금 이 순간만이 존재하는 '현재성'의 지배를 받는다.(비장소 개념은 마르크 오제(Marc Augé), 《비장소》, 이상길·이윤영 역, 아카넷, 2017; 정현목, 《마르크 오제, 비장소》, 커뮤니케이션북스, 2016 등 참조.)

10) 마르크 오제(Marc Augé), 위의 책, 180쪽.

여행을 통해 존재 변화를 꾀하는 실존적 진정성11)이라는 목적에 집착하지 않는 21세기 여행자의 여행법을 이해하는 중요한 척도가 될 수 있다. 나아가 이것은 21세기 여행서사가 자아 찾기와 연동되는 전통적 여행 글쓰기와 어떻게 차별화되는지를 설명하는 데 유효한 단서를 제공해줄 수 있으리라 생각한다.

이제까지 2000년대 여행서사와 기행문에 대한 연구는 개별 작가의 글쓰기와 작품을 중심12)으로 이루어져 왔을 뿐 이전 시대와 구별되는 여행의 특성을 중심으로 작품 전반의 경향성을 검토한 경우는 전무하다고 볼 수 있다. 본고는 우선 2000년대 발표된 여행 소재 작품들을 전반적으로 검토하는 작업을 선행했다. 다만 이 작품들 모두를 텍스트 삼아 언급하는 것은 동어반복적인 과정이라 판단되어, 외국의 특정 장소가 배경으로 등장하되 장소의 이동성이 전제된 여행 모티프가 나타나는 작품에 한정해서 대상 작품을 선정했다. 이 기준에 의해 해외여행 테마소설집《도시와 나》13)에 수록된 작품들을 중심으로 분석하되

---

11) 관광 분야에서 진정성(authenticity) 개념은 다양한 문화유산의 진품성 여부를 문제 삼는 객관적 진정성(objective authenticity)과 관광객이 관광체험을 통해서 존재 변화를 기획하는가의 문제를 다루는 실존적 진정성(existential authenticity)으로 나뉜다.(Ning Wang, *Tourism and Modernity*, Pergamon, 2000, pp.48-49.)

12) 이미림, 〈유동하는 시대의 이방인들, 이주자와 여행자-조해진의《로기완을 만났다》를 중심으로〉,《한국문학논총》65집, 한국문학회, 2013; 이미림, 〈유동하는 시대의 여행과 이주 양상-정도상의 연작소설집《찔레꽃》을 중심으로〉,《한어문교육》32, 한국언어문학교육학회, 2015; 허윤, 〈여행의 탈영토화와 당나귀식 글쓰기의 심상지리〉,《이화어문논집》24·25집, 이화어문학회, 2007; 우미영, 〈연표·지도 밖의 유랑자와 비장소의 시학-배수아의 소설을 중심으로〉,《한국언어문화》49집, 한국언어문화학회, 2012.

13) 테마소설집《도시와 나》(바람, 2013)는 국내여행을 소재로 한《그 길 끝에 다시》(바람, 2014)와 함께 같은 출판사의 기획물이다.《도시와 나》에 수록된 작품은 다음과 같다. 성석제〈사냥꾼의 지도-프로방스의 자전거 여행〉, 백영옥〈애인의 애인에게 들은 말〉, 정미경〈장마〉, 함정임〈어떤 여름〉, 윤고은〈콜롬버스의 뼈〉, 서진〈캘리포니아 드리밍〉, 한은형〈붉은 펠트 모자〉. 총 7편 가운데 백영옥과 한은형, 서진의 작품은 여행보다는 거주 개념이 전제되어 있어 제외했다.

이 같은 경향성을 공유하고 있는 작품 몇 편14)을 추가해 함께 논하기
로 한다. 물론 이 작품들만으로 21세기 여행소설의 작법을 포괄적으로
규명하는 데는 무리가 있을 수 있지만, 근대 여행과 차별화되는 21세
기식 여행의 의미와 여행서사의 새로운 경향을 파악하는 데 유용한
참조점이 되리라 생각한다.

2. 자동사로서의 여행, 장소의 비장소화

　근대적 의미에서 여행은 '여행한다'라는 주체의 뚜렷한 자각 하에
자발적으로 목적지를 선택할 때 성립하는 경험이다. 그러나 이 글에서
다루는 작품 속 여행은 여행주체의 자의식이나 자각 없이 반강제적으
로 이루어지는 경우가 대부분이다. 이때 떠남을 추동하는 것은 다름
아닌 '상실'의 경험이다.
　여행 시간을 중심으로 한 기준 서사 밖에는 엄마의 죽음(정미경,
〈장마〉; 함정임, 〈행인〉), 약혼자나 남편의 죽음(함정임, 〈어떤 여름〉;
김애란, 〈어디로 가고 싶으신가요〉), 자식의 죽음(황정은, 〈누구도 가
본 적 없는〉), 아니면 아버지의 실종(윤고은, 〈콜롬버스의 뼈〉)이나 남
편의 실종(조경란, 〈형란의 첫 번째 책〉)과 같이 누군가를 상실한 사건
이 배치되어 있다. 여행 전이들은 누군가를 상실한 기억으로 어떤 장
소에 대한 애착(topophilia)을 상실한 사람들이었다. 렐프식으로 말하

---

14) 은희경, 〈지도 중독〉(2007); 조경란, 〈형란의 첫 번째 책〉(2008); 함정임, 〈행
　　인〉(2009); 황정은, 〈누구도 가본 적 없는〉(2016); 김애란, 〈어디로 가고 싶으신
　　가요〉(2017) 등이다. 출전은 작품 언급 시 밝히도록 한다.

자면 이들은 '실존의 장소'를 상실15)한 채 익숙했던 곳에서 이미 '이방인'으로 살아가고 있는 존재들이라 할 수 있다. "거의 매일 하루 세끼를 어머니가 차려주는 밥을 먹"던 '집'은 어머니의 죽음 이후 "등을 돌려 버"리고,(〈행인〉) 모든 공기와 사물들이 낯설게 느껴지는 집에서는 자신의 흔적조차 낯설다.(〈어디로 가고 싶으신가요〉) 그리하여 인물들은 애착 관계를 맺지 못한 엄마를 대신한 봉제 인형처럼 집 '안'에 있지 못하고 여행 가방에 실려 집 '밖'으로 떠밀려 가게 된다.(〈장마〉) 남편이 남긴 수첩의 장소들이나(〈어떤 여름〉) 아버지의 흔적이 남은 주소로 찾아가거나(〈콜롬버스의 뼈〉), 실종된 남편을 찾아 길을 나서는 것이다.(〈형란의 첫 번째 책〉)

우리는 이미 대부분의 여행소설에서 인물의 결핍 상태가 여행의 추동력이 되는 경우를 목격해 왔다. 이런 여행소설의 공식에 따르면 여행은 "현재의 불만족한 상태에서 탈출하고 재탄생하며 귀환함으로써 세계의 다양성과 마주치"16)는 회복의 과정이어야 하며, 여행지는 회복과 치유가 가능한 현장으로 기능해야 마땅하다.

그러나 여기서 여행은 상처부터로 벗어나고자 하는 자발적인 의지나 달아나고 싶은 욕망과 같은 원심력이 아니라 상실한 대상의 흔적 혹은 상처의 기원을 찾는 구심력의 자장 안에 있다. 원심력이 작용한 여행이라면 여행 장소에는 여행주체의 기대와 희망이 투사되어 있고 여행지가 지닌 저마다의 장소 정체성은 여행자의 내면에 조응해 적극적으로 기능하기 마련이다.

---

15) 렐프에 의하면 장소는 우리에게 공동체 의식을 불러일으키고 시간의식을 통해 장소애착을 만듦으로써 인간의 삶이 뿌리내릴 수 있게 한다. 장소상실이란 이런 실존적 장소와의 유대감을 상실하고 뿌리뽑힌 삶을 사는 상태를 의미한다. 에드워드 렐프(Edward Ralph),《장소와 장소상실》, 김덕현·김현주·심승희 역, 논형, 2005, 93-96쪽, 290쪽.

16) 이미림 외, 앞의 책, 32쪽.

반면 이 소설에 등장하는 여행 장소들은 전혀 기능적이지 못하다. 서사의 주무대가 되는 장소는 일본 도쿄와 나고시마 섬, 프랑스 브장송, 스페인 세비야, 아일랜드 슬라이고, 스코틀랜드 에딘버러 등 다양하지만, 여행주체에게 특별히 이국적 정서를 불러일으키는 고유한 정체성으로 지각되지 않고 있기 때문이다. 서사적 기능으로 볼 때 오히려 이 도시들의 성격은 대체 불가능한 고유성이나 필연적 의미를 지니지 못한 '비장소'에 가깝다.

함정임의 〈행인〉17)에서 '그'는 출판사의 권유로 죽은 미정을 대신해 아일랜드 슬라이고로 취재 여행을 떠난다. 슬라이고(Sligo)는 예이츠의 묘지와 예이츠 시의 무대가 되는 이니스프리 섬이 있는 유명 관광지지만, 그에게는 그저 "직항 노선이 없어 암스테르담이나 유럽의 다른 대도시들을 경유해서야 비로소 닿을 수 있는 멀고 먼 북대서양의 섬나라"에 불과하다. 그는 더블린에서 슬라이고로 가는 N4 국도변에 서서 "야생의 초원 위에 그가 서 있게 된 것 역시 생뚱맞기는 마찬가지"라고 생각할 뿐 자신이 거기 있는 필연적인 이유를 찾지 못한다. 1년 6개월째 실종 상태인 아내를 기다리는 길 위의 사내처럼 슬라이고는 "돌아갈 수도 남을 수도 없"는 장소일 뿐이다.

함정임의 〈어떤 여름〉18)은 니스로 가는 열차 안에서 우연히 만난 한국인 여성 미나와 프랑스와 한국의 혼혈 남성 쟝의 여정을 그린 작품이다. 여기에는 니스, 아비뇽, 아를, 브장송, 보졸레, 리옹 등 프랑스 여러 도시의 지명이 등장한다. 이 가운데 이야기의 중심이 되는 프랑스 동부의 작은 도시 브장송은 스탕달의 《적과 흑》의 주요 무대이자 빅토르 위고의 출신지이기도 하며 화가 쿠르베의 고향 마을과 가까운 도시이기도 하다. 그러나 호텔 순례가 목적인 나미의 여정에서 이 같

---

17) 함정임, 〈행인〉, 《곡두》, 열림원, 2009, 211-245쪽.
18) 함정임, 〈어떤 여름〉, 《도시와 나》, 바람, 2013, 121-147쪽.

은 브장송의 장소 정체성은 별다른 의미를 지니지 않는다. 두 사람이 하는 일이라곤 각 도시의 호텔을 찾아 숙박하고 그 주변을 산책하는 것뿐이다. 이들은 이야기를 나누고 밥을 먹고 자고 일어나 다시 다른 도시의 호텔로 떠나는 행위를 반복한다.

윤고은의 〈콜롬버스의 뼈〉19)의 배경이 되는 스페인의 세비야 (Sevilla)는 플라멩코와 투우의 본고장으로 관광객들의 발길이 끊이지 않는 곳이다. 특히 이곳은 콜럼버스가 신대륙 발견을 위해 출항한 장소이자 마젤란이 세계 일주를 위해 출발한 곳으로, 세비야 대성당에는 콜럼버스의 유해가 안치되어 있다. 그러나 아버지의 옛 주소를 들고 죽은 아버지의 행방을 좇는 '나'는 플라멩코와 투우를 관람하거나 대성당을 방문하는 "관광객의 동선"을 따르는 대신 세비아의 오래된 골목들을 "먼지처럼 떠"다닐 뿐이다.

정미경의 〈장마〉20)에서 '윤'은 어린 시절 자신을 버리고 재혼한 엄마의 부음을 듣고 일본에 왔지만, 막상 엄마의 유해가 있는 그 '섬'21)에는 가지 못한 채 우연히 만난 장이 이끄는 대로 카페와 레스토랑, 공연장 등 이른바 비장소들을 의미 없이 전전하며 섬으로 가는 시간을 지연시키기만 한다.

김애란의 〈어디로 가고 싶으신가요〉22)에서 '나'는 사고로 남편을 잃고 스코틀랜드 에딘버러에 있는 사촌언니 집에 한 달간 머물게 되지만 어떤 관광명소도 방문한 적이 없다. 여자는 "어디로 가고 싶"은지도 모른 채 "원주민도 관광객도 아닌" 상태로 에딘버러 밤거리를 "유령"

---

19) 윤고은, 〈콜롬버스의 뼈〉, 《도시와 나》, 위의 책, 149-182쪽.
20) 정미경, 〈장마〉, 《도시와 나》, 위의 책, 87-120쪽.
21) 소설 안에서 이렇게 묘사되어 있을 뿐 구체적인 지명이 부여되어 있지 않지만, 작가는 《도시와 나》에 게재된 〈작가 인터뷰〉에서 이 섬이 나고시마 섬이며, "황폐해진 섬 전체를 예술 프로젝트를 통해 새롭게 탄생시킨 곳"이라고 소개했다. 작가의 장소 체험이 이미지로 반영된 경우라 할 수 있다.
22) 김애란, 〈어디로 가고 싶으신가요〉, 《바깥은 여름》, 문학동네, 2017, 223-266쪽.

처럼 돌아다닌다.

> 나는 원주민도 관광객도 아닌 투명한 지위로 밤거리를 돌아다녔다. 이
> 따금 영수증에 찍힌 카드 결제 내역만이 선명한 발자국으로 남아 내가 완
> 벽한 유령이 아니라는 걸 증명해 줬다. (중략) 시간이 나를 가라앉히거나
> 쓸어 보내지 못할 유속으로, 딱 그만큼의 힘으로 지나가게 놔뒀다. 나는
> 관광명소를 찾지 않고, 신문을 보지 않고, 사진을 찍지 않았다. 친구를 사
> 귀지 않고, 티브이를 켜지 않고, 운동을 하지 않았다.
>
> — 김애란, 〈어디로 가고 싶으신가요〉(233-234쪽)

이처럼 본래 거주하던 장소에서 이미 이방인이었던 이들에게 여행
의 의미는 상실 이후의 삶을 지속시키는 시간에 불과하다. 이들은 예
이츠와 워즈워드, 고흐와 쿠르베, 위고와 스탕달, 그리고 플라멩코와
투우가 이끄는 '인류학적 장소'[23)]가 아닌 길, 호텔, 카페, 레스토랑과
같은 전형적인 비장소를 전전한다. 상실 이후를 견디는 인물들에게 개
별 도시를 특징짓는 이데올로기적 상징이나 역사적 경관은 무의미한
전시품에 불과하다.

장소는 타자 및 세계와 맺는 관계를 규정한다. 장소의 고유성이 지
각되지 않는 이곳에서는 타자의 존재 역시 익명성으로 경험된다. 익명
적 타자와의 예기치 않은 만남, 이 또한 여행서사의 전형성이기도 하
다는 점에서 보자면 새로울 게 없어 보인다. 하지만 보통 이 익명적
만남이 자기 안의 타자/욕망을 발견하는, 일종의 자아 인식의 계기로
작용했던 사실을 상기해보면 이들 소설에서 고유한 정체성과 역할을

---

23) 오제의 정의에 의하면 인류학적 장소는 역사가 깃들어있고 다른 사람들과 유대를
    창출하며 시간의 흐름을 경험하게 함으로써 개인의 정체성에 준거를 제공하는
    곳이다.(정현목, 앞의 책, 30쪽.)

부여받지 못한 타자들의 기능은 주목을 요한다.

은희경의 〈지도 중독〉24)에서처럼 Y와 P는 '나'와 함께 여행함에도 불구하고 전형적인 동반자들과 달리 각자 다른 '타인'들로서 '나'에게 동일화의 대상이나 자기 인식의 결정적인 계기가 되어주지 못한다.25) 〈행인〉에서 그와 사내, 〈어떤 여름〉에서 나미와 쟝, 〈장마〉에서 윤과 장이 우연히 만나게 되는 장소는 국도의 간이 주차장이나 기차 안, 승강장과 같은 비장소의 전형들이다. 비장소 안에서 이들의 관계는 기존의 정체성에 함몰되지 않고 "오직 지금 이곳에서 보는 것, 듣는 것을 이야기하는 것"(〈어떤 여름〉)으로 성립하고 이어진다. 이들 사이에 서로의 사생활을 궁금해 하지 않고 묻지 않는 것은 불문율과 같다.

> 만난 지 이틀 째, 우리는 서로 약속이나 한 듯이 사생활에 대해서는 함구했다. 가족이나 연인, 사랑 따위. 오직 지금 이곳에서 보는 것, 듣는 것을 이야기하는 것으로도 관계는 이어졌고, 삶은 계속되었다.
>
> — 함정임, 〈어떤 여름〉(131쪽)

〈어떤 여름〉에서 볼 수 있듯 이 관계에서 유표화된 것은 '여권'에 의한 여행자의 정체성일 뿐, 서로의 과거와 여행의 목적도 묻지 않고 그저 서로에게 "보이는 대로"만 생각하면 그만이다. 그리고 이런 관계는 호텔에 머무는 시간, 즉 어떤 장소를 함께 공유하는 시간 동안만 유지된다.

이 여행을 지배하는 것은 '나는 여행한다'라는 '현재성'일 뿐이다. 여

---

24) 은희경, 〈지도 중독〉, 《아름다움이 나를 멸시한다》, 창비, 2007, 143-184쪽.
25) 박진, 〈길은 끝났어도 여행은 다시 시작된다〉, 《문학수첩》, 문학수첩, 2008, 여름, 313쪽.

기서 '여행한다'라는 술어는 반드시 목적어(목적지, 타자)와 결부되지 않는다. 다시 말해 여행주체와 장소가 긴밀하게 조응하는 '타동사로서의 여행'26)과 달리 이런 '자동사로서의 여행'에는 여행주체와 장소의 필연성이 성립하지 않는 것이다. 〈지도 중독〉의 '나'는 이질적인 풍경과 존재들을 자기화·내면화하는 대신에 이를 철저히 비동일화의 시선으로 그려내며 여기에 여행의 특별한 의미를 새겨 넣기를 주저한다.27) 장소를 자기 지식의 일부로 편입하나 포섭28)하려는 욕망이 개입하지 않았기에 가능한 일이다.

근대적 의미에서 여행이 일상의 일시적 단절을 통해 유토피아적 경험을 환상적으로 제공29)했던 데 반해 21세기 여행의 핵심은 유토피아와 정반대편에 놓인 비장소를 경험30)하는 데 있다. 비장소화된 여행지의 여행자들은 "일시적 정체성과 결부된 상대적 익명성"31) 속에서 자유로운 고립과 고독을 누림으로써 이방인−여행자 되기32)를 실천한

---

26) 타동사로서의 여행은 풍경과 자연을 통해서 외부적인 감각과 반응을 경험하고 예술과 문화를 통해 내부적 감각과 반응을 경험한다. 즉 두 공간과 혹은 두 장소, 실제적 장소와 상상의 장소의 만남이 이루어진다.(이윤희, 〈여행 내러티브에 대한 퍼스 기호학적 접근: 알랭 드 보통의 《여행의 기술》을 중심으로〉, 《기호학연구》 45권, 한국기호학회, 2015, 279쪽.)
27) 박진, 앞의 글, 312쪽.
28) 조명기, 〈국제여행소설에 나타난 국외 도시 장소 정체성의 상상 방식: 소설집 《도시와 나》를 예로 들어〉, 《한국언어문학》 98집, 한국언어문학회, 2016, 233-234쪽. 이 논문의 경우 장소정체성과 자아 정체성의 재구성 양상에 초점을 맞추고 있어 본고의 논의 방향과는 착점 자체가 다르다.
29) 닝왕(Ning Wang), 앞의 책, 114쪽.
30) 비장소를 유토피아의 정반대편에 놓은 오제에 의하면 모든 여행자의 장소는 비장소의 원형이며, 장소의 폐지야말로 여행의 절정이자 여행자의 궁극적인 자세라 할 수 있다.(마르크 오제(Marc Augé), 앞의 책, 107-110쪽.)
31) 비장소에서 존재는 기존의 정체성을 상실하는 '수동적' 즐거움과 비장소에서의 새로운 역할 수행에 기인하는 즐거움을 느낀다. 일시적 정체성과 결부된 상대적 익명성은 해방감을 제공한다.(마르크 오제(Marc Augé), 앞의 책, 122쪽.)
32) 바우만은 이 시대를 '고독을 잃어버린 시간'이라고 진단하고, 고독이 인간끼리의 의사소통에 의미와 기반을 마련할 수 있는 숭고한 조건이며 타인에 대해 상상할 수 있는 기반이 된다고 하였다.(지그문트 바우만(Zygmunt Bauman), 《고독을

다. 이 같은 여행이 탈근대적 삶의 메타포라 한다면 서로의 고독과
고립을 보장하는 이방인-여행자의 정체성은 타자/세계와 소통하는 주
체의 새로운 존재방식을 환기시킨다.

3. 지도 밖으로의 순례, '지나가다'의 장소적 의미

거주하던 장소를 상실하고 고통의 기원을 찾아간다는 의미에서 이
여행의 성격은 '순례'에 가깝다. 순례는 슬픔을 통과해 목적지에 이르
는 통과의례의 과정이다. 타락한 고향을 떠나 성지를 향해 가는 순례
자들에게 순례는 잃어버린 대상을 '찾는' 여정에 해당한다. 그런데 여
기서 다루는 소설들의 경우 '찾기'를 시도하는 여행주체의 행위는 매번
실패에 직면한다. 그러니까 아예 목적지가 없는 무목적의 방랑과 달리
도착이 지연되거나 찾기가 실패하는 경우라 할 수 있다.

목적지 찾기가 실패하는 이유는 그들이 지닌 주소나 지도가 잘못되
어 길찾기 기능을 제대로 수행하지 못하고 있기 때문이다. 세상 어디
든 찾아갈 수 있게 해주던 인터넷 구글맵은 아비뇽 도심을 벗어난 비포
장도로 숲길에 이르면 오작동을 일으키고(성석제, 〈사냥꾼의 지도〉),
세비야의 미로처럼 얽힌 골목길에서 옛 주소는 정확한 목적지를 지시
하지 못한다(윤고은, 〈콜럼버스의 뼈〉). 이들이 가진 지도는 처음부터
"세상에 존재하지 않"(〈콜럼버스의 뼈〉)았거나 "오류투성이"(조경란,
〈형란의 첫 번째 책〉)거나 "잘 들어맞지 않"(은희경, 〈지도 중독〉)는

잃어버린 시간》, 조은평 · 강지은 역, 동녘, 2012, 24-31쪽.)

것이어서 대상을 찾는 기능을 수행하지 못할 뿐 아니라 자신의 좌표조차 설명해주지 못한다. 설령 지도를 보며 끊임없이 자신의 좌표를 확인한다 해도 '가야 할 방향'이 보이는 건 아니다.[33] "지도상에 생략된 작은 지명들"[34]처럼 세계의 이방인으로 자처하는 이들의 존재는 자신의 위치값을 표시하지 못한 채 생략되거나 누락되기 일쑤이다. 따라서 고통의 기원이나 흔적을 찾는 일 역시 언제나 무위 혹은 실패로 돌아갈 수밖에 없다.

지도의 오류로 찾기 행위가 실패하는 양상은 조경란의 〈형란의 첫 번째 책〉[35]에서도 중요한 모티프로 등장한다. 갑자기 사라져 버린 남편을 찾아 독일의 낯선 도시로 오게 된 여자가 믿고 있는 것은 오류투성이인 '푸드&레스토랑 지도' 한 장뿐이다. 그 지도에는 남편의 거주지인 매디슨 가 57번지 건물이 누락되어 있다. 지도 위에 누락되어 있는 지명처럼 남편은 여자의 시선에서 계속 미끄러지고, 그녀는 끝내 남편과 조우하지 못한다. 이처럼 잃어버린 여권으로 인해 귀환이 불가능하거나(〈누구도 가본 적 없는〉), 어디로 가야할지 방향을 상실해버린(〈어디로 가고 싶으신가요〉) 상황은 훼손된 삶이 쉽게 복원 가능하지 않음을 시사한다.

이런 의미에서 윤고은의 〈콜럼버스의 뼈〉에서 아버지의 흔적을 찾는 과정과 콜럼버스의 국적을 밝히는 작업이 유비적으로 병치되어 있다는 점은 의미심장하다. '나'가 아버지의 행방을 찾아 헤매는 동안 세비야에서는 대성당에 보관된 콜럼버스 뼈의 DNA를 검사해 콜럼버스의 진짜 후손을 찾는 작업이 대대적으로 진행된다. 그러나 화자가 잘못된 주소로 인해 끝내 아버지의 옛집을 찾아내지 못했듯이 이 작업

---

33) 박진, 앞의 글, 313쪽.
34) 〈작가 인터뷰〉, 정미경 외, 《도시와 나》, 앞의 책, 261쪽.
35) 조경란, 〈형란의 첫 번째 책〉, 《풍선을 샀어》, 문학과지성사, 2008, 87-120쪽.

역시 콜럼버스가 누구의 조상인지 특정하지 못한 채로 종료된다. 콜럼버스의 DNA가 모든 DNA 제공자들의 것과 일치했으므로 콜럼버스는 그 누구의 조상이 아니라 "모두의 조상"으로 남게 된 것이다. 처음부터 부재했던 세비야의 주소지처럼 아버지와 콜럼버스의 존재를 확인하는 일 모두 "허상"이자 "백일몽"에 불과했던 셈이다.

> 세비야는 온갖 허상이 실재처럼 모이는 곳인가. 백일몽처럼 들려온 콜럼버스의 이야기는 여러모로 아버지의 것과 닮아있었다. 아버지도 콜럼버스도 여기에 존재했는지, 언제 어디서 온 사람인지 알 수 없었다.
> — 윤고은, 〈콜럼버스의 뼈〉(161-162쪽)

그러나 본래 지도가 세계 그 자체라기보다 인간에 의해 포착된 세계의 '상(image)'이며 재현된 기호[36]란 점에서 본다면 지도의 무용함에서 비롯된 실패는 다른 길찾기 가능성을 시사하는 상징적 사건이라고도 할 수 있다. 세계를 공통의 지식으로 대상화하기 위해 만들어진 지도는 역설적으로 세계에 대한 상상력을 배제하고 세계 이해 방식에 보편적인 규격과 양식을 부여했다.[37] 따라서 지도를 넘어선다는 것은 지도에 의해 나뉜 지리적 경계를 무력화할 뿐 아니라 근대 세계가 만들어낸 "허구의 단일성"[38]을 해체한다는 의미가 있다.

〈콜럼버스의 뼈〉에서 골목에 갇혀 길을 헤매던 여자는 잘못 찾아간 집에서 만난 콜롬과 그 가족들의 식사 자리에 합석하게 된다. 콜

---

36) 지도는 근대 국가체제를 성립하는 과정에서 국가를 하나의 영토로 가시화하고 동일한 '의미로서의 세계'를 공유할 수 있도록 하기 위한 일종의 커뮤니케이션 미디어로 기능했다.(와카바야시 미키오(若林幹夫),《지도의 상상력》, 정선태 역, 산처럼, 2002, 69-70쪽. 80-81쪽.)
37) 와카바야시 미키오, 위의 책, 270쪽.
38) 와카바야시 미키오, 위의 책, 283쪽.

롬네 다섯 남매는 자신들의 핏줄에 얽힌 에피소드를 들려주고 여자
가 찾는 주소지를 삽입한 노랫말을 지어낸다. "세상에 존재하지 않은
지도" 대신 "지도 위에 있는 게 아"닌 주소를 "기타 위에" 새겨 넣어
준 것이다.

> 몇 모금의 와인이 내 배꼽 부분에서 목구멍 쪽을 향해 다시 거슬러 오르
> 는 듯했다. 그건 함부로 뱉어낼 수 없는 뜨겁고 뜨거운 어떤 것이었다. 단
> 지 그 감정 하나로 이 세비야 골목들과 내가 건넌 몇 개의 바다와 낯선
> 국경들이 모두 합당한 것이 되고도 남을 것 같았다. 여행을 처음 시작했을
> 때, 나는 이것이 여행이라고 생각하지 못했다. 숙제, 아니면 차라리 연행에
> 가까운 어떤 경로였다. 그러나 그녀의 노래를 듣는 동안 내 안에서 어떤
> 공기가 역류했고, 비로소 나는 편안해졌다. 노래가 끝나자, 콜롬 가족들은
> 나에게 아버지가 이 곡을 들려주고 싶었던 모양이라고 말해주었다. 이 수
> 첩 속 주소가 내게 온 데에는 바로 그런 이유가 있었던 모양이었다.
>
> 　　　　　　　　　　　　　　　　　－윤고은, 〈콜럼버스의 뼈〉(179쪽)

　기원으로서의 아버지 찾기는 실패했지만 이로 인해 여자는 불면증
에서 벗어나 시에스타에 잠긴 도시에 자연스럽게 흡수될 수 있었다.
허구의 기원을 좇는 지도의 허상 대신 실재하는 위로를 보여준 콜롬
가족 덕분에 "여행이라고 생각하지 못"한 채 "연행에 가까운" 경로만
을 따라가던 여자는 비로소 진짜 여행을 시작하게 된 것이다.
　이처럼 지도의 오류를 발견하거나 길을 잃은 여행자들은 지도를 버
리거나 수정하거나 그것도 아니면 지도 밖에 다른 길을 만들면서 스스
로 여행의 방향을 전환해간다. 조경란의 〈형란의 첫 번째 책〉에서 남
편 찾기를 포기한 그녀가 한 일은 매디슨 가 57번지가 생략되어 있는
지도 위에 스스로 건물을 그려 넣는 행위이다. 이때 그녀가 지도에

기입한 것은 남편의 흔적이 아니라 자신의 존재라 할 수 있다.

지도의 무용함은 여행주체를 지도 밖 뜻밖의 장소들로 인도하기도 한다. 성석제의 〈사냥꾼의 지도〉39)에서처럼 '관광'으로는 볼 수 없는 장소의 "속살"을 볼 수 있게 된 것은 구글 지도에 대한 의존에서 벗어나 "스스로의 세포, 원자"에서 나온 "에너지"와 "직감"을 신뢰함으로써 "다른 길"을 찾아내면서부터였다. 지도가 세계에 관한 텍스트라고 할 때 지도를 버리거나 고쳐 쓰는 이런 행위는 세계의 상을 새롭게 형상화하는 것과 같다고 할 수 있다.

다만 이 지도 밖의 장소에 이르기 위해서는 반드시 걷고 헤매는 행위가 수반되어야 한다. '걷기'는 공간에 자신을 기입하는 행위인 동시에 속도와 시간을 변주해 자신의 방식으로 공간을 전유하는 행위40)이다. 즉 지도의 오류로 '찾기'는 실패했지만 그 찾기 과정에서의 무의미한 '걷기'는 그 자체로 길을 만드는 과정이었다고 할 수 있다. 의미 없이 헤매고 유령처럼 걷는 비장소의 시간들을 경유하고서야 비로소 지도 바깥에 있는(off the map) 장소41)와 그 장소의 의미를 재발견할 수 있기 때문이다.

이때 주목할 것은 재발견한 장소의 의미 또한 상대성, 유연성, 가변

---

39) 성석제, 〈사냥꾼의 지도-프로방스의 자전거 여행〉, 《도시와 나》, 앞의 책, 9-54쪽.
40) 관리자들과 계획가들이 그들의 의도에 맞게 짜맞추어놓은 도시에서 보행자들은 걷기라는 행위를 통해 방향과 속도, 시간을 변주하여 자신에게 주어진 공간을 나름의 방식으로 전유한다. 미셸 드 세르토(Michel De Certeau)는 이 같은 전유 행위를 틀지어진 언어의 문법 속에서 다양한 발화 방식을 통해 자신의 이야기를 구성해내는 것, 혹은 이미 완성된 텍스트에서 필요한 조건들을 가져와 전용하는 행위와 비교해 '보행자 발화'라고 지칭했다.(정현목, 〈전통적인 장소의 변화와 '비장소(non-place)'의 등장〉, 《비교문화연구》 19집1호, 서울대학교 비교문화연구소, 2013, 116쪽.)
41) 지도 바깥에 있는 장소들은 지도에 나와 있지 않지만 실재하는 장소들, 이름없는 장소들, 버림받은 장소들, 그리고 예상을 불허하는 제멋대로의 장소들을 의미한다. 좌표들이 무의미한 이 장소들은 오히려 상상력을 자극해 새로운 장소로 재형성될 능력을 갖추고 있다.(앨러스테어 보네트(Alastair Bonnett), 《장소의 재발견》, 박중서 역, 책읽는수요일, 2015, 10-13쪽.)

성에 기반하고 있다는 점이다. '지나간다'는 서술어는 이 소설들이 여행과 장소의 의미를 이 같은 방식으로 실천하고 있다는 사실을 확인할 수 있게 해 준다. 함정임의 〈행인〉에서 중요하게 인용되는 예이츠 시의 마지막 구절 '지나간다'가 은유하듯 모든 장소는 "지나가는 사람의 발길을 잠시 붙잡아 두"는 곳에 불과하며, 여행자는 '행인'으로 그곳을 잠시 다녀가면 되는 것이다. 함정임의 〈어떤 여름〉 역시 나미의 여행을 '지나갔다'로 끝맺는다.

지난 여름 열흘간, 수첩에 적힌 대로 프랑스의 호텔들을 순례했다. 강지섭이 십 년 전 그 호텔들에 묵었던 이유 따위는 나에게 중요하지 않았다. 그가 머물렀던 십 년 전이라는 시공간은 나에게 화석일 뿐이라는 사실을 확인한 것으로 충분했다. 다행이라면 십 년 전의 그 호텔들이 그대로 존재하고 있다는 것. 강지섭의 붉은 수첩은 비행기를 타기 직전 공항 쓰레기통에 던져버렸다. 그 속에 장메이라는 남자의 명함도 들어있었다. 여름은 지나갔다.

— 함정임, 〈어떤 여름〉(147쪽)

'지나갔다'라는 술어에는 변화가 전제되어 있지 않다. 여행자들은 여행 후에도 "달라질 게 전혀 없"(〈지도 중독〉)으며, 집으로 돌아가는 순간 여전히 "무덤과 같은 권태가 기다리고 있"(〈어떤 여름〉)다는 사실을 알고 있다. 여행의 시간은 명멸하는 네온사인이나(〈장마〉) "한여름 밤 어두운 공원에서 폭죽처럼 터지는 무도(舞蹈)의 순간"(〈어떤 여름〉)처럼 일시적일 뿐이다. 여기에는 여행이 생의 단절이나 차이를 확인하는 계기가 아니라 일상의 '동일성'을 확인하는 과정[42]이라는 인식이

---

42) 허희, 〈이국(異國)와 이국(二國)〉,《자음과 모음》23호, 이룸, 2014, 196-210쪽.

바탕하고 있다.

　그럼에도 이 여행이 의미가 있다면 그것은 바로 누군가와 시간과 공간을 동등하게 공분共分하는 '동행'의 과정을 내포하고 있기 때문이다.

　　남자는 왼손을 들어 윤의 머리카락을 귀 뒤로 넘겨주었다. 짧은 머리카락은 몇 가닥만 남기고 다시 흘러내린다. 네온의 명멸처럼 짧지만 환한 어떤 것이 가슴속에서 반짝 빛났다. 지나온 삶에서, 우연히 다가온 따뜻하고 빛나는 시간들은 언제나 너무 짧았고 그 뒤에 스미는 한기는 한층 견디기 어려웠다. 그랬다 해도, 지금 이순간의 따뜻함을 하찮게 여기고 싶지 않다.

― 정미경, 〈장마〉(119쪽)

　이 지점에서 여행은 다시 순례의 본질에 접근해 간다. 순례의 진정한 의미는 목적지에 도착하는 데 있다기보다 길을 '함께' '걷는' 과정에 있다. 순례의 길에 동행한 여행자들 사이의 우정은 잠시 장소를 공유하는 동안만 성립하며, 따라서 관계는 영속적이지 않으며 서로에게 흔적을 남기려 하지도 않는다. '지나가는' 여행자는 결코 장소에 대한 시각의 우위나 배타적 소유를 주장하지 않으며 장소를 상실하고 비장소화하면서 여행을 지속해갈 뿐이다.

　그런 의미에서 근대의 여행서사가 지도 '안'에서 미지의 대상의 좌표를 설정하는 여정이었다면, 탈근대의 여행서사는 지도 '밖'에 숨겨진 장소와 장소의 의미를 재발견해 가는 이야기라 할 수 있다. 그리고 이 이야기들은 타자와의 동등한 공존과 유대 가능성을 다시 사유하게 한다.

4. 탈근대 여행서사의 내러티브

"내가 여행에 대해 냉소적인 진짜 이유는 일시적으로 스쳐 지나가는 '파노라마식 관계'를 믿지 않기 때문이다. 파노라마란 무엇인가? 차창 밖으로 펼쳐지는 풍경의 퍼레이드다. 거기에는 그 공간을 가로지르는 인간의 얼굴과 액션(action)이 지워져 있다. 또, 그때 풍경은 자연이라고 하기도 어렵다. 그것은 생명의 거친 호흡과 약동이 생략된 '침묵의 소묘'일 따름이다. 이런 구도에선 오직 주체의 나른한 시선만이 특권 지위를 확보한다. (중략) 그 허상이 막강한 힘을 확보해 한 시대와 사회를 '주름잡는' 표상이 되면 모두 그것을 자명한 진리로 받아들이고, 그 다음엔 그것을 대상에 위압적으로 덧씌우는 식의 악순환을 얼마나 반복했던지. 내가 아는 한 여행이란 이런 수준을 넘기가 어렵다."[43]

고미숙은 자신이 "여행을 좋아하지 않는" 이유에 대해 이렇게 고백한 바 있다. 여행에 대한 고미숙의 거부감은 근대적 여행의 시각주의(perspectivism), 즉 여행자가 주장하는 '직접 경험'의 권위에 대한 거부[44]에서 비롯된다. 근대적 의미에서 여행에 대한 글쓰기는 장소에 대한 글쓴이의 장악력을 과시하려는 욕망의 산물이었다고 할 수 있기 때문이다.

그러나 앞에서 살펴본 소설들은 장소를 시각적으로 점유하려는 욕망 대신 장소들의 상투적 의미와 역사적 연관을 해체하고 장소와 일시적이고 유동적인 관계를 맺는 양상을 보여준다. 이 새로운 21세기 여

---

43) 고미숙, 〈프롤로그-여행 · 편력 · 유목〉, 《열하일기, 웃음과 역설의 유쾌한 시공간》, 그린비, 2003, 14쪽.
44) 강준만, 〈여행〉, 《세계문화사전》, 인물과사상사, 2005, 129쪽.

행 이야기의 핵심은 비장소성의 경험이다. 관계의 부재, 역사성의 부재, 고유한 정체성의 부재를 특징으로 하는 비장소에서 개별 도시의 상징이나 역사적 경관은 무의미한 전시품이며 타자의 존재 역시 익명성으로 경험된다.

본고는 이와 같은 관점에서 2000년대 여행서사의 장소적 속성과 여행 내러티브 방식을 규명하고자 했다. 근대적 여행과 다른 지향점을 보여주는 새로운 여행법을 통해 개인의 정체성과 타자와의 유대가 새로운 국면으로 접어들었음을 보여주는 유동적 근대성의 징후를 읽어보고자 한 것이다.

2000년대 여행의 내러티브는 귀환을 내정하지도 상처의 회복이나 세계 · 자아의 발견을 최종 목적지로 삼지도 않는다. 일반적인 여행의 내러티브는 떠남−여정−돌아옴이라는 구조 안에서 이루어지며 이 시간 구조를 매개하는 것은 바로 여행주체의 자아와 성숙이라는 근대적 명제였다. 그러나 귀환을 내정하지도 세계와 자아의 발견을 추구하지도 않는 이런 자동사로서의 여행에는 '나는 여행한다'라는 현재적 사실만이 존재한다. '여행한다'라는 술어는 과거의 상실과 상처의 회복이라는 목적어와 필연적으로 결합하지 않는다. 따라서 시간의 순차성과 연속성이 부재할 뿐 아니라 행위의 인과성과 필연성도 성립하지 않는다. 무엇보다 여기에는 장소에 대한 시각의 우위나 배타적 소유를 주장하는 여행주체의 욕망이 부재한다. 이런 의미에서 2000년대 여행서사의 장소 전유 방식은 대상을 소유하고 독점하는 근대 시각주의에 대한 반성적 성찰이라는 측면에서 이해될 필요가 있다.

2000년대 여행서사에 빈번히 등장하는 '지도의 오류' 모티프 역시 새로운 장소 감수성을 환기시킨다. 인물들의 여정에서 상처의 기원이나 흔적 찾기는 잘못된 주소나 지도 오류로 인해 지연되거나 실패한다. 그러나 지도의 무용함은 여행주체를 지도 밖 뜻밖의 장소들로 인도하고 여행주체는 낯선 이와의 일시적 동행이나 걷기 행위를 통해 지도 바깥에 있는(off the map) 장소를 발견하게 된다. 근대 지도가 국경이라는 장소 감각을 만들어냈다면 지도의 기능 상실과 무용함은 국경과 장소의 경계가 무력화되고 비장소화한다는 사실을 보여주는 상징적 사건이라 할 수 있다.

그런데 이때 새롭게 발견된 장소의 의미는 상투적으로 고정되거나 완결되지 않는다. 여행자의 감수성과 일시적인 접속을 통해 형성되었다가 또다시 허물어진다. 완벽하게 불변하는 장소성을 부여받은 장소가 없듯이 완전히 비장소로 작동하는 공간도 없다. 동일한 공간이 어떤 이에게는 장소, 다른 이에게는 비장소일 수 있다는 의미이다. 그런 점에서 비장소성의 요체는 장소의 상대성, 유연성, 가변성이라 할 수 있을 것이다.

결국 근대적 의미의 여행서사가 지도 '안'에서 미지의 대상의 좌표를 설정하는 여정이었다면, 21세기 탈근대의 여행서사는 지도 '밖'에서 장소의 의미를 재발견하는 새로운 소통과 공존의 이야기라 할 수 있을 것이다. 따라서 이와 같은 장소의 특성을 통해 이 이야기들은 여행을 형식이나 장르의 차원이 아니라 삶의 보편적 내용으로 수용하는 'Homo Viator'의 진정한 의미를 구현한다고 할 수 있다.

재난 모티프와 포스트모던 관광의 진정성 함의

1. 후기자본주의 여행의 한 유형: 재난 여행

이 글의 목적은 2000년대 여행서사의 재난 모티프를 통해 21세기 포스트모던 여행의 진정성과 윤리성의 함의를 재고하는 데 있다. 이를 위해 관광 이론의 개념들을 차용해 여행/관광1) 모티프 소설 두 편에 대한 분석을 시도하고자 한다.

주지하다시피 20세기 후반에야 여행 자유화가 이루어졌던 한국에서 그동안 가장 대중적이면서 지배적인 여행 형태는 대중관광이었다고 할 수 있다. 그러나 여행사가 주도하는 대중관광은 여행을 상품으로 인식하게 하고 소비자의 여행 경험을 표준화·동질화2)하는 결과를

---

1) 관광이 그 목적이나 동기가 비교적 분명한 데 반해 여행은 뚜렷한 목적이나 동기가 없어도 가능한 형태로, 관광보다 포괄적인 개념이라 할 수 있다. 그러나 오늘날 관광과 여행을 구분하는 것은 의미가 없어 용어를 혼용하는 경우가 많아졌다 (인태정, 《관광의 사회학》, 한울, 2007, 43쪽). 이런 상황을 반영해 본고에서도 관광과 여행을 같은 맥락에서 사용하도록 하겠다.

초래했다. 대중관광이 '가짜 이벤트(pseudo-event)'[3])에 불과하다는 비판적 목소리 역시 이 같은 20세기 관광형식에 대한 성찰에서 비롯된다고 볼 수 있다.

21세기에 들어와 여행·관광 패러다임은 이전 시대와 달리 변화를 보이고 있다. 여행 패턴이 단체관광에서 개별관광으로 이동하면서 "단순히 보는 관광에서 겪는 관광으로, 휴식을 위한 관광에서 배우는 관광으로, 그리고 인생을 즐기는 관광에서 정신적 치유와 내면적 성숙을 목적으로 하는 영성관광으로"[4]) 초점이 옮겨가고 있는 것이다. 지속가능성과 성찰적 관광을 강조하는 대안 관광이나 가상현실로 실제 관광을 대체하는 탈관광 패러다임이 대두된 것도 관광객의 기호와 취향에 따라 관광동기가 다양화[5])되고 여행경험이 분화된 상황을 반영한 결과이다.

이와 관련해 현대사회의 일상성에 대비되는 '진정성(authenticity)'[6]) 체험이 여행의 중요한 동기가 되고 있다는 점을 주목해 볼 수 있다. 현대인의 여행에는 자신이 속한 사회에 부재하는 진정성을 추구하는, 즉 본래적인 자기 자신을 찾고자 하는 동기가 내재되어 있다는 것인

2) 닝 왕(Ning Wang),《관광과 근대성-사회학적 분석》, 이진형·최석호 역, 일신사, 2004, 23쪽.
3) 대니얼 부어스틴(Daniel J Boorstin),《이미지와 환상》, 정대철 역, 사계절, 2004; 딘 맥캐널(Dean MacCannell),《관광객》, 오상훈 역, 일신사. 1994, 126쪽 재인용.
4) 변찬복,〈관광객 경험의 진정성과 일상성에 관한 연구〉,《인문학논총》 29집, 경상대 인문과학연구소, 2012, 141쪽.
5) 에릭 코헨(Erik Cohen)은 관광객의 유형에 따라 여행 동기가 휴양, 기분전환, 체험, 실험, 실존적 이유로 나뉜다고 보았다(가레스 쇼(Gareth Shaw)·앨런 윌리엄스(Allan M. Williams),《관광과 관광공간》, 김남조·유광민·민웅기 역, 백산출판사, 2013, 209쪽).
6) 모든 관광객이 진정성 체험을 하느냐와 관련해 논란이 있었지만, 닝왕은 진정성을 세 가지로 유형화함으로써 논란을 정리했다. 닝왕에 따르면 관광객이 추구하는 진정성은 관광대상이 위조품이 아닌 진품임을 의미하는 객관적 진정성, 관광주체가 체험을 통해 주관적으로 느끼는 실존적 진정성, 관광대상물에 관광객의 이미지, 기대, 선호를 투영하는 구성적 진정성으로 나눌 수 있다(가레스 쇼(Gareth Shaw)·앨런 윌리엄스(Allan M. Williams), 위의 책, 204-207쪽).

데[7] 일상적 소외가 심화된 후기 자본주의 사회에서 이 같은 욕구는 훨씬 더 강렬해지는 것이다. 이런 맥락에서 21세기 관광객은 "한 사회의 정신적 중심축으로부터 소외된 자로 일상생활권 밖에서 새로운 의미 즉 진정성을 추구하는 사람"[8]이라는 정체성을 부여받게 된다.

그런데 문제는 현실에서는 오히려 진정성이 상품화되어 유행하고 있다는 사실이다. 관광객은 "오염되지 않은, 옛 모습 그대로의, 진품의, 사람의 손길이 닿지 않은, 전통적인"[9] 것을 추구하지만, 정작 실재의 관광공간에서 경험할 수 있는 것은 '무대화된 고유성(staged authenticity)'[10]뿐이다. 여행지의 순수성과 진정성 체험을 갈망할수록 그 장소의 고유성이 전도되고 변질되어가는 역설이 발생하고 있는 것이다.

이 글에서는 이런 여행의 진정성 문제를 환기하는 텍스트로 김인숙의 《미칠 수 있겠니》[11]와 윤고은의 《밤의 여행자들》[12]을 주목했다. 두 소설 모두 후기 자본주의의 상품화된 여행에서 진정성 자체가 상연되고 코드화[13]되고 있는 상황을 비판적으로 적시하고 있기 때문이다. 특히 두 소설은 '재난' 모티프를 통해 '다크투어리즘(dark tourism)'의 진정성 문제를 제기하고 있다. 다크투어리즘은 재난이 일어났거나 역

---

7) 변찬복, 앞의 글, 141-145쪽.

8) 변찬복, 위의 글, 149쪽.

9) 객관적 진정성의 경우 의식, 축제, 전통음식, 건축이나 의복과 같은 관광 상품에 확장해 적용되어 전통성, 원형성, 고유성, 진품성의 의미로도 사용된다. (Handler, "Authenticity", *Anthropology today*, 2-1, 1986, pp.2-4; 변찬복 앞의 글, 143쪽 재인용.)

10) 맥켄널의 이 용어는 '각색된 진정성'이라고 번역되기도 한다.(이 개념과 관련해서는 딘 맥캔널(Dean MacCannell), 오상훈 역, 앞의 책, 111-133쪽 참조.)

11) 김인숙, 《미칠 수 있겠니》, 한겨레출판사, 2011(이후 이 책에 대한 '짧은 인용'은 쪽수를 생략하고, '긴 인용'의 경우 책명과 쪽수를 밝힘).

12) 윤고은, 《밤의 여행자들》, 민음사, 2013(이후 이 책에 대한 '짧은 인용'은 쪽수를 생략하고 '긴 인용'의 경우 책명과 쪽수를 밝힘).

13) 김종엽, 〈관광한다는 것에 대하여〉, 《월간말》 121, 1996.7, 223쪽.

사적으로 비극적 사건이 일어난 곳에 대한 여행을 의미하는데, 분화되고 차별화된 경험을 원하는 관광객들의 욕구를 충족시킨다는 점에서[14] 포스트모던 관광 형식으로 선호되고 있다. 《미칠 수 있겠니》는 재난과 개인의 비극이 맞물리는 양상이 드러난다는 점에서, 《밤의 여행자들》은 '재난관광'이라는 여행상품을 소재로 삼고 있다는 점에서 다크투어리즘과의 연결고리를 찾을 수 있다.

일반적으로 현대소설에서 재난 모티프는 파국의 상상력 혹은 디스토피아의 묵시론적 세계관을 반영하는 알레고리로 기능해 왔다. 이런 관점에서 보자면 여행과 결합한 재난은 후기 자본주의 여행의 부정적 측면을 경고하는 모티프로 해석될 수 있다. 《미칠 수 있겠니》를 "지진이라는 자연재해와 그것에 대처하는 인간들의 더러운 계산이 같이 만들어낸 재난의 상황 혹은 파국의 상황을 다룬 소설"[15]로, 《밤의 여행자들》을 "재난까지도 경제적 가치가 있는 상품으로 포장되는 후기 자본주의 사회를 그려내"[16]는 작품으로 볼 수 있는 것도 이런 맥락에서다.

그러나 재난 모티프에 대한 이 같은 용법과 해석에서 나아가 이 글은 재난이 여행자의 실존적 진정성 체험을 매개하는 모티프로 기능한다는 점에 착안하고자 한다. 즉 재난이라는 사건을 통해 자본주의 질서와 여행의 남성적 원리가 전복되고 여행장소가 상호관계성과 생명성이라는 여성주의 원리가 작동하는 윤리적 공간으로 변화하는 양상

---

14) 물론 인간이 어두운(dark) 경험을 열망하는 존재라는 점을 감안하면 다크투어리즘의 기원을 포스트모던 사회의 관광현상으로 볼 수 있는가 하는 문제가 있지만, 후기 근대사회에 이르러서 두르러지게 나타난 현상이고, 이것은 과거와는 다른 특징을 지닌다고 보는 것이 관광학자들의 보편적인 견해이다(조아라, 〈다크투어리즘과 관광경험의 진정성-동일본대지진의 재난관광을 사례로〉, 《한국지역지리학회지》 19권1호, 한국지역지리학회, 2013, 130-132쪽).

15) 김인숙·류보선 대담, 〈파국의 세상과 인간이라는 구원의 힘〉, 《문학동네》 82, 문학동네, 2015, 93쪽.

16) 김지혜, 〈재난 서사에 담긴 종교적 상징과 파국의 의미〉, 《현대문학이론연구》 70권, 현대문학이론학회, 2017, 64쪽.

을 분석하려는 것이다. 그리고 이를 통해 궁극적으로 21세기 포스트모던 여행의 진정성과 윤리성의 의미를 재고해 보도록 한다.

2. 무대화된 진정성, 다크투어리즘의 부산물들

김인숙의 《미칠 수 있겠니》와 윤고은의 《밤의 여행자들》의 서사는 모두 이국의 '섬'을 배경으로 진행된다. 섬이라는 장소가 환기하는 원시성은 이 여행의 동기가 일상성에서 벗어난 진정성 추구라는 목적에 결부되어 있음을 짐작하게 한다.

《미칠 수 있겠니》는 사라져버린 남편 유진을 찾는 진의 현재 이야기를 중심으로 과거의 사연들이 끼어드는 형식을 취하고 있다. 7년 전 진과 함께 섬을 여행하고 돌아온 직후 유진은 삶을 리셋하기 위해 또다시 섬으로 떠나겠다고 선언했다. 유진에게 섬으로의 탈주는 삶의 비약을 통해 존재의 전환을 꿈꾸는 일, 즉 가상의 경계선인 "'월리스 라인'을 건너는 것"과 같았다.

당시의 진은 유진을 이해할 수 없었지만, 그러나 진은 이미 그때 알았어야 했을 것이다. 남보다 더 소심한 사람에게, 아니 어쩌면 대개의 사람들에게 가장 찬란한 소망이란 비약밖에는 없다는 것을. 말하자면 로또에 당첨되는 것 이외에는 더 나은 소망을 가질 수 없는 사람들. 그러므로 불가능한 소망……. 어쩌면 죽음 같은 소망……. 유진에게 그것이 바로 섬이었던 것이다.

— 《미칠 수 있겠니》(156쪽)

그렇게 사라진 유진을 찾아가는 진의 여행은 이쪽에도 저쪽에도 속하지 못한 위태로운 삶에서 벗어나려는 의지에서 비롯된다. 동시에 이것은 7년 전 비극적 사건이 벌어졌던 장소에 대해 "기억하고 싶은 것과 기억해야 할 것 사이의 금"을 넘는 월경의 여정이라는 의미를 지닌다. 《밤의 여행자들》의 고요나는 재난상품을 전문으로 파는 여행사 '정글'의 10년차 수석프로그래머이다. 재난을 상품화하는 일이 일상이던 요나는 상사의 성추행 사건으로 인해 퇴출위기라는 개인적 재난 국면에 처하게 된다. 이런 상황에서 요나가 '사막의 싱크홀'이라는 여행 상품 점검 차 '무이'로 가게 된 것은 회사에서 살아남느냐 마느냐 하는 생사의 '윌리스 라인'을 넘는 행위나 마찬가지였다. 이처럼 비록 타의에 의해 촉발되었다 하더라도 진과 요나의 여행은 모두 자신이 속한 세계로부터의 소외와 갈등 상황을 극복하고자 하는 동기에서 비롯된 것이라 할 수 있다.

그런데 아이러니한 것은 진과 요나가 여행하는 섬은 자연 그대로의 원시성을 간직한 장소가 아니라 인공적인 상품으로 '발명'된 곳이라는 점이다. 《미칠 수 있겠니》의 '섬'17)은 오래전부터 관광객들에게 지상낙원으로 유명한 관광지이고, 《밤의 여행자들》의 배경 '무이'는 재난을 겪고 새롭게 관광지로 개발된 곳이다. 이런 의미에서 진과 요나가 '순진한' 여행자가 아니라는 점은 섬으로 상징되는 진정성 추구 여행에 대해 비판적 거리를 확보하는 데 중요하게 작용한다. 남편을 찾아 개인적 비극의 장소를 찾아온 진이나 상품가치를 판단하려는 목적이 앞선 요나 모두 생존의 문제가 여행지에 대한 환상이나 기대를 압도하고 있는 상황이기 때문이다.

---

17) 소설에서는 작품 배경이 되는 '섬'의 지명을 명시적으로 밝히고 있지는 않지만 인도네시아 '발리'라고 추정해볼 수 있다. 실제로 김인숙은 소설을 쓰기 위해 발리에서 5개월가량 체류했다고 밝힌 바 있다.(김인숙 · 류보선 대담, 앞의 글, 92쪽.)

이런 측면에서 《밤의 여행자들》은 여행자이면서 상품기획자라는 이중의 위치에 놓인 요나의 시선을 효과적으로 활용하고 있다. 소설 전반부에 요나는 여행자로 위장해 동행인들의 행태와 여행상품의 실체를 관찰하고 전달하는 기능을 한다. 요나 일행은 싱크홀이라는 재난 현장을 체험하기 위해 베트남 남부 해안도시인 판티엣에서 배를 타고 30분 정도 달려야 다다를 수 있는 먼 섬나라 무이를 찾는다. 그런데 같은 여행이더라도 '공정 여행' 체험을 원하는 대학생이나 딸의 교육을 위해 '자연학습' 체험을 원하는 교사의 경우에서 볼 수 있듯 재난은 사람들의 요구와 필요에 따라 다른 테마와 결합해 새로운 상품으로 탄생하기도 한다.

> 최근의 재난 여행은 대부분 재난 그 자체를 보는 것으로 그치지 않고, 무언가 다른 요소들을 결합하는 추세였다. 관광과 자원봉사를 결합한 상품도 있었고, 관광과 서바이벌 프로그램을 결합한 상품도 있었다. 관광과 교육을 결합하여 역사나 과학 수업을 함께 진행하는 상품도 있었다.
>
> — 《밤의 여행자들》(59쪽)

여행의 외양이 어떠하든 이들에게 공통적인 여행 동기가 있다면 타인의 고통으로부터 동정과 연민, 우월감과 안도감, 교훈을 얻는 것이다. 여행객들의 이런 싸구려 연민과 이기적인 위안을 위해 재난이라는 실제 사건과 현지인들의 고통은 "흥미로운 스펙터클"[18]로 전락하고 만다.

재난 여행을 떠남으로써 사람들이 느끼는 반응은 크게 '충격→동정과 연민 혹은 불편함→내 삶에 대한 감사→책임감과 교훈 혹은 이 상황에서도

---

18) 강유정, 〈정오의 그림자-어디에도 없고, 어디에나 있는〉, 윤고은, 앞의 책, 240쪽.

나는 살아남았다는 우월감'의 순으로 진행되었다. 어느 단계까지 마음이 움직이느냐는 사람마다 다르지만, 결국 이 모험을 통해 확인할 수 있는 것은 재난에 대한 두려움과 동시에 나는 지금 살아 있다는 확신이었다. 그러니까 재난 가까이 갔음에도 불구하고 나는 안전했다,는 이기적인 위안 말이다.

— 《밤의 여행자들》(61쪽)

부족 간 전쟁이라는 비극과 싱크홀이라는 재난을 겪은 무이를 대상으로 한 5박 6일짜리 '사막의 싱크홀' 프로그램은 싱크홀과 화산 관광, 1박 2일 원주민 홈스테이 체험으로 구성되어 있다. 관광객들은 원주민과는 동떨어진 해변의 최고급 리조트 '벨에포크'에 숙박하고, 사륜구동을 타고 섬의 일주 도로를 달리면서 재난의 현장인 사막과 화산을 구경한다. 그리고 두 팀으로 나뉘어 운다족과 카누족 간의 학살극을 압축 체험하고, 여기에 다과와 전통공연 관람, 마사지와 네일 아트, 낚시, 릴레이 우물파기, 온천욕 등의 프로그램이 결합된 일정을 소화한다. 수상 가옥의 관광 수입 일부가 운다족 아이들의 교육과 건강에도 도움을 줄 수 있다는 위안이나 싱크홀 때 홀로 살아남은 무이인들에 대한 동정심 역시 계산된 상품효과일 따름이다.

즉 관광객이 경험하는 것은 본래의 재난이 아니라 "이국적인 모험을 자극하"기 위해 철저히 인위적으로 재구축된 재난의 '이미지'이다. 관광객들은 재난과 고통조차 가상의 이미지로 소비하기를 원한다.[19] 자신이 느끼는 모든 감정이 '불편함'을 초래하지 않는 선에서 경험되기를 바라기 때문이다. 맥켄넬의 용어를 빌리자면 각색되고 무대화된 진정

---

[19] 관광객은 낯선 문화의 진정한 산물은 별로 좋아하지 않고 비진정적으로 고안된 매력물에서 즐거움을 찾고 밖에 있는 진짜 세상은 무시한다.(조아라, 앞의 글, 133쪽.)

성, 이것이 관광객이 추구하는 진정성의 실체인 것이다.

더 심각한 문제는 이런 프로그램이 무이 사람들이 아니라 '외부인'의 시선에서 기획된 것이며, 따라서 결과적으로 모든 수익이 폴(paul)로 대변되는 거대 자본에 수렴된다는 점이다. 식수난에 시달리는 무이에서 리조트 투숙객의 하룻밤 물 소비량이 수상 가옥 전체의 소비량보다 많다든가, 현지인의 정서와 상관없이 화산 관광이 일정에 반드시 포함되어야 하는 이유가 폴이 사들인 땅이기 때문이라는 등의 사실은 자본주의 논리에 지배당하고 있는 여행지의 실상을 반영하고 있다.

이런 상황은 《미칠 수 있겠니》의 무대가 되는 섬에서도 똑같이 재현되고 있다. 관광객의 편의와 필요에 맞춰 재정비된 관광지로서의 섬은 더 이상 천혜의 자연 풍광을 간직한 지상낙원이 아니라, '고안된' 낙원이라 할 수 있다.

> 이야나가 태어날 무렵부터 섬이 관광지로 유명해지기 시작했다. 그전까지는 식민지의 추억을 찾아 늙은 유럽인들과 또 늙은 일본인들만이 찾았던 섬이, 그 섬의 추억과는 아무 상관도 없는 사람들까지 불러들였다. 열대의 빛과 색깔, 그리고 그 열정적인 색깔 속에 고요히 공존하는 신의 숨결이, 아직 도전정신이 남아있으나 더는 아무것도 새로운 것을 찾을 수 없을 것 같은 시대의 가난한 예술가들을 먼저 불러들였다. 그림보다 그림 속의 섬이 유명해졌고, 작은 갤러리들과 공방들이 속속 생겨났으며, 그 후 방갈로와 호텔, 레스토랑 들이 우후죽순처럼 생겨났다. 그리고 부자가 생겨났고, 가난한 사람들은 더욱 가난해졌다.
>
> ─《미칠 수 있겠니》(178쪽)

섬의 고유한 의식인 화장식마저 "관광거리로 여기는 외국인들"을 위해 그곳에서는 진짜가 아닌 '만들어진 전통'을 상연한다.[20] 그래서 관광객이 경험하는 전통은 인공적이고 실체가 없는 '유사사건'이며 '의사문화이벤트'[21)에 불과하다. 관광객들이 이곳에서 기대하는 것은 "투자에 비례하지 않는 돈과 낭만", 그리고 불편하지 않을 정도의 동정심과 우월감이다. 관광객들이 원하는 것은 관광지의 실체를 확인함으로써 얻는 불편함이 아니라 여행객이라는 "간편할 수 있는 신분"[22)을 유지하는 것이며, "구질구질한 현실의 진실이 아니라 달콤하고 낭만적인 거짓말"[23)이기 때문이다.

이런 상황에서 현지인들의 삶은 전적으로 관광객들에게 의존적이 되거나 혹은 철저하게 배제된다. 이는 관광객으로 인해 현지인들이 자신들의 고유한 장소를 상실해 가는 모습에서 확인된다.

> 만의 말처럼 섬은, 그들의 것이었다. 그러나 손님들의 돈으로 움직였다. 수없이 많은 호텔과 방갈로들, 레스토랑과 카페와 바와 마사지 숍, 택시와 모터바이크……. 가난한 농부들의 논과 밭마저도 관광객들의 관광상품이 되었다. 관광객들의 돈이 없는 섬은 상상할 수조차 없었고 그들이 소비하고 가는 로맨스 역시 마찬가지였다.
>
> ─《미칠 수 있겠니》(77쪽)

《미칠 수 있겠니》의 또 다른 초점 화자인 이야나의 직업은 관광객들

---

20) 현재 관광객들이 관람할 수 있는 발리 무용은 진정한 의례행사의 중요한 요소에 접근하지 않으려는 관광객을 위한 특별한 방식으로 공연되고 있다.(야마시다 신지(山下晋司), 《관광인류학의 이해》, 황달기 역, 일신사, 1997, 149-159쪽.)
21) 의사(pseudo) 문화이벤트는 맥켄널의 무대화된 진정성과 동일한 개념이다. 이것은 자연발생적이라기보다 관광객의 편의를 위해 복제되고 설계되며, 시간이 경과함에 따라 고유한 것으로 간주되면서 원래의 이벤트를 대체하게 된다.(가레스 쇼(Gareth Shaw)·앨런 윌리엄스(Allan M. Williams), 앞의 책, 260쪽.)
22) 《밤의 여행자들》, 앞의 책, 72쪽.
23) 《미칠 수 있겠니》, 앞의 책, 40쪽.

을 운송하는 택시 드라이버로, 그는 평생 관광에 의존해 생활해 왔다. 그런 그의 눈에 비친 관광객들은 달러 한 장 만큼의 동정을 대가로 호기심을 충족시키려고만 하는 믿을 수 없는 존재였다.

> 이야나는 어려서부터 거리에서 살았다. 어린아이였어도 자기가 먹을 만큼의 돈은 자기가 벌어야 했기 때문이다. 그는 땅콩처럼 말린 과일, 혹은 영자신문 등을 관광객들에게 팔았다. 써, 마담, 잇츠 얌미, 잇츠 굿! 그러나 오래된 땅콩과 말린 과일, 그리고 조잡하게 인쇄된 영자신문을 사는 관광객은 아무도 없었다. 그들이 이야나에게 돈을 지불한다면 그것은 말린 과일이나 신문 때문이 아니라 그 소년에 대한 동정 때문이었다. 많은 관광객들이 이야나를 거지 취급했다. 달러 한 장을 쥐어주고 이야나의 몸을 만지려고 하는 관광객을 만났을 때, 이야나는 난생처음으로 죽고 싶었다.
>
> —《미칠 수 있겠니》(210-211쪽)

그럼에도 불구하고 이야나의 약혼자 수니는 관광객 대상의 쇼핑센터에서 전통의상 복장으로 옷을 팔고, 이야나의 친구 만은 돈 많은 늙은 이방의 여인과 모자관계를 맺고 유산을 상속받아 또 다른 이방 여인을 만나 이 나라를 떠나는 것이 꿈이다. 유진의 '써번트'로 일했던 여자 아이는 오전에 가정부 일을 하고 오후에 영어를 배우고 저녁에는 돈을 벌기 위해 관광지의 레스토랑에서 춤을 춘다. 이들 모두 관광객들에게 서비스를 제공하며 생계를 유지하거나 이방인과 결혼해 이 나라를 떠나는 것을 유일한 구원으로 여긴다.

《밤의 여행자들》에는 현지인들이 생존의 터전에서 밀려나는 상황이 더 적나라하게 그려져 있다. 요나는 현지인 럭의 안내로 출입이 금지된 무허가 지역 '악어주의구역'에 접근하게 되는데 이때 '악어'란 상품 가치가 없어 버려진 채 인공적 손길이 미치지 않은 맹그로브 숲에 모여

사는 진짜 무이인들을 지칭한다. 이들은 관광객들이 무이에 머무는 월요일 밤부터 토요일 오전까지는 관광지 근처를 다닐 수 없다. 이들은 자신이 살던 곳에 접근하고 통행하는 것이 금지된 채 무허가구역에서 불법 난민의 신분으로 존재한다. 관광객이 점령한 장소에서 현지인들은 '어디에도 없는(nowhere)'[24] 금지된 존재가 되어버린 것이다. 이렇게 추방된 현지인들의 존재 역시 후기 자본주의 관광의 진정성 욕망이 낳은 부산물이 아닐 수 없다.

　이런 방식으로 두 소설은 가상의 이미지가 실재를 대체하는 여행의 현실과 여행 욕망의 실체를 드러냄으로써 포스트모던 관광의 진정성 문제에 의문을 제기하고 있다.

3. 재난과 사랑을 통한 여행공간의 코라화

　두 작품이 서사의 표층을 통해 진정성 욕망의 부정적 실체를 폭로하고 있다면 심층 서사에서 다루고 있는 것은 코드화되지 않은 우연성에 의해 여행자가 실존적 진정성을 경험하는 과정이라고 할 수 있다. 이때 우연성을 구성하는 사건은 진짜 재난과 그 과정에서 겪는 현지인과의 사랑이다. '재난'과 '사랑'은 여행을 진정성 경험으로 전환시키는 매개가 될 뿐 아니라 외부인의 위치에 있는 등장인물로 하여금 '현지 시

---

24) 이처럼 지구위에서 장소를 잃은 난민들은 오제의 '비-장소'나 가로의 '역외지대', 푸코의 '바보들의 배' 같이 어디에도 없는 곳으로, 즉 "홀로 존재하며, 자체 내로 닫혀 있으며 동시에 무한한 바다에 내맡겨진 채 이리저리 떠도는 장소 없는 장소"로 내던져진 존재들이다.(지그문트 바우만(Zygmunt Bauman), 《리퀴드 러브》, 권태우·조형준 역, 새물결, 2013, 302쪽.)

선(local gaze)'25)을 전유하게 하는 중요한 계기로 작용한다.

《미칠 수 있겠니》의 경우 관광객 진과 현지인 이야나라는 두 명의 초점 화자를 내세워 안과 밖, 내부와 외부의 시선이 공존하도록 했다. 무엇보다 이야나의 시선에서 진에 대한 호기심이 염려와 연민, 공감과 사랑으로 전이되는 과정이 잘 드러나고 있다는 점은 이 소설을 의심할 바 없는 사랑 이야기로 읽게 해 준다. 그리고 이 사랑 이야기는 지진과 쓰나미라는 재난 상황을 배경으로 더욱 극적으로 전개된다.

> 섬은 사라졌다. 그렇게 말해도 좋다면. (중략) 그러나 마침내 타운에 이르렀을 때, 이야나는 사라지는 것보다 더한 것이 있다는 것을 알았다. 그것은 사라지면서 남겨진, 참혹하고 처절한 흔적들이었다. (중략) 비로소 눈에 들어오는 것이 모두 시체들이었다. 눈 닿는 곳 어디에나 시체였다. 사람과 개와 고양이와 새와 닭, 그리고 어디서 떠내려왔는지, 비치에는 있을 리도 없고 있어서도 안되는 돼지 한 마리의 시체도 보였다. 그중에서도 가장 많은 것이 사람의 시체였다. 그 어느 시신 하나 멀쩡한 것이 없어 찢기고 뒤틀리고 물에 불었는데, 부릅뜬 눈동자들만이 멀쩡했다.
> ─《미칠 수 있겠니》(109-110쪽)

재난은 이야기의 삼분의 일 지점에서 발생하는데 이 재난으로 인해 섬의 기존 질서는 와해되고 붕괴된다. 관광의 중심인 비치 타운의 쇼핑센터 근처에서 시작된 지진과 쓰나미는 관광지의 풍경을 일순간에 뒤바꿔 놓았다. 모든 것이 마구잡이로 뒤엉켜 무너진 가운데 "파이브 스타급의 호텔들과 쇼핑센터, 그리고 레스토랑이 즐비했던 곳"이나

---

25) 존 어리(John Urry)의 '관광객 시선'이 관광객이 현지인을 바라보는 일방적인 시선을 의미하는 데 반해, 마오츠(Maoz)가 제안한 '현지시선'은 현지인도 똑같이 시선의 권력을 누린다는 의미를 담고 있다.(김사헌, 〈어리의 관광시선론 재론 -시선주의의 비판과확장〉,《관광학연구》, 32권6호, 한국관광학회, 2008, 94쪽.

"최근 개발이 시작된" 호텔 지역도 예외는 아니었다. 재난은 섬의 모든 것을 전복시키고 섬 전체를 괴멸시키는 참혹한 결과를 낳았다. 파국의 장면들을 집요하게 묘사하며 작가는 예기치 못한 자연 재해처럼 보이는 이 재앙이 결국 "인간이 자연을 변화시키면서 스스로 불러온 재난"[26]이란 사실을 경고한다.

그리고 이런 파국의 상황을 배경으로 서로를 구원하는 '사랑'의 의미를 재조명한다. 불투명한 과거의 기억에 사로잡혀 남편을 찾아 헤매는 진에게 처음부터 이야나가 관심 대상이었던 것은 아니다. 스스로 "여자를 원망하거나, 여자에게 분노할 자격 같은 건 없"다고 여기는 이야나에게 진 또한 "무슨 약속"조차 할 수 없는 대상이었다. 그러나 섬 전체가 지진으로 흔들리고 무너지던 날 진은 이야나에게 구해달라는 구조 요청 문자를 보내고 이야나는 무너진 잔해 사이로 목숨을 걸고 여자를 찾아다닌다. 함께 재난을 겪으면서 진은 이야나의 도움으로 자신을 짓누르던 고통의 실체에 접근할 수 있게 된다. 7년 전 섬에서 벌어졌던 살인 사건과 지진, 무성한 소문으로만 남은 진과 유진, 유진의 아이를 임신한 여자 아이와 그녀의 남자 친구에 관한 이야기들이 나눠지는 가운데 이야나는 진의 죄책감과 고통을 덜어준다. 마찬가지로 이야나 역시 약혼자 수니가 다른 남자와 혼인한 후 "상처입은 개"처럼 무기력하게 살아왔던 지난 시간을 진 앞에 털어놓고 위로받는다.

괜찮아요. 거친 빗줄기 속에서 이야나가 여자를 끌어안고, 그 등에 힘을 주며 말했다. 나는 그 마음 알 것 같아요. 여기서는, 무슨 마음이든, 다 이해할 수 있을 것 같아요. 죽고 싶었던 마음, 죽이고 싶었던 마음……. 난 알 수 있어요. 지금 얼마나 미안한지……. 죽어버린 개 한 마리한테까지도 얼

---

26) 김인숙 · 류보선 대담, 앞의 글, 94쪽.

마나 미안한지……. 난 알 수 있다고요. 우스운 게 아니라, 미안한 거라고
요, 그건…… 누구나 누구에게든 미안해해야 하는 거라고요, 지금…… 왜
냐하면, 지금 우리는 이렇게 살아 있으니까 ……

—《미칠 수 있겠니》(192쪽)

이렇게 진과 이야나는 함께 재난을 견디면서 자신의 개인적 비극을
지진과 같은 불가항력적인 재난상황으로 수용하게 된다. 모든 것을 압
도하는 재난이 이런 위로와 나눔을 가능하게 한 것이다. 서로를 유일
한 구원으로 여기는 두 사람의 사랑은 "세상의 끝"에서 피워 올린 생존
의지에 다름없다. 파국을 있는 그대로 파국으로 견디면서 서로를 도피
처 삼는다는 의미에서 이 사랑은 '생존'으로서의 사랑[27]이라 부를 만
하다.

《밤의 여행자들》에서도 재난과 사랑은 '구원 없는 세계'의 '희망'과
유비 관계를 이룬다. 이 이야기는 귀국 길에 오른 요나가 사소한 부주
의로 일행에서 낙오되어 무이로 되돌아오게 되는 지점부터 본격적으
로 전개된다.

싱크홀로 두 다리를 잃고 아코디언을 연주하던 노인. (중략) 저렇게 꼿
꼿이 서 있다니. 결국 다 쇼였단 말인가. (중략)
"제발 좀. 우리도 휴일은 필요하다고."
그렇게 말하며 노인이 고개를 들었을 때는 이미 요나가 빠른 걸음으로
그 골목을 벗어난 뒤였다. 무이는 요나가 며칠간 머물렀던 곳과 전혀 다른
표정을 갖고 있었다. 여행 기간 동안 요나가 본 것은 몇 가지 철 지난 재난
으로 황폐해진 "원달러"가 유행하긴 하지만 그래도 소박하고 촌스러운 시

---

27) 정여울, 〈구원 없는 세계에서 살아남기-2000년대 한국문학에 나타난 '재난'과
'파국'의 상상력〉,《문학과 사회》92호, 문학과사회, 2010, 341쪽.

골이었다. 자신의 평가에 따라 이 섬의 운명이 결정된다고 생각하면 죄책
감이 느껴질 정도였다. 그러나 지금 다시 걷게 된 무이는 마치 개장 전의
테마파크 같은 느낌이었다. 노인이 위협적으로 느껴졌던 것도 아닌데 요나
의 팔에는 소름이 돋아 있었다.

　　　　　　　　　　　　　　　　　　　—《밤의 여행자들》(94-95쪽)

　여행 짐과 소지품을 몽땅 잃어버려 불가피하게 무이에 머물게 된
요나는 외부인에게 통제된 지역을 돌아다니다 "개장 전의 테마파크"
같은 무이의 "다른 표정"을 목격하게 된다. 관광객이 돌아가고 난 일요
일의 무이는 거대한 세트장 뒤의 살풍경한 장면을 그대로 노출한다.
관광객의 동정심을 자극하던 무이 사람들조차 잘 연출된 "쇼"의 배우
처럼 각자 맡은 역할을 수행하고 있었을 뿐이었던 것이다.

　이후 요나는 현지인 '럭'과의 관계를 통해 무이의 실체에 더 가까이
접근할 수 있게 된다. 럭은 낙오된 요나를 도와주고 실신 상태의 요나
를 구해준 인물로 요나에게 무이의 실상과 진짜 무이 사람들의 사연을
들려준다. 이런 과정을 통해 요나는 외부인의 관점에서 무이를 판단하
는 것이 '오만'일 수 있다는 생각을 하기에 이른다.

　이 와중에 요나는 선박업체 폴이 국제재난극복 프로그램 대상자로
선정되기 위해 '일요일의 무이'라는 재난 시나리오를 기획하고 있다는
사실을 알게 된다. "신선한 아픔"과 "감동 스토리"를 위해 인공적인
재난과 가짜 목격자와 사상자, 만들어진 사연까지 준비하는 대규모 프
로젝트였다. 시나리오에 따르면 8월의 첫 번째 일요일 마을 축제가
열리는 붉은 모래사막에는 거대한 싱크홀로 사상자 100명이 발생할
예정이었다.

　8시 11분, 1번 구멍이 열리면서 갑자기 땅이 아래로 꺼진다. 땅이 휘말

려 들어가면서 그 위에 있던 장식물과 그날의 선물들이 그 아래로 빨려 들어간다. 그 위에서 행사를 준비하던 리어카와 사람들 몇이 함께 추락한다. 8시 15분, 2번 구멍이 열리면서 그 위에 있던 노점들이 모래알처럼 쏟아진다. 경보음이 울리기 시작한다. 순식간에 많은 사람들이 구멍 안으로 휘말린다. 그리고 이 모든 문장들 사이에 마침표와 쉼표처럼 몇 사람이 찍혀 있다. 그들은 문장과 문장 사이를 연결하며 행동과 행동 사이를 매개하는 중요한 역할을 하는 사람들이다. 몇 사람은 행동의 신호를 알리고 몇 사람은 구멍으로 뛰어들며 몇 사람은 차를 몰고 구멍 안을 돌진하며 몇 사람은 경보음을 울리고 몇 사람은 이 모든 상황을 사진으로 찍어야 하며 몇 사람은 죽어야 한다.

—《밤의 여행자들》(161쪽)

그러나 회사에 자신의 쓸모를 증명해야 하는 요나의 입장에서 이 사기극에 동참해 공범이 되는 일은 불가피한 선택이었다. 문제는 이 프로젝트가 단순한 사기극을 넘어서는 '대학살극'과 다를 바 없다는 점이다. 프로젝트를 위해 교통사고가 고의로 조작되고 시체를 대신할 마네킹을 위해 살인이 자행될 뿐 아니라 자신도 모르는 사이 동원된 사람들이 몽땅 "개죽음을 당하게" 될 운명에 놓여 있는 것이다. 결정적으로 요나의 마음을 동요시킨 것은 연인 럭과 자신의 운명이었다. 럭의 시신 앞에서 울부짖는 자신의 모습이 이 시나리오의 결말이었기 때문이다.

럭에 대한 요나의 사랑은 후반부 서사를 반전으로 이끄는 중요한 매개가 된다. 폴의 음모를 뒤늦게 알아차린 요나는 럭을 구하기 위해 시나리오를 변경하려고 애쓰지만 비밀을 발설한 대가로 결국 럭을 대신해 죽음을 맞게 된다. 그런데 이때부터 이야기는 재난 시나리오가 진짜 재난을 불러일으키는 아이러니한 양상으로 전개된다. 요나의 죽음 이후 거대한 쓰나미가 무이를 휩쓸고 지나가면서 모든 출연자들의 배역은 뒤죽박죽이 되고 기획자인 매니저와 작가를 포함해 500명의 사망자가 발생하는 진짜 재난이 발생한 것이다.

이때 이 재난의 유일한 생존자가 바로 현지인이자 무허가 주민인 '악어'들이란 사실은 시사하는 바가 크다. 이들은 폴이 기획한 재난 시나리오에서 자신도 모르는 채 희생자가 될 상황에 처해 있었다. 악어들은 위계화된 무이의 먹이사슬에서 최하위에 놓인 존재로 이들의 처지는 재난과 파국 상황에서도 '계급'과 '위계'가 작동하고 있음을 보여준다.

바로 이 같은 재난 상황에서의 계급성과 위계질서가 요나에 의해 전복되었던 것이다. 요나의 지시에 따라 럭은 악어들을 미리 맹그로브 숲으로 이동시켰다. '치유의 숲'이란 의미의 맹그로브는 무이에서 폴의 트럭이 다니지 못하는 유일한 장소이다. 따라서 이들의 생존은 자본주의의 위력과 계급성이 무력화되었음을 의미한다.

물론 이 소설의 결말은 무이의 재난이 또다시 새로운 상품으로 포장되어 재생산될 것임을 암시하고 있다.

> 무이의 사연이 완벽하게 잊히기 전에, 그리고 아직 그 두동강 탑이 그대로 버티고 있을 때, 여행은 시작되었다. 마침 무이는 건기로 접어들어 여행하기에 좋았다. 사람들은 저마다 교훈이나 충격, 혹은 봉사나 안도를 위해 무이로 왔다. 사람들이 받은 안내 책자의 세 번째 장에는 출장 중에 최후를 맞은 여행 프로그래머의 이름과 사연이 실려 있었다. 요나의 이름은 감히 누락될 수 없을 만큼 홍보 효과가 컸다. 가이드 루가 고요나와 황준모에 대한 회고록을 내면서 홍보에 한몫 했다.
>
> ─《밤의 여행자들》(227쪽)

그러나 이 섬뜩한 진실에도 불구하고 주목할 것은 요나의 사랑이

자본주의 질서에 점령당했던 무이를 생명력 잇는 코라(Chora) 공간으로 변화시켰다는 점이다. 코라 공간으로서 무이는 요나의 정체성을 제고하고 확장시켰다. 재난과 사랑을 통해 요나는 현지 시선을 전유하고 현지인과 상호작용하는 여성형 여행자 '코라스터'[28]의 지위를 획득하게 된 것이다.

4. 여성주의여행의 상호성과 관계성

우리는 상품으로서 진정성이 기획되는 '관광 연출 시대'[29]를 살고 있다. 21세기 포스트모던 관광 시대에 관광객은 인위적으로 연출되고 각색된 여행 제품을 선택하고 소비하는 방식으로 진정성 욕망을 충족시키고자 한다. 이렇게 볼 때 진정성 추구 여행 역시 여행자의 문화자본을 증가시키는 수단으로 이 여행의 동기에는 '과시적 소비' 욕망이 내재되어 있다고 볼 수 있다.

이런 가운데 21세기 여행의 대안 가치를 모색하는 '윤리적 여행'이나 '공정 여행'과 같은 개념이 대두되고 있음을 주목할 필요가 있다.

---

28) 플라뇌르(flaneur)는 공간에 안착하지 못하고 '서성이며, 대상을 응시하는' 일방적 남성형 여행자를 의미한다. 웨어링과 웨어링(Wearing and Wearing)은 이에 대비되는 개념으로 '코라(chora)'로 기능하는 관광지와 '코라스터(Choraster)'로서의 관광객을 제시한다. 코라 공간에서 여행자는 현지인과 상호작용을 하는 '코라스터'의 정체성을 띠게 된다(노선이, 《국내 공정여행의 가능성에 대한 연구 - '도보' 여행의 여성주의적 함의를 중심으로》, 이화여자대학교 석사학위논문, 2011, 14쪽).

29) 21세기 관광산업은 불특정 다수를 포용하는 보편성과 대중성을 기반으로 지성과 감성을 동시에 만족시키는 소프트웨어를 계발하는 고도의 연출영역으로 이해되고 있다(송정일, 《지금은 관광연출시대》, 백산출판사, 2000, 12-13쪽).

여성주의 여행의 가치와 의미를 재고할 필요성이 제기되는 것도 같은 맥락에서이다. 여성주의 여행의 핵심은 생명 중심성과 상호유기적 관계성[30] 이라는 여성주의적 윤리를 여행에 도입하는 데 있다. 이는 폭력적이고 일방적인 관광객의 시선에서 벗어나 현지인의 시선을 전유하고 여행 장소에 대한 실존적 진정성을 경험하는 방식으로 실천될 수 있다.

이 글은 이런 시각에서 김인숙의 《미칠 수 있겠니》와 윤고은의 《밤의 여행자들》을 통해 여성주의 여행의 함의를 환기해보고자 했다. 두 소설은 포스트모던 관광형태인 다크투어리즘을 변주하는 방식으로 상품화된 여행을 비판적으로 성찰하고 이를 통해 진정성 여행의 진의를 질문한다. 이때 재난과 사랑은 여행의 진정성과 윤리성을 매개하는 효과적인 모티프로 활용되고 있다.

2장에서는 두 소설이 관광객의 진정성 추구라는 욕망이 만들어낸 코드화된 여행의 실체를 어떻게 재현하고 있는지 분석했다. 자연적이고 원시적인 장소로 섬을 찾은 관광객들은 재난 그 자체가 아니라 각색되고 무대화된 재난의 이미지만을 소비하고자 한다. 이런 관광객의 기대에 따라 만들어진 전통은 인공적이고 실체가 없는 '유사사건'이며 '의사문화이벤트'에 불과하다. 관광 자본에 점령당한 채 고유의 장소를 상실한 현지인들의 삶은 관광객들에게 의존적이 되거나 배제될 수밖에 없다. 이 같은 모습은 후기 자본주의 관광 욕망이 낳은 진정성 여행의 부산물이라 할 수 있다.

3장에서는 재난과 사랑이라는 코드화되지 않은 우연성이 개입함으로써 여행이 진정성 사건으로 전환되는 국면을 살펴보았다. 현지인과의 사랑은 여행자가 '관광객의 시선'에서 '현지 시선'으로 초점을 이동

---

30) 노선이, 앞의 글, 11쪽.

하는 중요한 계기가 되고 있다. 이것은 파국의 끝에서 서로를 구원으로 삼는다는 점에서 생존으로서의 사랑이라고도 할 수 있다. 나아가 사랑은 절박한 재난 상황에서 더 많은 생명을 구하고 살리는 실천적 윤리로 작용해 자본주의 질서를 무력화하는 기능을 한다.

이 과정에서 여행지의 안과 밖의 경계가 무화되고 외부인의 시선에 머물던 관광객은 현지인과 상호작용을 하는 여성형 여행자인 코라스터의 정체성을 획득하게 된다. 그리고 지배와 폭력, 자본과 위계가 작동하던 관광지는 공존과 관용, 생명력이 넘치는 코라 공간으로 전환된다. 이렇게 두 소설은 포스트 관광상품의 진정성 문제를 제기하는 방식으로 관광의 남성성을 전복하고 여성주의 여행의 윤리적 가치를 형상화하고 있다. 그런 의미에서 두 소설은 여행의 윤리성과 공정성을 모색하는 21세기 여행서사의 유의미한 모델로 상재될 수 있을 것이라 판단된다.

참고문헌

1. 자료 및 텍스트

강규,《베두윈 찻집》, 문학동네, 1997.

강동수,《검은 땅에 빛나는》, 해성, 2016.

강석경,《세상의 별은 다, 라사에 뜬다》, 살림, 1996.

──,《인도 기행》, 민음사, 1990(2002).

고황경,《인도기행》, 을유문화사, 1949.

공지영, 〈모스끄바에는 아무도 없다〉,《존재는 눈물을 흘린다》,
    창작과비평사, 1999.

권현숙,《인샬라》상·하, 한겨레출판사, 1995.

김말봉, 〈바퀴소리〉,《문예》, 1953.2.

──, 〈베니스 기행〉,《신천지》, 서울신문사, 1953.5.

──, 〈하와이의 야화〉,《신천지》, 서울신문사, 1952.3.

──,《방초탑》,《여원》, 여원사, 1957.2-1958.2.

──, 〈미국기행〉,《연합신문》, 1956.11.26.-12.6.

──, 〈미국에서 만난 사람들〉,《한국일보》, 1956.11.18.-11.23.

──, 〈아메리카 3개월 견문기〉,《한국일보》, 1955.12.8.-12.13.

──, 〈남의 나라에서 부러웠던 몇 가지 사실들〉,《예술원보》, 1958.12.

김애란, 〈어디로 가고 싶으신가요〉,《바깥은 여름》, 문학동네, 2017.

김인숙,《미칠 수 있겠니》, 한겨레출판사, 2011.

김지수,《나는 흐르고 싶다》(e-book), ㈜바로북닷컴, 2010.

김지원, 〈잠과 꿈〉,《김지원 소설선집》1, 작가정신, 2014.

──, 〈한밤 나그네〉,《김지원 소설선집》2, 작가정신, 2014.

──, 〈지나갈 어느 날〉,《문예중앙》, 중앙일보사, 1984.

──, 〈폭설〉,《세대》, 1979.

김찬삼, 《김찬삼의 세계여행》(제3권 아시아), 삼중당, 1973.

김추관, 〈인도유기〉, 《삼천리》 17호, 조선 경성부, 1931.7.1.

김형도, 〈인도기행〉, 《기독교가정》, 새가정사, 1949.4.

나혜석, 〈부처간의 문답〉, 《신여성》, 1923.11.

──, 〈파리에서 본 것 느낀 것〉, 《대조》, 1930.6-7.

──, 〈아아 자유의 파리가 그리워-구미만유하고 온 후의 나〉,
　　　《삼천리》, 1932.1.

──, 〈쏘비엣 노서아행〉, 《삼천리》, 1932.12.

──, 〈베를린의 그 새벽〉, 《신가정》, 1933.1.

──, 〈CCCP-구미유기의 기이〉, 《삼천리》, 1933.2.

──, 〈백림과 파리〉, 《삼천리》, 1933.3.

──, 〈숯의 파리행〉, 《삼천리》, 1933.5.

──, 〈백림에서 윤돈까지〉, 《삼천리》, 1933.9.

──, 〈서양예술과 나체미〉, 《삼천리》, 1933.12.

──, 〈밤거리의 축하식-외국의 정월〉, 《중앙》, 1934.2.

──, 〈정열의 서반아행〉, 《삼천리》, 1934.5.

──, 〈파리에서 뉴욕으로〉, 《삼천리》, 1934.7.

──, 〈太平洋 건너서〉, 《삼천리》, 1934.9.

──, 〈이탈리아 미술관〉, 《삼천리》, 1934.11.

──, 〈이탈리아 미술기행〉, 《삼천리》, 1935.2.

──, 〈신생활에 들면서〉, 《삼천리》, 1935.2.

──, 〈파리의 그 여자〉, 《삼천리》, 1935.11.

류시화, 《삶이 나에게 가르쳐 준 것들》, 푸른숲, 2000.

──, 《지구별 여행자》, 김영사, 2002.

──, 《하늘호수로 떠난 여행》, 열림원, 1997.

모윤숙, 〈내가 본 세상〉, 《문예》, 1949.10-1950.5.

──, 《내가 본 세상》, 수도문화사, 1953.

──, 〈인도의 여성 문제〉, 《조선일보》, 1949.2.10.

서영은, 《꿈길에서 꿈길로》(e-book), 바로북닷컴, 2010.

성석제, 〈사냥꾼의 지도-프로방스의 자전거 여행〉, 《도시와 나》, 바람,

　　　2013.

손석춘,《코레예바의 눈물》, 동하, 2016.

손소희,《내 영혼의 순례》, 백민사, 1977.

──,〈저축된 행복〉,《한양》, 1972.2.

──,〈노르웨이 오슬로에 갔다가〉,《현대문학》, 1965.7-1966.1.

손장순,《나의 꿈 센티멘탈 져니》, 문리사, 1977.

──,《손장순 문학전집》 11-13, 푸른사상사, 2009.

──,〈빈 청사진〉,《신동아》, 동아일보사, 1976.3.

──,〈거대한 물결〉,《월간문학》, 월간문학사, 1980.1.

──,〈도시일기〉,《현대문학》, 현대문학사, 1983.9.

──,〈우울한 파리〉,《현대문학》, 현대문학사, 1976.1.

송기원,《내 안의 여행》, 문이당, 1999.

──,《인도로 간 예수》, 창작과비평사, 1995.

송원희,〈나폴리 유정〉,《월간문학》, 월간문학사, 1982.1.

심훈,〈동방의 애인〉,《심훈문학전집》 2, 탐구당, 1966.

오상영,〈아메리카니즘은 어데로?〉,《백민》, 1946.

오수연,《부엌》, 강, 2001.

윤고은,〈콜럼버스의 뼈〉,《도시와 나》, 바람, 2013.

──,《밤의 여행자들》, 민음사, 2013.

은희경,〈지도 중독〉,《아름다움이 나를 멸시한다》, 창비, 2007.

이나미,《얼음가시》, 자인, 2000.

이정박헌영전집편집위원회,《이정 박헌영 전집 8》, 역사비평사, 2004.

이철,《경성을 뒤흔든 11가지 연애사건》, 다산초당, 2008.

이화경,《나비를 태우는 강》, 민음사, 2006.

임경석,《이정 박헌영 일대기》, 역사비평사, 2005.

──,〈박헌영의 연인 한국의 ‘로자’〉,《한겨레 21》, 한겨레신문사,
　　　2017.11.10.

전혜린,《그리고 아무 말도 하지 않았다》, 민서출판, 2015.

──,《이 모든 괴로움을 또 다시》, 민서출판, 2015.

정미경,〈장마〉,《도시와 나》, 바람, 2013.

정연희, 〈암스텔담에서 시작된 일〉,《동서문학》, 동서문학사, 1986.3.

조경란, 〈형란의 첫번째 책〉,《풍선을 샀어》, 문학과지성사, 2008.

조선희,《세 여자》1, 2, 한겨레출판사, 2017.

최영숙, 〈인도 간디와 나이두 회견기-인도에 4개월 체류하면서〉,
　　　《삼천리》, 1932.1.

──, 〈인도유람〉 1-5,《조선일보》, 1932.2.3.-2.7.

──, 〈최영숙 여사의 남긴 일기〉,《동광》 34호 1932.6.

하창수,《천국에서 돌아오다》, 북인, 2016.

함정임, 〈행인〉,《곡두》, 열림원, 2009.

──, 〈어떤 여름〉,《도시와 나》, 바람, 2013.

현근, 〈인도 인상기〉,《신천지》, 서울신문사, 1947.7.

황정은, 〈누구도 가본 적 없는〉,《아무도 아닌》, 문학동네, 2016.

《경향신문》,《동광》.《동아일보》,《매일신보》,《별건곤》,《사상계》,
《삼천리》,《신여성》,《여원》,《조선일보》,《중앙》,《한국일보》.

2. 저서 및 단행본

강준만,《세계문화사전》, 인물과사상사, 2005.

강학순,《존재와 공간》, 한길사, 2011.

강현두 편,《대중문화의 이론》, 민음사, 1986.

고미숙,《열하일기, 웃음과 역설의 유쾌한 시공간》, 그린비, 2003.

국사편찬위원회,《여행과 관광으로 본 근대》, 동아출판, 2008.

권보드래 · 천정환,《1960년을 묻다》, 천년의상상, 2012.

김강호,《한국 근대 대중소설의 미학적 연구》, 푸른사상, 2008.

김경일 외,《한국 근대 여성 63인의 초상》, 한국학중앙연구원출판부,
　　　2015.

김덕호 · 원용진 외,《아메리카나이제이션》, 푸른역사, 2008.

김미현,《한국여성소설과 페미니즘》, 신구문화사, 1996.

김민정 외,《미국이민소설의 초국가적 역동성》, 이화여자대학교출판부,
　　　2011.

김현미,《글로벌 시대의 문화번역》, 또하나의 문화, 2005.

김현경,《사람, 장소, 환대》, 문학과지성사, 2016.

김형효,《가브리엘 마르셀의 구체철학과 여정의 형이상학》, 인간사랑,
　　　1990.

나혜석,《조선여성 첫 세계일주기》, 가갸날, 2018.

류지석 편,《공간의 사유와 공간이론의 사회적 전유》, 소명출판, 2013.

민경희,《미국 이민의 역사 이론과 실제》, 개신, 2008.

박용옥,《한국여성항일운동사연구》, 지식산업사, 1996.

박인덕,《세계일주기》, 1941.

방민호 외,《아프레게르와 손장순 문학》, 서울대학교 출판문화원, 2012.

배은경·심영희·정진성·윤정로 편,《모성의 담론과 현실》, 나남, 1999.

상허학회,《1950년대 미디어와 미국표상》, 깊은샘, 2006.

서충원,《스물넷에 만난 전혜린》, 이회, 1999.

송정일,《지금은 관광연출시대》, 백산출판사, 2000.

여성문화이론연구소 정신분석세미나팀,《페미니즘과 정신분석》, 여이연,
　　　2003.

유승준,《사랑을 먹고 싶다-유승준의 소설 속 음식남녀 이야기》, 작가정신,
　　　2004.

윤인진,《코리안 디아스포라》, 고려대출판부, 2004.

이규동,《위대한 콤플렉스》, 문학과 현실사, 1992.

이덕희,《전혜린》, 나비꿈, 2012.

이미림,《우리시대의 여행소설》, 태학사, 2006.

이봉구,《명동백작》, 일빛, 2004.

이상경 편,《나혜석 전집》, 태학사, 2002.

이영미 외,《김내성 연구》, 소명출판, 2011.

이옥순,《우리 안의 오리엔탈리즘》, 푸른역사, 2003.

이정박헌영전집편집위원회,《이정 박헌영 전집 8》, 역사비평사, 2004.

이진경, 《외부, 사유의 정치학》, 그린비, 2009.

이진홍, 《여행 이야기》, 살림, 2004.

이철, 《경성을 뒤흔든 11가지 연애사건》, 다산초당, 2008.

인태정, 《관광의 사회학》, 한울, 2007.

임경규 · 정현주 외, 《디아스포라 지형학》, 앨피, 2016.

임경석, 《이정 박헌영 일대기》, 역사비평사, 2005.

──, 《한국 사회주의의 기원》, 역사비평사, 2004.

장석주, 《풍경의 탄생》, 인디북, 2005.

장세진, 《슬픈 아시아-한국 지식인들의 아시아 기행(1945~1966)》,
        푸른역사, 2012.

전종한 · 서민철 · 장의선 · 박승규, 《인문지리학의 시선》, 사회평론, 2012.

정공채, 《아! 전혜린-불꽃처럼 사랑하고 사랑하며 죽어가리》, 문학예술사,
        1982.

정도상, 《그 여자 전혜린》, 두리, 1993.

정수복, 《파리를 생각한다》, 문학과지성사, 2013.

──, 《파리의 장소들》, 문학과지성사, 2010.

정진농, 《오리엔탈리즘의 역사》, 살림, 2004.

정하은 편, 《김말봉의 문학과 사회》, 종로서적, 1986.

정현목, 《마르크 오제, 비장소》, 커뮤니케이션북스, 2016.

최미진, 《1960년대 대중소설의 서사전략 연구》, 푸른사상, 2006.

최병택 · 예지숙, 《경성리포트》, 시공사, 2009.

최협, 《다민족사회, 소수민족, 코리안 아메리칸》, 전남대학교출판부,
        2011.

《한국문학대사전》, 문원각, 1973.

한국정신문화연구원 편, 《한국민족문화대백과사전》 20권,
        한국정신문화연구원, 1991.

한국여성문학학회 편, 《한국 여성문학연구의 현황과 전망》, 소명출판,
        2008.

──, 《《여원》연구》, 국학자료원, 2008.

한국여성연구원 편, 《지구화 시대 여성주의 대안가치》, 푸른사상, 2005.

한지은, 《도시와 장소 기억》, 서울대학교출판문화원, 2014.

허경희, 《인문학으로 떠나는 인도여행》, 인문산책, 2013.

Alastair Bonnett, 박중서 역, 《장소의 재발견》, 책읽는수요일, 2015.

Amin Maalouf, 박창호 역, 《사람 잡는 정체성》, 이론과실천, 2006.

Beth L. Bailey, 백준걸 옮김, 《데이트의 탄생》, 앨피, 2015.

Chris Cooper, 고동완 역, 《포스트모던 관광의 이해와 연구》, 교문사, 2008.

Dean MacCannell, 오상훈 역, 《관광객》, 일신사, 1994.

Doreen Massey, 정현주 역, 《공간, 장소, 젠더》, 서울대출판문화원, 2015.

Edward Relph, 김덕현 · 김현주·심승희 역, 《장소와 장소상실》, 논형, 2005.

Gareth Shaw · Allan M. Williams, 김남조 · 유광민 · 민웅기 역, 《관광과 관관공간》, 백산출판사, 2013.

Gillian Rose, 정현주 역, 《페미니즘과 지리학》, 한길사, 2011.

George L. Mosse, 서강여성문학연구회 역, 《내셔널리즘과 섹슈얼리티》, 소명출판, 2004.

Harm J. De Blij, 유나영 역, 《왜 지금 지리학인가》, 사회평론, 2017.

Hermann Hesse, 박환덕 역, 《인도기행》, 범우사, 2013.

Hu QingFang(胡晴舫), 이점숙 역, 《여행자》, 북노마드, 2014.

Jacques Derrida, 남수인 역, 《환대에 대하여》, 동문선, 2004.

Jean-Luc Nancy, 박준상 역, 《무위의 공동체》, 인간사랑, 2012.

Jeff Malpas, 김지혜 역, 《장소와 경험》, 에코리브르, 2014.

Joanne P. Sharp, 이영민 · 박경환 역, 《포스트식민주의의 지리》, 여이연, 2011.

John Beverley, 박정원 역, 《하위주체성과 재현》, 그린비, 2013.

John Urry, *The Tourist Gaze*, SAGE Publications, 2002.

Jon Anderson, 이영민 · 이종희 역, 《문화 · 장소 · 흔적》, 한울, 2013.

Karatani Kojin(柄谷行人), 박유하 역, 《일본근대문학의 기원》, 민음사,

2005.

Lauren Elkin, 홍한별 역, 《도시를 걷는 여자들》, 반비, 2020.

Linda McDowell, 여성과공간연구회 역, 《젠더, 정체성, 장소-페미니스트 지리학의 이해》, 한울, 2010.

Maruta Hajime(丸田一), 박화리 · 윤상현 역, 《'장소'론》, 심산, 2011.

Marc Augé, 이상길 · 이윤영 역, 《비장소》, 아카넷, 2017.

Markus Schroer, 정인모·배정희 역, 《공간, 장소, 경계》, 에코리브르, 2010.

Martin Heidegger, 이기상 역, 《존재와 시간》, 까치, 1998.

Michel Foucault, 이광래 역, 《말과 사물》, 민음사, 1987.

Michel Onfray, 강현주 역, 《철학자의 여행법》, 세상의모든길들, 2013.

Nakamura Yuujirou(中村雄二郎), 박철은 역, 《토포스: 장소의 철학》, 그린, 2012.

Ning Wang, 이진형 · 최석호 역, 《관광과 근대성-사회학적 분석》, 일신사, 2004.

Ning Wang, *Tourism and Modernity*, Pergamon, 2000.

Otto Friedrich Bollnow, 이기숙 역, 《인간과 공간》, 에코리브르, 2011.

Paul Ricoeur, 김한식·이경래 역, 《시간과 이야기 2》, 문학과지성사, 1999.

Peter Brooks, *The melodramatic Imagination*, Columbia university press, New York, 1985.

Rey Chow, 장수현 · 김우영 역, 《디아스포라 지식인》, 이산, 2005.

Roman Alvarez · M. Carmen-Africa Vidal 편, 윤일환 역, 《번역, 권력, 전복》, 동인, 2008.

Rosalind C. Morris 외, 태혜숙 역, 《서발턴은 말할 수 있는가?》, 그린비, 2013.

Rudiger Safranski, 임우영 외 역, 《낭만주의. 판타지의 뿌리》, 한국외대출판부, 2012.

Tim Edensor, 박성일 역, 《대중문화와 일상, 그리고 민족정체성》, 이후, 2008.

Tom Digby 편, 김고연주·이장원 역, 《남성 페미니스트》, 또하나의 문화,

2004.

Wakabayashi Mikio(若林幹夫), 정선태 역, 《지도의 상상력》, 산처럼, 2002.

Winfried Loschburg, 이민수 역, 《여행의 역사》, 효형출판, 2003.

Yamashita Shinji(山下晋司), 황달기 역, 《관광인류학의 이해》, 일신사, 1997.

Yi-Fu Tuan, 구동회·심승희 역, 《공간과 장소》, 대윤, 2011.

———, 이옥진 역, 《토포필리아》, 에코리브르, 2011.

Zygmunt Bauman, 이일수 역, 《액체근대》, 강, 2009.

———, 조은평·강지은 역, 《고독을 잃어버린 시간》, 동녘, 2012.

———, 권태우·조형준 역, 《리퀴드 러브》, 새물결, 2013.

3. 논문 및 간행물

강유정, 〈정오의 그림자-어디에도 없고, 어디에나 있는〉, 《밤의 여행자들》(윤고은), 민음사, 2013.

강태진, 〈한국잡지에 소개된 스페인 이미지-1950년까지의 정치 기사를 중심으로〉, 《스페인어문학》 55권 56호, 한국스페인어문학회, 2010.

강학순, 〈하이데거에 있어서 '존재의 토폴로지'에 관하여〉, 《존재론연구》 23권, 한국하이데거학회, 2010.

고인환, 〈한국 소설 속의 아프리카-《인샬라》, 《아프리카의 별》, 《아프리카의 뿔》을 중심으로〉, 《한민족문화연구》 49집, 한민족문화학회, 2015.

공성수, 《근대소설의 형성과 삽화 연구》, 서강대학교 박사학위논문, 서강대학교, 2014.

권기태, 〈글을 캐러 인도로 간 사람들〉, 《동아일보》, 동아일보사, 1997.7.4.

권숙인, 〈소토코모리, 일본 밖을 떠도는 젊은이들〉,《일본비평》5호,
　　　　서울대학교 일본연구소, 2011.

김광재, 〈1910-20년대 상해 한인과 조계 공간〉,《역사학보》228집,
　　　　역사학회, 2015.

김기란, 〈1960년대 전혜린의 수필에 나타난 독일 체험
　　　　연구-퍼포먼스(performance) 개념을 통한 도시 체험의
　　　　드라마투르기적 분석-〉,《대중서사연구》23호, 대중서사학회,
　　　　2010.

──────, 〈근대 계몽기 스펙터클의 사회·문화적 기능 고찰〉,《현대문학의
　　　　연구》23권, 한국문학연구학회, 2004.

김덕현, 〈장소와 장소상실, 그리고 지리적 감수성〉,《배달말》43권,
　　　　배달말학회, 2008.

김미영, 〈1960-70년대에 간행된 한국 지식인들의 기행산문〉,
　　　　《외국문화연구》50호, 한국외국어대학교 외국문학연구소, 2013.

김미지, 〈상해와 한국 근대문학의 횡단〉,《한중인문학연구》48호,
　　　　한중인문학회, 2015.

김복순, 〈전후 여성교양의 재배치와 젠더정치〉,《여성문학연구》18호,
　　　　한국여성문학학회, 2007.

김사헌, 〈어리의 관광시선론 재론-시선주의의 비판과 확장〉,
　　　　《관광학연구》32권6호, 한국관광학회, 2008.

김성오, 〈일제시기 박인덕의 세계인식-《세계일주기》를 중심으로〉,
　　　　《여성과 역사》15호, 한국여성사학회, 2011.

김애령, 〈이방인과 환대의 윤리〉,《철학과 현상학 연구》39호,
　　　　한국현상학회, 2008.

김양선, 〈1950년대 세계여행기와 소설에 나타난 로컬의
　　　　심상지리-전후여성작가들의 작품을 중심으로-〉,
　　　　《한국근대문학연구》22호, 한국근대문학회, 2010.

김영경, 〈나혜석의 '구미여행기' 연구〉,《이화어문논집》33집,
　　　　이화어문학회, 2014.

김영모, 〈해외유학과 신엘리트 등장〉,《아카데미논총》Vol.13 No1,

세계평화교수협의회, 1985.

김옥선, 〈여행 서사에 나타난 오리엔탈리즘과 지역 식민화-1990년대
　　　여행서사를 중심으로〉, 《로컬리티 인문학》 14호, 부산대학교
　　　한국민족문화연구소, 2015.

김유하, 〈진정성 기획으로서의 인도여행〉, 《문화와 사회》 22권,
　　　한국문화사회학회, 2016.

김윤경, 〈1950년대 미국문명의 인식과 교양여성 담론-여성독자의
　　　글쓰기를 중심으로〉, 《여성문학연구》 27호, 한국여성문학학회,
　　　2012.

─────, 〈1950년대 미국문화의 유입과 여성의 근대경험-최정희의
　　　《끝없는 낭만》을 중심으로〉, 《비평문학》 34호, 한국비평문학회,
　　　2009.

김윤식, 〈침묵하기 위해 말해진 언어-전혜린 論〉, 《수필문학》,
　　　수필문학사, 1973.12.

─────, 〈전혜린 재론-60년대 문학인식의 종언〉, 《작가와의 대화》,
　　　문학동네, 1996.

김이순·이혜원, 〈여행, 여성화가의 새로운 길찾기 : 나혜석, 박래현,
　　　천경자의 세계여행과 작품세계〉, 《미술사학》 Vol.26,
　　　한국미술사교육학회, 2012.

김익달, 〈여성의 문화의식 향상을 위하여-창간사〉, 《여원》, 여원사, 1955.

김인숙·류보선 대담, 〈파국이라는 시대와 인간이라는 구원〉, 《문학동네》
　　　82, 문학동네, 2015.

김종엽, 〈관광한다는 것에 대하여〉, 《월간말》 121, 월간말, 1996.7.

김지영, 〈1950년대 여성잡지 《여원》의 연재소설 연구〉, 《여성문학연구》
　　　30호, 한국여성문학학회, 2013.

김진실, 〈김동인의 《김연실전 연구》-모델소설의 의사사실화 과정과 그
　　　의미를 중심으로〉, 《새국어교육》 93권, 한국국어교육학회,
　　　2012.

김태승, 〈동아시아의 근대와 상해〉, 《한중인문학연구》 41호,
　　　한중인문학회, 2013.

김현주 · 김혜연 · 한설아, 〈중동의 사회문화적 배경에 따른 무슬림 여성 패션 연구〉,《디자인학연구》101호, 한국디자인학회, 2012.

김효중, 〈여행자 문학의 시각에서 본 나혜석 문학-그의 〈구미시찰기〉를 중심으로〉,《세계문학비교연구》16권16호, 세계문학비교학회, 2006.

김희옥, 〈여성의 관점에서 본 여행〉,《한국관광정책》22호, 한국문화관광연구원, 2005.

노선이,《국내 공정여행의 가능성에 대한 연구-'도보' 여행의 여성주의적 함의를 중심으로》, 이화여자대학교 석사학위논문, 이화여자대학교, 2011.

노지승, 〈젠더, 노동, 감정 그리고 정치적 각성의 순간- 여성 사회주의자 정칠성(丁七星)의 삶과 활동에 대한 연구〉,《비교문화연구》 43권, 경희대학교 글로벌인문학술원, 2016.

라승도, 〈공간의 문화정치학: 포스트소비에트 시대 모스크바 재건의 문화적 함의〉,《슬라브연구》22권2호, 한국외국어대학교 러시아연구소, 2006.

류시현, 〈근대 조선 지식인의 세계여행과 동서양에 관한 경계의식〉, 《아시아문화연구》29집, 한양대학교 동아시아문화연구소, 2013.

박상훈 · 김사헌, 〈어리의 시선이론과 이의 비판론에 대한 통합적 고찰〉, 《관광학연구》35권10호, 한국관광학회, 2011.

박숙자, 〈여성은 번역될 수 있는가-1960년대 전혜린의 죽음을 둘러싼 대중적 애도를 중심으로〉,《서강인문논총》38집, 서강대학교 인문과학연구소, 2013.

박연희, 〈박인환의 미국 서부 기행과 아메리카니즘〉,《한국어문학연구》 59집, 한국어문학연구학회, 2012.

박은태 · 고현철, 〈공지영과 김영하의 후일담 소설 연구〉,《한국문학논총》 44집, 한국문학회, 2006.

박주현, 〈21세기 한국 여행기에 드러나는 오리엔탈리즘〉,《비교문학》 45집, 한국비교문학회, 2008.

박지향, 〈여행기에 나타난 식민주의 담론의 남성성과 여성성〉,《영국연구》

　　　　　4호, 영국사학회, 2000.

박진, 〈길은 끝났어도 여행은 다시 시작된다〉, 《문학수첩》, 문학수첩, 2008, 여름.

백지운, 〈코스모폴리탄의 동아시아적 문맥〉, 《중국현대문학》 48호, 한국중국현대문학학회, 2009.

백철, 〈문학과 윤리의 문제〉, 《경향신문》, 1954.10.3.

변찬복, 〈관광객 경험의 진정성과 일상성에 관한연구〉, 《인문학논총》 29집, 경성대학교 인문과학연구소, 2012.

─────, 〈기행 다큐멘터리 서사에 나타난 여행의 실존적 진정성〉, 《인문콘텐츠》 30호, 인문콘텐츠학회, 2013.

서은주, 〈경계 밖의 문학인-전혜린이라는 텍스트〉, 《여성문학연구》 11호, 한국여성문학학회, 2004.

서재만, 〈한국과 중동〉, 《국제정치논총》 22권, 한국국제정치학회, 1982.

서지영, 〈산책, 응시, 젠더: 1920~30년대 '여성산책자'의 존재 방식〉, 《한국근대문학연구》 21호, 한국근대문학회, 2010.

소영현, 〈국경을 넘는 여성들〉, 《여성문학연구》 22호, 한국여성문학학회, 2009.

손유경, 〈나혜석의 구미 만유기에 나타난 여성 산책자의 시선과 지리적 상상력〉, 《민족문학사연구》 36호, 민족문학사학회, 2008.

송효정, 〈비국가와 월경의 모험〉, 《대중서사연구》 16호, 대중서사학회, 2010.

신복룡, 〈한국 공산주의자의 발생 계기〉, 《한국정치학회보》 34권4호, 한국정치학회, 2001.

신지영, 〈여행과 공간의 성의 정치학을 통해서 본 나혜석의 풍경화〉, 《여성과 역사》 11권11호, 한국여성사학회, 2009.

오은경, 〈이슬람 여성의 몸과 섹슈얼리티-민족주의와의 연관성을 중심으로〉, 《국제지역연구》 11권1호, 한국외국어대학교 국제지역연구센터, 2007.

오혜진, 〈출구없는 재난의 편재, 공포와 불안의 서사〉, 《우리문학연구》 48집, 우리문학회, 2015.

우미영, 〈서양 체험을 통한 신여성의 자기 구성방식-나혜석, 박인덕,
　　　허정숙의 서양 여행기를 중심으로〉,《여성문학연구》12호,
　　　한국여성문학학회, 2004.

──── , 〈신여성 崔英淑론-여성의 삶과 재현의 거리〉,《민족문화연구》
　　　45호, 고려대학교 민족문화연구소, 2006.

──── , 〈연표 · 지도 밖의 유랑자와 비장소의 시학-배수아의 소설을
　　　중심으로〉,《한국언어문화》49집, 한국언어문화학회, 2012.

유정숙, 〈페미니즘 문학 비평에서의 여성 '재현 담론'의 역할과 방향〉,
　　　《우리어문연구》31집, 우리어문학회, 2008.

유진월, 〈나혜석의 탈주 욕망과 헤테로토피아〉,《인문과학연구》35호,
　　　강원대학교 인문과학연구소, 2012.

윤병렬, 〈하이데거의 존재사유에서 고향상실과 귀향의 의미〉,
　　　《존재론연구》16권, 한국하이데거학회, 2007.

이건호, 〈처녀순결론〉,《여원》, 여원사, 1955.11.

이대화, 〈한국사연구에서 '접경지대' 연구 가능성의 시론적 검토〉,
　　　《중앙사론》45호, 중앙대학교 중앙사학연구소, 2017.

이미림, 〈1990년대 여행소설의 탈근대적 사유와 타자성〉,
　　　《세계한국어문학》1호, 세계한국어문학회, 2009.

──── , 〈유동하는 시대의 이방인들, 이주자와 여행자-조해진의
　　　《로기완을 만났다》를 중심으로〉,《한국문학논총》65집,
　　　한국문학회, 2013.

이미정, 〈근대를 향한 식민지인의 여정-정석태와 나혜석의 기행서사를
　　　중심으로〉,《시학과언어학》10권, 시학과언어학회, 2005.

이선미, 〈1960년대 여성지식인의 '자유'담론과 미국〉,《현대문학의 연구》
　　　29권, 한국문학연구학회, 2006.

──── , 〈미국이민 서사의 '고향' 표상과 '민족' 담론의 관계〉,《상허학보》
　　　20권, 상허학회, 2007.

──── , 〈미국적 가치의 대중적 수용과 통제의 메커니즘-1950년대
　　　대중서사의 부부/가족 표상을 중심으로-〉,《민족문화연구》
　　　54호, 고려대학교 민족문화연구원, 2011.

이성우, 〈사회주의 여성운동가 고명자의 생애와 활동〉,《인문학연구》
84권, 숭실대학교 인문과학연구소, 2011.

이소희, 〈'나'에서 '우리'로: 허정숙과 근대적 여성주체〉,《여성문학연구》
34호, 한국여성문학학회, 2015.

이옥순, 〈식민지 조선의 인도-憧憬과 同情의 나라〉,
《한국민족운동사연구》43호, 한국민족운동사학회, 2005.

이윤희, 〈여행 내러티브에 대한 퍼스 기호학적 접근: 알랭 드 보통의
《여행의 기술》을 중심으로〉,《기호학연구》45권, 한국기호학회,
2015.

이은숙, 〈문학지리학 서설〉,《문화역사지리》4호, 문화역사지리학회,
1992.

이태영, 〈현대여성은 지성을 상실했는가〉,《여원》, 여원사, 1955.10.

이현재, 〈여성의 이주, 다층적 스케일의 장소 열기 그리고 정체성 저글링〉,
《여성문학연구》22호, 한국여성문학학회, 2009.

이혜경, 〈이주 여성들의 다중 정체성-국가, 가족, 계급, 이주민공동체〉,
《로컬리티 인문학》3호, 부산대학교 한국민족문화연구소, 2010.

이혜순, 〈여행자 문학론 시고〉,《비교문학》24집, 한국비교문학회, 1999.

이희춘, 〈류시화론〉,《교사교육연구》47권2호, 부산대학교
과학교육연구소, 2008.

임경석, 〈박헌영의 연인 한국의 '로자'〉,《한겨레21》, 한겨레신문사,
2017.11.10.

─────, 〈잡지 《콤무니스트》와 국제선 공산주의그룹〉,《한국사연구》
126호, 한국사연구회, 2004.

임미진, 〈해방기 아메리카니즘의 전면화와 여성의 주체화 방식-김말봉의
《화려한 지옥》과 박계주의《진리의 밤》을 중심으로 〉,
《근대문학연구》29호, 한국근대문학회, 2014.

임정연, 〈근대 젠더담론과 '아내'라는 표상〉,《배달말》45권, 배달말학회,
2009.

─────, 〈1930년대 초 소설에 나타난 연애의 모럴과 감수성〉,
《현대문학이론연구》58권, 현대문학이론학회, 2014.

임종명, 〈해방 이후 한국 전쟁 이전 미국기행문의 미국 표상과 대한민족의
        구성〉, 《사총》 67권, 고려대학교역사연구소, 2008.

장순란, 〈한국 최초의 여성 독문학자 전혜린의 삶과 글쓰기에 대한 조명〉,
        《독일어문학》 21권, 한국독일어문학회, 2003.

장영은, 〈귀환의 시간과 복권(復權)-망명 체험의 여성 서사〉,
        《여성문학연구》 22호, 한국여성문학학회, 2009.

───, 《근대 여성 지식인의 자기서사 연구》, 성균관대학교
        박사학위논문, 성균관대학교, 2017.

───, 〈금지된 표상, 허용된 표상〉, 《상허학보》 22권, 상허학회, 2008.

───, 〈아지트 키퍼와 하우스 키퍼〉, 《대동문화연구》 64집,
        성균관대학교 동아시아학술원, 2008.

전봉관, 〈명예·사랑 버리고 조국 택한 女인텔리, 고국에 버림받고
        가난으로 죽다〉, 《신동아》 49권5호, 신동아, 2006.

전성욱, 〈한국소설의 상하이 표상과 장소의 정치성〉, 《중국현대문학》
        77호, 한국중국현대문학학회, 2016.

전진우, 〈새로운 여성미를〉, 《여원》, 여원사, 1956

정여울, 〈구원 없는 세계에서 살아남기-2000년대 한국문학에 나타난 '재
        난'과 '파국'의 상상력〉, 《문학과 사회》 92호, 문학과사회, 2010.

정은경, 〈전혜린 신화와 평전 연구〉, 《우리문학연구》 44집, 우리문학회,
        2014.

정재석, 〈타자의 초상과 신생 대한민국의 자화상〉, 《한국문학연구》 37호,
        동국대학교한국문학연구소, 2009.

정주아, 〈움직이는 중심들, 가능성과 선택으로서의 로컬리티(locality)〉,
        《민족문학사연구》 36호, 민족문학사연구소, 2011.

정진원, 〈인간주의 지리학의 이념과 방법〉, 《지리학논총》 11집,
        서울대학교국토문제연구소, 1984.

정현목, 〈전통적인 장소의 변화와 '비장소(non-place)'의 등장〉,
        《비교문화연구》 19집1호, 서울대학교비교문화연구소, 2013.

정효구, 〈탈역사적 차원에 집착한 아쉬움-류시화의 《외눈박이 물고기의
        사랑》을 읽고〉, 《출판저널》 Vol.223, 대한출판문화협회, 1997.

조명기, 〈국제여행소설에 나타난 국외 도시 장소 정체성의 상상 방식〉,
    《한국언어문학》 98집, 한국언어문학회, 2016.

조미숙, 〈'여성의 상태'와 나혜석의 글쓰기-경계와 아브젝트 체험의
    표현〉, 《한국문예비평연구》 42권, 한국현대문예비평학회, 2013.

―――, 〈나혜석 문학의 공간 의식 연구-나혜석의 소설과 희곡을
    중심으로〉, 《인문과학연구》 39집, 강원대학교 인문과학연구소,
    2013.

조아라, 〈다크투어리즘과 관광경험의 진정성-동일본대지진의 재난관광을
    사례로〉, 《한국지역지리학회지》 19권1호, 한국지역지리학회,
    2013.

차혜영, 〈1920년대 해외 기행문을 통해 본 식민지 근대의 내면 형성경로〉,
    《국어국문학》 137호, 국어국문학회, 2004.

―――, 〈3post 시기 식민지조선인의 유럽항로 여행기와 피식민지
    아시아연대론〉, 《서강인문논총》 47집, 서강대학교
    인문과학연구소, 2016.

―――, 〈모스크바 극동피압박민족회의 참가기를 통해 본 혁명의 기억
    -김단야, 여운형의 기록을 중심으로〉, 《한국근대문학연구》
    18권2호, 한국근대문학회, 2017.

최기숙, 〈교육 주제로서의 여성과 서구 유학의 문제〉, 《여성문학연구》
    12호, 한국여성문학학회, 2004.

최랑, 《미혼여성의 여행: 경험과 의미를 중심으로》, 이화여자대학교
    석사학위논문, 이화여자대학교, 2012.

최미진, 〈1950년대 장덕조 소설에 나타난 연애와 결혼 -《다정도
    병이런가》를 중심으로〉, 《현대문학이론연구》 37권,
    현대문학이론학회, 2009.

최봉춘, 〈조선공산당 파쟁론〉, 《한국민족운동사연구》 65호,
    한국민족운동사학회, 2010.

최상민, 〈근대/여성 '나혜석'의 드라마적 재현과 의의〉, 《한국문학이론과
    비평》 67집, 한국문학이론과비평학회, 2015.

탁선호, 〈뉴욕과 뉴요커에 대한 이야기들〉, 《인물과 사상》 Vol.137,

인물과사상사, 2009.

한지은, 〈식민지 조선 여성의 해외여행과 글쓰기: 나혜석의
〈구미만유기(歐美漫遊記)〉〉를 사례로〉, 《한국지리학회지》
8권3호, 한국지리학회, 2019.

함정임, 〈그리고 길은 비로소 소설이 되었다〉, 《신동아》 654호, 신동아,
2014.2.

허은, 《미국의 대한 문화활동과 한국사회의 반응 : 1950년대 미국정부의
문화활동과 지식인의 대미인식을 중심으로》, 고려대학교
박사학위논문, 고려대학교, 2005.

허희, 〈이국(異國)와 이국(二國)〉, 《자음과 모음》 23호, 이룸, 2014.

홍정은, 〈폐쇄적 자기인식과 의식의 공간화〉, 《알마덴》, 동아출판사,
1988.

황국명, 〈90년대 여행소설과 공간 전위〉, 《오늘의 문예비평》 22호,
산지니, 1996.

황호덕, 〈여행과 근대, 한국 근대 형성기의 세계 견문과 표상권의 근대〉,
《인문과학》 46집, 성균관대학교 인문학연구원, 2010.

4. 기타

국립국어원 표준국어대사전. https://stdict.korean.go.kr

〈나혜석 여사 세계만유〉, 《조선일보》, 조선일보뉴스라이브러리, 1927.6.21.
https://newslibrary.chosun.com/view/article_view.html?id
=243619270621e1037&set_date=19270621&page_no=3

김원, 〈지식인은 들을 수 있는가〉, 《프레시안》, 2013.7.19.
http://www.pressian.com/news/article.html?no=69153.

박선희, 〈한국소설 '이젠 세계가 좁다'〉, 《동아일보》, 2008.9.4.
https://www.donga.com/news/Culture/article/all/200809
04/8626572/1

찾아보기